2018. 12

아프게
조여오는

아프게 조여 오는

2018년 12월 3일 초판 1쇄 인쇄
2018년 12월 6일 초판 1쇄 발행

지은이 령후
발행인 이종주

기획 편집 정시연 주수지 이은정
경영 지원 배진경
마케팅 김정수

발행처 (주)로크미디어
출판 등록 2003년 3월 24일
주소 서울시 마포구 성암로 330 DMC첨단산업센터 318호
Tel (02)3273-5135 **Fax** (02)3273-5134
홈페이지 rokmedia.blog.me
E-mail romance@rokmedia.com

값 12,500원

ISBN 979-11-354-0502-0 03810

ROCOCO

령후 장편소설

이럴 땐 늘 달이 신기했다.
외할아버지는 달을 보고 지구를 사랑하는 벌이라고 했다.
그때 민서는 그저 달의 지독한 짝사랑이 참 안타깝게 여겨졌다.
그 외로운 위성은 더 가까워지지도 못하고 그저 주변을 맴돌고만 있었다.
그리고 그 달과 지금의 자신은 다를 게 없었다.

Contents

1. 서글픈 것

　사랑이라는 감정을 함께할 수 있다면 얼마나 좋을까. 하지만 감정의 깊이나 그 정도는 제각각이다. 그래서 결국 한 사람은 아플 수밖에 없는 것이 사랑이다. 그것을 깨닫기까지 참 오랜 시간이 걸렸다.

　아주 조금, 이 사랑이 끝나기를 기도했던 적도 있었다. 하지만 그게 진실이 아니었다는 것을 지금 이 순간 알게 되었다.

　"이민서, 축하한다?"

　"너라도 취업해서 다행이지."

　"우린 희망이 없다."

　친구들은 그녀의 취업을 축하해 주기 위해 자리를 만들었다.

　늘 착실하게 학과 생활을 해 왔고 덕분에 복수 전공도 할 수 있었으며 대학원을 졸업하기 전, 조금 이르게 취직을 하게 되었다.

　학교에 남으라는 교수님들의 제의도 물리치고 취업을 택한 건 어쩌면 그 사랑이 끝나기를 바랐기 때문인지도 모른다. 눈에서 멀어지면 마음도 멀어진다는 말을 정말 믿고 싶었던 것인지도.

워낙 성실했던 민서라 교수님들은 유학을 권하거나 취업 자리를 소개하는 등 그녀의 앞날에 도움을 주고 싶어 했지만, 민서는 스스로의 힘으로 이루고 싶었다.

"너희 어머니 실망하시지 않아?"

"그 어마어마한 채 감독님인데 오죽하겠냐?"

동기들 사이에서도 민서의 어머니, 채연희는 꽤 유명한 축에 속했다. 해외 유명 영화제에서 여러 번 수상을 한 영화감독인 그녀는 경력처럼 외모 또한 화려했다.

그런 채 감독을 사람들은 가만히 두지 않았다. 현재는 무려 네 번이나 결혼을 한, 말 그대로 스캔들을 몰고 다니는 여자였다. 민서에게는 얼굴도 잘 기억이 나지 않는, 아버지가 다른 남동생이 둘이나 더 있었다. 대한민국에서 세 손가락 안에 드는 연출력을 가진 데다 태생이 부잣집 딸이라 그런지 채 감독은 민서에게 금전적 지원 말고는 무관심했다.

때문에 어렸을 땐 소심한 반항 같은 것도 했던 것 같다. 돈이 필요한 게 아니라, 가족이 필요하다고.

해서 채 감독의 만류에도 중학교 땐 외할아버지 집에서 학교를 다녔고 고등학교는 특목고에 진학하면서 기숙사 생활을 했다.

대학, 대학원 시절 역시 기숙사 생활을 했으며 지금은 유치원 때부터 고등학교 때까지 늘 붙어 다닌 제일 친한 친구 나현과 함께 살고 있었다.

말은 하지 않았지만 채 감독은 민서가 교수가 되기를 원했던 것도 같다. 어쨌거나 무려 채연희 감독의 딸인데 내세울 만한 직업은 갖는 게 좋지 않겠냐는 주변 사람들의 말이 영향을 미쳤던 걸까?

하지만 민서는 딱히 눈에 띄거나, 남들이 알아주는 직업을 가지는
걸 원치 않았다. 유명인인 채 감독 때문에 그동안 충분히 피곤한 삶
을 살아왔다.

"너 이러다 강제로 유학 가게 되는 거 아니야?"

"너 취업되자마자 엄마가 지원 끊는다고 했다며."

이런 유언비어는 어디서 나온 것일까. 민서가 웃었다.

"학교는 장학금 받고 다녔고, 과외도 열심히 했잖아. 그리고 애초
에 받은 것도 없었어."

"기숙사 나가서 아파트 간 거 아니었어?"

"친구 집이야."

지금 민서가 살고 있는 집은 나현의 집이었다. 어떻게 보면 나현과
민서가 친해졌던 것도 어머니들 탓이었는지도 모른다.

같이 다녔던 유치원에서 부모가 이혼한 사람은 나현과 민서, 둘뿐
이었다. 다른 점이 있다면 나현의 어머니는 착실하게 어머니로서 또
한 의사로서, 지금은 주부로서 최선을 다하고 있었다.

나현의 어머니는 재혼할 생각이 없었지만 나현이 자신이 중학교
때까지 다니던 소아과 의사를 직접 소개해 주어 결혼을 하게 됐고,
그 뒤로 행복한 가정을 꾸렸다. 그리고 그 밑에서 자란 나현은 그 누
구보다도 당차고 똑똑했다. 그래서 민서는 그런 나현을 좋아했다.

"그 병원장 딸이라는 친구?"

"응."

"부럽다. 역시, 부모를 잘 만나야 돼."

부모를 선택해서 태어나는 건 불가능한 일이다. 하지만 그렇게 할
수 있다면 민서는 나현의 어머니를 택했을 것이다.

"맞다. 오늘 웬일로 윤진하도 온다더라?"

쿵.

심장이 바닥으로 큰 소리를 내며 떨어지는 것 같았다.

벌써 6년이다. 진하를 짝사랑하고 있는 것도.

물론 이 사람들 중 민서의 짝사랑을 아는 이는 없었다. 민서는 그런 어머니의 밑에서 자라서인지 누군가를 좋아하게 될 일은 절대 없을 것이라고 생각했다. 그런데 사람이 사람을 보고 첫눈에 반할 수 있다는 것을 대학 면접 날 알게 되었다.

하필 면접 전날 많은 비가 내렸고, 웅덩이는 빙판이 되었다. 그날 따라 왜 하필 밑창이 미끄러운 플랫 슈즈를 신었을까.

그 빙판에서 그녀는 넘어지지 않으려 무던히 애를 썼다. 그냥 넘어지고 말걸. 한참 동안 빙판 위에서 방황을 하던 민서는 정말 보기 좋게 넘어졌다. 교복 치마도 뒤집혀 허벅지를 거의 드러냈으니까. 모두가 웃으며 키득거리고 있을 때 아무 말 없이 다가와 코트를 덮어 주고 일으켜 세워 준 것이 진하였다.

그때부터였다. 이 질기고 긴 짝사랑이 시작된 건.

아마 진하는 그날을 기억하지 못할 것이다. 그리고 아직 그녀가 진하의 코트를 가지고 있다는 것도 모를 것이다.

그녀는 일주일에 한두 번은 옷장을 열고 깨끗이 세탁되어 걸려 있는 진하의 코트를 보곤 했는데, 나현은 그런 그녀를 보고 변태라며 놀리곤 했다. 그렇게 애달프면 차라리 고백을 하라고.

고백이라. 겁쟁이 이민서에겐 그런 용기가 없다. 게다가 어느 순간 애매해진 '친구'라는 포지션이 결국 그녀를 아무것도 못하게 만들었다. 그저 하루 한 번이라도 진하를 보게 되면 그날은 운 좋은 날이 되었다.

"윤진하가 웬일이래?"

"아무래도 동기 사랑 아니겠니?"

"이민서 좋겠네. 취업 축하 자리에 윤진하도 다 오고. 그나저나 진하는 그렇게 고백을 받으면서 왜 아무도 안 사귀는 거야?"

"그러게. 민서야, 진하 누구 좋아하는 애라도 있대?"

모두의 시선이 민서에게로 돌아왔다.

"나도 모르지."

떨떠름하게 웃으며 민서가 답했다. 따지고 보면 진하도 캠퍼스 내에서 딱히 친하게 지내는 친구가 없었다. 그렇다고 해서 그녀와 친한 것도 아니었다. 한 번씩 얼굴을 보면 인사 정도만 할 뿐이었다. 그런데 다른 사람들은 두 사람이 친하다고 생각하는 모양이었다.

"뭐야, 같이 영화도 보러 다니는 사이면서."

"맞아. 진하한테 들은 이야기 없어?"

같이 영화를 보게 된 건 정말 우연이었다. 그녀는 사람이 없는 조조 영화를 좋아했고, 나현은 아침잠이 많아 결국 혼자 보러 가는 일이 잦았다. 그런데 정말 우연히 좋아하던 영화가 재개봉을 하게 되었을 때 영화관 매표소 앞에서 진하를 만났다.

그날 민서는 그에게 처음으로 거짓말을 했다. 아직 예매하지 않았다는 거짓말을. 진하는 재밌다는 듯 웃으며 나란히 앉는 표 두 장을 뽑았고 민서는 상영 시간 내내 쿵쾅거리는 심장을 가라앉히기 위해 무던히 애를 써야 했다.

그렇게 같이 영화를 보고 나오는 것을 다른 동기들이 본 모양이었다. 그 뒤로 윤진하와 이민서가 친하다는 소문이 퍼진 듯했다.

"눈이 너무 높은 거 아니야?"

"그 외모에, 그 학벌에, 그 몸매에, 그 재력이면 눈 높을 만도 하지."

"야, 우리도 같은 학교 다니거든?"

"그런데 외모가 아니지, 우리는."

"그러게. 걔 해마다 차도 바꾸지? 부모님이 어마어마한 부자라며?"

"교수 아니었어?"

사람들은 진하의 사생활에 대해서 잘 모른다. 그건 민서 역시 마찬가지였다. 하지만 그의 행동이나 표정을 보면 항상 조급해하지도, 쫓기지도 않는 여유로움이 보였다. 그래서 남자들은 때론 저런 진하를 폄하하기도 했고, 때로는 여자들도 그를 그런 식으로 보기도 했다. 하지만 그것도 모두 윤진하라는 사람 자체에 관심이 있어 생기는 헛소문일 뿐이라는 것도 알고 있다. 그만큼 눈에 띄는 사람이었으니까. 행보 역시 그러했다.

1학년 여름방학 이후에 진하는 갑자기 사라졌고, 학과실에선 그가 자퇴서를 냈다고 했다. 그날 민서는 몰래 참 많이 울었던 것 같다. 그리고 이듬해, 거짓말처럼 진하가 다시 나타났다. 그것도 경영학부로 재입학해서.

누군가는 대체 왜 생명과학부에 들어왔던 거냐며 투덜댔고, 누군가는 멋있다며 박수를 치기도 했다. 그 와중에 경영학 역시 곧 때려치울 거라고 몇몇 사람은 내기를 하기도 했다.

하지만 진하는 보란 듯이 재학 중에 스타트업 회사를 차리더니, 졸업도 전에 말 그대로 대박을 터트렸다.

남자 동기들은 그런 그를 질투해 뒷담을 하면서도 진하가 한 번씩 이런 자리에 오면 언제 그랬냐는 듯 웃으며 반겼다. 막상 그가 오면 모든 술값을 계산하기도 해서였다. 게다가 함부로 대하지 못하는 존재라는 걸 알아서인지 슬슬 기는 동기도 볼 수 있었다.

반면 말을 제대로 하지 못해서 그렇지, 진하를 좋아하는 여자 동기는 꽤 많았다. 그리고 민서 역시 다른 동기들과 별다를 게 없었다. 정작 진하는 모두를 소 닭 보듯 하는데 말이다.

"이민서 너, 정말 몰라?"

"전혀."

민서는 고개를 저으며 맥주를 한 모금 마셨다.

진하가 사업을 일으키기도 전부터 부유했던 건 사실이었다. 그래서 남자 동기들 사이에서 더 말이 많았던 것인지도 모른다. 원래 뒷말이 더 많은 건 남자들 아니던가.

"오, 윤진하 오네."

담배를 피우고 들어오는지 남자들이 들어오며 말했다. 민서는 저도 모르게 허리를 꼿꼿이 세우고 숨을 골랐다. 여자애들은 가방에서 팩트를 꺼내더니 화장을 고치기 시작했다.

진하가 올 거라고는 생각도 못 해 편한 후드 티에 청바지 차림으로 나왔다. 이럴 줄 알았으면 화장은 고사하고 깔끔하게라도 입고 나오는 건데.

화장실에 가서 머리카락이라도 제대로 정리하는 게 좋을 듯해 일어나려던 순간. 문이 열리며 그토록 기다렸던 얼굴이 드러났다.

새하얗던 진하의 피부가 보기 좋게 그을려 있었다. 그러고 보니 이렇게 얼굴을 보는 건 거의 반년 만인 듯했다. 반가워서 저도 모르게 입꼬리가 올라가려고 했다. 하지만 진하의 뒤로 보이는 사람 때문에 그러지 못했다.

처음 보는 여자였다. 누가 봐도 청순한 타입의 미인인 여자는 수줍게 웃으며 진하의 팔짱을 끼고 있었다.

민서의 시선이 여자의 새하얀 손에 꽂혔다.

"뭐야, 윤진하. 누구셔?"

"설마 여자 친구?"

13

진하가 한쪽 입꼬리를 슬쩍 올리며 고개를 끄덕였다. 여기저기서 탄식 혹은 환호가 터져 나오고 있었지만, 민서는 그 어떤 소리도 낼 수 없었다. 온몸의 피가 모두 빠져나간 기분이다. 심장이 아프게 조여 왔다.

진하의 앞에서 아무렇지도 않게 웃는 것은 이미 단련이 되어 있다. 그래서 민서는 자연스레 미소를 짓고 인사를 한 뒤 잠시 실례하겠다며 룸에서 빠져나왔다. 그렇게 아무 일 없는 듯 화장실까지 들어와 변기 위로 털썩 앉고 문을 닫은 뒤 두 눈을 질끈 감았다.

눈가로 열이 몰리는 것 같았다. 아침부터 묘하게 감기 기운이 있기는 했었다. 면접을 준비하느라 제대로 챙겨 먹지 못해서 체력이 훅 떨어진 모양이었다. 그러고 보니 신경을 써서인지 살도 빠졌다.

아침에 나현이 왜 그렇게 훅 마른 것 같냐며 호들갑을 떨어 대서 몸무게를 재 보니 3kg이나 빠져 있었다. 어쩐지 벨트 없이 입던 청바지인데 훌훌 내려간다 싶었다. 결국 나현이 건네주는 벨트를 하고서야 집에서 나올 수 있었다.

아니, 이 모든 것은 핑계다. 눈물이 흘러나올 것 같아서 울 이유가 필요해 대는 핑계. 시큰해지려는 콧등을 몇 번이나 손가락으로 잡아 코를 훌쩍이고 나서야 입술을 질끈 깨물었다.

몇 번이나 심호흡을 하고 자리에서 일어나 문을 열었을 때 거울 너머의 여자와 눈이 마주쳤다. 진하의 그녀였다.

"이민서 씨?"

"네?"

"맞구나. 이시은이라고 해요, 진하 씨 여자 친구."

"아, 네. 안녕하세요."

허리까지 굽혀 꾸벅 인사를 하고 말았다. 시은은 그런 민서의 모습이 재미있는지 웃으며 화장을 고쳤다. 손을 씻기 위해 세면대 앞으로 가는데 절로 시선이 거울 속의 시은에게로 향했다.

쌍꺼풀 없이 큰 눈에 새하얀 얼굴, 마른 체형에 딱 평균인 키. 거기다 어깨까지 오는 자연스러운 단발머리는 누가 봐도 시은에게 잘 어울렸다.

"왜요?"

"네?"

"자꾸 저 보잖아요."

저도 모르게 시선이 자꾸 시은에게로 노골적으로 향했던 모양이다.

"예쁘셔서요."

"어휴, 꾸며서 그렇죠. 민서 씨가 훨씬 예쁜데요? 근데 누구 닮았다는 말 들어 본 적 없어요? 배우 누구지……. 누구더라."

많이 들어 봤다. 나이가 어린 친구들은 채 감독이 여배우인 줄 아는 사람도 있었고. 채 감독은 동료 감독들의 작품에 카메오로 한 번씩 출연할 정도로 연기 실력도 뛰어났으니까. 예능에도 심심찮게 출연하기도 했고.

"채연희 감독이요?"

"아, 맞다. 정말 똑같이 생기셨다."

"제 어머니세요."

"어머? 정말요? 저 진짜 팬이에요. 어쩐지, 그래서 이렇게 미인이시구나."

미인에게 이런 칭찬을 듣는 게 어쩐지 서글프다. 아니, 그 상대가 윤진하의 여자 친구이기 때문일지도 모르겠다.

뽀득뽀득 소리가 날 정도로 손을 문질렀다. 힘이 가해진 피부는 어느새 붉게 물들고 있었다.

"미인에 키도 크고, 몸매도 좋고. 혹시 예전 진하 씨 여자 친구?"

민서가 두 눈을 동그랗게 떴다.

"아뇨. 제가 알기론 진하 첫 여자 친구신데."

"어머, 농담인 줄 알았는데 정말인가 봐요? 그 말 들으면서도 믿기지가 않네."

맞는 모양이다. 윤진하의 첫 여자 친구. 가슴 한구석이 왠지 철렁 내려앉는 것 같다. 아니, 오늘 진하가 온다던 순간부터 심장은 계속 그렇게 요동을 쳤다.

정신을 차리지 못하고. 피도 없는 심장이 자꾸 펌프질을 해 대려고 조이는 느낌만 가득했다. 손가락 끝은 이미 하얗게 질려 있었다.

"참, 진하 씨에게 이야기 많이 들었어요."

"네?"

"이민서라고 친한 친구 있다고. 만나기 전까진 남잔 줄 알았어요."

어쩐지 가시가 돋친 말이다. 그럴 것이다. 남자 친구가 친구라고 칭하는 사람이 여자라면 여자 친구 입장에선 당연히 신경이 쓰일 것이다. 민서는 어색하게 웃으며 페이퍼 타월에 손을 닦아 내고 살짝 고개를 숙인 뒤 먼저 화장실을 빠져나왔다.

"오랜만이다?"

넓은 가슴이 보였다. 고개를 들어 올리자 잘생긴 진하의 얼굴이 눈에 들어왔다. 살짝 진 쌍꺼풀이 매력적인 눈이다. 살짝 찡그리며 웃을 때의 모습을 좋아했다.

그녀도 키가 170cm에 가까워 큰 편인데 진하는 그녀보다 훨씬 커서 이렇게 볼 때면 고개를 들어 올려야만 했다.

거리가 너무 가까워 민서는 저도 모르게 뒤로 한 발짝 물러났다.

"오랜만이네."

"축하해, 취업."

"아, 고마워."

고맙다. 물론 이 자리에 와 준 게 고맙다. 마냥 여자 친구와 데이트를 하고 싶을 주말일 텐데 말이다.

그때 진하가 그녀의 앞으로 무엇인가를 건넸다. 손바닥만 한 종이 가방은 한눈에 봐도 고급스러운 재질이었다. 그리고 박혀 있는 로고 역시 그녀가 잘 알고 있는 이탈리아 명품 브랜드였다.

"이거⋯⋯."

"취업 선물."

그녀는 진하와 친하다는 생각을 한 번도 해 보지 않았다. 그렇다고 친구였나. 그냥 스쳐 지나가는 동기 정도로만 생각했다. 그런데 시은은 진하에게 그녀가 친한 친구라며 이야기를 많이 들었다고 했다.

윤진하에게 이민서는 정말 친구인 걸까? 이런 고가의 선물을 서슴없이 줄 정도로?

그의 벌이와는 상관없이 이 브랜드 제품이 무척 비싸다는 것 정도는 알고 있다. 이 작은 것이 앞으로 그녀의 한 달 벌이에 맞먹을 정도라는 것도.

"내가 받아도 되려나."

"안 좋아하는 브랜드야?"

"아니, 너무 고가라서⋯⋯."

"내가 좋아하는 브랜드야."

이런 말 한마디에도 심장이 떨린다. 아마, 오늘 진하가 시은을 데리고 오지 않고 이 선물을 건네주었더라면 그녀는 착각의 늪에 빠져 헤맸을 것이다. 그리고 자랑스럽게 이것을 하고 다녔겠지.

하지만 이제 이 선물은 그녀의 서랍 제일 깊숙한 곳에 들어가게 될 것이다. 진하와 함께 보았던 영화표와 함께. 그리고 언젠간 버려야 될 날이 올 것도 알고 있다.

"고마워."

"안 풀어 봐?"

화장실 앞에서? 깜짝 놀라서 눈을 깜빡이는데 뒤에서 문이 열리는 소리가 나 민서가 옆으로 비켜섰다.

"진하 씨? 나 데리러 나왔어? 뭐야, 아까 유심히 고르더니 민서 씨 취업 선물 주려고 그랬던 거구나?"

시은이 예쁘게 눈웃음을 치며 진하의 옆으로 서 팔짱을 꼈다. 역시 두 사람을 이렇게 나란히 보는 게 더 힘든 일이다.

"이민서, 어디 아파?"

"어?"

"얼굴이 좀 붉은 것 같은데."

"아침부터 감기 기운이 있었거든. 전 먼저 들어가 볼게요."

어차피 같이 들어가면 될 일이었는데 바보처럼 말하고 말았다. 두 사람을 둔 채 먼저 문을 열고 안으로 들어섰을 때는 모두가 술잔을 기울이느라 정신이 없었다.

"오, 오늘 우리의 주인공 오셨다. 뭐 해, 한 잔 받아야지!"

동기들은 꽤 사이가 좋은 편이었다. 다들 내년 상반기 공채를 노리고 있다며 열심히 공부를 하는 중이었고 그녀가 먼저 취업을 한 것에도 기쁘게 축하해 주었다. 게다가 과 특성상 남자 동기가 많기도 했다.

"야, 박주민. 쟤 소주 못 마셔."

"오늘은 특별한 날이잖아. 소맥 딱 한 잔만 건설적으로 하자."

소맥 한두 잔 정도는 그녀도 나쁘지 않아 고개를 끄덕이며 잔을 받았다. 그때 문이 열리며 진하와 시은이 들어왔다. 모두의 시선이 다시 두 사람에게로 쏠렸지만 주민은 오늘의 진정한 주인공을 위해 다시 박수를 치며 시선을 모았다.

"자, 오늘의 주인공인 이민서 님께서 한 말씀 하신답니다."

여기저기서 박수와 환호 소리가 들려왔다. 민서는 자신의 왼쪽 뺨에 꽂히는 진하의 시선을 알아챘지만 모르는 척 웃었다.

"정말 운 좋게 취업하게 됐는데 이렇게 모여 주고, 또 축하해 줘서 고마워. 내가 그렇게 좋은 동기도 아니었을 텐데."

"아, 무슨 소리야. 우리 과에 이민서만 한 인물이 또 어디 있다고!"

"맞아. 이민서 오늘은 좀 거만해도 이 언니들이 용서해 줄게."

"모두의 취업을 위하여!"

"위하여!"

잔을 앞에 두고 민서는 잠시 호흡을 골랐다.

이 지긋지긋한 짝사랑을 한 번에 끝내 버리면 얼마나 좋을까. 이 한 잔을 다 마시는 것으로 이제 그만하고 싶었다.

민서는 두 눈을 딱 감고 잔을 입으로 가져가려고 했다. 하지만 잔을 입술에 대기도 전에 손목이 잡혔다.

"감기 기운 있다며. 대신 마셔 줄게."

그녀는 정말 큰 결심을 했다. 이 한 잔을 마시고 윤진하를 짝사랑한 6년을 그냥 흘려 버리려고 했다.

그런데 그 결심을 진하는 한 방에 무너뜨리고 만다. 어쩌면 윤진하를 조금 더 좋아할 핑계를 만들고 싶었던 건지도.

"한 잔 정도는 괜찮아."

"정말 안 좋아 보여서 그래."

"오, 뭐야. 윤진하. 옆에 여자 친구 두고 지금 흑기사를 하시겠다?

에이, 내가 대신 마셔 줄게."

주민이 자리에서 일어나더니 그녀의 손에서 잔을 낚아채 갔다. 그리고 그것을 한 번에 꿀꺽 마시고 잔을 머리에 털어 냈다. 그런 주민을 보고 민서가 웃었다. 저렇게 유쾌할 수 있다면 얼마나 좋을까.

웃으며 고개를 젓는데 시은과 눈이 마주쳤다. 커다란 눈으로 사람을 노려보는 게 이렇게 따끔할 수 있다는 것을 처음 알았다. 정신을 차린 민서가 자신의 손목을 아직까지 잡고 있는 진하의 팔을 밀어냈다.

"고마워."

민서가 자리에 앉았다. 그리고 다시 친구들과 이야기를 나누기 위해 그 속으로 파고 들어갔다. 하지만 대화가 귀에 들어올 리 만무했다. 이미 옆에 앉아 있는 진하에게로 모든 신경이 쏠렸으니까.

친구들의 대화에 대충 맞장구를 치며 앞에 있는 과일 하나를 들어 입으로 가져갔다. 입안이 쓰다. 분명 좋은 과일일 텐데. 확실히 몸이 좋지 않은 모양이었다. 요즘은 감기에 걸리면 일주일은 가는데. 첫 출근까진 아직 시간이 남아 있어서 다행인 건가.

"잠깐 전화 좀."

시은이 진하의 귓가에 속삭이는 게 들렸다. 친구들의 대화는 잘 들리지도 않는데 소곤대는 시은의 목소리는 들리다니. 참 중증 같았다.

스스로도 어이가 없어 웃으며 주스 잔을 드는데 진하의 긴 허벅지가 부딪쳐 왔다. 시은이 나가기 편하게 피해 주는 중인 듯했다.

민서는 재빨리 잔을 내려 두고 일어서서 시은이 쉽게 나갈 수 있게 피해 주었다.

"고마워요."

싱긋 웃는 시은의 미소는 무척이나 예쁘다. 왜 진하가 시은과 사귀는지 알 수 있을 만큼. 시은이 나가자 동기들 모두의 시선이 진하에게로 몰려갔다.

"뭐야, 윤진하. 어떻게 사귀게 된 거야?"

"뭔데, 빨리 말해 봐."

진하가 잔을 들어 술을 한 모금 마시고 내려놓았다. 그녀 역시 궁금했지만 듣고 싶지는 않았다. 아니, 듣고 싶은 건가? 대체 저 여자의 어디가 그렇게 마음에 들어 사귀게 된 건지 역시 궁금하다.

"고백받았어."

"네가 고백 한두 번 받아 봤냐?"

"직접적으로 고백받았거든."

왠지 누군가가 거대한 망치로 뒤통수를 쾅 하고 친 것 같았다. 옆에서 다들 바람 빠지는 소리를 내고 있었지만 민서는 아니었다. 그녀도 고백을 했다면……. 아니다. 애초에 윤진하의 범위에 있는 이민서는 그저 친구일 뿐이다.

"뭐가 그래. 1학년 학기 초에 너한테 고백한 걔 누구냐? 유학 간애. 걔도 너한테 고백했었거든?"

"동기끼리 어색해지는 건 딱 질색이야. 그리고 그때 걘 다른 선배하고 사귀고 있었고."

그래서였다. 진하에게 고백을 하지 못했던 이유. 진하에게 고백을 했어도 민서 역시 그 1학년 때의 그 애처럼 비참하게 차였을 것이다.

"에이, 나는 진하 너 이민서하고 사귀는 줄 알았지."

민서는 할 수 있다면 주민의 입을 때리고 싶었다.

"이민서 눈에는 내가 안 찰걸?"

심장이 다시 한 번 내려앉는다.

술자리는 무르익어 갔다. 문제는 그녀의 취업 축하를 위한 자리가 진하 커플에 대한 축하 자리로 바뀌었다는 것이었다. 주민이 몇 번이나 화제를 다시 바꾸려고 했지만 모두의 시선과 관심은 이미 두 사람에게로 넘어가 있었다.

애초에 시선받는 것에 익숙하지도 않고, 좋아하지도 않는다. 그래서 괜찮다고 생각했는데 역시 그녀의 시선도 자꾸 진하에게로 향하니 그게 문제였다.

시은은 눈치가 빠른 여자 같았다. 어쩌면 예상외로 자신이 시선을 숨길 수가 없는 것일지도. 하지만 애초에 진하의 여자 친구가 아니었다면 그렇게 바라보지도 않았을 것이다.

맥주를 한 모금 홀짝이는데 살짝 볼이 붉어진 주민이 그녀의 오른쪽 어깨에 슬쩍 턱을 얹더니 조용히 속삭였다.

"윤진하 존나 재수 없지 않냐?"

조용히 말한다고는 하는데 분명 그녀의 왼쪽에 앉아 있는 진하에게 분명히 들렸을 것이다. 그녀의 신경도 여전히 진하를 향해 있었다. 진하가 이쪽을 바라보고 있는 것이 보이지 않았음에도 고스란히 느껴졌다.

"주민아, 그냥 일어나는 게 좋겠다."

"에이, 우리 이민서 님 축하 자린데 어떻게 일어나. 2차 가자, 2차!"

그녀는 2차에 가고 싶은 마음이 전혀 없었다. 그냥 이대로 집으로 돌아가 쓰러져 자고 싶은 생각뿐이었다. 하지만 주민의 그 말로 인해 모두가 2차를 부르짖고 있었다. 이미 명목이 변질되었지만 오늘 이 밤을 책임져야 할 사람은 그녀였다.

하는 수 없이 한숨을 쉬면서 일어나려는데 주민이 바닥에 떨어진 무엇인가를 주워 들었다.

"아니, 이게 뭐야. 그 유명한!"

아차 싶었다. 들어와서 가방에 넣는다는 것을 정신이 없어 깜빡했던 사이 바닥에 떨어졌나 보다. 다들 명품 브랜드를 확인하며 환호성을 지르고 있었다.

"뭐야, 뭔데!"

"대박, 야 이 귀걸이 내 가방값이랑 맞먹잖아."

그녀는 차마 열어 볼 생각을 하지 못했다. 그냥, 진하가 준 선물을 열어 보는 게 아까워서. 그런데 이미 남들 손에 들어가 열리고 구경거리로 전락하고 말았다.

왠지 난감해진 민서가 저도 모르게 아랫입술을 깨물며 진하의 눈치를 살폈다. 진하는 별생각 없는 얼굴로 소주를 마시고 잔을 내려놓았다.

"이민서, 취업한 기념으로 산 거야?"

"진하 씨가 민서 씨 취업 선물로 여기 오기 전에 산 거예요. 제가 골랐어요."

모두의 시선이 시은에게로 넘어갔다. 민서는 왜 자신이 진하에게 저 선물을 받았을 때 열지 않았던 것일까 일순 후회가 들었다. 시은이 고른 것을 알았다면 미련 없이 풀어 확인을 했을 텐데. 별것 아닌 척하면서. 결국 민서가 팔을 뻗어 수연의 손에서 케이스를 가져왔다.

"뭐야, 그거 좀 본다고 어디 닳아?"

"나도 안 열어 봤어."

"아…….."

민서의 말에 모두가 약간은 민망한 듯 굴었다. 어색해진 분위기를 헤치고 시은이 다가와 말했다.

"민서 씨, 지금 해 봐요."

"아, 지금 귀가 막혀서……."

언제부턴가 귀걸이를 하지 않아 막힌 지 좀 되었다. 그냥 이대로 귀에 걸 수 있다면 좋을 텐데.

"바꿔 줄게."

진하의 목소리에 모두의 시선이 돌아갔다. 하지만 민서는 바꾸고 싶은 마음이 없었다. 애초에 자신에게 어울리지 않는 고가의 물건이기도 해서 하고 다닐 자신이 없었다. 진하에게 받지 않았다면 평생 가지지도 못했을 물건이었다.

"아냐. 어차피 다시 뚫으려고 했어. 고마워."

서둘러 상자를 닫고 가방 구석으로 밀어 넣었다.

아마도 이 상자는 그녀의 비밀 서랍 속으로 들어가 이제 다시는 빛을 보지 못할 것이다.

언젠가, 마음속에서 온전히 윤진하를 내려놓을 수 있게 되면 그때 버리자. 그렇게 다짐하고 고개를 드는데 진하와 눈이 마주쳤다. 뭔가 할 말이 있어 보였지만 진하는 입을 열지 않았다.

하긴, 애초에 말이 많은 사람도 아니었다. 오늘 이렇게 이 자리에 나와 준 것만으로도 고마워해야 하나? 아니면 왜 하필 이 자리에, 그것도 처음으로 사귄 여자 친구를 데려왔나 따져야 하나? 엄연히 자신을 위한 자리였는데.

유치하다. 이런 것을 생각하는 자신도.

그녀의 인생에 있어 그녀 자신이 주인공이었던 적은 한 번도 없었는데 오늘따라 왜 이렇게 서러운 것일까. 그것은 역시 진하가 처음 사귄 여자 친구를 데려왔다는 것 때문에 마음 한구석이 무너져 그런 것이다.

모두 1차를 했던 곳에서 빠져나가 바로 2차 장소로 들어갔다. 민서는 잠시 후에 가겠다며 동기들을 보낸 뒤 근처에 있는 편의점으로 들어왔다. 멍하니 서 있다가 따뜻한 꿀물을 꺼내 계산을 하고 컵라면을 먹고 있는 고등학생들 옆 테이블에 자리를 잡았다.

뭐가 그렇게 재밌는 걸까. 컵라면에 삼각김밥을 먹으며 별거 아닌 일에도 즐겁게 깔깔대는 모습이 보기 좋았다.

자신에게도 저런 기억이 있었던가? 고등학교 때는 한 주 내내 기숙사에 갇혀 있었고, 주말이면 하는 수 없이 집에 가야 했다.

그래도 중학교 때는 나현과 종종 저렇게 편의점도 가고 그랬는데. 그땐 그녀도 아무 생각 없이 즐거웠던 것 같다. 나현과 있을 땐 정말 안정되는 것이 느껴졌으니까.

그때 누군가가 앞에 턱 앉았다. 자리를 비켜 주어야 되나 싶어 서둘러 뚜껑을 열려고 하는데 앞에 앉은 사람이 자신의 병을 가져갔다. 고개를 드니 진하가 무심한 얼굴로 뚜껑을 연 뒤 그녀의 앞에 다시 놓아 주었다.

옆에서 여고생들의 웅성거리는 소리가 들렸다. 진하는 한눈에 보기에도 사람들의 눈길을 끌 만한 외모를 가진 사람이었다. 한창때의 여고생들 사이에서라면 더 그럴 것이다. 캠퍼스 내에서도 저렇게 진하의 곁에서 참새처럼 꺅꺅대던 여학생들이 있었으니까.

"지금은 얼굴색 좀 괜찮아 보이네."

"어? 시은 씨는?"

오늘 처음 만난 사람들 사이에 혼자만 있으면 어색할 것이다. 그리고 동기들은 진하가 없는 틈이 기회라며 우르르 질문을 쏟아 낼 것이고.

"먼저 보냈어."

"어?"

"오늘도 막무가내로 따라온 거나 다름없거든."

진하가 잔뜩 피곤한 듯 손바닥으로 얼굴을 한번 쓸어내렸다. 민서에게는 그 모습도 꼭 스크린 속의 배우를 보는 것처럼 느껴졌다. 이정도면 참 중증이다. 그러고 보니 진하의 얼굴이 조금은 까칠해 보이기도 했다. 하긴, 사업을 하는 게 보통 힘든 일은 아닐 것이다.

"왜 웃어?"

"어?"

"방금 웃었잖아."

저도 모르게 웃은 모양이다.

"아냐, 잠깐 딴생각했어. 피곤해 보이는데 같이 들어가지."

마음에도 없는 말을 이렇게 자연스럽게 뱉을 줄은 몰랐다. 스스로도 놀랄 정도의 연기력이다. 이럴 때 보면 채 감독의 연기력을 조금은 닮은 것 같기도.

"이번에 네 어머니 영화 봤어."

영화? 민서가 저도 모르게 고개를 갸웃거렸다.

"칸 영화제에서 수상한 작품, 어제 개봉한 거 몰랐어?"

"전혀."

그녀는 채 감독이 어떤 영화를 찍는지, 언제 개봉을 하는 것인지 전혀 알지 못했다. 애초에 채 감독이 찍은 영화를 본 적이 단 한 번도 없었다.

"일어나."

"왜?"

그녀가 한 모금 마시고 놔둔 꿀물을 진하가 가져가 한 번에 모두 비워 버렸다. 그리고 쓰레기통에 던져 넣더니 여전히 앉아 있는 그녀의 팔을 가볍게 쥐어 일으켜 세웠다.

　잠시만 기다리라던 진하가 통화를 하더니 친구들이 기다리고 있는 술집으로 들어갔다. 들어간 지 얼마 안 돼 그곳에서 빠져나온 그가 그녀의 앞으로 다가왔다.

　"가자."

　"어딜?"

　"영화관."

　말도 안 된다고 생각했다. 대리 기사가 와서 진하의 차를 운전해 두 사람을 근처에 있는 영화관에 데려다주었다. 심야 영화인데도 매표소 앞은 사람들로 꽤 많이 붐비고 있었다.

　진하는 자연스레 커다란 팝콘과 음료수를 그녀의 손에 들려 주었다.

　"들어가자."

　"영화 보자고?"

　"그럼 여길 왜 왔을 거라고 생각하는데?"

　"나 우리 엄마 영화 한 번도 본 적 없어."

　"이 기회에 보면 되겠네."

　"넌 이 영화 봤다며?"

　"한 번 더 보고 싶었거든."

　"화, 화장실 좀 다녀올게."

　고개를 끄덕인 진하가 그녀의 손에 들려 주었던 것들을 받아 들었다.

민서는 서둘러 몸을 돌려 화장실로 들어와 세면대 앞에 섰다. 차가운 물이 쏴, 소리를 내며 흘러나왔다. 손이 얼 것처럼 차가워졌지만 도무지 거기에서 손을 뗄 수가 없었다.

알코올이 뇌를 잠식한 것일까? 팽팽 돌아가던 머리가 지금은 굳어 버린 것처럼 돌아가질 않는다. 왠지 답답해져서 저도 모르게 머리를 딱 소리가 나게 때리고 말았다.

"윽."

대체 진하는 왜 저러는 걸까. 그녀는 딱히 채 감독의 영화를 볼 생각이 없었다. 아마 이런 기회가 아니었다면 영원히 보지 않았을 것이다.

이러고 있을 때가 아니다. 손에 묻은 물기를 바지에 대충 문지르고 서둘러 화장실을 빠져나왔다. 그러다 이내 자리에서 멈춰 섰다.

고고하게 서 있는 진하의 옆으로 가기가 왠지 조금은 두렵다. 완벽한 슈트 차림의 진하의 옆에서 후드 티에 청바지 차림의 자신은 너무나 이질적으로 보일 것 같았기 때문이다.

보통 사람들은 이렇게 남녀가 있으면 커플이라고 착각을 한다. 그리고 남자가 더 아깝다고 생각을 하겠지. 비약이다. 생각이 너무 나갔다. 어차피 우리는 친구일 뿐인데.

"들어가자."

진하의 손에서 팝콘과 음료수를 자연스레 가져와 몸을 돌렸다.

"이민서."

"응?"

"이쪽이야."

또 멍청이처럼 행동할 뻔했다. 민망한 마음을 추스르고 영화관에 들어와 진하가 안내한 곳으로 앉기 전에 잠시 망설였다.

푹신하고, 넓은 커플석. 왜 진하는 이곳에 자리를 잡은 것일까. 빈자리도 많은 것 같은데. 저도 모르게 앉으며 주변을 둘러보았다.

커플석 근처엔 사람이 한 명도 없다. 관객은 꽤 많았지만 심야 시간이라서인지 정중앙에 거의 몰려 있었다. 왠지 민서는 자신과 진하가 앉은 맨 뒤의 커플석이 동떨어진 섬 같다는 생각이 들었다.

영화가 바로 시작되는 모양이다. 조명이 모두 꺼지고 쿵, 소리와 함께 화면이 까맣게 변했다. 하지만 민서는 그 쿵, 소리가 자신의 어깨로 내려앉은 진하의 머리 때문이라는 것을 다시 한 번 깨달았다.

어깨가, 무겁다.

몇 번이나 생각했다. 고의적으로 자신을 좋아하는 사람을 포기하지 못하게 하는 사람이 있는가 하면, 그럴 마음이 아닌데도 불구하고 그렇게 만드는 사람이 있다는 것. 과연 윤진하는 어느 쪽일까.

민서는 씁쓸하게 웃었다. 당연히 윤진하는 후자의 사람일 것이다. 친구가 아니라고 생각한다면 이렇게 굴지 않을 것이다. 특히 옆에 있는 여자가 자신을 좋아한다는 것을 알면 이런 식으로 여지를 남기는 행동은 절대 하지 않을 테니까. 그것을 알게 된다면 진하는 그때부터 자신의 곁에 절대 그녀를 두지 않을 것이다. 대체 얼마나 스스로의 감정을 죽이고 있는 것일까.

아무도 그녀가 진하를 좋아하고 있다는 사실을 모르고 있다. 그녀는 진하에게 이름조차 기억에 남지 않는 사람이 되고 싶지는 않았다. 차라리 이렇게라도 친구로 남고 싶었다. 비록 이제 그녀는 학교에도 나오지 못하고, 진하에게는 여자 친구가 생겨 그나마 한 번씩 보던 얼굴도 보지 못하게 될지도 모르지만.

왠지 그렇게 생각하니 씁쓸하기도 하고, 후련하기도 한 듯했다. 이대로 짝사랑을 접을 수 있게 되어 오히려 잘됐다고 해야 하는 걸까. 스스로도 이렇게 오랫동안 누군가를 짝사랑할 수 있을 거라고는 생각도 하지 못했는데.

턱 근처에 닿는 진하의 머리카락이 무척이나 부드럽다. 그리고 늘 좋다고 생각했던 그 향기가 오늘은 더욱 진하고, 가까이에서 느껴진다.

이렇게 진하가 자신의 어깨에 머리를 기댈 거라고 한 번도 기대해 보지 않았다. 예전에 한 번 같이 영화를 보았을 땐 정말 스크린에 빨려 들어갈 듯이 영화를 보는 진하의 옆모습을 훔쳐보느라 정신이 없었다. 덕분에 영화가 끝나고 진하가 감상을 말할 때 진땀을 흘려야 했다.

'네 얼굴을 보느라 영화는 기억이 나지 않아.'라고는 차마 말을 할 수 없었다. 그래서 그 뒤로 혼자 그 영화를 다시 보려다 몇 번이나 실패했다. 집에서 보려 해도 자꾸 그날의 상황이 떠올라 도통 영화에 집중하기 힘든 탓이었다. 지금도 그 영화에 대해 설명을 해 보라면 민서는 말하지 못할 것이다.

웅성거리는 소리가 들리기 시작했다. 어느덧 영화가 끝났고 사람들이 하나둘씩 일어서기 시작한 탓이었다. 그 소란스러운 소리에 그녀의 어깨에서 느껴졌던 묵직함이 사라졌다. 저도 모르게 숨을 멈추고 말았다.

"아, 내가 잤네. 세 잔밖에 안 마셨는데."

스스로도 어이가 없다는 듯 웃으며 진하가 자리에서 일어났다. 그리고 잠에서 깨기 위해서인지 몇 번이나 고개를 좌우로 흔들었다.

"어때?"

"뭐가?"

"영화."

불행하게도 이번 영화 내용 역시 기억이 나지 않는다. 어깨에 얹혀 있던 진하가 잔뜩 신경이 쓰였기 때문이다.

"그냥……."

"이민서."

뜨끔하다. 그가 신경이 쓰여 영화는 눈에 들어오지도 않았다. 배우는 누가 나오는지도 알 수 없었다.

"같이 졸았구나?"

"어? 아……. 응."

"다음에 한 번 더 보러 오자. 꽤 흥행할 것 같던데."

물론 입에 발린 약속일 것이다. 민서가 웃었다.

"그래, 그러자."

"조심해."

늘 생각하는데 영화관은 어둡다. 그래서 그녀는 몇 번이나 발을 헛디딘 적이 있었다. 처음 진하와 영화를 본 날도 그랬던가?

아니나 다를까, 이번 역시 갑자기 발끝이 훅 꺼지는 느낌이 났다. 다행히도 진하가 그녀의 어깨를 붙잡아 넘어지지 않을 수 있었다. 갑자기 진하의 품에 안긴 자세가 되자 저도 모르게 굳고 말았다. 너무 놀라서 숨을 쉬는 것도 잊고 말았다.

"이민서, 괜찮아?"

"어? 아, 괜찮아. 미안."

가까스로 진하의 가슴에서 손을 떼고 똑바로 서려고 했다. 하지만 진하는 그녀의 어깨를 감싸고 있는 팔을 풀지 않았다.

"계단 다 내려갈 때까지 잡아 줄게."

"어? 아냐, 괜찮아."

"여기서 구를까 봐 그래."

슬쩍 웃음을 참고 말하는 진하를 보니 아무래도 방금 그녀의 모습이 우스워 보였던 모양이었다. 갑자기 얼굴로 열이 훅 끼쳐 왔다. 입술을 입안으로 말아 씹으며 인상을 찌푸렸다. 잘 보이고만 싶은 상대 앞에서 왜 자꾸 이런 실수를 하는 걸까. 속상해서 당장이라도 이불 속으로 기어 들어가고 싶을 정도였다.

심야 영화를 보는 사람이 꽤 많은 모양이었다. 생각보다 주차장에 주차된 차가 꽤 많았다. 그때 자신의 차 곁으로 다가간 진하가 운전석 문을 열었다.

"운전하게?"

"술 다 깼어."

그 말에 민서가 시계를 보았다. 벌써 3시가 다 되어 가는 시각. 술집에서 나온 지는 벌써 3시간이 넘었고, 영화 러닝타임도 꽤 길었다. 진하는 바로 잠이 들었으니 술은 다 깼을 것이다.

고개를 끄덕인 민서가 잠시 멈칫했다가 조심스레 조수석 문을 열었다. 왠지 여자 친구가 생긴 진하의 옆에 앉는 게 망설여졌기 때문이다. 차 안에선 오로지 진하의 향밖에 느껴지지 않는다.

"향이 좋다."

"향? 아, 향수 말인가? 이거 전에 네가 준 향수잖아."

"어?"

"너 캐나다 다녀오면서 사 왔다던 거."

"아…….."

"좋아서 계속 쓰고 있거든."

교수님을 따라 해외로 세미나를 가기도 하고, 방학이면 연수를 가기도 했던 그 무렵 언젠가 충동적으로 샀던 향수였다. 두 개를 사서 하나는 그녀가 갖고 하나는 진하에게 주었다. 한 번씩 그가 뿌릴 것을 상상하면서 허공에 뿌린 뒤 향을 맡곤 했었다. 하지만 그 향과 이 향은 비슷하면서도 다르다. 아마 진하의 체향과 섞여서 그럴 것이다.

"그때 시향하면서 맡았던 것하곤 좀 달라서."

"아무래도 내 체취가 섞여서 그렇겠지. 기숙사로 가면 돼?"

"기숙사에서 나왔어."

"그럼 집?"

"아니, 친구하고 살아."

주소를 말하고 안전벨트를 매는데 시선이 느껴졌다. 딱, 소리와 함께 고개를 드는데 진하는 시동도 켜지 않고 있었다. 어쩐지 차 안의 공기가 덥다.

"시동 안 켜?"

"아."

시동을 켜자마자 에어컨이 바로 돌아가기 시작했다. 차 안은 순식간에 시원해지기 시작하는데 진하는 출발할 생각을 하지 않고 있었다.

"친구?"

"유치원 때부터 친구야."

"아, 언젠가 말했던 것 같은데…… 김현나? 김나현?"

"김나현."

확실히 기억력이 좋다. 이런 사람에게 아직도 자신의 마음을 들키지 않을 수 있었다니. 스스로 생각해도 왠지 어이가 없어 웃음이 나올 것 같았다.

"왜?"

"어?"

"왜 그렇게 혼자 웃어?"

"아냐. 잠깐 다른 생각 했어."

"친구는 의대 다닌다고 했던가?"

"아, 졸업만 하고. 지금은 글 써. 원래 학교 다닐 때부터 글 썼거든."

"능력 좋은 친구네."

민서는 고개를 끄덕였다. 진하의 차가 이내 부드럽게 움직였다.

"졸업까지 했는데 글······. 아, 그 《심연의 슬픔》 쓴 김나현 작가?"

"알아?"

오히려 놀란 건 민서였다. 진하가 나현의 작품을 알고 있을 거라고
는 전혀 생각하지 못했다.

"알지. 작년에 각종 상은 다 휩쓸고 다녔잖아."

민서는 제일 친한 친구라고 하면서도 그걸 몰랐다. 그냥 나현이 글
에 대한 이야기를 잘 하지 않기도 했고, 인터뷰 같은 것도 일절 하지
않았기 때문에 그저 좋아하는 일을 하고 있다고만 생각했다.

"몰랐던 모양이네?"

"응, 그냥 책만 읽었어."

"팬이라고 전해 줘, 언제 한번 사인해 주면 고맙고."

"말해 볼게."

아마 진하에게 여자 친구가 없었다면 당장 사인을 받아서 내일이
라도 회사로 가져다준다고 말했을 것이다.

"사······."

"참, 취직 어디로 했다고 했지?"

"응, 수질 연구소."

"바빠지겠네."

바빠지고 싶었다. 아무 생각도 하고 싶지 않아서. 그럼 윤진하도 마음에서 지울 수 있지 않을까 생각한 것도 있었다.

"나가서 사는데 어머니가 섭섭해하진 않으셔?"

"같이 살았던 적이 거의 없어서 괜찮아."

"뭐, 가족의 형태는 다 다른 법이니까."

다른 사람이라면 왜 그렇게 살았냐고 물었을 것이다. 하지만 진하는 그런 것을 궁금해하지 않는다. 어쩌면 그런 무심한 면이나, 혹은 감춰진 배려 같은 것을 혼자 느끼며 좋아했던 것일지도 모른다는 생각이 들었다.

"아, 여기서 내려 주면 걸어갈게."

"위험해. 단지 안으로 들어가."

"밝은데 뭘. 그리고 경호업체들 24시간 늘 지키고 있어."

하지만 진하는 그녀의 말을 무시하고 아파트 정문 앞으로 가서 비상등을 켜고 섰다.

"우리나라 문학계가 많이 발전한 건가."

진하가 왜 그 말을 하는지 알고 있었다. 나현의 아파트는 한강이 보이는 소위 말하는 노른자위에 있는 곳이었다. 그녀가 아마 평생을 벌어도 방 한 칸도 살 수 없을 정도로 이 아파트의 가격은 어마어마할 것이다. 나현이 그렇게 상을 받고 다녀도 아직 신상에 대해 알려진 것은 거의 없는 모양이었다.

"하긴, 상위 1%인데 이 정도 되는 곳에서는 살아야지."

그렇게 말하는 진하 역시 어린 나이에 성공한 상위 0.1% 안에 들 것이다. 그리고 전에 슬쩍 듣기로도 진하는 고급 빌라에 살고 있다고 했었다.

"갈게, 운전 조심히 해."

"이민서."

"응?"

"다다음 주 수요일 괜찮아?"

"수요일?"

"다음 주에 바로 중국 출장이라 그다음 주 수요일에 오거든. 그때 좀 보자고."

잠시 망설였다. 이제 진하를 서서히 지우려 했기 때문이었다. 스스로의 짝사랑이 괴롭기도 하고, 서글픈 탓도 있었고.

"그래."

"연락할게."

"응, 조심히 다녀와."

문을 닫고 인도 위로 올라섰다. 하지만 진하의 차는 움직이지 않고 있었다. 민서 역시 움직이지 않고 멍하니 진하의 차를 보았다. 곧 진하의 차창이 내려갔다.

"먼저 들어가."

"괜찮은데. 가는 거 보고 갈게."

"이러다 날 새겠다."

"아, 그럼 갈게."

진하가 가볍게 고개를 끄덕이자 민서는 주변을 두리번거리며 오가는 차가 없는 것을 확인했다.

짧은 도로를 건너자 24시간 교대 근무를 하는 경호원 둘은 그녀를 보고 가볍게 고개를 숙였다. 혼자 나가 사는 외동딸이 걱정되어 나현의 아버지가 구해 준 이 아파트는 경호업체를 따로 고용해 살고 있는 사람들을 모두 외우고 있었다.

왠지 아직도 시선이 느껴지는 듯했다. 슬쩍 고개를 돌렸을 때 진하의 차는 이미 사라지고 없었다. 가는 걸 보고 간다는 말은 결국 빈말이다. 다 포기하기로 마음을 먹었지만 왠지 속이 쓰리다.

❖

연구소를 다니며 박사 학위를 준비하는 통에 늘 수면 부족에 시달렸고, 밥도 제때 챙겨 먹지 못했다. 결국 나현의 손에 이끌려 강제로 건강검진을 받았고, 별 이상이 없다는 말을 듣고서야 안심을 했다.

그동안 나현은 완전한 소설가로 자리를 잡고, 초청을 받아 교수로서 학교에 강의도 나가고 있었다. 몇 번이나 거절했던 일이지만 절친한 교수님의 부탁만은 거절이 어려웠던 모양이었다.

처음엔 나이가 어려서 그런지 교수라 부르지 않고 선생이라 부르는 학생들이 있다며 나현은 한탄도 했고, 어느 날은 한 학기만 하고 때려치운다고 했다가도 벌써 3학기나 계속 강의에 나가고 있었다.

가을바람이 솔솔 불어왔다. 나현을 기다리고 있는데 익숙한 향이 스쳐 지나갔다. 문득 떠오르는 '윤진하'라는 이름에 저도 모르게 웃고 말았다. 여전히 그 비누 향에 가까운 향수 향이 맡아질 때면 진하가 떠올라 저도 모르게 움츠러들고 만다.

그날, 영화를 본 뒤로 벌써 2년이 흘렀다. 그녀는 이제 서른을 목전에 두고 있고, 연구소에서도 자리를 잡았다. 요즘은 연구실에 나가는 일이 꽤 즐겁게 느껴졌다. 무난히 박사 학위도 받았고, 또래에 비해 높은 연봉을 받으며 실력도 인정받고 있었다. 그럼에도 가슴이 휑한 건 역시 가을이기 때문일 것이다.

"민서 누나!"

저 멀리서 키가 190cm 가까이 되는, 하지만 몸이 날쌘 것을 증명이라도 하듯 늘씬한 남자가 재빨리 뛰어왔다. 채윤은 현재 국가대표로 뛰고 있는 축구 선수였다. 늘 밖에서 운동을 하는데도 피부가 희다며 나현이 놀리곤 했는데 타고난 게 그래서인지 채윤은 늘 맑은 피부를 유지했다.

"빨리 왔네?"

"오늘은 오전 훈련만 있었거든요. 내일모레 출국이잖아요."

민서는 축구에 대해 전혀 아는 게 없었다. 그냥 공을 가지고 여러 명이 우르르 몰려다니며 하는 스포츠라고만 알고 있었다. 반면 나현은 고등학교 때 스트레스를 받으면 경기장에 가서 풀고 오곤 했다.

그런 나현을 따라 경기장을 갔다가 채윤을 만나게 되었다. 채윤을 처음 본 건 그가 이제 막 고등학생이 되었을 때였다. 축구 실력도 워낙 좋았지만 인성도 좋다며 청소년 국가대표 때부터 눈에 띈다고 나현이 칭찬했었다. 그런데 어느 날 사귄다며 데리고 온 남자 친구가 채윤이었고 그 뒤로 벌써 4년이나 연애를 하고 있었다.

민서와 나현보다 네 살 어린 채윤은 딱 20대 중반의 남자애들답게 장난도 좋아했다. 하지만 어려서부터 고생을 많이 한 탓에 철도 일찍 들었고, 괜한 허세를 부리지도 않았다. 처음엔 나현의 집에서도 반대를 했는데 몇 번 만나 본 뒤로 교제를 허락해 주었다고 했다. 그만큼 채윤은 어린 나이에도 불구하고 훨씬 어른스럽고, 단단한 성미를 가진 사람이었다.

"이번에 얼마나 걸려?"

"닷새요."

"그동안 나현이 보고 싶겠네."

"그래서 얼굴 좀 많이 봐 두고 싶은데 시간을 안 내주네요."

"지금 중간고사 기간이라서 그럴 거야."

대학은 지금 한창 중간고사 기간이었다. 그래서 나현은 평소보다 훨씬 바빴다.

"누나, 이번 추석엔 저희 집에 오세요. 할머니가 만두 많이 하신대요."

"그럼 나야 고맙지."

"참, 그 소개팅 생각해 보셨어요?"

민서가 그저 웃었다. 언젠가 나현과 함께 채윤이 뛰는 경기를 보러 간 적이 있었다. 그때 인사를 했던 누군가가 그녀를 소개해 달라고 하는 모양이었다. 축구엔 전혀 관심도 없어서 어떤 사람인지도 몰랐는데 외려 이름을 듣고 나현이 흥분을 했다. 선수 중에 그만한 사람도 없으니 한 번만 만나 보라면서 말이다.

"아……."

"부담 안 가지셔도 돼요. 그냥 식사 한 번 하고 그러면 되는데."

"그게 부담 안 가지는 거야?"

"장담하는데 그 형 진짜 괜찮아요. 비록 대학교 졸업은 못 했지만, 정말 자기가 공부해서 수능 보고 학교 들어간 거고. 부모님도 좋은 분들이시고."

나현에게 귀에 못이 박히도록 들었다. 판검사 집안이라 형과 누나도 변호사, 판사를 하고 있고, 본인도 법대에 들어갔다가 축구를 계속하게 되는 통에 결국 자퇴를 했다고. 게다가 평판도 좋고, 사람이 진중하니 한 번만 만나 보라고 계속 조르는 중이었다.

"같이 출국해?"

"네."

"그럼 다녀와서 한번 보지 뭐. 이렇게 두 사람이 부탁을 하는데 더 미루는 것도 눈치 보인다."

"정말요? 누나 감사해요!"

어린아이처럼 방방 뛰며 채윤이 그녀의 손을 잡았다. 이럴 때 보면 채윤은 정말 딱 그 또래의 남자아이들 같았다.

"어허, 어디서 애먼 여자 손을 잡아."

"어? 누나!"

뒤에서 들리는 목소리에 채윤이 재빨리 민서의 손을 놓고 돌아섰다. 워낙 인기도 좋은 데다 국가대표라 채윤은 인기도 많았는데 연애를 한다는 것을 딱히 숨기지도 않았다. 나현도 이르면 내년쯤은 결혼할 수도 있다고 말하기도 했고.

"배고프다, 빨리 밥 먹으러 가자."

민서는 두 사람 사이에 껴서 그대로 끌려가기 시작했다. 오늘따라 좋은 것을 먹여야 한다며 두 사람이 합심을 했다. 그리고 예약했던 한정식집으로 민서를 데리고 갔다.

"오늘 무슨 날이야?"

"우리 사귄 지 4년 되는 날."

정신이 없어서 잊고 있었다. 놀란 민서가 크게 눈을 뜨자 나현이 웃었다.

"오늘 밥은 내가 살게."

"아이고, 제가 따박따박 한 달 열심히 일해서 버는 연구원 코 묻은 돈 안 뺏어 먹거든요? 됐고, 맛있게 먹어나 줘."

워낙에 나현의 집이 잘살기도 했지만 자신이 강연을 나가고, 인세로 버는 돈 역시 만만치 않았다. 작년에도 소설가 중 가장 많은 소득을 벌어들였다고 기사가 나기도 했고. 민서는 그런 나현이 늘 자랑스러웠다.

"누나, 민서 누나 소개팅하기로 했어."

"뭐? 진짜? 그래, 민서야. 너 생각 잘했다. 잘했어. 이제 너도 좋은 남자 만나서 연애도 하고 그래야지. 신지혁 내가 보장해."

"누나 저두요. 지혁 형, 제가 보장해요."

두 사람은 정말 민서를 당장이라도 소개팅 자리로 보내고 싶은 모양이었다. 커플이 똑같이 눈을 반짝이며 웃는 것을 보니 절로 웃음이 나왔다.

"설마 아니지?"

"뭐가?"

"뭐긴. 그 윤진하 아직도 좋아하는 거."

"아니야."

진하는 이제 추억이 되었다. 오래 좋아해서 많이 아팠지만, 이젠 지나간 추억. 진하가 그녀를 바래다준 날, 나현의 극성팬들이 집으로 찾아왔다. 그래서 나현은 이 아파트에서 더 이상 살 수 없다며, 보안이 더 철저한 곳을 찾아 이사를 하게 되었다.

그날의 공기가 떠올랐다. 두근거리며 뒤를 돌아보았을 때, 왜 계속 진하의 차가 있을 거라고 생각했던 것일까. 이미 사라진 진하의 차가 있던 자리를 보는 건 무척이나 가슴이 아픈 일이었다.

"대체 어떤 남자길래 민서 누나가 그렇게 좋아한 거예요?"

"어떤 남자기는. 그냥 필요할 때만 먹고 버린 애지."

"먹고 버려?"

"말도 마. 학교 가자마자 조별 과젠데 윤진하 안 나왔다고 혼자서 날 새워 가면서 준비한 애가 이민서야."

그때 진하가 고열로 많이 아팠다고 말을 했지만 나현에게 이미 그는 미운 오리로 찍힌 모양이었다. 옷장에 걸린 진하의 코트도 좀 찢어 버리라고 했고, 그 말도 안 되는 상자도 변태처럼 갖고 있지 말라고 했었다. 그러면서도 나현은 늘 민서를 안쓰럽게 보기도 했다. 그 냥 차이더라도 고백을 하라는 말을 들을 걸 그랬다. 그럼 조금 더 빨 리 미련을 떨쳐 버릴 수 있었을 텐데.

"저 나이에 모태솔로 보고 있으려니 내 속이 탄다, 타."

"민서 누나, 걱정하지 마세요. 저도 나현 누나 만나기 전까지는 모 태솔로였는데 지금 연애 엄청 잘하잖아요."

"야, 너 그 나이에 모태솔로 아니었으면 내가 안 사귀었어."

"앙, 우리 누나 또 왜 이러실까."

채윤은 애교도 많아서 이렇게 보고 있으면 절로 웃음이 나오게 행 동하곤 했다.

"이럴 게 아니라 아예 빨리 약속을 잡자!"

"그럴까?"

그렇게 서두르지 않아도 된다고 말하려고 했지만 이 커플의 행동 력 앞에서 결국 손을 들고 말았다.

"뭐? 오늘 당장? 흠……."

오늘 당장이라니. 막 육전 하나를 입으로 가져가던 민서가 눈을 크 게 떴다. 그때 자신의 옷차림을 보는 두 사람과 눈이 마주쳤다. 나현 이 고개를 끄덕이자 채윤이 손으로 OK 사인을 보냈다.

"좋아, 그럼 저녁에 보는 걸로 해. 그래, 우선 전화해 봐."

아무래도 이 밥을 먹다 체하는 게 아닐까 싶었다. 어떻게 소개팅 약속을 이렇게 빨리 잡을 수 있는 걸까. 채윤은 바로 상대에게 전화 를 해서 약속을 잡았다. 정말 눈 깜짝할 새에 벌어진 일이었다.

"누나, 오늘 딱 좋아요. 이대로 나가면 되겠어요."

"그래, 우리 민서야 거적때기를 입어도 예쁘니까 괜찮아."

"그래도 갑자기 이렇게 약속을……."

44

"우리가 보증한다니까요?"

그녀의 차림에 관한 게 아니었다. 소개팅은 그녀도 몇 번인가 해 봤었다. 하지만 이렇게 급작스럽게 약속을 잡은 적은 없었다. 그러다 생각을 바꿔 먹기로 했다. 어차피 일찍 보건 늦게 보건 중요한 건 아니었으니 차라리 이게 나을지도 모른다.

"참, 사실은 우리가 오늘 할 말이 있어서 밖에서 밥 먹자고 했어."

"뭔데?"

"나 임신 3개월이야."

"어?"

"그래서 우리 다음 달에 결혼식 올리기로 했어."

민서가 입을 쩍 벌린 채 나현과 채윤을 몇 번이나 번갈아 보았다. 채윤은 조금은 쑥스러운 듯 웃고 있었다.

"내가 애부터 갖자고 했거든."

"뭐?"

"아니, 내년이면 월드컵이고 그럼 애 바빠지고. 월드컵 기간 전에 애 낳는 게 좋겠더라고."

난데없는 폭탄에 민서가 크게 웃었다.

몇 번이나 축하한다는 말을 했는지 모른다. 유치원 때부터 친자매처럼 지냈던 나현이 아이를 가졌다는 사실은 여전히 믿기지가 않았다. 그 탓에 소개팅 시간까지는 딱 10분밖에 안 남았는데도 불구하고 민서는 계속 멍한 상태였다.

"부케는 꼭 민서 누나가 받으셔야 하는 거 아시죠?"

"당연히 내가 받아야지. 나 아니면 누가 받아."

"다행이다. 그나저나 형이 올 때가 됐는데……."

민서는 저도 모르게 자신의 옷차림을 살폈다. 딱히 크게 주름이 질 일도 없는 시폰 원피스고, 날이 많이 춥지 않아 간단한 스카프만 둘렀다. 화장은 조금 전 손보았고.

"어? 저기 온다."

채윤의 말에 민서도 고개를 돌렸다. 창밖으로 벤츠에서 내리는 키가 채윤만큼이나 크고 늘씬한 남자가 보였다. 그동안 나현이 신지혁 선수가 잘생겼다고 말하긴 했지만 막상 그를 보니 이젠 알겠다. 나현은 확실히 꽃미남을 좋아한다는 것을.

왠지 모르게 재미있어 웃고 말았는데 이내 민서의 입가에서 미소가 사라졌다. 맞은편 차에서 내리며 지혁과 악수를 하고 있는 완벽한 슈트 차림의 남자는 분명 윤진하였다.

심장이 철렁 내려앉았다. 당장 이 자리를 피하고 싶다. 어떻게 이곳에서 잠깐 벗어날 수 있을까? 평소에도 잔머리가 잘 돌아가는 편은 아니었지만 오늘은 심각할 정도였다.

"저기, 나현아."

"응?"

"나 화장실 좀."

"그래, 가방 이리 줘."

서둘러 나현에게 가방을 맡기고 건물 안으로 들어섰다. 예약자 이름을 묻는 직원에게 채윤의 이름을 대고 화장실 위치를 물어보았다. 직원은 친절하게 안내를 해 주며 고개를 숙였다. 민서도 감사의 표시로 고개를 숙이며 인사를 하고 서둘러 발걸음을 옮겼다.

화장실로 들어간 민서는 세면대 위에 손을 짚어 몸을 지탱했다. 가까스로 숨을 몰아쉬고 고개를 드는데 거울 속에 비치는 낯선 여자와 눈이 마주쳤다.

"괜찮으세요?"

그녀가 아파 보이는 모양이었다. 민서는 가까스로 웃었다.

"네, 괜찮아요. 고맙습니다."

살짝 웃으며 고개를 끄덕인 여자가 화장실을 빠져나가자 민서는 다시 한숨을 내뱉었다. 이제 괜찮다고, 정말 괜찮아졌다고 스스로를 다독였다. 그런데 그게 다 거짓된 마음이었던 모양이다. 2년 만에 보는 진하는 여전했고, 마음은 다시 그때처럼 울렁거리기 시작한다.

원래 모든 사람들에게 첫사랑이란 이리도 고약한 것인지, 아니면 유달리 혼자 이러는 것인지. 비록 부모의 사랑을 받지 못하고 자랐으나 할아버지, 할머니의 사랑은 정말 넘치도록 받고 자랐다. 그런데도 왜 이렇게 혼자 벗어나질 못하는 것일까. 벗어났다고 생각했는데 너무 힘들어서 스스로를 속였던 것일까?

사실 그녀는 너무 확정되지 않은 감정에 두근거리고 있다. 너무 오랜만에, 생각지도 못한 자리에서 그를 맞닥뜨려 이러는 것이다. 그냥 아무렇지 않게 인사하면 괜찮을 것이다. 민서는 스스로를 다독였다. 가슴 위로 손을 얹고 격려하듯 톡톡 두드렸다.

"이민서, 정신 차려. 너 진짜 정신 차려야 돼. 지겹지도 않니?"

얼굴이 새하얗게 질려 있었다. 오늘 날씨가 보통의 가을 날씨보다 추워서 그런 것이라 믿고 싶을 정도였다. 이러면서도 참 스스로 질린다는 생각이 들었다.

윤진하는 그녀를 친구라고 했지만, 정말 친구로 생각은 하지 않았을 것이다. 그저 부려 먹기 편한 동기 여자애 정도이지 않았을까?

손이 새빨갛다. 얼음처럼 차가운 물에 손을 씻고 있었다는 것도 느끼지 못했다. 서둘러 손을 닦고 화장실을 빠져나왔다. 그리고 코너를 돌아섰을 때 민서는 후회하고 말았다. 30초만이라도 늦게 나올걸. 막

문을 열고 들어서는 남자는 다름 아닌 윤진하였다. 여전히 깔끔하고 잘생긴 외모에, 유난히 짙은 눈썹이 인상적인.

시선이 마주쳤다. 민서는 사실 진하가 자신을 무시하며 지나갈 확률이 크다고 생각했다. 하지만 그대로 멈춰 선 진하가 그녀를 뚫어지게 바라보고 있었다. 마치 죽었다 살아난 사람이라도 본 듯한 얼굴로.

"이민서?"

그냥 모르는 척 스쳐 지나갈 거라고 생각했는데. 자신의 예상이 틀렸다. 생각보다 심장은 고요했다. 조금 전의 그 어설프게 뛰어 대던 고동은 사라졌다. 오히려 평소보다 훨씬 차분히, 그것도 일정한 간격으로 뛰고 있었다. 스스로의 심장이 대견해서 저도 모르게 웃었는데 어느덧 진하가 가까이 다가왔다. 한 걸음만 더 걸으면 부딪칠 정도로 가까운 거리였다.

"오랜만이야."

거짓말처럼 덤덤한 목소리가 흘러나왔다. 진하의 짙은 눈썹이 치켜 올라갔고, 눈이 살짝 커졌다. 그리고 이내 황당한 듯 웃음을 낮게 터트리더니 고개를 저었다.

"이민서."

"약속이 있어서."

"우리 2년 만이야."

"그게 왜?"

황당한 표정을 짓고 있는 진하를 보면서 스스로 아무렇지 않은 척을 하는 건 쉬웠다. 생각보다 훨씬.

"우리…… 친구잖아."

"대학 동기 그 이상 그 이하도 아니지 않아?"

그녀에게 진하는 한때 사랑이기도 했다. 황당한 표정을 짓고 있음에도 불구하고 윤진하는 여전히 눈이 부시게 잘생겼다. 저 외모에는 여전히 익숙해지지가 않는다. 이내 황당한 표정을 지은 진하가 가볍게 고개를 끄덕이더니 그녀의 앞으로 명함을 내밀었다.

"그럼 앞으로 계속 친구 하면 되겠네."

여기서 그 '친구'를 거부한다면 우스운 사람이 될 것이다. 차라리 우스운 사람이 되는 게 나을까? 하지만 그렇게 하지 않기로 했다. 명함을 받고 무시하면 그만이었다. 진하의 커다란 손에서 명함을 받았지만 가방을 나현에게 맡겼다는 것을 깨달았다.

"난 지금 명함이 없어서."

진하의 시선이 그녀의 얼굴을 천천히 위아래로 한번 훑었다. 마치 그녀의 진심을 스캔이라도 하는 기계 같았다.

"나중에 연……."

"쓰레기통에 버리는 거 아니고?"

"뭐?"

그녀가 연락을 하지 않을 것이라는 것을 알아챈 모양이었다.

"내가 그렇게 이민서한테 나쁜 사람이었나?"

나쁜 사람은 아니었다. 그저, 그녀의 마음을 몰랐던 것뿐이었다. 주머니에서 펜을 꺼낸 진하가 그녀의 앞으로 내밀었다.

"뒷면에 번호 적어."

묘하게 명령조인 말투가 거슬렸다. 하지만 눈앞에서 이렇게까지 하는데 적지 않을 수도 없었다. 민서는 하는 수 없이 번호를 적어 진하에게 건네주었다.

"회사는 아직 그대론가?"

고개를 끄덕였다.

"찾아가 볼 걸 그랬네."

거짓말. 그럴 마음이 있었다면 진작 찾아왔을 것이다. 아마 오늘 이렇게 우연히 만난 게 아니라면 번호를 교환할 일도 없었을 것이다. 진하가 그녀의 손에서 명함과 펜을 가져갔다. 그런데 다른 새 명함을 다시 건네주지 않았다.

"명함······."

"어차피 연락도 내가 할 것 같은데, 뭐."

진하가 픽 웃었다. 예전엔 저렇게 웃는 진하의 모습을 좋아했다. 한쪽 입꼬리만 올리고 뭔가 자조적으로 웃는 모습을. 웃음이 헤픈 편도 아니었던 터라 저렇게 웃는 것을 가끔 보는 게 참 좋았다.

"민서야."

뒤에서 나현의 목소리가 들렸다. 그녀가 너무 오지 않자 찾으러 나온 모양이었다.

"어, 지금 가려고."

뒤로 돌아섰을 때 나현은 이미 두 사람의 근처로 다가온 뒤였다.

"누구셔? 아는 분?"

"윤진합니다."

"아, 김나현이에요. 민서 친구고."

얼떨결에 진하와 악수를 한 나현이 슬쩍 민서를 보았다. 질리도록 진하의 이름을 들었던 나현이다. 비록 얼굴을 알지는 못했지만. 본능적으로 그 '윤진하'임을 알아차린 것이다.

"오랜만에 만나셨나 보다. 화장실 앞에서 이렇게 반갑게 붙잡고 계신 걸 보면."

"2년 만에 만났죠. 어쩐지 이민서는 별로 안 반가워하는 것 같지만."

진하의 말에는 뼈가 있었다. 왠지 산소가 부족한 것처럼 숨이 턱막히는 것 같았다.

"그런데 회포는 나중에 푸셔야겠어요. 오늘 우리 민서 선보러 나온 참이라."

왼쪽 볼에 시선이 꽂혔다.

저도 모르게 숨을 크게 들이켜며 고개를 돌렸다.

"벌써 선볼 나인가, 우리가?"

"꽃 같은 나이에 아깝잖아요. 들어가자, 민서야. 벌써 10분 지났어."

민서가 재빨리 왼쪽 손목의 시계를 보았다. 벌써 약속 시간에서 10분이나 지나 있었다. 화장실에 그렇게 오래 있었다고 생각하지 못했는데. 이건 지혁에게도 실례되는 일이었다.

"진하야, 나중에 내가 연락……."

진하가 손가락에 끼고 있는 명함을 들어 보였다.

"내일 연락할게. 그럼 먼저 가 보겠습니다."

진하는 나현에게 살짝 고개를 숙이고 코너를 돌아섰다. 멍하니 진하가 사라진 쪽을 보던 나현이 재빨리 민서의 팔을 낚아채 화장실로 들어섰다.

"뭐야, 이민서. 방금 그 윤진하 맞아?"

고개를 끄덕였다.

"대박. 와, 그래서 우리 이민서가 몇 년이나 못 잊고 있었네."

민서가 픽 웃었다. 늘 나현은 남자는 얼굴이 생명이라고 외쳤다.

"남자 다 쓸모없어. 얼굴 빼면."

"그래서 너 채윤이 골랐잖아."

"화났을 때 못생긴 얼굴 보면 더 화난다? 얼굴이라도 잘생겨야지. 그나저나 아까 그 명함은 뭐야?"

눈도 빠르다. 조금 전 그 명함은 또 언제 본 것일까.

"윤진하 명함."

51

"그런데 왜 자기가 가지고 있어."

"내 번호 적어 갔어."

"왜? 자기 명함 주면 되잖아."

"난 어차피 먼저 연락 안 할 거니까 자기가 하겠다고."

"이야, 얼굴값 제대로 하겠는데?"

나현은 여전히 진하의 얼굴을 감탄 중이었다. 그리고 자신의 배를 슬슬 문질렀다.

"우리 애가 딱 그 정도로 나오면 소원이 없겠…… . 아니지, 우리 민서 가슴 아프게 했으니 딱 절반만."

누군가의 말처럼 진하는 눈이 돌아갈 정도로 뛰어난 외모였다. 별명이 외모 감별사인 나현의 눈에도 진하는 멋있어 보이는 모양이었다.

"솔직히 말해 봐, 잘생겨서 좋아했지?"

"아니야."

"그 베르사체 코트를 보니 있는 집 자식인 건 확실하고. 세상 참 불공평해. 부잣집 아들에 얼굴도 잘생기고. 아 참, 이럴 때가 아니지. 가자, 지혁 오빠 기다려."

고개를 끄덕였다. 어쨌거나 그녀는 오늘 소개팅에 최선을 다할 생각이었다. 이젠 정말 다른 사람을 사귀어도 좋을 거란 생각이 들었으니까.

"아, 지혁 오빠 좀 안됐네. 근데 너 그거 알아야 한다? 방금 전 그 윤진하가 어마어마하게 잘생겼어도 지혁 오빠도 만만치 않아, 원래."

아무래도 나현은 그녀가 두 사람을 외모로 잴 거라고 생각하는 모양이었다. 외모 때문에 누군가를 좋아했다면 아마 그녀는 세상 잘생긴 모든 배우들을 좋아했을 것이다.

"걱정 마."

"믿는다, 이민서."

그녀의 어깨를 한 번 두드린 민서가 문을 열었다. 그런데 자리에 채윤이 없었다. 그녀가 혼자 방 안으로 들어섰다.

"오빠, 우리 민서 잘 부탁해. 민서야, 내일 봐."

탁, 소리와 함께 문이 닫혔다. 그러니까 처음부터 이렇게 둘만 보게 할 생각이었던 것이다. 왠지 모르게 깜찍한 두 사람의 생각에 웃음이 나왔다.

"흠흠, 신지혁이라고 합니다."

"이민서예요."

"앉으시죠."

채윤의 말을 들어 보면 선수들 거의가 낯가림이 심하다고 했다. 특히 운동밖에 모르는 부류들은. 하지만 지혁은 그렇게 낯가림이 심한 사람처럼 보이지 않았다. 자연스럽게 그녀가 앉는 것을 보고 나서 지혁도 착석했다. 옆에 얌전히 놓여 있는 자신의 가방에서 명함을 꺼내 지혁을 향해 내밀었다.

"제 명함이에요."

손을 뻗은 지혁의 손가락 끝이 어쩐지 떨리는 것 같다.

"첫눈에 반했습니다."

마치 선생님에게 상장을 받듯 작은 명함을 두 손으로 잡은 채로 말을 꺼낸 지혁 때문에 순간 민서가 멈칫했다. 지혁 역시 난데없이 지른 말에 순식간에 얼굴이 붉어졌다.

"아, 저기……."

"네?"

"그게, 제가 저번에 한 번 민서 씨를 본 후로 계속 채윤이를 닦달해서요."

"아…… 좋게 봐 주셔서 감사해요."

머리를 긁적이는 지혁은 어쩐지 감정을 잘 숨기지 못하는 사람 같았다. 이런 부류의 남자는 또 처음이라고 생각됐다. 생각해 보면 그녀가 알고 지내는 남자가 많은 것도 아니었다.

"이 나이 먹고 이렇게 누구를 졸라 본 것도 처음이었습니다."

계속 말을 전해 듣긴 했었다. 제발 한 번만 소개팅하자고. 그 상대는 물론 지혁이었고.

"사실 제가 계속 여유가 없었어요."

"들었습니다. 강물 연구원이시라고."

"네."

"멋있네요."

영혼이 없는 말이 아닌, 진심이 담긴 말이라는 것을 알 수 있었다. 결국 민서가 웃음을 터트리고 말았다.

❖

식사를 마치고 두 사람은 건물을 빠져나왔다. 지혁은 자연스레 조수석 문을 열어 주었다.

"감사합니다."

고개를 살짝 숙인 민서가 감사함을 표시하고 조수석에 앉았다. 문을 닫고 보닛을 돌아오는 지혁을 보고 안전벨트를 맸다.

지혁은 훨씬 활발하고 낯을 가리지 않는 타입이었다. 사람을 배려하는 것에도 능숙하고, 타고난 성격이 그러한 듯했다. 그래서 조금전 진하를 만났던 일이 아주 먼 과거처럼 느껴졌다. 그런데 안전벨트를 다 맸는데도 불구하고 아직도 운전석 문이 열리지 않고 있었다.

의아함에 고개를 다시 전면으로 향한 민서의 얼굴이 그대로 굳었다. 건물에서 나온 진하와 지혁이 이야기를 나누고 있었다. 굳이 차에서 내릴 필요는 느끼지 못했다.

급한 얼굴로 진하와 인사를 나눈 지혁이 재빨리 차로 뛰어왔다. 그리고 차 안에서 민서는 진하와 눈이 마주쳤다. 아니, 실제로 차는 선팅이 되어 있어서 안이 보이지 않을 것이다.

하지만 여전히 지혁의 차를 보고 있는 진하는 마치 그녀가 타고 있는 것을 알고 있는 듯했다.

"미안해요, 민서 씨. 후배를 오랜만에 만나서."

차에 타고 나서 그 말을 하는 게 나았을 텐데. 이제 진하는 완전히 확신하는 얼굴로 차 안을 보고 있었다. 탁, 소리와 함께 운전석에 완전히 올라탄 지혁이 벨트를 맸다.

곧 시동이 걸리고 차는 부드럽게 왼쪽으로 꺾였다. 오른쪽 볼로 따끔한 진하의 시선이 내려앉는 것만 같다.

"……세요?"

"네?"

"따뜻한 차 어떠세요?"

"네. 좋아요."

사실 후식까지 나온 한정식은 꽤 과했다. 따뜻한 매실차까지 마시고 나왔지만 지혁은 조금 더 그녀와 함께 있고 싶은 듯했다. 그녀는 두 끼 내내 한정식을 먹느라 배 속이 포화 상태였지만 거절하지 못했다.

식당에서 멀지 않은 곳에 위치한 찻집은 또 전통가옥이었다. 지혁의 취향인 건가? 차에서 내리며 건물을 보는데 지혁이 아차, 싶은 표정을 지었다.

"커피가 더 좋으셨을지도 모르는데."

"아니에요. 저 전통차도 좋아해요."

"이곳이 한적하고 조용해서 종종 찾아요."

지혁이 자연스레 그녀를 안내했다. 안으로 들어서자 왜 이곳을 지혁이 좋아하는지 알 수 있었다. 테이블이 몇 개 있기는 하지만 대부분 커튼이 쳐진 개인실 형식으로 되어 있었다. 안으로 들어서서 앉은 민서가 옆을 보았다. 작은 유리창 밖으로는 잘 꾸며진 정원이 보였다. 그리고 작은 연못엔 오리 한 쌍이 보였다.

"오리가 있네요?"

"여기 주인분이 키우시는 오리예요."

민서가 국화차를 고르자 지혁도 같은 것을 주문했다. 푸근한 얼굴을 한 주인은 지혁에게 이제 여자 친구를 데려왔냐며 웃었다. 그리고 서비스라며 약과와 양갱까지 내어 주었다.

"맛있게 먹고 가요."

"고맙습니다."

예쁘게 꽃을 피우고 있는 국화의 향이 은은하게 퍼져 좋았다.

"이곳을 다닌 지 꽤 오래되셨나 봐요."

"고등학교 때부터 왔었나?"

"이런 곳을요?"

"애늙은이라는 말도 많이 들었죠, 뭐."

"그 나이 땐 대부분 패스트푸드 같은 거 먹잖아요."

"어릴 때 할아버지, 할머니 밑에서 자라서 그런지 그냥 이런 거 좋아했어요. 이런 데 자주 데리고 다녀 주시기도 했고."

그녀의 어릴 때와 어쩐지 비슷했다. 물론 가족의 단란함은 다르겠지만. 채윤은 지혁의 가정환경이 정말 이상적이라고 했다. 그는 그녀가 어렸을 때부터 제일 부러워했던 그런 가정에서 자란 것이다.

"저도 어릴 때 외할아버지, 외할머니와 같이 지냈어요."

"그럼 민서 씨도 이런 거 좋아하는 편?"

"애석하게도 두 분 다 햄버거 더 좋아하셨어요."

"안타깝네요."

"그런데 저도 이런 거 좋아해요. 향도 좋고, 맛도 있고."

"그럼 다음에 와서는 쑥인절미하고 녹차 빙수 드셔 보실래요? 그거 정말 맛있는데."

지혁은 노골적으로 다음 약속도 잡고 싶은 모양이었다. 민서도 지혁에 대한 첫인상이 좋았다. 약속을 못 잡을 이유는 없었다.

"좋아요."

"어? 우리 그럼 다음 약속 잡은 겁니다?"

"네."

"아, 경기만 없었어도."

"채윤이한테 들었어요. 닷새간 나가 계신다면서요."

"그럼 금요일에 바로 만날 수 있습니까?"

"피곤하지 않으시겠어요?"

"에이, 이 나이에 벌써 피곤을 느끼면 안 되죠."

곰곰이 생각했다.

"안 되겠어요."

실망했는지 지혁의 눈썹이 아래로 축 처졌다. 왠지 모르게 웃음이 나왔다. 지혁은 역시 감정을 잘 숨기지 못하는 사람이었다.

"회식이 있어요, 동료 중 갑자기 그만두는 분이 계셔서."

"그럼 토요일은 괜찮으시죠?"

"네."

지혁은 나현과 채윤이 보증하는 사람이었다. 앞으로 몇 번 더 만나 보아도 괜찮을 것 같았다.

"좋아하는 음식 있어요?"

"떡국이요."

본래 떡의 질감을 좋아하는 편은 아니었다. 그런데 어느새 좋아하게 된 음식이 떡국이 되어 있었다. 그것도 진하 때문이었다. 그렇게 오랜 시간 진하를 좋아했던 것은 그를 통해 처음 알게 된 감정이 많아서였을 것이다. 누군가의 손짓, 의미 없는 말을 나열하는데도 그 목소리가 좋아지는 것을 처음 알았다.

언젠가 한번 진하가 프레젠테이션을 했던 것을 동영상으로 찍은 적이 있었다. 지금은 파일을 삭제해 버렸지만, 그땐 정말 그 프레젠테이션 내용을 줄줄 외울 정도로 동영상을 보고, 또 봤던 때가 있었다. 단지 윤진하의 목소리를 듣기 위해서.

"떡국이요?"

"네. 굴 넣은 떡국."

그 추운 겨울, 과에서 바닷가로 여행을 가자고 나왔다. 조교의 명령 아닌 명령이었으니 가지 않을 수도 없었다. 그런데 그 자리에 이미 경영학부로 간 진하가 올 줄은 꿈에도 몰랐다. 그날 밤새 술을 퍼마신 동기들은 다음 날 오전 11시가 되어도 일어나지 못했다.

먼저 일어나 밖을 나갔다 온 진하가 지나가던 동네 주민이 들려 준 굴과 떡으로 떡국을 끓였다. 그때까지만 해도 요리라는 것을 해 보지도 못했고, 할 생각도 못 했던 민서는 그저 물끄러미 진하가 떡국을 끓이는 동안 옆을 지키기만 했다.

진하가 끓인 떡국을 단둘이 마주 앉아서 먹었다. 뜨거운 것을 잘 먹지 못하는데도 맛있어서 마구잡이로 입안에 밀어 넣었다.

"제 취미가 요리거든요. 언제 한번 맛있는 거 만들어 드릴게요."

지혁이 지금 하는 말은 그저 공수표를 남발하는 것이 아닐 것이다. 어떻게든 이 만남을 길게 이어 가고 싶어 하는 것이 보였다. 그런 지혁의 노력이 보여 고맙기도 했다. 지혁은 만나려면 훨씬 괜찮은 여성을 만날 수 있을 것이다. 그리고 국가대표를 할 정도면 인기도, 능력도, 실력도 좋을 것이고. 이런 사람이 자신에게 호감을 보이며 다가오다니, 제법 기분이 좋았다.

서른 가까이 되어서까지 변변찮은 연애 한 번 하지 못했던 자신이 불쌍해 어쩌면 하늘이 준 기회인 것일까?

"인기 많으시죠?"

"저 지금 좀 감동했어요."

"네?"

"민서 씬 저한테 궁금한 게 하나도 없으신 것 같아서 사실 전전긍긍했거든요."

민서가 웃었다. 지혁은 전혀 그런 내색을 보이지 않았다.

"전혀 그렇게 안 보이던데요."

"민서 씨 앞에서 여유 있어 보이려고 노력하는 거죠."

"사실 제가 많이 어색해서 그래요. 이런 자리에 익숙하지도 않고 또…… 연애 경험도 변변찮아서요."

남자를 만나면 이런 말은 절대 하지 말라고 나현이 그랬다. 남자들에게 쉽게 보일 수도 있다면서. 하지만 지혁에겐 이런 말을 해도 괜찮을 것 같았다. 지혁은 왠지 조금 놀라워하는 것 같았다. 하지만 그게 비웃는 것으로 보이진 않았다.

"마음의 여유가 없으면 그럴 수도 있죠."

왠지 지혁의 말에 자신이 감동을 받은 듯했다. 억지로 윗사람들 때문에 맞선 비슷한 것에 나간 적이 있었다. 남자들은 대체적으로 나현의 말처럼 반응했다. 그 나이 될 때까지 연애도 못 하고 뭐 했냐 하는 사람 아니면, 자기가 잘 가르쳐 주겠다는 사람으로 나뉘었다. 지혁처럼 말해 주는 사람은 처음이었다.

"사실 저도 여유가 없고 그래서 제대로 된 연애는 못 해 봤는데요, 뭘."

민서 역시 채윤이 대단하다고 생각했다. 운동선수의 시간이 그렇게 불규칙할 거라고는 생각을 하지 못했다. 그럼에도 불구하고 나현을 만나기 위해 채윤은 늘 최선을 다했다. 물론 그건 나현도 마찬가지였다.

"연애라는 것도 노력이 있어야 하더라구요."

"민서 씨 말이 맞습니다. 저도 그동안 연애에 제대로 노력을 기울이지 않은 모양이에요."

지혁이 웃으며 코끝을 쓸었다. 그러고 보니 지혁의 콧대는 꼭 잘 세워 놓은 것처럼 예쁘다. 처음 보았을 땐 예쁘장한 얼굴이라고 생각했는데 의외로 높은 콧대 때문에 자세히 보니 참 잘생긴 남자구나, 느낄 수 있었다.

편한 대화가 이어졌다. 그리고 왜 나현과 채윤이 그렇게 지혁을 칭찬했는지도 알 것 같았다. 택시를 타고 가도 된다는 말에도 지혁은 절대 그럴 수 없다며 그녀를 제 차에 태웠다. 그리고 아파트 앞까지 바래다주며 직접 문도 열어 주었다.

"오늘 감사해요."

"제가 더 감사하죠."

"그럼 출발하세요."

"아닙니다. 들어가시는 거 보고 들어갈게요."

"제가 누구 두고 돌아서는 걸 별로 좋아하지 않아요."

그렇게 된 건 진하 때문이었다. 지혁이 주변을 돌아보았다. 방범이 확실한 아파트라는 것을 지혁도 알고 있는 듯했다.

"그럼 다음 주 토요일에 뵐게요."

"네, 운전 조심히 하세요."

고개를 한 번 숙인 지혁이 차에 올라탔다. 잘빠진 지혁의 승용차가 곧 코너를 돌아 보이지 않게 되자 민서가 몸을 돌렸다. 그런데 몇 걸음 걷기도 전에 벨이 울려 휴대폰을 꺼내 들었다.

벌써 11시가 넘은 시간이었다. 그녀가 너무 늦어 걱정돼 나현이 전화를 한 건가 생각했는데 휴대폰 액정에 뜬 건 처음 보는 번호였다. 아마 채 감독일 것이다. 채 감독은 꼭 한 번씩 번호를 바꾸고 알리지도 않은 채 늦은 시간에 이런 식으로 전화를 하곤 했다.

"네, 이민서입니다."

– 나야, 윤진하.

민서가 입술을 깨물었다. 잠시 망설여졌다. 어떤 말을 해야 할까. 정말 이상하다. 막상 얼굴을 마주했을 땐 차분했던 심장이 그저 목소리를 듣는 것만으로 다시 불안하게 뛰기 시작한다. 역시, 그 좋아했던 진하의 목소리가 그대로여서일까?

– 이민서?

"어, 말해. 듣고 있어."

– 지금 볼 수 있어?

"지금?"

반사적으로 손목의 시계를 확인했다.

오후 11시 38분. 누군가를 만나기엔 너무나 늦은 시간이었다.

– 무슨 동이야?

그녀가 망설이고 있는 것을 알아챈 것일까? 내일은 월요일이지만 연차를 써서 만나는 데 부담감은 없다. 평소에도 논문이나 책을 읽고 새벽 1시쯤 잠이 들지만.

회사가 양평에 있어 통근 시간이 길었다. 그래서 민서는 출근 시간에 늦지 않기 위해 늘 새벽 6시에 일어난다. 그리고 그건 습관이 되어 휴일에도 마찬가지였다. 원래 잠이 많은 편은 아니라 1시간쯤 덜잔다고 다음 날이 피곤하거나 하진 않겠지만 진하를 만나는 건 상당한 에너지를 필요로 했다.

- 이민서. 지금 반가운 거 나 혼자야?

"아냐, 나도 반가워."

- 얼굴 보고 이야기 좀 해야 할 거 같은데.

"난 잠실인데……."

- 잘됐네. 난 자양동이거든. 주소 찍어 보내, 지금 출발해.

진하는 다소 독선적이기는 했다. 예전에도 그랬고, 지금 역시 마찬가지다. 그녀의 말은 듣지도 않고 전화가 끊겼다. 하는 수 없이 주소를 찍어 보내고 벤치에 털썩 주저앉았다.

나현에겐 뭐라고 말을 해야 할까, 생각하는데 그녀도 양반은 못 되는 듯하다. 나현에게 걸려 온 전화를 보고 웃으며 받았다.

"응, 나현아."

- 집에 들어왔어?

"집 앞이야."

- 어때? 지혁 오빠 사람 괜찮지? 또 만나기로 했어?

"응, 다음 주 토요일에 보기로 했어."

- 그래, 이제 잘해 봐. 아까 그 윤진한가 뭔가가 눈이 돌아가게 잘생겨서 그렇지, 우리 지혁 오빠도 그라운드의 황태자거든?

"집 아니야?"

– 채윤이가 하도 징징거려서. 오늘 같이 있으려고. 내일 들어갈게, 나 네가 해 주는 비빔국수 먹고 싶어.

"그래, 내일 비빔국수 해 먹자."

– 응, 아침에 들어갈게! 내일 이야기하자!

다행이라고 해야 하나. 이 시간에 진하를 만난다고 이야기했다면 아마 나현은 꼬치꼬치 캐물었을 것이다. 어차피 그녀는 앞으로 계속 진하를 만날 생각은 없었다. 흘러간 인연은 그저 흘러간 대로 두는 게 제일 좋았다.

멀리서 밝은 빛이 보이는 느낌에 고개를 들었다. 검은 세단이 세워지더니 이내 그 차에서 내리는 진하가 보였다. 고개를 숙여 시간을 확인했다.

11시 54분. 여기까지 오는 데 겨우 16분이 걸렸다. 일요일의 이 시간대는 차가 막히지 않기도 하고, 이곳까지 오려면 잠실대교 하나만 건너면 되는 일이라 가능한 시간이었다.

탁, 소리와 함께 차 문을 닫은 진하가 인도로 올라섰다. 그 모습을 보고서야 민서도 자리에서 일어났다. 왠지 몇 시간 전에 보았을 때보다 숨이 더 막히는 것만 같았다.

"타."

3. 불안함

진하가 조수석 문을 열었다. 민서는 잠시 망설였다. 하지만 2년 만에 만나는 친구와 이런 길바닥에서 이야기를 나눌 순 없었다.

"이민서?"

"아, 빨리 왔네."

"가까우니까."

고개를 끄덕인 민서가 차에 올라탔다. 차 안은 여전히 진하의 향으로 가득했다. 특유의 깔끔한 향. 아직도 그가 이 향수를 쓰고 있을 거라고 생각하지 못해서 조금은 당황스러웠다. 2년이 지난 지금도 진하는 표본처럼 꼿꼿한 모습이었다. 마치 정석처럼 걷는 그를 보며 바른 자세를 가지고 있다고 생각했다.

운전석에 앉아 핸들을 돌리는 모습 역시 마찬가지였다. 진하는 어떤 자세를 취해도 그게 딱 절도 있게 떨어지는 느낌이었다.

"어디 가는 거야?"

"조용히 이야기할 수 있는 곳?"

이 시간에 갈 수 있는 곳이라야 24시간 영업하는 카페 정도일 것이다. 하지만 그녀의 예상은 보기 좋게 빗나갔다. 잠실대교를 건넌 진하의 차는 곧 고급 빌라의 주차장으로 들어섰다.

전용 차고에 차가 세워지자 민서는 의문을 담은 눈으로 진하를 보았다. 안전벨트를 푼 진하가 민서를 보았다.

"안 내려?"

"여기······."

"내 집. 다짜고짜 너희 집으로 갈 순 없잖아."

조용히 이야기를 하자는 곳이 자신의 집이라니.

"갑자기 집이라니····· 게다가 나 빈손이고······."

"뭐 필요한 거 없으니 그냥 와도 돼."

별걱정을 다 한다는 듯 진하가 픽 웃더니 먼저 차에서 내렸다. 그냥 내일 만나자고 할걸. 민서가 아랫입술을 지그시 깨물며 안전벨트를 풀고 차 문을 열었다.

어떤 이야기를 해야 하나, 잔뜩 고민을 하며 그를 따라 걷는데, 정신을 차려 보니 어느새 진하의 집 안에 들어와 있었다.

"이쪽으로 앉아. 너무 늦어서 커피는 안 되려나."

진하가 가리킨 곳은 넓은 식탁이었다. 아무래도 이야기를 하기에는 소파보다 식탁이 더 나을 수도 있을 것 같았다.

"그럼 차로 부탁할게."

"그래, 그럼."

식탁 바로 옆 아일랜드 식탁에 놓여 있는 전기 포트에 물을 넣고 뚜껑을 닫는 진하를 물끄러미 쳐다보았다. 잔을 세팅하는 그 모습이 무척이나 익숙해 보인다. 그러고 보니 보여야 할 싱크대가 보이지 않앉다. 민서가 주변을 둘러보았다. 바닥이나 벽이 모두 대리석으로 된 이곳은 한눈에 보기에도 평범한 공간는 아니었다. 부엌과 식당 공간이 따로 있었고, 고개를 돌리자 커다란 창 너머로 한강의 멋진 야경이 바로 들어왔다.

"마셔."

"어? 아, 고마워."

식탁 위로 연한 녹색의 찻물이 담긴 잔을 내려놓으며 진하가 그녀의 앞에 앉았다.

"번잡한 카페보단 여기가 나을 것 같아서."

"내일 월요일인데…….."

"아, 그런가? 출근해야 하지?"

민서는 답을 하지 않았다.

"오랜만인데 이민서는 내가 안 반가운가 봐?"

"아냐, 반가워."

"그럼 다행이고."

"잘 지냈지?"

"지내기야 잘 지냈지. 어느 날 갑자기 이민서가 연락이 안 됐던 것 빼고는."

"사실 우리가 그리 자주 연락했던 사이는 아니었잖아."

"그런가?"

여유롭게 눈꺼풀을 내리깔며 녹차를 한 모금 마시는 진하는 별거 아니라는 투로 말했다. 막상 저런 식으로 말을 하니 가슴 한 군데가 또 따끔거린다.

"내일 출근 몇 시야?"

"어? 아, 월차를 내기는 했…….."

말을 잘못했다. 갑자기 다시 물어 오는 통에 저도 모르게 사실을 말하고 말았다. 그래서 말을 완전히 끝마치지도 못하고 입술을 다물었다.

"그래? 그럼 회포로 한잔 어때?"

"넌 출근해야 하지 않아?"

"대표라서."

진하가 자리에서 일어났다. 그녀는 마신다는 말도 하지 않았는데 멋대로 와인셀러에서 와인을 한 병 꺼내어 들었다. 진하는 능숙하게 코르크 마개를 따고 잔에 와인을 따른 다음 그녀에게 내밀었다.

"술 잘 못 하는데…….."

"알아. 맥주 한 캔 주량인 이민서."

"이거 양이 좀…….."

"남겨도 돼."

자연스럽게 잔을 부딪쳐 오는 진하 때문에 민서는 하는 수 없이 와인을 한 모금 마셨다. 생각보다 달고 알코올 향이 거의 나지 않아 눈을 크게 떴다.

"맛 괜찮지?"

"응. 맛있어."

"여전히 그 연구소 다녀?"

"응."

"지금은 나한테 명함 줘도 될 것 같은데."

"어?"

진하의 시선이 꽂히는 곳으로 고개를 돌렸다. 그는 그녀의 옆에 놓인 가방을 보고 있었다. 민서는 잔을 내려 두고 가방에서 명함을 꺼내 진하의 앞으로 내밀었다.

"심플하네."

명함을 잠시 보더니 그것을 벗어 놓은 재킷 안주머니 안에 넣었다. 그리고 자신의 지갑을 꺼내 들었다.

"나도 하나쯤은 줘야지."

그러다 이내 그녀를 향해 지갑 안쪽을 보여 주었다. 현금과 카드가 꽤 들어 있는 지갑이었다.

"다 떨어진 걸 몰랐네."

"그럼 다음에 줘."

진하가 가볍게 고개를 끄덕였다.

"회사 운영은 잘돼?"

"그럭저럭."

"다행이네."

"왜 번호 바꾸고 알리지도 않았어?"

다신 진하를 만날 일이 없다고 믿었다. 그럼에도 불구하고 다음에 만나면 어떤 말을 해야 할지 혼자 몇 번이나 생각했다.

"휴대폰을 잘못해서 강에 빠트렸어. 건지지도 못해서 그대로 날아간 거지 뭐."

"평소에 업데이트도 안 해?"

"이런 기계는 잘 몰라서."

"왠지 허무하네. 오늘 못 만났다면 계속 못 봤을 거 아니야."

"그러게."

다행이다. 그녀의 거짓말이 잘 먹힌 모양이다. 물론 얼마든지 진하에게 연락할 수 있었다. 그의 휴대폰 번호 열세 자리는 지금도 정확히 기억하고 있었으니까. 하지만 번호가 바뀐 건 그에게 걸려 온 전화로 알 수 있었다. 언제 번호를 바꾼 것일까.

"참, 번호가 바뀌었던데."

"나도 어쩌다 도난당해서. 그리고 귀찮은 전화 오는 거 좀 피하려다 보니. 한 1년 전쯤?"

그렇다면 그녀가 연락을 끊고 나서도 1년간은 민서가 전화를 걸었다면 다시 그의 얼굴을 볼 수 있었다는 소리였다.

"난 꽤 이민서가 보고 싶었는데."

이런 말엔 어떻게 반응을 해야 할지 모르겠다. 그래서 민서는 잔을 들고 와인을 한 번에 마셨다. 달짝지근한 맛이 혀를 쓸고 식도를 넘어갔다.

"나도 궁금했어."

진하는 와인 병을 들어 그녀의 잔을 다시 채워 주었다.

"이 와인, 단 만큼 알코올도 강해. 천천히 마셔."

민서는 눈을 깜빡였다. 알코올이 강하다고? 그러고 보니 얼굴이 후끈거리는 것 같기도 하다.

하지만 이깟 와인 반잔을 마셨다고 해서 바로 취할 리는 없다. 아직 그녀는 코트와 머플러도 하고 있었고, 집 안의 공기 또한 너무나 따뜻해서 얼굴로 열이 오른 것이라고 생각했다.

민서는 서둘러 코트와 머플러를 풀어 제 옆에 내려놓았다. 빨리 자리에서 일어날 거란 생각에 벗지 않았던 것인데 괜한 짓이었다. 어쩌면 이곳으로 올라오면서부터 일찍 일어날 수 없다는 것을 본능적으로 알아챈 것인지도 모른다.

"신지혁."

"어?"

"아까 신지혁 차에 타고 있었던 거 맞지?"

지혁은 진하를 보고 후배라고 했다. 그런데 진하는 지혁의 이름을 함부로 부르고 있었다.

"선배 아니야?"

"맞선 상대?"

진하는 그녀의 말에 답을 하지 않았다. 아니, 답을 할 생각이 아예 없는 것처럼 보였다.

"아까 본 친구 있지? 그 친구 곧 결혼할 사람이 강채윤 선수거든. 만나서 그냥 밥 먹은 거야."

민서는 제 입을 때려 주고 싶다고 생각했다. 그냥 맞선 상대라고 말을 하면 되는데 왜 그 말을 하지 못한 것일까. 다시 심장이 불안하게 뛰기 시작했다.

"너무 늦은 것 같네. 나중에 제대로 보자. 내가 맛있는 거 살게."

괜히 코트와 머플러를 벗었다고 생각했다. 민서가 서둘러 코트를 향해 손을 뻗었을 때, 아직 식탁 위에 놓여 있던 왼손이 잡혔다.

"이민서."

"어?"

"자고 가."

윤진하의 손은 너무나 뜨겁다.

❖

온몸이 찌뿌듯해서 눈을 제대로 뜨기가 힘들었다. 뭔가 밝은 것 같기도 하고, 아닌 것 같기도 하다.

눈을 비비며 가까스로 눈꺼풀을 들어 올렸을 때 민서는 제 눈앞의 광경이 현실인지 판단이 되지 않았다. 현실감각을 찾기 위해 몇 번이나 눈을 깜빡이며 천장을 보았다. 나현의 집이 고급 아파트라고 해도 천장까지 대리석으로 되어 있진 않았다.

정신을 차리며 몸을 일으키려고 하는데 피부가 시트에 쏠리자 따끔거리며 아프고, 다리 사이가 불편했다.

어젯밤…….

진하가 건넨 와인의 도수는 꽤 높았다. 따뜻한 실내에서 그것도 한 번에 그렇게 와인을 삼켰으니 취기가 올라오지 않을 수 없었다. 그리고 자고 가라며 제 손을 잡은 진하의 손을 뿌리쳐 내지 못했다.

고개를 숙인 민서가 시트를 살짝 걷었다. 다행히 셔츠를 걸치고 있긴 하지만 이건 그녀의 옷이 아니었다. 누가 보아도 남자의 옷이다. 게다가 브래지어를 하고 있지 않았다. 그때였다. 길고 단단한 팔이 훅 다가와 그녀의 허리를 감싸며 다시 자리에 눕게 만들었다. 부스럭거리는 시트 틈에서 한쪽 눈만 뜬 진하와 눈이 마주쳤다. 진하는 늘 그렇듯 한쪽 입매만 올리며 웃었다. 저 웃음이 좋았다.

"좀 더 자. 이제 겨우 6시야."

그렇게 말하며 진하는 허리를 감싸고 있는 팔에 힘을 주어 아예 그녀를 자신의 품으로 끌어당겼다. 반항할 틈도 없이 진하의 품에 안긴 민서는 벗어나기 위해 팔을 뻗었다. 하지만 진하는 꿈쩍도 하지 않는다.

두 사람의 상체는 거의 틈을 찾아볼 수 없을 만큼 딱 붙어 있다.

그리고 더 적극적으로 진하를 밀지 못한 것은 그가 상의를 완전히 탈의했기 때문이었다. 남자의 맨살을 만지는 건 처음이었다. 그것도 가슴을……. 옷을 입고 있을 땐 체격에 비해 말랐다고 생각했다. 그런데 그는 의외로 운동을 하는 편인지, 타고난 체격이 그런 것인지 단단한 근육질이었다.

그때였다. 진하의 다른 손이 그녀의 뒤통수를 부드럽게 쥐고 조금 더 끌어당겼다. 민서의 왼쪽 얼굴이 완전히 그의 가슴에 닿았다.

두근.

일정하게 뛰는 진하의 심장 소리가 마치 천둥처럼 울렸다. 문득 자신의 심장박동이 걱정되었다. 하지만 진하는 이미 잠이 든 것 같았다. 어떻게든 이 품에서 빠져나와야겠다고 생각했다. 하지만 그는 긴 왼쪽 다리를 뻗어 그녀의 다리를 감고 있고, 두 팔론 그녀의 상체를 완전히 감싸고 있었다.

원래 이렇게 누군가를 안고 자는 게 버릇인 사람 같았다. 이제껏 그런 역할을 해 준 건 여자 친구였을 것이다. 지금은 그런 역할을 해 줄 여자 친구가 없는 것일까? 머릿속이 복잡하게 돌아갔다.

한참 혼자 이런저런 생각에 빠져 있을 때 그녀의 상체를 감싸고 있던 팔에서 힘이 빠진 것을 느꼈다. 민서는 최대한 진하가 깨지 않게 조심히 움직였다. 그리고 가까스로 진하의 침대에서 벗어났다.

혼자 쓰는 침대인데도 불구하고 진하는 제일 커다란 사이즈를 쓰는 듯했다. 안방은 무척이나 넓은데 가구라곤 가운데에 덩그러니 놓인 침대 하나가 전부였다. 화려한 인테리어와 다르게 삭막한 느낌.

물끄러미 잠든 진하의 모습을 바라보던 민서가 이내 정신을 차리고 방에서 빠져나왔다. 조용히 방문을 닫고 돌아섰을 때 민서는 저도 모르게 비명을 지를 뻔했다. 그녀와 그의 옷들이 마구잡이로 뒤엉켜 줄줄이 늘어져 있었다. 서둘러 자신의 옷을 고르고 진하의 옷은 대충 개켜 소파 위에 올려놓았다.

어제 정신을 잃을 정도로 술을 마신 건 아니었다. 이러면 안 된다고 생각하면서도 눈이 마주치는 순간 키스가 시작되었다. 그리고 옷이 벗겨지고……. 그 뒤가 기억이 나지 않는다. 하지만 진하와 정말 끝까지 간 것은 아닐 것이다. 그건 본능적으로 알 수 있었다.

욕실에서 서둘러 양치질을 하고 옷을 갈아입은 다음 탈옥이라도 하는 것처럼 진하의 집에서 빠져나왔다. 택시를 불러 겨우 올라탔을 때 민서는 안도의 한숨을 쉬었다.

집에 돌아오자마자 샤워를 하고 그대로 잠이 들었다. 달그락거리는 소리에 자리에서 벌떡 일어났다.

"아, 집에 돌아왔었지……."

침대에서 일어나 바닥에 널브러진 가방을 보았다. 안에 있는 휴대폰을 보기가 왠지 겁이 났다. 하지만 업무적인 연락이 왔을지도 모른다. 겨우 용기를 내어 휴대폰을 꺼내 화면을 보았을 때 민서는 자신이 지금 쉬는 한숨이 안도의 한숨인지, 왠지 모를 섭섭함의 한숨인지 알 수 없었다.

몇 건의 스팸 문자만이 와 있을 뿐, 진하에게 온 연락은 없었다. 왠지 모르게 실소가 나왔다. 무슨 자신감으로 휴대폰 보기가 두렵다고 생각했던 것일까.

[너무 시간이 늦은 것 같아 메시지 남깁니다. 잘 들어가셨죠? 내일 전화해도 될까요?]

스팸 문자들 사이에 지혁의 문자가 남아 있었다. 그러고 보니 어제 지혁과 소개팅을 했다는 사실도 잊고 있었다.

그때 똑똑, 소리와 함께 나현이 빼꼼 얼굴을 내밀었다.

"너무 곤히 자고 있어서 밥 다 하고 깨우려고 했는데."

"언제 들어왔어?"

"1시간 전에, 빨리 나와. 너 좋아하는 비빔국수 했어."

"임신했으면서 뭘 그런 걸 해. 그러고 보니 입덧은 괜찮아?"

"먹덧인가 봐. 요즘 왜 이렇게 먹어도 먹어도 안 질리니?"

민서가 웃으며 몸을 일으켰다. 몸이 뻐근한 느낌이 들었지만 아무렇지 않은 척하며 밖으로 나와 식탁에 앉자 먹음직한 비빔국수가 보였다. 열무김치를 가득 넣은 비빔국수는 나현이 유난히 좋아하는 음식이었다. 그리고 나현 때문에 민서도 어느덧 좋아하는 음식이 되었다.

"오늘따라 양이 곱빼기네."

"조금만 더 삶아야지, 하다가 이렇게 됐어."

"채윤이는?"

"출국했지. 새벽에 가기 싫다고 울고불고. 애가 애를 키운다."

말은 그렇게 하면서도 사랑스러워서 어쩔 줄 모르겠다는 얼굴을 하고 있었다. 그리고 국수를 크게 떠서 입으로 넣었다.

"참기름 좀 더 넣을까?"

이미 참기름 냄새가 훅 끼쳐 왔다. 민서가 젓가락을 들어 한 번 더 비비고 입으로 가져갔다.

"아니, 고소하고 맛있어."

"엄마한테 열무김치 좀 더 달라고 해야겠다. 참, 어제 지혁 오빠 어땠어? 사람 진짜 괜찮지?"

민서가 국수를 씹으며 고개를 끄덕였다. 한 번만 보아도 지혁이 괜찮은 사람이라는 것은 바로 알 수 있었다.

"그만한 사람 보기도 힘들어. 게다가 프로 선수 중에. 채윤이만 아니었어도 내가 확 낚아채는 건데."

"배 속의 애가 듣거든요?"

"말이 그렇다는 거지. 너도 아까운 청춘 썩히지 말고 연애 좀 하고. 참, 결혼은 굳이 안 해도 돼. 난 어쩔 수 없이 하지만."

"선수들는 내조가 중요하다며."

"그거야……. 지혁 선배 버는 것도 많고, 집안도 좋은데 알아서 잘하겠지. 뭐, 연애만 하려고 너 소개시켜 달라고 한 건 아니겠지만."

나현이 입술을 삐죽이며 다시 국수를 입으로 넣었다. 대체적으로 선수들의 결혼 시기가 빠르다고 나현이 그랬다. 그러나 지혁은 이른 것도 아니고 일반인으로 보아도 한창 결혼 적령기의 남자였다. 역시 세 번 더 만나는 것도 부담이 될 수도 있을 듯했다.

그녀도 연애와 결혼은 별개라 생각했고, 채 감독을 보고 자라서 그런지 결혼에 대한 환상 같은 것도 없었다. 그렇다고 연애에 대한 환상은 있었던가. 진하를 그렇게 좋아했다고 해서 정말 사귀고 싶다고 생각한 것도 아니었다. 그땐 힘들었지만 돌이켜 보면 혼자 좋아했던 것도 나쁘지 않았다.

"……야. 이민서."

"어?"

"어제 그 윤진하 뭔데. 연락 왔어?"

나현에게 어떻게 말을 해 줘야 할까. 어제 큰일까지는 없었지만, 그래도 직전까지는 갔었다고 이야기를 해야 하나. 하지만 괜히 임신 중인 나현이 열을 낼 일은 만들고 싶지 않았다.

"나중에 밥이나 한 끼 하자고."

"뉘 집 아들인지 잘생기긴 했더라."

"맞아, 그래서 인기 많았어."

진하는 어디에 있어도 눈길을 끄는 사람이었다. 남자들도 시기나 질투를 하기는 했지만, 사실상 좋아하는 것이나 마찬가지였다. 진하는 확실히 그런 면이 있었다. 비단 외모나 재력 때문은 아니겠지만 사람의 시선을 끌어당기는 매력이 있었다.

그날, 넘어진 그녀를 도와주지 않았다고 하더라도 언젠간 좋아하게 됐을 것이라고 생각했다. 그리고 그저 동기들처럼 바라보기만 했을 것이다. 그때나 지금이나 진하는 말을 걸기 어려운 사람이었으니까.

"가슴앓이한 사람이 우리 이민서뿐만은 아니었네?"

"그렇지. 내가 아는 애들만 해도 다섯은 넘을걸?"

"민서야."

나현이 젓가락을 내려 두고 진지한 얼굴로 민서를 보았다. 민서는 괜히 국수를 뒤적거렸다.

"엄마 때문에 많이 힘든 거 알아. 억지로 누군가 만나거나 하지 않아도 돼."

"따지고 보면 난 엄마보다 할아버지 할머니와 산 시간이 훨씬 많은데."

"딸 사춘기 때 보란 듯이 집에 남자 끌어들여서 침대에서 뒹구는 것만으로도 죄야."

이를 부득부득 가는 나현 때문에 민서는 웃고 말았다. 그러고 보니 그런 일도 있었다. 잊고 있었다. 채 감독보다 훨씬 어렸던 그 남자는 거실에 동상처럼 굳은 듯 서 있는 민서를 보고 허겁지겁 몸을 가렸었다. 그런데 채 감독은 아무 일도 아니라는 듯 알몸으로 일어나 대충 가운을 걸치며 욕실로 들어갔다.

아무리 사춘기라고 해도 민서 역시 자신이 평범한 집안의 아이가 아니라는 것은 알았다. 그래서 채 감독의 그런 행동이 그렇게 충격적인 것도 아니었다. 그때 같이 집에 갔던 나현이 훨씬 충격을 많이 받았다.

"그때 생각하면 아직도 너한테 미안해."

"미안하긴. 아줌마 그러는 게 뭐 한두 번도 아니었고."

나현도 다 이해한다는 듯 그저 고개만 끄덕였다. 그리고 다시 젓가락을 들고 국수를 먹기 시작했다. 혀로 아랫입술을 툭 미는데 찌릿한 아픔이 왔다. 그러고 보니 어제 진하가 키스를 하면서 입술을 깨물었다. 입술에 멍울이라도 생긴 게 아닐까 괜한 긴장이 되었다.

"왜 일어나?"

"잠깐 화장실 좀."

재빨리 자리에서 일어나 욕실로 들어와 거울을 보았다. 다행히 겉보기엔 아무렇지 않아 보였다. 입술을 뒤집어 보니 씹힌 생채기가 고스란히 드러났다.

"하아."

❖

소파에 앉은 채 검지로 팔걸이를 툭툭, 쳤다. 그것은 마치 메트로놈처럼 간격이 일정했다.

"……님? 대표님?"

"아, 네."

꼬고 있던 다리를 풀고 저도 모르게 미간에 들어가 있던 힘도 풀었다. 손가락 끝으로 몇 번이나 미간을 문지르고 상체를 앞으로 살짝 숙였다. 지금은 이민서에 대한 생각보다 앞에 있는 기자와의 인터뷰에 더 집중을 해야 할 때였다.

"카페 빈스가 설립 2년 만에 지점을 열다섯 개나 오픈하게 되었는데 세간의 관심이 아주 뜨겁습니다. 모두 직영이고, 로테이션 근무를 한다는데 어떻게 가능한가요?"

"처음 작은 무역 회사를 차렸을 때부터 보스와 직원 간의 불편한 관계가 좋지 않다고 여겼고, 저 역시 회사의 일원으로 같은 일을 하고 즐기는 게 좋겠다고 생각했습니다. 그게 지금까지 좋은 결과로 이어져 왔다고 봅니다."

처음엔 커피 원두를 수입하여 판매를 하는 작은 사업으로 시작했다. 그러다 어릴 때 이탈리아에서 살던 경험을 바탕으로 카페를 차려보는 건 어떨까 생각해서, 사업이 어느 정도 자리가 잡히자 하나씩 준비를 했고 어느 순간 돌아보니 꽤나 탄탄한 회사로 성장했다.

주변에서 모두 가맹 계약을 맺자고 했을 때도 진하는 흔들리지 않았다. 베트남 커피 농장을 사들이고 그곳 직원들 역시 한국과 같은 임금을 주기 시작했다. 옆에서는 미친 짓이라며 그를 말렸지만 그는 그대로 밀고 나갔고. 현지의 직원들은 더더욱 열심히 일했다.

그래서 늘 품질 좋은 원두를 생산해 낼 수 있었고, 원두의 질만은 누구에게도 뒤진다고 생각하지 않았다. 그것이 바로 '카페 빈스'의 탄탄한 성공의 원인이었다.

모두에게 기본에 충실한 운영이라고 말하고 있었지만 그것을 곧이 곧대로 받아들이는 사람은 없었다. 앞에 있는 기자 역시 마찬가지인 모양이었다.

"소문으로도 들었는데 정말 눈이 번쩍 뜨일 미남이시네요. 아직 미혼이시라고 들었는데 여자 친구분은 계신가요?"

상당히 실례되는 질문이다. 바로 옆의 총괄이사이자 사업을 시작할 때부터 함께해 온 원준이 눈을 질끈 감았다. 분명 인터뷰 시작 전 사적인 질문은 절대 금한다고 말을 했을 것이다. 하지만 몇몇 사람들은 이렇게 선을 넘어서기도 한다.

"없습니다."

원준이 놀란 듯 토끼 눈을 뜨고 진하를 보았다. 일체 이런 내용에는 질문을 패스하거나, 웃음으로 넘기곤 했었다. 이렇게 직설적으로 답을 한 건 그러고 보니 처음이기도 했다.

"인기 정말 많으시겠어요."

"성질머리가 이래서, 전혀 없다고 보시면 됩니다. 제가 약속이 있는데."

"어머, 벌써 시간을 넘겨 버렸네요. 인터뷰가 너무 재밌어서 시간 가는 줄도 몰랐어요."

"기사 잘 부탁드립니다."

"오늘 인터뷰 정말 고맙습니다, 윤진하 대표님."

이렇게까지 인사를 했는데도 불구하고 이 여자는 일어설 생각이 없는 듯했다. 결국 진하가 자리에서 일어나 대표실 문을 열었다. 그러자 여자가 얼굴을 살짝 붉히며 자리에서 일어났다. 눈치가 빠른 원준이 여자를 배웅하겠다며 문을 닫고 나가자 진하는 자신의 자리로 돌아가 앉으며 고개를 뒤로 젖혔다.

베트남 공장에 사고가 있어 월요일에 바로 출국을 해 겨우 일을 마무리하고 오늘 새벽 비행기로 들어왔다. 직원의 부주의로 손가락이 잘린 사고였다. 다행히 접합수술이 잘 마무리되고 의식을 차린 것까지 보고 나서야 한숨을 돌릴 수 있었다. 진하가 주머니에서 휴대폰을 꺼내 들었다. 그리고 잠시 멈칫했다. 전화를 걸려던 찰나 전화가 들어왔기 때문이었다.

"네, 윤진하입니다."

– 저녁에 한잔 어떠냐?

민서는 지혁과 소개팅을 했다고 말했다. 그날 밤, 무슨 일이 있었던 것은 아니지만, 없었던 것도 아니다. 같은 고등학교 출신이라 선후배로 지내 온 지혁이 첫눈에 반한 사람이 다름 아닌 이민서였다니.

대학 시절에, 아주 잠깐 착각을 했던 때가 있기도 했다. 당연히 민서가 자신을 좋아한다고 생각했다. 지금 생각하면 무슨 자신감이었는지. 이젠 이름도 가물가물한 그때 그 여자의 말을 듣는 게 아니었다. 원래 모든 과거는 후회로 얼룩이 진다.

"게임은?"

– 당연히 이겼지, 인마.

"오늘 저녁은……."

– 내가 좀 심장이 떨려서 그래. 가볍게 한잔하자. 내가 너희 동네로 갈게. 늘 보던 데서 봐. 8시까지다.

진하가 대답을 하기도 전에 통화가 끊겼다. 민서에게는 내일 전화를 해 봐야겠다고 생각하며 자리에서 일어났다.

벌써 6시 30분. 비행기 안에서도 거의 쉬지 못했고, 현장에 가서도 마찬가지였다. 당장이라도 쓰러져 잠을 잘 수 있을 것만 같았다.

"와, 거머리다. 완전 거머리야. 너한테 분명히 오늘 내로 연락 간다."

원준이 혀를 내두르며 문을 열고 들어섰다. 그러다 재킷을 걸치고 있는 진하를 보며 살짝 눈을 치켜떴다.

"퇴근하게?"

"닷새 내내 잠도 거의 못 잤어."

"우리 대표님 힘드신 거야 잘 알지. 다음 주에 큰 건까지 걸려 있는데 내가 붙잡을 수도 없고."

"붙잡아?"

"우리 혜진 씨가 오늘 맛있는 도시락 싸서 온다고 했거든. 같이 한 강공원이나 갈까 했지."

이럴 때 보면 원준은 참 낭만적인 데가 있다. 그래서 대학 시절 미스코리아에 나갈 정도로 미인인 혜진을 낚아챘다며 얼마나 자랑을 해 댔는지 모른다.

"두 분이서 오붓한 시간 가져. 결혼도 겨우 한 달 남았는데 그동안 16호점 준비하느라 시간도 거의 못 냈었잖아."

진하가 서랍에서 봉투를 꺼내 원준에게로 내밀었다. 원준이 봉투를 받아 안을 살피며 환히 웃었다.

"혜진 씨한테 미안해서 주는 거니까, 데이트도 좀 하고."

"인마, 너밖에 없다."

"징그럽게 뭐 하는 짓이야."

원준은 옛날부터 이런 스킨십이 잦았고 그때면 늘 진하는 정색을 했다. 그럼에도 불구하고 원준은 이런 스킨십을 멈추지 않았다. 그래서 처음에 베트남 농장에서 두 사람을 커플로 오해하기도 했었다. 그때 이후로 진하는 더욱더 원준의 스킨십을 질색하게 됐다.

"인마, 너나 연애 좀 해. 아까 그 기자도 꽤 괜찮던데."

방금 전까지만 해도 거머리라고 했던 사람이 누구였더라. 진하가 픽 웃었다.

"장원준 씨나 열심히 연애해."

"인마, 나는 결혼이지. 이 자식은 뭐가 모자라서 연애 한 번을 제대로 못 해."

"그 양반 때문이겠지."

원준이 입을 다물었다. 예전부터 아버지에 대한 이야기만 나오면 원준은 모르는 척 귀를 닫았다. 저렇게 귀와 입을 닫기 위해 진하도 입에 올리기도 싫은 인간을 한 번씩 약으로 썼다.

"참, 이거 받아라."

원준이 주머니에서 차 키를 꺼내 건네주었다. 그러고 보니 얼마 전부터 차가 울렁거리는 증상이 있어 새 차를 계약했었다.

"오전에 내가 가지고 왔어. 네 자리에 놨다."

"고마워, 형."

"이럴 때만 형이지."

웃으며 어깨를 툭 치는 원준을 보고 웃고 말았다. 주머니에서 기존에 있던 차 키를 꺼내 원준에게 주었다.

"이런 일까지 다 맡아 줘서 고마워."

"대표님이 나 먹여 살리는데 이런 거라도 해야지."

원준은 한국에 처음 들어와 입학한 고등학교에서 만나게 된 첫 짝꿍이었다. 출석일수도 모자라고 발달 장애가 있다며 학교에서도 두 번이나 유급을 당했다. 하지만 그건 어른들이 제대로 아이에게 관심을 갖지 않아 생긴 소통의 부재였다.

원준은 어려서 부모에게 버림받고, 늘 입양 직전에 거절을 당했던 터라 주눅이 들어 있었다. 게다가 진하는 한국의 왕따 문화가 그렇게나 심한 것도 처음 알았다. 모두가 원준을 피했고 대놓고 저 덜떨어진 놈과 놀지 말라며 유치한 말도 했었다.

고등학교 때 진하는 그런 원준의 옆에서 제대로 공부를 기초부터 가르쳐 주었고, 모든 것을 함께했다. 그건 동정이라기보다 어쩌면 동지애와 비슷했다.

알고 보니 원준은 발달 장애도 아니었고, 그저 기초가 모자랐을 뿐 오히려 똑똑한 사람이었다. 3년을 공부해 원준이 서울 소재의 대학을 붙었을 때, 정말 학교에서는 그 기쁨을 감추지 못했다.

그러나 정작 진하는 시큰둥했다. 원준이 당연히 할 수 있는 걸 모두의 무관심 탓에 놓칠 뻔했기 때문이다.

"형."

"어, 말해."

원준은 진하의 어지러운 책상을 벌써부터 정리하고 있었다. 그렇게 하지 않아도 된다고 늘 말했지만 원준은 일단 깔끔한 성정이었고 무엇이라도 흐트러진 것을 보기 싫어했다.

"내가 정말 여자였으면 형하고 결혼했다."

"인마, 내가 안 했지. 이렇게 손이 가는 놈인데."

"갈게."

"그래, 주말에 좀 푹 쉬어. 형이 만든 김치찌개 먹고 싶으면 언제든 전화하고."

"결혼 준비나 착실히 해. 간다."

사무실을 나와 엘리베이터에 올라탔다. 확실히 지난 며칠간 제대로 잠을 자지 못해서 그런지 조명이 눈이 부시게 느껴졌다. 눈을 감고 있어도 그 따가움이 고스란히 느껴졌다.

원래 타고 다니던 차의 옆으로 다가가 스마트키를 누르자 바로 앞에 있는 새 차의 라이트에 불이 들어왔다. 그 차에 올라탄 진하는 의자와 미러를 맞추고 바로 핸들을 돌렸다.

금요일의 퇴근 시간은 도로가 꽉꽉 막힌다. 대교 하나를 건너가는 것도 꽤 힘들다. 라이트들에서 나오는 불빛은 음표처럼 늘어지고 있었다.

생각했던 것보다 일찍 도착한 그는 주차장 차단기가 열리지 않는 것을 보고 그제야 차가 바뀐 걸 생각해 냈다. 경비는 바로 처리를 해 준다며 차단기를 올려 주었다. 주차를 하고 계단을 타고 올라와 번듯한 건물에 있는 '포장마차'로 들어갔다.

"어이, 윤진하!"

새삼 해맑은 지혁의 얼굴을 마주하기가 어려웠다. 이 알 수 없는 감정은 대체 어디를 향해 달리고 있는 것일까. 진하는 저도 모르게 입술을 깨물었다. 시즌 중엔 술도 잘 마시지 않는 사람이 웬일인가 싶었다. 진하가 픽 웃으며 지혁의 앞으로 가서 앉았다.

사실 2년 전까지만 해도 지혁은 진하에게 있어 그저 고등학교 선배 정도였다. 그러던 중 회사 광고 관련으로 연락이 닿게 되었다. 그는 의미 있는 일에 쓰고 싶다며 흔쾌히 '카페 빈스'의 광고 모델 일을 수락했다. 아마 그때 원준이 아니었으면 진하는 지혁을 광고 모델로 쓰지 않았을 것이다.

"시즌 중엔 술도 잘 안 마시는 사람이 웬일이야."

진하가 앉자마자 살짝 들뜬 얼굴의 지혁이 그에게 잔을 내밀었다. 잔을 받자마자 움직이기 힘들 정도로 소주를 가득 부었다. 평소 소주는 알코올 향이 너무 강해 좋아하지 않았다.

"짠!"

정말 기분이 좋은 것인지 혼자 잔을 부딪치고 소주를 마시는 지혁을 보며 대충 입만 대고 내려놓았다. 곧 앞으로 부글부글 끓는 어묵탕과 몇몇 안주들이 나왔다. 크, 소리를 길게 내며 국물을 떠먹는 지혁은 정말 평소와 달랐다.

"나 저번 주에 소개팅했다고 말했지?"

"그랬지."

의식하지 못하는 새 조금 떨떠름한 목소리가 흘러나왔다. 하지만 지혁은 혼자만의 기분에 취해 진하의 목소리는 들리지 않는 모양이었다. 그 소개팅 상대가 이민서라는 것을 알고 있다. 아주 잘.

"내일 만나기로 했는데 진정이 안 된다."

쿵.

옆에서 들리는 소리에 절로 고개가 돌아갔다. 옆 테이블에 있는 사람이 잔을 놓쳐 깨트린 모양이었다.

"내일?"

"사실 오늘 당장 보고 싶었는데 나 경기 마치고 비행기 타고 오면 피곤할 거라고 또 배려하더라. 어떻게 사람이 그렇게 마음도 예쁘지?"

민서는 원래 착한 애였다. 처음 만난 날부터 알 수 있을 정도로. 그래, 이민서는 착한 여자였다.

"참, 너도 한국대 나오지 않았어?"

고개를 한 번 끄덕이고 소주를 물끄러미 바라보았다. 그저 바라본 것뿐인데 쓰디쓴 알코올의 기운이 코끝을 스미며 그대로 올라오는 것 같았다.

"하긴, 그 넓은 캠퍼스에서 어떻게 다 알겠어."

"알아. 생명과학부 이민서."

"어? 잠깐, 내 상대가 민서 씨인 거 어떻게 알았냐?"

지혁이 본능적으로 경계의 눈빛을 했다. 진하는 지혁의 잔에 다시 소주를 채웠다.

"그날 나도 그 식당에서 약속 있었어. 화장실 앞에서도 만났고."

"어? 아, 그날 나도 너랑 거기서 마주쳤었지?"

경계심이 바로 누그러지는 지혁을 보자 속이 답답해졌다.

그날, 왜 이민서는 그냥 도망을 간 것일까. 흔적 하나 없이 사라졌다. 처음부터 없었던 사람처럼. 마주쳤던 입술, 감싸 안았던 작은 등, 결이 고운 머리카락. 그게 모두 마치 꿈이었던 것만 같다.

어쩌면 이민서를 만난 게 정말 꿈은 아니었을까 생각하게 되었다. 그럼에도 불구하고 아직 연락을 하지 못한 건……

좀 솔직해지자, 윤진하.

그냥 이민서를 가지고 싶었다, 그 순간만은.

"……하."

"어."

"무슨 생각을 그렇게 해."

"아, 회사 일이 좀 복잡해서."

"참, 기사 봤어. 공장에서 사고 있었다며?"

"잘 해결됐어, 다행히."

"고생이 많다. 일이 힘들 텐데."

"나보다 직원들이 고생이지."

"하긴, 네 동점심이야 예전부터 알아줬었지."

이래서였다. 지혁을 그다지 모델로 고용하고 싶지 않았던 이유가. 원준은 지혁을 친구라고 말했지만, 지혁은 그저 원준을 불쌍한 사람 취급을 했다. 그리고 원준이 아직도 진하와 일을 하는 걸 보고 놀라워하지 않았던가.

확실히 신지혁이라는 남자는 집안도 좋고, 타고난 게 밝은 사람이다. 그래서인지 그것도 아니면 자신이 힘든 일을 겪어 보지 못해서인지, 남들을 이해하는 것에 조금은 감정이 둔한 듯했다.

"그럼 민서 씨 예전에 사귄 남자 친구들이나 연애사에 대해 좀 알아?"

"글쎄."

이민서의 연애사라. 어쩐지 진하도 조금은 궁금해졌다. 이민서는 누군가와 사귈 때 어떤 얼굴을 했을까. 어떤 말을 하고 어떤 행동을 했던 것일까.

"인기 많았겠지?"

"아마도."

동기들 중에도 민서를 좋아한 놈이 꽤 많았다. 주민은 늘 민서를 여동생 같은 애라고 했지만 한 번 고백을 했다 거하게 차인 것 정도는 알고 있었다.

"하긴 그 외모에, 그 인성에 인기가 없었을 리가 없지. 꽃은 좋아하려나?"

"천하의 신지혁이 뭘 그런 걸 걱정해?"

"나 이번엔 진짜 반한 것 같거든. 이제 정착도 좀 하고 싶고."

아마 지혁은 결혼을 하게 되면 정말 상대방에게 잘할 것이다. 타고난 것 자체가 다정다감하고, 여자들 마음도 잘 알지 않던가. 외모 역시 뛰어난 데다 능력도 있는 사람이었다. 한 번씩 쎄한 느낌을 줄 때 빼고는 말이다.

"아, 조금만 마셔야 하는데 쭉쭉 들어가네."

오히려 목이 타는 사람은 자신이다. 그럼에도 불구하고 술이 잘 먹히지 않아 결국 마시지 못했다. 보통 같으면 한 병 반 정도에 지혁이 저렇게 취하지 않는다. 그런데 정말 들떴던 모양인지 안주도 거의 먹지 않고 술만 내리 마시더니 꽤 취한 것 같았다.

"윤진하."

"말해."

혁가 살짝 꼬인 지혁은 피식 웃으며 몸을 좌우로 흔들었다.

"혹시 너도냐?"

쿵.

"뭐가?"

"너도 민서 씨한테 반했었냐? 아니, 좋아했었냐?"

지혁은 자신의 얼굴에서 무엇을 읽은 것일까. 딱히 감정을 드러내는 타입은 아니라고 생각했는데.

"아니지, 우리 고고하신 윤진하 님이 그럴 리가 없지."

"친구였어."

"과거형이다?"

"이민서가 일방적으로 연락을 끊었었거든."

"왜?"

"글쎄, 모르겠네. 그 이유나 물어볼까."

그냥 농담식으로 한 말이었다. 그런데 지혁이 주머니에서 휴대폰을 꺼내 들었다.

"궁금하면 물어봐야지."

"선배, 취했어."

"이 정도 가지고 취하긴 뭘."

그때 지혁의 휴대폰이 크게 울렸다.

"아, 독사 새끼. 네, 신지혁입니다. 네, 코치님. 아닙니다. 그냥 딱 한 잔이요. 알겠습니다."

전화를 끊은 지혁이 살짝 인상을 찌푸렸다.

"누가 나 술 마시러 나갔다고 찌른 모양이다. 감독님 오셨대."

"얼른 일어나."

"가면 휴대폰 내일 오전 훈련까지 압수일 텐데. 민서 씨한테 전화 한 번 하고 가야겠다."

들뜬 아이처럼 지혁이 웃으며 전화를 걸고 있었다. 진하는 손에 쥔 잔을 물끄러미 바라보았다. 이것을 마셔야 할지, 말아야 할지 잠시 고민이 됐다.

"여보세요? 네, 민서 씨. 저 신지혁입니다. 그럼요, 덕분에 게임 잘 마치고 왔습니다. 내일 약속 잊으신 거 아니죠?"

이 술을 마시면 답답함이 그나마 좀 줄어들까.

"기대하고 있겠습니다. 참, 퇴근은 하셨어요? 네? 차가요? 아, 제가 데리러 가면 좋은데. 12시까지면 너무 멀었는데. 아닙니다. 조금만 기다리세요. 제가 기사 하나 보내겠습니다. 주소만 좀 찍어 주시겠습니까?"

아무래도 민서에게 무슨 일이 생긴 것 같았다. 진하는 쥐고 있던 잔을 놓았다.

"네, 알겠습니다. 제가 지금은 숙소 들어가면 휴대폰을 빼앗겨서 연락이 안 될 것 같아서요. 네, 그럼 잠시만 기다리십시오."

서둘러 전화를 끊은 지혁이 재빠르게 손을 움직이기 시작했다. 곧 진하의 휴대폰으로 메시지가 들어왔다.

"거기 주소, 민서 씨 회사래. 차가 갑자기 퍼졌는데 택시 타기도 애매해서 동료 기다린대. 12시쯤 끝난다는데 그 시간까지 어떻게 기다리게 해. 친구라며? 가서 좀 모셔 와."

고개를 숙여 액정을 보았다. 양평.

지금은 그나마 교통 체증이 해결이 됐을 시간이다. 1시간 정도의 거리이니 속도를 조금 더 낸다면 더 빨리 도착할 수도 있을 것이다. 진하가 자리에서 일어났다.

차라리 택시를 타고 간다고 할 걸 그랬나.

정말 하필 차는 왜 이런 날 고장이 난 것일까.

그러고 보니 이 차는 참 오래 달리기도 달렸다. 출퇴근에 필요해 중고차를 사 온 날 나현은 노발대발했다. 어차피 자신은 매일 집에만 있고 차는 노니까 자신의 차를 쓰면 되는데 왜 이런 불안한 차를 사 왔냐면서. 하지만 나현의 집에서 늘 편하게 사는 것 같아 미안한데 차까지 빌릴 수는 없었다.

"이제 보내 줘야겠네."

저번에 한 번 이상이 있어서 정비소에 갔을 때 기사는 한 번 더 차가 퍼지면 그땐 정말 폐차를 하라고 조심스레 말했었다. 그땐 그녀도 그렇게 하겠다고 고개를 끄덕였는데 막상 이렇게 되자 또 마음이 쓰라리다. 무엇이 되었든 오래된 것들을 놓는다는 건 쉽지 않은 일이었다.

시골의 밤은 고요했다. 그리고 별이 뚜렷하게 보인다. 민서는 보닛 위에 올라앉아 뒤로 드러누워 밤하늘을 바라보았다. 반짝이는 별들이 당장이라도 얼굴을 향해 떨어질 것만 같다.

무조건 초보운전을 크게 붙여야 한다며 나현이 A4용지로 한 글자씩 크게 뽑아 와 뒤를 다 가렸을 때가 생각났다. 이래서 어떻게 운전을 하냐며 웃으니 다 알아서 피해 간다며 나현이 직접 운전대를 잡았다. 정말 거짓말 같게도 그 복잡한 서울에서 모세의 기적이 일어난 것만 같았다. 그리고 나현과 채윤에게 운전 연수를 받을 때 정말 무서워서 벌벌 떨었던 것까지 생각났다.

겨우 2년 전의 일인데 정말 오래된 일 같았다. 저도 모르게 웃으며 손바닥으로 보닛을 툭툭 쳤다.

"그동안 수고했어."

남들은 적은 연봉도 아니면서 왜 차를 바꾸지 않냐고 몇 번이나 물었다. 그냥 정이 들었다. 그래서 쉽게 버릴 수가 없었다.

그나저나 당장이 문제였다. 출근을 어떻게 해야 하나. 내일은 나현에게 차를 빌리더라도 새 차가 나올 때까지는 렌트를 해야 했다. 벌써부터 한숨이 흘러나오려고 했다.

그때 정문 쪽에서 들어오는 헤드라이트가 보였다. 자리에서 일어나니 흰색의 SUV가 미끄러지듯 들어오고 있었다. 반가움이 앞서 서둘러 보닛을 내려오려다 이내 차에서 내리는 얼굴에 그대로 굳고 말았다. 일주일 만의 윤진하였다.

심장이 철렁 내려앉았다. 아니, 조이는 느낌인가? 피가 제대로 통하긴 하는 건지 의심스럽다. 손가락 끝이 저릿거리고 명치는 자꾸만 간지럽다.

일주일의 시간이 흘렀지만 그날 밤의 기억은 아직 지워지지 않았다. 어떤 얼굴로 봐야 할까. 잠시 고민하던 틈에 어느 순간 진하가 가까이 다가왔다. 시선 끝에 있는 건 먼지 하나 내려앉지 않은 깨끗한 로퍼였다.

고개를 들어야 할까, 고민하던 찰나였다. 발걸음을 옮기나 싶더니 진하가 그녀의 옆으로 와 앉았다.

"이렇게 누워서 하늘 보는 기분도 괜찮네."

방금 전 그녀가 누워 있던 자세 그대로 진하가 누웠다. 물론 키가 훨씬 커서 발이 바닥에 닿은 채였지만. 민서가 저도 모르게 입술을 깨물었다.

대체 윤진하는 지금 뭘 하자는 것일까? 그날 술을 마시긴 했지만 둘은 사귀는 사이도 아니었고, 친구라고 말하기도 애매한 사이였다. 그저 성욕을 풀기 위해 필요한 것이었을까? 그렇게 쉬운 사람으로 보였던 것일까?

일주일간 꼬리에 꼬리를 무는 생각들 때문에 몇 번이나 실수를 할 뻔했다. 그렇게 진하는 일주일 내내 머릿속에서 그녀를 괴롭혔다. 그래서 마음이 추슬러질 때까지 보고 싶지 않았다.

조금 더 솔직해지자. 과연 마음이 추슬러질 수 있었을까? 아니, 안 됐을 것이다. 그래서 평생 진하를 보지 않겠다고 생각했다. 그 일을 없었던 일로 할 수는 없으니까.

"어?"

그때였다. 손목이 잡히는가 싶더니 곧 하늘이 보였다. 진하가 그녀의 손목을 잡고 다시 방금 전처럼 눕게 만든 것이었다.

그렇게 아름다웠던 밤하늘이, 그렇게 반짝였던 별들이 지금은 그저 뿌옇게만 보인다. 그제야 눈물이 차올랐음을 깨달았다.

제발 진하가 하늘을 올려다보고 있기를.

4. 어떤 다짐

눈을 깜빡이면 그대로 눈물이 흘러내릴지도 모른단 생각에 힘을 주어 부릅떴다. 그대로 눈물이 스며들었으면 좋겠다는 생각이 들었다. 하지만 그건 뜻대로 되지 않았다. 결국 눈물이 눈가를 타고 흘러내렸다. 아직 오른쪽 손목은 진하에게 잡혀 있었다. 빼고 싶지만 힘을 주어도 진하의 손은 꿈쩍도 하지 않는다.

차라리 눈을 감자 싶었다. 그때 손목을 잡고 있던 힘이 풀렸다. 하지만 고개를 돌려 진하를 볼 용기는 나지 않는다. 얼굴에서 열기가 느껴진다.

커다랗고 뜨거운 손이 그녀의 볼을 스쳤다. 놀란 민서가 눈을 크게 뜨며 저도 모르게 고개를 돌려 진하를 보았다. 갑작스런 그녀의 행동에 오히려 놀란 듯 진하도 눈을 크게 떴다.

"내가 온 게 그렇게 울 만큼 감격스러운 일인가?"

예전의 진하는 이런 농담을 하지 못했다. 지난 2년간 그에게 무슨 일이 있었던 것일까.

"신지혁이 오길 기다린 건가?"

"어떻게……."

그리고 보니 분명 지혁에게 전화가 왔었다. 그런데 그녀를 데리러 온 사람이 진하라니, 생각을 하지 못했다.

"술자리에 같이 있었어."

"술?"

"아, 난 안 마셨거든."

설마 술을 마시고 운전을 했을까 싶어 놀라긴 했지만 이내 아니라는 말에 고개를 끄덕였다. 그리고 보니 진하는 그 일에 대해 아무 내색도 하지 않는다. 마치 그날 아무 일도 없었던 것처럼. 사실 그녀보다 더 잊고 싶은 건 진하가 아닐까?

"내일 만난다며?"

진하가 입을 열 때마다 불안하다. 그날 일을 이야기할 것 같아서.

"제일 친한 친구가 소개해 준 사람이야. 한 번만 만나고 결정할 순 없잖아."

서둘러 보닛에서 내려오자 진하도 몸을 일으키며 내려왔다. 마주 서자 새삼 진하의 키가 크다는 것이 느껴졌다. 그리고 보니 맨발이다. 보닛 위로 올라올 때 구두를 벗어 두었는데. 고개를 두리번거리며 구두를 찾았다. 대충 벗어 두었더니 구두가 진하의 뒤쪽으로 널브러져 있는 게 보였다. 진하는 구두를 집어 그녀의 앞으로 한쪽 무릎을 꿇고 앉아 놓아 주었다.

"뭐 해?"

구두를 신는데 서두르다 보니 발이 잘 들어가지 않는다. 부어서 그럴지도 모른다. 아니면 사고 나서 오늘 처음 신은 탓에 아직 발에 맞쳐지지 않아서 그런 것일지도 모르고. 그때 진하가 손을 내밀었다.

"잡고 신어."

"발이 좀 부었네."

겨우 왼쪽 발을 넣었다 했더니 고통이 확 밀려왔다. 검정 스타킹을 신고 있어서 물집이 잡힌 것도 몰랐었다. 인상을 찌푸리자 진하가 다시 구두를 벗게 만들었다. 그리고 자리에서 일어나 그녀에게로 팔을 뻗었다. 놀란 민서가 뒤로 주춤 물러섰다.

"신기 힘들잖아."

"괜찮아."

"괜찮긴, 그냥 걷기도 힘들어 보이는데."

진하가 그녀의 무릎과 등 뒤로 가볍게 팔을 넣어 안아 들었다. 태어나 누군가에게 이런 식으로 안겨 본 적은 처음이었다. 그것도 다름 아닌 진하에게. 심장이 미친 듯이 뛰기 시작했다. 진하는 자연스럽게 조수석 문을 열고 그녀를 앉혀 주었다. 그리고 다시 그녀의 차 근처로 가서 가방과 구두를 주워 들고 돌아왔다. 뒷좌석에 그것을 놓아두고 운전석으로 와 앉은 진하가 자연스레 핸들을 돌렸다.

"밥은?"

"생각 없어서……."

"2년 전에 비해서 살 많이 빠졌어."

그건 사실이다. 연구소 일이 더 바빠지면서 끼니를 놓칠 때도 있었고, 주말이면 논문 때문에 정신이 없어 대충 빵이나 간식을 주워 먹는 것으로 끼니를 때울 때가 많았기 때문이다.

나현과 민서는 되도록 끼니는 잘 챙겨 먹으려고 했지만 서로 각자의 일에 집중하다 보면 새벽이 되기 일쑤였다. 그래서 주로 야식을 먹고 넘길 때가 많았다.

2년 전만 해도 볼살이 통통했던 것도 같은데 지금은 턱선이 고스란히 드러났다. 그래서인지 무작정 어리게 보던 사람들도 많이 사라졌다.

"일 많이 힘들어?"

"힘들지만 재미있어."

"일단 뭐라도 먹고 올라가자."

여긴 딱히 이 시간에 먹을 게 없다고 말하고 싶었지만 이미 진하의 차는 24시간 국밥집 주차장 안으로 들어서고 있었다. 아마 양평에 들어오면서 이미 이런 것들을 다 봐 둔 모양이었다.

"안 내려?"

"나 괜찮은데."

"내가 저녁을 못 먹어서 그래."

사실 오늘 점심도 제대로 먹지 못해서 출출하기는 했다. 하지만 진하와 대화를 하는 것조차 이렇게 힘든데 밥까지 먹으면 체하지 않을까 싶어 빨리 서울로 올라가고 싶었는데.

식당 안으로 들어가자 예상외로 사람이 꽤 많이 앉아 식사를 하고 있었다. 두 사람이 자리를 잡고 앉자 바로 아주머니가 컵과 물통을 놓아 주었다.

"뭐 먹을래?"

진하의 물음에 메뉴판을 보았다. 순대국밥을 먹자니 선지가 이에 낄 것 같아서 신경이 쓰인다. 문득 이런 걸 고민하고 있는 스스로가 우스워 저도 모르게 웃고 말았다.

"왜?"

"뭐가?"

"방금 웃었잖아."

"별거 아니야. 전 내장국밥으로 주세요."

"같은 걸로 주십시오."

주문을 마친 진하가 자연스레 컵에 물을 따라 건네주었다. 그러고 보니 진하가 이런 음식을 먹던가? 대학 다닐 때 분명 순대도 못 먹었던 것 같은데.

"이런 음식 못 먹지 않았어?"

"회사 생활 하면 필수야."

"아……."

"넌?"

"뭐가?"

"순대 좋아했잖아. 한 접시 시킬까?"

됐다고 말하기도 전에 진하가 주문을 마쳤다. 그나저나 그녀가 순대를 좋아했었다는 사실을 어떻게 기억하고 있는 것일까. 묻기도 어색해 죄 없는 물만 벌컥벌컥 마셨다.

음식이 앞으로 나오자 배가 훅 고파졌다. 밥을 말아 대충 새우젓으로 간을 한 다음 고개를 숙이고 밥을 떠먹기 시작했다. 정신없이 먹다 앞에 있는 접시가 움직여 고개를 드니 진하가 그녀의 앞으로 순대와 깍두기 접시를 밀어 주고 있었다.

"배고팠나 봐?"

"생각해 보니 점심도 대충 건너뛰어서."

"그럼 나하고 밥 먹기 싫었던 거네."

그것도 사실이라 말을 하지 못하고 순대를 집어 입으로 가져갔다. 이곳은 점심시간에 자주 오는 곳이기도 했고 음식도 꽤 맛있어서 이 근방에서 유명한 곳이기도 했다. 배가 고프니 당연히 더 맛있기도 했고.

"넌 안 먹어?"

"누가 먹는 것만 봐도 배불러서."

그녀가 벌써 국밥의 3분의 1을 없앴는데도 불구하고 진하는 시작도 하지 않은 듯했다. 그녀가 물끄러미 진하의 그릇을 쳐다보자 대충 새우젓을 풀어 숟가락을 입으로 가져갔다. 사실 배가 고프지 않은데 그녀를 배려했던 게 아닐까 싶었다.

"배 안 고팠던 거 아냐?"

"고팠어. 그런데 신기하게도 너 잘 먹는 거 보니 배가 부르네."

진하는 공깃밥 반 공기를 말아 제대로 섞지도 않고 입으로 가져갔다. 이 집은 깍두기보다 겉절이가 맛있는 집이었다. 민서는 겉절이 그릇을 그가 먹기 편한 위치로 놓아 주었다.

"이 김치가 맛있거든."

"자주 오나 봐?"

"바로 앞이기도 하고 단골이거든."

그냥 일상 이야기를 하는데도 아직 불안하다. 진하가 언제 일주일 전의 이야기를 꺼낼지 몰라서. 하지만 진하는 그녀가 밥을 다 먹을 때까지 입을 열지 않았다.

밥 생각 없다는 말이 무색하게도 민서는 그릇을 싹싹 비워 냈다. 자연스레 진하가 계산을 하고 밖으로 나왔다.

"커피 마실 곳은 없나?"

"이 시간엔 편의점뿐인데."

바로 옆에 있는 편의점을 가리키자 진하가 고개를 끄덕이며 걸음을 옮겼다. 그녀도 뒤따라 편의점으로 들어서서 무엇을 마셔야 하나 잠시 고민했다.

"이거 좋아하잖아."

진하가 그녀의 바로 뒤에서 긴 팔을 뻗어 아이스티 병을 꺼내 들었다. 복숭아 맛이 나는 저 아이스티를 그녀가 무척이나 좋아했던 것은 사실이다. 놀란 표정을 역시 감출 수가 없었다.

"늘 이거밖에 안 마셨지, 이민서."

"지금은 안 마셔."

그녀의 말에 왜 취향이 바뀌었냐는 표정을 하고 있는 진하를 보자 꼭 예전으로 돌아간 것 같았다. 대학, 어느 그때의 시절에.

"지금은 이걸 좋아해."

팔을 뻗어 레몬 향이 나는 음료수를 골라 들었다. 진하는 손에 들고 있는 아이스티를 물끄러미 바라보았다.

"취향이 바뀌기도 하는군."

"세월이 흘렀으니까."

"그래서 이민서의 남자 취향도 바뀌었어?"

툭.

손에 들고 있던 플라스틱 통이 떨어졌다. 아무렇지 않은 척 다시 주우려 허리를 숙였지만 진하가 더 빨랐다. 그는 먼저 카운터로 걸어가 계산을 하고 그녀를 향해 아이스티를 내밀었다.

"왜 내 말에 답을 안 해?"

"내 취향이 바뀌었다고?"

"예전엔 좀 수더분한 타입 좋아하지 않았나?"

그 어느 누구도 진하를 보고 수더분한 타입이라고 말하진 못할 것이다. 오히려 눈에 띄고 가까이하기 어려운 쪽이었다. 그런 진하를 보며 왜 배우나 모델을 하지 않는 거냐고 뒤에서 수군대는 사람이 많았다. 물론 민서는 딱히 사람의 외모를 가지고 호불호를 판단하고 싶지 않았다. 그를 좋아하게 된 계기도 외모가 이유는 아니었으니까.

하지만 그 누구도 이 말을 믿지 않을 것이다.

"박주민하고 친했었잖아, 너."

주민은 물론 지금도 좋은 친구이자 동료이다. 현재는 같은 회사에서 미생물을 연구하고 있었다.

"친한 것과 취향이 무슨 상관인데?"

예전 같았더라면 이렇게 삐딱하게 물을 수도 없었을 것이다. 그런데 어느덧 그녀도 단련이 된 모양이다. 하긴, 이런 말조차 뱉지 못한다면 잊기 위해 몸부림쳤던 지난 2년이 덧없는 게 되지 않겠는가. 지금은 이런 말도 진하의 눈을 똑바로 보고 할 수 있게 되었다.

일주일 전의 그 밤은, 그냥 서로 취해 실수를 한 것뿐이다. 그녀 혼자 신경을 쓰지도 않는 진하의 눈치를 보며 행동할 필요가 전혀 없었다.

"둘이 사귄 거 아니었나?"

"아니야. 그리고 주민이는 이미 결혼도 했어."

"연락 잘 하고 있나 보네."

"같은 회사야."

"그럼 박주민이 이민서를 꽤나 좋아했던 모양이네."

영문 모를 소리만 하고 있다. 진하는 먼저 밖으로 나가 운전석에 앉아 있었다. 데리러 와 준 것은 고마웠다. 그런데 왜 저렇게 자꾸만 신경을 긁어 대는 것일까. 일부러 그러는 것처럼.

민서는 잠시 고민해야 했다. 진하의 차를 타고 불편하게 서울까지 가야 할지, 택시를 불러야 할지. 그때 그녀가 계속 타지 않자 진하가 상향등을 한 번 켰다. 반사적으로 눈을 질끈 감았다.

갑작스런 빛의 영향으로 꼭 눈이 먼 것처럼 앞이 보이지 않았다. 눈물이 그렁그렁 맺혀 저도 모르게 손을 들어 올려 눈가를 몇 번이나 비벼 댔다. 대체 왜 이런 유치한 짓을 이 나이 먹고 하는 걸까.

지금의 진하는 꼭 심술을 부리는 어린아이 같았다. 차라리 예전에 고백을 하고 차이는 게 나을 뻔했다. 그랬더라면 지금까지 힘들지는 않았을 텐데.

철컥.

차 문이 다시 열리는 소리가 났다. 가까스로 눈꺼풀에 힘을 주고 눈을 떴다.

"이민서, 괜찮아?"

"여기까지 와 줘서 고마워."

"뭐?"

"이런 식으로 굴 거라면 따로 올라가는 게 낫겠어."

"이런 식?"

"유치하잖아."

"일단 타."

"따로 가."

"베트남 공장에서 사고가 있었어. 닷새 내내 시달렸고 오늘 새벽에 한국 도착했어. 피곤해."

그러고 보니 진하의 흰자에 핏발이 곤두선 것이 보였다. 그의 말처럼 무척이나 피곤해 보인다. 왜 같이 밥을 먹을 동안 알아차리지 못했던 걸까. 하지만 여기서 미안하다고 말을 하고 싶지는 않았다. 민서는 차가 있는 쪽으로 걸어가는 듯싶더니 이내 걸음을 멈춰 섰다.

"내가 운전할게."

민서의 말에 진하는 고개를 살짝 갸웃거렸다.

"익숙한 길이고, 너 피곤해 보여서."

진하는 말없이 걸어와 조수석으로 올라탔다. 어차피 이 차는 나현의 차와 같은 기종인지라 운전에 익숙했다.

보통 남자들은 자신의 차를 남에게 잘 맡기지 않는다고 해서 그냥 던져 본 것뿐이었는데 정말 피곤하긴 한 모양이었다. 그것도 아니면 그녀와 이야기도 하기 싫은 걸까? 진하는 앉자마자 안전벨트를 매고 등받이를 반쯤 눕혔다.

"후."

한숨을 뱉고 운전석 문을 열었다. 시트를 조절하고 미러도 맞춘 다음 핸들을 돌렸다. 뽑은 지 얼마 되지 않았는지 새 가죽 냄새가 코끝을 간지럽혔다.

일주일 전에 보았던 차와 달라서 처음 이 차가 들어섰을 때, 설마 진하일 것이라고 생각을 하지 못했다. 왜 하필 지혁의 친한 친구가 진하인 것일까. 이제 겨우 마음을 다잡아 보려고 했는데 그것도 쉽지가 않다.

새벽이라 그런지 통행량이 많지 않아 차는 생각보다 훨씬 빨리 서울에 들어섰다. 곁눈질로 슬쩍 진하를 보았다. 정말 피곤했던 것인지 진하는 완전히 무방비한 상태로 잠이 들어 있었다. 단 한 번이었지만 익숙한 진하의 집이 보였다. 차단기가 올라가고 차는 주차장으로 진입했다. 완벽히 주차까지 하고 나서 민서는 잠시 망설였다.

손을 뻗는데 손끝이 살짝 떨리는 것이 육안으로도 보일 정도였다. 주먹을 불끈 쥐고 살짝 진하의 어깨에 손을 댔다. 하지만 진하는 깊은 잠에 빠진 듯 미동조차 없었다. 하지만 이대로 내려서 집으로 가 버릴 수도 없었다.

하는 수 없이 벨트를 풀고 고개를 돌려 진하를 보았다. 진하의 얼굴은 2년 전이나 지금이나 크게 변한 것이 없었다. 어쩐지 얄밉게 더 잘생겨진 것 같기도 했다.

지금도 같은 회사를 운영하고 있는 것일까? 명함도 제대로 주지 않아서 현재 진하가 예전과 같은 일을 하는지, 아닌지도 모르고 있었다.

이제 와서 궁금해해 봤자 뭘 하겠다고.

지우겠다고 생각한 사람이었다. 비록 일주일 전에 실수를 저질렀지만 말이다.

눈에 잔가시가 잔뜩 박혀 있는 듯했다. 지난 일주일간 진하 때문에 불멸의 밤을 보내기는 했었다. 잠도 제대로 자지 못한 데다 잘 먹지도 못해 입안 역시 엉망진창이었다.

"하암."

저도 모르게 하품이 나오고 눈이 자꾸만 감기려고 했다.

그래, 5분. 5분만 눈을 감고 있어야겠다 생각했다.

아주 잠깐이었다. 그런데 묘하게 차의 진동이 느껴졌다. 분명히 시동을 껐었는데 왜 진동이 느껴지는 것일까. 떠지지 않는 눈꺼풀을 가까스로 들어 올렸다. 그녀는 분명히 운전석에 앉아 있었다. 잠깐만 눈을 감는 거라고 생각했는데 저도 모르게 깊게 잠이 든 모양이었다. 그런데 왜 아까와 반대 방향으로…….

놀라서 몸을 똑바로 일으켜 세웠다. 운전을 하고 있는 건 진하였고 그녀가 살고 있는 아파트 앞으로 이미 차가 들어서고 있었다.

"집에 누구 있어?"

"어?"

"주차장으로 들어가려고."

나현은 지금 일을 하고 있겠지만 괜히 연락해서 집중력을 흐트러뜨리고 싶지 않았다. 서둘러 가방에서 입주자 카드키를 내밀자 진하가 그것을 받아 들었다. 카드키를 가져다 대자 차단막이 올라갔고 진하는 매끄럽게 핸들을 돌렸다.

지하 주차장으로 들어가면서 잠시 생각을 정비했다. 그냥 앞에서 내려 주면 되는데 왜 진하는 지하 주차장까지 내려가는 것일까?

"몇 동이야?"

"어? 303동."

지금 진하는 뭘 하자는 것일까? 그녀는 지금 상황 파악이 되지 않고 있었다.

"그래도 주차 공간이 꽤 많네."

이곳은 평수가 넓은 동이었다. 그래서 가구 대비 주차를 할 수 있는 공간이 넉넉했다. 아마 나현과 이곳에 함께 사는 게 아니었다면 그녀는 늘 주차를 하기 위해 애를 써야 했을지도 모른다.

입구에서 최대한 가까운 곳으로 차를 세운 진하가 시동을 끄고 차에서 내렸다. 설마 집까지 올라가려는 것일까? 그녀가 내리지 않자 진하가 돌아와서 차 문을 열어 주었다.

"내 집 아니야."

"뭐?"

"친구 집에 얹혀사는 거야. 차 같은 거 못 내줘."

그 말에 진하가 어이없다는 듯 웃으며 고개를 저었다. 왜 저렇게 웃는 것일까?

"차 얻어 마실 생각은 추호도 안 했어. 내려."

그 말에 민서가 서둘러 내리려고 했다가 몸이 탁, 튕겼다. 결국 진하가 참지 못하고 다시 웃음을 터트리고 말았다. 안전벨트도 풀지 않고 그대로 내리려고 했으니 그 꼴이 얼마나 우스웠을까. 민서가 두 눈을 질끈 감았다.

"여전히 허당미 가득하네, 이민서."

진하가 상체를 차 안으로 쑥 들어왔다. 갑자기 물밀 듯 밀려오는 진하의 향기에 숨을 혹 참고 말았다. 달칵, 하는 소리와 함께 벨트가 풀리고 진하가 멀어졌다.

"안 내려? 벌써 새벽 4시야."

"뭐?"

놀라서 서둘러 손목의 시계를 확인했다. 시계는 정확히 4시 7분을 가리키고 있었다. 대체 진하의 집 주차장에서 얼마나 잠이 든 것일까.

민망함에 얼굴을 제대로 들 수가 없었다. 얼굴 화장도 엉망진창이 되었을 것이다. 그러고 보니 편의점 앞에서 눈도 마구잡이로 비벼 댔다. 아이라인이 멋대로 지워졌을 텐데. 하지만 여기서 거울을 들여다볼 수도 없는 노릇이었다. 진하는 아직도 웃음이 멈추지 않았는지 이젠 어깨까지 들썩이고 있었다.

정말 가지가지 한다, 이민서. 아랫입술을 살짝 씹으며 차에서 내렸다. 발바닥이 아리다. 차에서 계속 쪼그리고 잤더니 발이 더 부은 것만 같았다. 민서는 엘리베이터를 타면 제일 먼저 이 구두를 벗어 버리겠다고 다짐했다. 살짝 절뚝거리자 진하가 그녀의 팔을 잡으며 똑바로 일으켜 세웠다.

"아파?"

"발이 좀 부었어."

"자."

진하가 그녀의 손에 쥐여 준 것은 그의 차 키였다. 대체 이걸 왜 제 손에 쥐여 주는 것인지 알 수가 없어 의문스러운 눈으로 진하를 보았다.

"당장 출퇴근은 어떻게 할 건데?"

"그거야 렌트 좀 하고 서서히 차 좀 봐야지."

"뭐하러 그래, 이거 쓰고 있어."

이 차는 비닐조차 제대로 뜯지 않은 차였다. 거기다 차 킬로 수를 보고 깜짝 놀랐다. 운전하기 위해 좌석에 앉았을 때 딱 서울에서 이곳까지 오는 거리 정도가 찍혀 있었다. 그 말은 이 차를 뽑자마자 그녀를 데리러 왔다는 말이었다.

"뭐?"

"차 새로 나올 때까지 빌려줄게."

"이 차 새 차고……."

"그래서 타라는 거야. 난 또 차가 있으니까."

"아냐, 내가 왜 이걸 타. 정말 괜찮아."

재빨리 다시 진하에게 건네주기 위해 손을 뻗었지만 그는 키를 받을 생각이 없어 보였다. 새벽 4시가 넘은 시각이었다. 피곤해서 당장이라도 씻고 잠들고 싶었다. 그건 진하도 마찬가지일 것이라고 생각했다. 하지만 진하는 지금 조금도 피곤하지 않은 얼굴이었다.

"윤진하."

"그냥 타."

"그러니까 네가 왜 네 차를 빌려주는 건데."

"그럼 일주일 전 이야기를 좀 해?"

진하가 억지로 그 이야기를 피하고 있다고 생각했다. 그런데 아닌 모양이었다.

"뭐?"

"우리 대화가 좀 필요할 것 같은데."

진하의 낮은 웃음소리가 울렸다.

"내일 몇 시 약속이야?"

"1시."

"대충 점심 먹고, 차 마시면 3시면 끝나겠네."

더 오래 걸릴지도 모른다. 그녀는 사실 지혁과 앞으로 두 번은 더 만나 볼 생각을 하고 있었다. 난데없이 나타난 진하가 방해만 하지 않았더라면.

물론 진하와 그날에 대해 언젠가는 이야기를 하게 될지도 모른다고 생각했다. 하지만 일주일의 시간이 흐르고, 진하에게서 아예 연락이 없자 혼자만 속앓이를 했다는 것을 알았다. 정작 진하에게 그날 일은 별것도 아니었고, 신경을 쓸 거리도 아니었을 텐데.

"5시에 데리러 올게."

자연스럽게 진하는 엘리베이터에 올라탔다.

"몇 층?"

"12층."

이상하게 진하와 있으면 정신이 사나워지는 느낌이었다. 뭔가 정신없이 끌려가는 느낌.

엘리베이터 문이 열리고 그녀만 내렸다.

"갈게, 내일 봐."

엘리베이터 문이 서서히 닫히며 희미하게 웃고 있는 진하의 얼굴도 사라졌다.

무슨 정신으로 집에 들어왔나 모르겠다. 집에 있을 거라고 생각했던 나현도 없었다. 상처 난 발을 씻을 생각도 하지 못하고 소파에 털썩 주저앉고 말았다.

대체 진하는 무슨 말을 하고 싶은 것일까. 그녀가 말도 제대로 하지 못하고 버벅대는 사이, 진하는 딱 현관문 앞까지만 민서를 데려다 주었다. 이야기는 내일 하자면서 말이다. 그리고 멋대로 시간과 장소까지 정하고 사라졌다.

머리가 아프다. 이렇게 진하를 다시 만나게 될 줄도 몰랐고, 그런 일이 벌어질지도 몰랐으며, 또다시 만나게 될 거라고도 생각하지 못했다.

"하, 어떻게 하지."

"뭘 어떻게 해?"

"깜짝이야!"

"내가 더 놀랐어."

집에 아무도 없는 줄 알았다. 서재에서 불빛도 새어 나오지 않았고 평소 듣는 음악 소리도 들리지 않아 당연히 나현이 집에 없을 거라고 생각했다.

"왜 이렇게 늦었어?"

물 잔을 손에 든 채 나현이 민서의 옆자리로 와 앉았다. 민서는 나현의 손에서 물 잔을 빼앗아 와 한 번에 들이켰다.

"임신한 친구한테 물은 못 떠다 줄망정 빼앗아 먹다니."

"후."

"뭔데. 요즘 일 많아?"

"일은 늘 많지. 오늘은 거기다 차까지 퍼졌고."

찰싹, 소리와 함께 팔뚝이 아팠다. 늘 생각하지만 나현의 손은 무척이나 맵다. 팔뚝을 벅벅 문지르며 아픔이 가시길 비는 수밖에 없었다.

"내가 그 똥차 버리고 그냥 내 차 쓰라고 했지?"

"그걸 내가 어떻게 써."

"그대로 주차장에서 썩고 있잖아. 그냥 내 거 써. 그리고 나 이번에 결혼하면서 엄마가 차 바꿔 주기로 했거든. 그거 그냥 너 써."

물론 민서는 나현의 부모님을 잘 알고 있다. 어느 날부터인가 명절 때도 나현과 함께 나현의 본가로 가서 보냈다. 지금은 나현의 부모님이 거의 그녀의 부모님이나 마찬가지였다. 두 분 역시 민서를 정말 친딸처럼 여겨 주고 계셨다. 그녀가 취직이 결정되었을 때도 차를 뽑아 주신다고 난리셨지만 민서가 한사코 거절했다.

그래도 태어나 이런 가족을 만나서 참 다행이었다. 완전히 불행한 삶은 아니구나 생각한 건 모두 나현의 가족 덕분이었다. 덕분에 외할아버지와 외할머니가 돌아가신 뒤로도 외롭지 않을 수 있었다. 세상에 정말 혼자만 남겨진 기분이었는데.

"차…… 있어."

"계약했었어?"

"아니. 윤진하가 차 주고 갔어."

"그게 무슨 말이야?"

나현이 잔뜩 궁금한 얼굴을 하며 그녀를 재촉했다. 사실 나현은 소개팅을 하라고 했을 뿐이지, 정말 그녀가 지혁을 만나 사귀게 될 거라고는 딱히 기대를 한 건 아니었다. 나현은 그저 민서가 부모의 상처는 잊고 좋은 사람을 만나 연애를 하거나, 그 감정을 느끼기를 원하고 있었다.

"지혁 씨하고 아는 사이인가 봐."

"그래, 그날 들어 보니까 고등학교 선후배 사이라고는 하더라."

"아까 차 퍼진 거 때문에 난감해하는데 지혁 씨에게 전화가 온 거야. 자긴 술 마셔서 안 되고 다짜고짜 누굴 보낸다더니, 그게 윤진하였어."

"대박, 윤진하가 그럼 거기까지 바로 온 거야?"

민서가 고개를 끄덕였다. 나현은 대박을 외치며 박수까지 쳐 댔다.

"뭐야, 뭔데. 뭐라면서 차 줬는데?"

"차 새로 나올 때까지 시간 걸리는데 뭐하러 렌트 하냐고."

"갑자기 왜 그렇게 진전이 된 건데?"

나현은 이제 두 손까지 기도하는 것처럼 모은 채 눈을 반짝이고 있었다. 정말 친자매 같고 가릴 게 없는 사이라지만 말을 하기도 어색했다. 그렇다고 무슨 일이 있었던 것도 아닌데.

"설마……."

잊고 있었다. 나현은 연애 경험이 많고 촉도 좋았다. 민서가 저도 모르게 침을 꿀꺽 삼켰다.

"키스했어?"

"아……."

확실히 나현은 그녀를 정말 순진한 애로 알고 있는 게 분명했다. 그냥 키스라고 해야 하나. 결국 민서가 고개를 끄덕였다.

"진짜? 헐, 뭐래? 사귀재?"

고개를 저었다. 진하는 그런 말은 하지 않았다.

"뭐야. 사귀자는 말도 없이 키스를 한 거야? 걔 뭐 얼굴값 하니?"

민서는 픽 웃고 말았다.

"등신, 웃기는."

"배 속의 애 들어."

"기억도 못 하거든? 넌 근데 그냥 키스했어?"

"그게 술도 좀 취했었고……."

"술도 좀 취했었고? 언제? 오늘이 아니고?"

말실수를 했다. 바로 알아챈 듯 나현이 닦달을 하기 시작했다. 목이 말랐지만 나현은 물을 마시러 갈 시간도 주지 않았다.

"소개팅한 날."

"소개팅한 날? 소개팅 끝나고 만났어? 어디서?"

"우리 아파트 앞으로 왔어."

"근데 왜 나한테 말 안 했어?"

"말하기도 좀 그렇고…….."

"뭐야, 걔 지금 어장 관리 하는 거야? 윤진하가 너 좋아하는 거 같아?"

고개를 저었다. 좋아한다면 그렇게 행동하지 않았을 것이다.

"그 일 있고 연락도 없었어. 오늘도 아마 연락 안 했을 거야. 지혁 씨 때문에 오게 된 거지."

방금 전까지만 해도 연애에 대한 기대에 부풀어 눈을 반짝이던 나현이 한숨을 푹푹 내쉬었다. 아랫입술을 내밀고 숨을 뱉으며 앞머리 카락을 들썩였다.

"뭐야, 그 새끼. 지금 자기 갖긴 싫고 남 주긴 아깝다는 거야?"

"그냥 그땐 분위기가…….."

"어휴, 등신. 멍청아. 그렇다고 덥석 키스를 해?"

"한 번이라도 윤진하하고 해 보고 싶었어."

이건 진심이다. 누구든 좋아하는 사람과의 그런 상상은 해 보는 거 아닐까? 아니면 그녀가 혼자 음흉한 사람이라 그런 상상을 한 것일까? 저도 모르게 나현의 눈치를 봤다. 나현은 어딘지 그녀를 짠한 얼굴로 바라보고 있었다.

"그래서. 추억이 될 것 같아?"

"아니, 괜히 한 것 같아."

"후회해?"

"후회라기보다……. 그땐 윤진하와 키스를 하게 된다는 게 꿈만 같고, 절대 없을 일이라고 생각해서 대단하게 보였었나 봐."

윤진하의 모든 게 단단해 보일 때가 있었다. 하는 일뿐만이 아니라 그저 움직이는 것, 말하는 것까지. 그런 사소하고 기본적인 것조차 그녀에게는 무척이나 특별해 보였다. 그만큼 진하를 좋아했었다.

"멍청이, 그때 그냥 고백이라도 해 보지."

"그러게. 그냥 이런 친구가 있었지, 라고 느껴 보게 만들어 보고 싶었나 봐."

"사람은 고쳐 쓰는 거 아니야."

"알아."

"부담스러우면 지혁 오빠 안 만나도 돼. 내가 잘 말해 줄게."

"채윤이도 있는데 어떻게 그래. 내가 만나서 이야기할게. 오늘 만나기로 했거든."

"이민서, 괜찮지?"

"그럼."

"그래. 나 지금 마감이 급해서 일단 들어가서 좀 쓸게. 내일 이야기해."

고개를 끄덕이자 나현이 서재로 들어갔다. 가까스로 숨을 몰아쉰 민서가 자리에서 일어나 욕실로 들어서서 거울을 보았다. 립스틱은 이미 지워져서 보이지도 않고, 아이라인은 멋대로 뭉개져 있었다. 번지긴 했지만 연한 보랏빛깔의 섀도를 바른 느낌이 나기도 했다.

"정신 차려라, 이민서."

아직도 진하에게 못나 보이고 싶지 않은 마음 때문에 스스로가 우스웠다. 그나저나 정말 진하의 차를 타도 되는 걸까? 진하는 차가 또 있다고 했지만 여전히 부담스러운 건 어쩔 수 없었다.

114

칫솔에 치약을 짜고 욕조에 걸터앉으려는데 주머니에서 벨이 울렸다. 설마 진하일까 하는 마음에 서둘러 휴대폰을 꺼내 발신자를 확인했다. 잠시 고민을 했다. 하지만 받지 않으면 잔소리가 더 심해질 것이다.

"여보세요."

– 잤니?

"그걸 잘 알면서 이 새벽에 전화해?"

– 내일 점심 어떠니?

"그쪽 아들들과 함께 먹는 거라면 패스할게."

– 얘, 이민서.

"아니면 새로운 애인?"

– M호텔, 12시까지야.

전화가 뚝 끊겼다. 연희는 예나 지금이나 매한가지였다. 단 한 번도 부모 노릇을 제대로 한 적도 없으면서. 이미 약속 시간까지 통보받았으니 아마 나가지 않는다면 올 때까지 전화를 할 터였다. 벌써부터 피곤해지기 시작했다.

휴대폰을 세면대에 툭 던지고 입안으로 칫솔을 가져갔다. 머리가 아파서 칫솔질을 하는 손도 거칠었다. 다시 벨소리가 울리기 시작했다.

"제발 1절만 해!"

– 이민서?

휴대폰에서 들려오는 목소리에 민서가 저도 모르게 입안에 있는 거품을 꿀꺽, 삼키고 말았다. 컥컥거리며 서둘러 입안을 한번 헹구고 휴대폰 화면을 보았다. 아직 통화 시간이 흐르고 있었다.

"여보세요?"

- 누구 전화인 줄 알았기에 그렇게 과격하게 받아?

"그런 게 아니라……."

- 나도 집에 도착했다고.

그냥 메시지를 남겨도 됐을 일이다. 하지만 진하는 직접 전화를 하는 것을 택한 모양이었다. 대체 윤진하는 2년 만에 나타나 왜 이러는 것일까.

그저 그녀가 쉬워 보여서? 그래, 진하의 눈에 그녀는 무척이나 쉬운 여자일 것이다. 그러니 그저 손짓 하나에 넘어가 밤을 같이 보낼 뻔하지 않았던가.

- 이민서.

"어?"

- 12시간 뒤에 봐. 잘 자.

부드러운 목소리가 귓가에 울려 퍼졌다. 바보 같은 심장이 다시 거세게 뛰기 시작했다. 휴대폰을 손에 쥔 채 민서는 그대로 쪼그려 앉고 말았다.

심장이, 터질 것만 같다.

이번엔 정말 마감하기가 힘들었다는 나현은 그녀가 나갈 때까지도 깨어 있었다.

"민서야, 그냥 안 만나도 돼."

"정말 억지로 나가는 거 아니야."

"내가 괜히 밀어붙인 것 같기도 하고."

나현이 머리를 긁적이며 발까지 동동 굴렀다. 괜찮다고 해도 같이 엘리베이터를 타고 지하 주차장까지 내려왔다.

"얼른 좀 쉬어. 또 퇴고 볼 때 죽겠다고 하지 말고."

"원래 마감한 날은 절대 잠도 안 오거든? 왜? 내 차 타고 가게?"

"이거, 윤진하 차야."

그 말에 나현이 눈을 끔벅이더니 바로 번호판을 확인했다. 그리고 짧게 휘파람을 불며 박수를 쳤다.

"뭐야, 능력 좋아? 아니면 집이 부자야?"

"대표니까 능력이 좋은 거겠지?"

"와, 뒤늦게 우리 이민서 인생에도 서광이 비추는구나."

감격했다는 표정을 지으며 나현은 직접 운전석 문까지 열어 주었다. 사실 민서는 아까까지도 진하의 차를 타야 하나, 말아야 하나 고민하고 있었다. 그리고 긴 갈등 끝에 돌려주기로 마음먹었다. 그래야 민서도 마음이 편했다. 어차피 오늘 오후에 만나기로 했으니 돌려준다면 기회는 오늘이었다. 앞으로 더 만날 인연도 아닌데.

"나현아, 괜찮으면 내일부터 나 차 좀 빌려줄 수 있어? 차는 오늘이나 내일 계약하긴 할 건데."

"그냥 내 차 타라니까? 어차피 이 차 노는데."

"어떻게 그래. 그럼 중고 가격으로 내가 살게."

"그냥 축의금이나 두둑이 주시구요. 출발해. 약속 시간 늦겠다."

"응. 늘 고마워."

"고맙긴. 민서야, 그냥 정말 마음 가는 대로 행동해."

고개를 끄덕였다. 나현은 문까지 닫아 주며 손을 흔들었다. 그래, 이제 결정을 해야 했다.

❖

일주일 만에 보는 지혁은 어딘가 살이 빠져 있었다.

축구 경기가 다소 과격하고 2시간 내내 뛰어야 하는 경기다 보니 체력 소모가 많은 것 정도는 채윤을 통해서 알고 있었다. 그는 두 사람이 먹기에는 다소 과하게 주문을 한 뒤 어색하게 웃었다.

"살 많이 빠지신 것 같아요."

"경기 뛰면 그렇게 되죠. 참, 어제 제 후배가 민서 씨 잘 모시러 갔죠?"

"그냥 택시 타고 왔어도 되는데."

"두 사람 동기라면서요. 진하는 정말 친한 친구라고 하던데?"

민서가 살짝 입꼬리를 올렸다. 진하는 친한 친구와도 키스를 할 수 있는 남자인 것일까? 그녀는 절대 친구와 그런 짓을 할 수 없다.

"민서 씨 표정 보니 아닌가 봐요?"

"아뇨. 그냥 오다가다 인사하는 정도죠, 뭐."

"그 녀석 학교 다닐 때 인기 많았죠?"

"네."

민서는 부정하지 않았다. 진하가 인기 많은 것은 사실이었으니까.

"진하가 고등학교 시절에도 인기 많았어요. 남 잘 돕고, 지금도 그런 것 같던데."

그러니까 친구인 그녀를 그 늦은 시간에 태우러 왔다, 이 말인가? 어느 정도는 인정하는 바이다. 진하가 다가가기 어려워서 그렇지, 그녀도 처음엔 진하에게 도움을 받지 않았던가. 넘어져서 당황해 어찌할 줄을 모르고 있을 때 다가와 선뜻 도와주었다. 그리고 그가 덮어준 코트가 아직도 그녀의 방 안에 있다. 나중에 나현이 그 코트를 보고 베르사체라고 호들갑을 떨었지만.

"저도 처음에 진하가 도와줘서 만나게 됐어요."

"그래요?"

"대학 면접 전날 비가 많이 왔었거든요. 웅덩이가 빙판이 됐는데 물도 좀 고여 있었고. 거기서 그대로 넘어졌는데 진하가 와서 도와줬어요."

"진하가 아니더라도 누구든 옆에 있었다면 도와줬을 거예요."

그때 그곳엔 꽤 많은 사람이 있었다. 하지만 도와주러 온 사람은 진하 혼자뿐이었다. 지혁의 말처럼 다른 사람들도 도와주기 위해 다가왔었다면 진하를 좋아하는 일은 없지 않았을까? 아니다. 그 뒤에 어떻게든, 어떤 상황으로든 그녀는 진하를 좋아하게 되었을 것이다. 사람의 체향까지 좋다는 말을 진하 때문에 알게 되었다.

나현은 사람의 체향이 좋아진다는 건 정말 그 사람을 좋아하게 된 것을 뜻한다고 했다. 그래서 채윤이 그렇게 땀을 흠뻑 흘리고 뛰어와도 피하지 않고 안아 줄 수 있는 거라면서.

"맞아요. 어쨌거나 매너가 좋았어요."

어딘지 모르게 지혁은 살짝 불편한 얼굴을 했다. 아마 두 사람 사이의 공통분모인 진하 이야기가 계속 나오는 게 불편한 듯 보였다.

"참, 채윤이 곧 결혼하면 나현 씨가 채윤이 집으로 들어간다면서요."

"네."

"지금 나현 씨하고 같이 살고 있지 않아요?"

"저도 슬슬 제가 살 집 알아봐야죠."

이제 그만 혼자 살 때가 되었다. 어려서부터 늘 나현과 함께했던지라 혼자 살게 되면 외롭지 않을까 걱정이 되었다. 그런 그녀를 배려한 나현은 괜찮으니 계속 자신의 집에서 살라고 했고, 채윤은 외로우면 자신들 신혼집 근처로 이사를 오라고 했다.

하지만 그들의 신혼 생활을 방해하고 싶지 않았다. 그리고 아마 가까이 살면 나현은 그녀가 신경 쓰여 끼니때마다 부르려고 할 것이다. 그러니 같은 아파트 단지로 이사 가는 것도 무리였다.

물론 서울의 집값이란 그녀가 넘볼 수도 없이 비싸기도 했고. 현재로선 전셋집을 구할 수나 있을지조차 미지수였다. 그렇다고 연희의 도움을 받는 건 싫었다. 아마 최선은 회사 근처에 집을 얻는 것일 테다. 그럼 부담이 훨씬 줄어들 것이니 크게 걱정하지 않아도 된다.

"……씨, 민서 씨?"

"네."

"집 때문에 걱정 많으신가 보네요."

"아니에요. 어느 정도 생각해 둔 게 있어서요."

"어떤 계획인데요?"

지혁은 처음부터 그녀에 대한 관심을 숨기지 않았다. 오히려 더 알고 싶은데 그녀가 부담을 가질까 자제하는 모습을 보이기도 했다. 사람들은 그랬다. 자신이 좋아하는 사람보다 자신을 좋아해 주는 사람을 만나면 행복하다고. 정말 그 사람들은 그게 행복했을까? 그저 위안을 삼으려 했던 건 아닐까?

"회사 근처에 얻을까 해요."

"한강 연구면 여의도?"

"아뇨, 양평이요."

"아……."

지혁이 약간은 곤란한 듯한 얼굴을 했다. 하긴, 보통 연애를 염두에 두고 있는 상대라면 조금이라도 가까운 곳에 있으려 하지 떨어지려 하지 않을 것이다.

객관적으로 봐도 지혁은 만나기 쉽지 않은, 요즘 흔치 않은 남자라는 걸 그녀도 알 수 있었다. 그리고 아마 시간이 흐른 뒤, 이 사람과 사귀지 않았던 것을 후회하게 될지도 모른다. 하지만 마음을 멋대로 부정하며 사귈 수는 없는 노릇이었다.

그렇다 해서 진하와 사귀고 싶은 것도 아니었다. 오늘 진하를 만나면 알게 되겠지만, 그녀는 그의 말과는 상관없이 이미 마음의 정리를 끝마친 뒤였다.

"지혁 씨."

"민서 씨, 내가 먼저 말해도 됩니까?"

지혁이 그녀의 말을 끊는 건 처음인 듯했다. 민서가 살짝 놀란 얼굴을 하며 고개를 끄덕였다.

"네, 말씀하세요."

"제가 너무 앞서가고 있다는 것도 알고 있습니다. 그런데 정말 이대로 끝내고 싶진 않습니다. 앞으로 세 번만 더 기회 주시면 안 될까요?"

지혁의 얼굴이 너무나 간절했다.

차는 다음에 마시기로 했다. 스스로가 생각해도 너무 무른 게 아닌가 생각이 들었다. 지혁이 무척 바쁜 사람이라는 것을 알고 있다. 그래서 신경 쓰게 하고 싶지 않았다. 차라리 처음부터 소개팅 같은 것을 받겠다고 하지 말 걸 그랬나. 그럼 그녀의 사정이 지금과는 달라졌을지도 몰랐다.

한숨을 쉬며 고개를 돌렸다. 이곳은 학교 앞의 카페였다. 약속 시간까지는 아직도 2시간 이상이 남았지만 집으로 돌아가기도 어정쩡한 시간이라 먼저 카페에 가서 시간을 보내기로 결정을 했다.

따뜻한 차를 앞에 두고 창밖의 사람들을 바라보았다. 후문 바로 앞이라 지나다니는 사람들 대부분이 학생처럼 보였다. 그 특유의 젊고, 싱그러운 기운이 고스란히 느껴지는 것 같았다.

대학 시절의 그녀는 거의 모든 날들을 공부에 매진했다. 강의가 없을 때면 거의 도서관에 있었다 해도 과언이 아니었다. 이민서를 찾으려면 무조건 도서관 6층으로 가면 된다며 친구들이 놀리기도 했다. 그때 그냥 조금 더 즐기고, 연애하며 지냈어도 괜찮았을 텐데.

생각해 보면 그때까지만 하더라도 그 '짝사랑'이라는 감정이 그렇게 오래갈 것이라고는 상상을 하지 못했다. 스스로 연애에 대해 자신이 없기도 했다.

외조부모님들은 아낌없는 사랑을 주셨지만 문제는 연희였다. 연희는 제대로 된 엄마로서의 모습을 보여 주지 않았다. 영화감독 채연희는 누구보다도 뛰어나고, 프로페셔널한 사람이었으나 엄마 채연희는 정말 최악이었다.

자식이 셋이 있는데 아버지가 모두 다르다는 게 말이 되는가. 게다가 그녀는 아버지의 이름은커녕 생김새조차 모른다. 다만 민서가 연희와 많이 닮아서 그저 아빠라는 사람보다 엄마를 많이 닮았구나 생각했을 뿐이었다.

그러고 보니 다짜고짜 연희가 약속을 잡을 땐 꼭 큰일이 있을 때였다. 이번엔 또 무슨 말로 놀래킬지.

설마 그 나이에 임신을 했다는 말은 아니겠지. 그저 헛생각을 한 것뿐이었는데 머리가 지끈거릴 정도였다.

"하⋯⋯."

"한숨은."

놀라서 그대로 멈추고 말았다.

"왜 이렇게 일찍 왔어?"

앞으로 그림자가 드리웠다. 왜 이렇게 이 얼굴을 마주하기 두려운 것일까. 아마 혼자만의 결심이 바뀔 수도 있어서? 입술을 슬쩍 깨물며 천천히 고개를 들어 올렸다. 그리고 저도 모르게 숨을 살짝 들이켰다.

가벼운 옷차림에 스니커즈를 신고 있는 진하는 여느 대학생들과 다를 바가 없어 보였다. 어쩐지 이 카페에 있는 사람들 중에서 혼자만이 이질적으로 느껴졌다. 정장 스타일의 원피스에 트렌치코트. 앞에 서 있는 진하와는 전혀 어울리지 않을 것만 같았다.

"너도 일찍 왔네."

민서의 말에 진하가 웃으며 그녀의 앞으로 앉았다. 그리고 손에 들고 있는 커피 잔을 앞에 내려놓았다. 그러곤 고른 이를 드러내며 환히 웃었다.

"이민서 기다리는 것도 즐거울 것 같아서."

스스로 참 밸도 없다는 생각이 들었다. 저런 모습에 또 가슴이 두근거리다니. 그저 이만 꽉 깨물고 그가 자리에 앉아 편하게 자세를 잡는 것을 바라보았다.

대학가의 카페는 언제나 그렇지만 늘 사람이 많고 시끄럽다. 이렇게 가을 햇살이 잘 드는, 창 바로 옆의 좋은 자리에 앉았다는 것만으로도 어쩌면 운이 좋은 것인지도 모른다.

그런데 지금은 그 반짝이는 햇살조차 원망스러워지고 있다. 여전히 윤진하는 반짝거려 마주하기가 버거웠다.

5. 추상

진하가 그녀의 잔과 자신의 것을 바꾸어 갔다.

"뭐 하는 거야?"

"다 식었네. 따뜻한 거 마셔."

그렇게 말한 진하가 자연스럽게 그녀가 방금 전까지 마시던 차를 입으로 가져갔다. 친구의 것을 저렇게 가져가 마시는 윤진하를 어떻게 해석해야 할까. 아니다. 이제 이 지겨운 감정의 흔적을 지우고 싶다. 윤진하를 좋아하면 좋아할수록 상처를 입는 건 자신뿐이었다.

민서는 가방에서 차 키를 꺼내 앞으로 내밀었다. 진하는 이게 뭐냐는 듯한 눈으로 잔을 내려 두고 차 키를 보았다.

"친구 차 타기로 했어."

잠시 말문이 막힌 걸까?

"저 차가 더 좋을 텐데?"

"같은 기종이야."

"그냥 타."

"내가 왜?"

이제 민서는 진하의 시선을 피하지 않기로 했다. 어딘지 조금 황당해하는 진하의 표정에 묘한 쾌감까지 느껴진다.

"이민서."

"아니, 나도 탈 차가 있는데 굳이 네 거 안 타도 되잖아."

"불편해할 것 같……."

"왜? 하룻밤 즐길 수 있었을지도 모르는 여자에 대한 선물이니?"

그녀는 처음으로 진하의 말을 끊었다. 주변의 웅성거리던 소리가 갑자기 사그라졌다. 그도 그럴 것이, 아무리 카페 내부 공간이 넓다고 해도 테이블이 많아 거의 모든 테이블이 다닥다닥 붙어 있는 것이나 다름없다. 게다가 거의 모든 자리가 꽉 차 있어서 언제든 남의 대화를 엿들을 수도 있었다.

정말 황당했는지 진하는 두리번거리지도 않았다. 그저 이곳에 있는 사람이 그녀뿐인 것처럼 그녀만을 빤히 쳐다보고 있었다.

"이민서."

"그런 취급 별로 안 좋아해서."

다시 옆에서 웅성거리기 시작했다. 자세히 듣고 싶지 않은데도 멋대로 귓등을 타고 흘러 들어온다.

"뭐야, 멀쩡하게 생겨서 여자 후려쳤나 봐."

"지금 차로 입막음하려고 한 거?"

왠지 얼굴이 화끈거리는 것만 같다. 그나마 오늘 화장을 진하게 하고 나와서 다행인 것일까? 그렇지 않았다면 새빨개진 얼굴을 이미 들켰을 것이다.

하지만 진하에게는 주변의 그런 말도 들리지 않는 듯했다. 그저 여전히 이 공간에 그녀밖에 없는 것처럼 진하의 시선은 오롯이 민서를 향해 있었다.

"먼저 일어설게."

"이민서."

목소리엔 고저가 없다. 그저 평소와 똑같다. 당황하지도 않았고, 화가 난 것 같지도 않았다.

"그 이야기 하자고 지금 약속 잡은 거잖아."

진하의 말에 당황한 건 민서였다. 갑자기 주변이 다시 조용해졌다. 어쩐지 주변 사람들의 관심이 두 사람에게로 쏠린 느낌이었다.

"여기서 난 계속 이야기해도 상관없는데."

여유까지 부린다. 그녀는 이젠 옆에서 두 사람을 두고 웅성거리는 말소리조차 제대로 들리지 않는데. 민서가 여전히 황당한 얼굴로 서 있자 진하가 드디어 자리에서 일어났다. 그리고 잔을 쓰레기통에 버리고 그녀를 돌아보았다.

"여기서 계속해?"

가까스로 정신이 돌아왔다. 잔뜩 호기심이 가득한 얼굴로 자신과 진하를 보는 사람들을 보자니 당장이라도 이 자리에서 꺼져 버리고 싶었다. 민서가 최대한 차분히 계단을 내려가기 시작했다. 등 뒤로 꽂히는 시선들이 따끔하게 느껴질 정도였다. 겨우 1층으로 내려와 건물을 벗어나서야 숨을 몰아쉬었다.

"좀 대범해졌네, 이민서."

어느새 뒤를 따라왔는지 듣기 좋은 중저음의 목소리가 귀를 스쳤다. 바로 앞에 대어 놓은 차로 다가간 진하가 문을 열었다.

"타."

"어디 가고 싶은 기분 아니야."

"무서워?"

앞에 '내가'라는 말이 빠져 있었다. 민서는 답을 하지 않았다. 결국 진하가 먼저 주머니에 손을 꽂고 후문으로 가는 횡단보도 앞으로 섰다.

"조용한 곳 알잖아."

그는 따라오라는 듯 턱짓을 하고 몸을 돌렸다. 왠지 저 횡단보도가 꼭 지옥의 문처럼 느껴진다. 민서는 다시 한 번 숨을 크게 들이켠 뒤 걸음을 옮겼다.

캠퍼스는 그대로였다. 예전과 변한 건 거의 없는 듯했다. 두 사람의 발길이 익숙한 곳으로 자연스레 향하기 시작했다. 자연대 뒤의 정자는 구석진 자리이기도 했고, 사람들이 거의 오지 않는 곳이었다. 한 번씩 자신만의 시간을 보낼 데가 필요하면 민서는 그곳으로 가서 시간을 보내기도 했다.

입학을 하고 얼마 지나지 않은 날이었다. 그날은 봄비가 내렸다. 우산을 쓰고 혼자 걸어와 뜨거운 캔 커피를 옆에 두고, 정자 난간에 기대어 눈을 감은 채 빗소리를 듣고 있는데 누군가가 다가와 옆으로 앉았다. 깜짝 놀라서 눈을 떴을 때 바로 옆에 앉아 있는 남자가 진하라는 것을 보고 놀라서 말도 제대로 하지 못했었다.

그때 그 코트가 고마웠다고 말을 했어야 하는데 진하의 '앞으로 조용한 곳에 있고 싶을 때 여기 오면 되겠네. 나 지금 허락받는 거야.'라고 하는 말에 그저 고개를 끄덕일 수밖에 없었다. 사실 그녀만의 공간도 아니고, 학교 사람이라면 누구나 올 수 있는 공간이었다. 그런데 진하의 그 말 한마디로 특별한 곳이 되었다.

정자는 예전 모습 그대로였다. 뒤로는 대나무 길이 있고, 여전히 관리가 잘되어 깔끔한 모습이었다. 정자 위로 올라간 진하가 먼저 난간에 걸터앉았다.

"안 앉아?"

그녀는 지금 불편하다. 그래서 그냥 진하를 두고 뒤돌아 가고 싶은 마음이 굴뚝같았다. 그날의 이야기를 하고 싶은 것도 아니다. 그냥 실수였던 것으로, 꿈이었던 것으로 하고 싶었다.

"그날은……."

"하고 싶었어, 이민서와."

민서가 앉지도 못하고 고개를 숙여 진하를 멍하니 바라보았다.

"친구끼리 그런 건……."

다음 뱉어야 할 말이 생각나지 않는다. 혼자서 이런 상황이 오면 무슨 말을 해야 할지 무던히도 상상을 했었는데.

"난 우리 사이가 친구라고 정의 내려 본 적이 없는데."

"그렇다고……."

"사귀어서 잘해 줄 자신 같은 건 없어."

대체 지금 진하는 무슨 말을 하고 있는 걸까. 제 3세계의 언어를 하고 있는 것도 아닌데 제대로 알아들을 수가 없었다.

"난 그냥 이민서와 즐겁게 보내는 것도 좋겠다는 말을 하는 거야."

"뭐?"

"파트너쯤?"

기가 막혔다. 그녀는 보통 사람들보다 조금 더 보수적인 사람이었다. 남녀의 관계가 사귀는 것이 아닌, 그저 욕구를 채우기 위해 파트너가 된다는 것, 충분히 그럴 수 있다고 생각했다. 하지만 그게 자신이 되는 것이라면 이야기가 달라진다.

"나는……."

"이민서도 결혼 같은 걸 원하는 건 아니잖아."

진하는 그녀가 특수한 환경에서 자랐다는 것을 알고 있다. 그리고 연희는 유명한 감독이었고, 그녀의 사생활은 여전히 사람들의 관심을 끌고 있었다. 그래서 그녀가 엄마인 채연희 감독을 싫어한다는 것도 아마 진하는 말하지 않았지만 알고 있을 것이다.

결혼이라는 것을 꿈꿔 본 적이 없다. 가족의 구성원이 어떻게 이루어져 부대끼며 살아가는지도 제대로 알지 못한다. 그저 나현의 집을 보며 학습을 했을 뿐이었다.

어릴 땐 자신의 이런 처지가 참 비참하다는 생각을 했다. 그리고 지금 진하에게 이런 이야기를 듣고 있는 자신은? 생각보다 훨씬 더 비참하다. 한때 무척이나 좋아했던 남자라서? 그래서 실망감이 더 드는 것일까?

"나도 결혼 같은 건 딱 질색이거든."

"그런데 욕구는 풀고 싶다?"

"그게 인간의 본능이니까."

"왜 하필 나야?"

저도 모르게 목소리가 떨려 나와 당황했다. 하지만 진하는 별로 신경을 쓰지 않는 눈치였다.

"귀찮을 것 같지 않아서."

"뭐?"

"간섭하고 소유하려 드는 거, 좀 질리잖아."

예전 여자 친구에게 그런 일을 당했던 것일까? 이름이…… 이시은이라고 했던가? 무척이나 자신을 경계했던.

"별로 관심 없어."

"무슨 관심?"

민서는 입술에 힘을 주어 꽉 다물었다.

"나에 대한 관심, 욕구에 대한 관심?"

"둘 다."

"그래서 이민서가 편하다는 거야."

기가 막힌다. 그전 6년을 친구처럼 지내 왔다고는 하지만 무려 2년 동안 연락을 끊고 살았다. 그리고 다시 만나게 된 게 고작 일주일 전이다. 그 후로 딱 세 번을 만났고.

그런데 편하다고? 대체 윤진하에게 자신은 어떤 여자로 비쳤던 것일까? 그저 손가락 한 번 까딱하면 좋다고 옷 벗고 달려들 여자?

"신지혁 계속 만나면서 나 만나도 되고."

"날 쓰레기로 만들고 싶니?"

"신지혁하고 사귈 거야?"

민서는 답하지 않았다.

"신지혁하고 사귄다고 해도 난 괜찮다는 뜻이야."

대체 어떤 일이 있었기에 2년 만에 사람이 저렇게 변한 것일까?

그녀는 오늘 진하를 만나기 전에 어떤 다짐 같은 것을 했다. 다시는 윤진하에게 흔들리지 않기로. 그런데 저런 상상할 수도 없었던 제안을 받으니 이상하게도 마음이 끌린다. 그렇게라도 윤진하와 인연을 이어 가고 싶었던 것일까?

이제는 스스로의 판단에 확신도 서지 않는다. 그저 어이가 없고 웃음이 나는 것을 보니 마음속 아주 깊은 곳에서는 진하의 저 제안이 싫은 것도 아닌 모양이다.

기가 막혀 웃고 있는 그녀를 보며 진하가 한쪽 눈을 살짝 찡그렸다. 저 모습에도 마음이 살랑이는 것만 같다.

"그 끝은 뭔데?"

민서가 질문을 던졌다. 이제 진하가 대답을 할 차례였다. 그리고 재미있다는 얼굴로 웃었다.

"흥미가 떨어지면 끝내는 거지."

역시 각오를 했음에도 마음에 상처가 된다. 그런데 참 짝사랑이라는 것은 지독하기도 하다. 그 모든 것을 떨치고 싶어 했으면서도 악마가 내미는 저 손을 잡으려고 한다. 민서가 다짐했다.

"일주일만 시간을 줘."

"이틀. 그 이상은 못 줘."

진하가 자신만만한 얼굴로 웃었다.

제출했던 논문을 다시 한 번 훑어야 하는데도 불구하고 민서는 한 줄 읽고, 생각에 빠지기 일쑤였다. 문득 생각에 빠져 있다 정신을 차리고 시계를 보았다. 계속 생각에 빠져 있는 통에 날을 새우고 말았다. 벌써 시계는 오전 10시를 향해 가고 있었다.

서둘러 씻고 외출 준비를 하는데 나현이 문을 빼꼼히 열고 얼굴만 들이밀었다. 거울을 통해 나현을 보며 민서가 웃었다.

"어딜 가는데 그렇게 꽃단장을 해?"

"채 감독이 좀 보재."

"촬영 다 끝났나? 이번에 좀 큰 거 찍으셨다고 하던데."

"뭘 찍든."

연희에 대한 이야기를 하면 꼭 이렇게 퉁명스럽게 나온다. 이젠 미운 것도 아니었다. 낳아 줬다고 다 부모는 아니었고 연희 역시 그 사실을 잘 알고 있었다. 그러면서도 이렇게 자식에 대한 소유권을 행사

하듯 강압적으로 약속을 잡곤 했다.

"M호텔 가는데 거기 티라미수 사다 줘? 너 그거 좋아하잖아."

"와, 나 지금 입맛 확 돌아. 그거 너무 작아. 두 개."

"그래."

워낙 티라미수를 좋아하는 나현은 생각만 해도 침이 꿀꺽 넘어가는 모양이었다. 곧 배도 많이 나올 텐데 먹고 싶은 것을 최대한 먹어 놔야 좋을 거라는 생각이 들었다. 선크림을 바르고 대충 마무리를 하는데 나현이 휘파람을 불었다.

"우리 이민서는 어쩜 이렇게 맨얼굴도 예쁠까? 참, 그래서 윤진하는 뭐래?"

내일이면 진하의 물음에 대한 답을 해 주어야 한다. 그런데 결심이 서지 않는다. 잠도 제대로 자지 못하고 생각을 했으나 같은 자리를 뱅뱅 도는 사람 같았다.

"그냥 친구야."

"뭐? 그런 짓 하는 친구?"

민서가 픽 웃었다. 나현은 화가 날 때면 남들이 당황할 정도로 직설적일 때가 많았다. 지금 진하가 제안했던 것에 대해 말을 하면 나현은 당장 그 자식을 찾아가자며 앞장서라고 할 것이 분명했다. 불 보듯 뻔한 일이라 민서는 그냥 이야기를 마무리하는 게 좋겠다 생각하며 의자에서 일어났다.

"올 때 티라미수 사 올게."

"너 다시는 그 윤진하인지 머시긴지 만나지 마."

"언젠 잘생겨서 눈이 호강한다면서."

"생긴 거…… 그래, 중요하긴 하지. 근데 안 돼. 우리 민서 울리는 놈은 절대 안 돼."

세상에 태어나 이런 친구를 만나는 것도 쉽지 않을 것이다. 어렸을 때부터 나현은 민서의 일이라면 꼭 부모처럼, 친자매처럼 앞장섰다. 아마 그녀는 평생을 갚아도 나현에게 받았던 것들을 모두 갚지 못할 것이다.

"다녀올게."

"딸내미 차 고장 났다고 돈이라도 좀 뜯어내. 그리고 그 돈 비상금으로 넣어 뒀다 쓰고."

"하여간, 이런 잔머리는."

"그 정도는 해야지. 그 많은 돈 나중에 어디 관에라도 짊어지고 가시겠다니?"

연희를 만나러 갈 때면 늘 민서의 기분이 가라앉는 걸 나현은 누구보다 잘 알고 있었다. 그리고 먼저 이렇게 연희를 욕해 주면 민서가 좀 더 편안해한다는 것도.

선천적인 것인지, 타고난 것인지 민서는 남에게 독한 말을 하지 못했다. 일단 조금이라도 독한 말을 할라치면 심장이 두근거려서 결국 말도 제대로 하지 못하고 그저 입술만 부르르 떨다 끝나곤 했다. 그래서 학창 시절에도 나현이 지금과 마찬가지로 거의 그녀의 변호인이 되어 편을 들어 주었다.

때로는 레즈비언 커플 아니냐는 오해도 받았지만 나현은 상관없어했다. 오히려 우리 사이가 부럽냐며 윽박을 지르기도 했다.

"나현아."

"응. 참, 이 가방 말고 다른 거 들고 가라. 내가 저번에 사 놓고 아직 한 번도 못 들었거든."

괜찮다고 말을 하기도 전에 나현이 제 방으로 들어가 오렌지색의 네모난 가방을 들고 나왔다. 워낙 고가에 유명한 명품인지라 이런 데 전혀 관심이 없는 민서도 알고 있는 가방이었다.

"이걸 내가 어떻게 들어."

"왜 못 들어? 들라고 만든 건데? 너희 엄마도 이런 거 맨날 바꿔 들고 다니잖아. 우리도 꿀리진 말아야지."

나현이 더 미안해하는 것을 알고 있다. 사실 이번에 나현의 소설이 영화 제작 계약을 하게 되었는데, 그 감독을 다름 아닌 연희가 맡게 되었기 때문이다. 원작자는 말 그대로 원작자일 뿐이라 제작사에 이야기를 할 수도 없다는 것을 민서도 잘 알고 있었다. 그럼에도 불구하고 나현은 무척이나 미안해했다.

"나현아."

"응? 아이고, 잘 어울린다."

"채 감독이 네 소설 영화 찍는 거 진짜 아무 상관 없거든?"

"누가 뭐래? 그냥 이 가방이 우리 예쁜 이민서한테 잘 어울린다 이거지."

"엄청 흥행했으면 좋겠다. 2천만 영화 원작 작가."

"2백만만 들어도 감사하거든요? 나야말로 채 여사님 명성 빌리는 거 같아서 찝찝하단 말이야."

"상 잘 받고 다니는 감독이잖아. 알아서 잘 찍겠지. 우리 나현이 소설 망치면 내가 화낼 거야."

"역시 우리 이민서밖에 없다."

그녀가 해야 할 말을 나현이 했다. 민서가 웃으며 다녀오겠다고 말하며 집을 나섰다.

미리 불러 놓은 택시로 올라타 약속 장소를 말한 뒤 창밖을 보았다. 곧바로 도로변을 달리는 택시 안에서 회색빛으로 흐르는 한강을 보았다.

저 고요히 흐르는 강물처럼 잔잔히 살아가는 인생이라면 얼마나 좋을까. 혼자 온갖 추상적인 생각만이 들어 이러다 우울증이 오기라도 하는 건 아닐까 걱정까지 됐다. 그때 휴대폰에 진동이 느껴졌다.

[가족과 함께 보내고 계시죠? 전 훈련 나왔어요. 이제 점심 먹으러 가는 중.]

이미 메시지를 읽어 답장을 보내지 않을 수도 없었다.

[지금 약속 장소로 가고 있어요. 지혁 씨도 점심 맛있게 드세요.]
[네. 민서 씨도 맛있게 드십시오. 괜찮으시면 저녁에 전화드려도 될까요? 8시 이후요.]
[제가 드릴게요.]
[그럼 기다리겠습니다.]

구김살이 없고 밝은 남자였다. 아마 그녀가 평범한 가정에서 자라 지혁을 만났다면 얼마든지 계속 만남을 이어 갈 수 있을 만큼 매력적이기도 했다. 아니, 놓치기 아까울 정도로 괜찮은 사람이었다. 만약 갑자기 진하가 나타나 이렇게 흔들지 않았더라면.
아니다. 만약이라는 말은 필요가 없다. 이미 마음은 어느 한곳으로 흘러가고 있었다.

일요일 낮이라 길이 꽤 많이 막혔다. 다행히 민서는 약속 시간 20분 전에 호텔에 도착했다. 택시에서 내려 중식당으로 올라갔다.
이 호텔로 약속을 잡으면 무조건 연희는 중식당을 예약했다. 그러고 보면 1, 2년에 한 번 만날 정도로 소원한 사이이기도 했다.

엘리베이터에서 내리자마자 직원이 친절히 문을 열며 인사를 했다.

"예약자 성함이 어떻게 되십니까?"

"채연희요."

"아, 채 감독님 일행분이시군요. 이쪽으로 오십시오."

워낙 유명한 사람이라 어딜 가든 주위의 이목을 끄는 사람이었다. 게다가 TV 출연도 잦고. 해마다 영향력 있는 인사 10위권을 상회하지 않던가.

그만큼 유명한 사람인데 사생활도 파격적이었다. 자식이 셋이 있는데 다들 아빠가 다르다는 것이나, 자식들과 사이도 그렇게 좋지 않다는 것도 자랑스럽게 토크쇼에서 말하기도 했다.

대중은 그런 연희의 모습이 쿨하다며 오히려 열광했다. 가족들은 어떤 힘든 상황인지도 모르면서 말이다.

그녀도 그렇지만, 오랜만에 한자리에 모이게 된 이름도 가물가물한 동생들의 상황 또한 그녀와 별반 다르지 않을 것이다. 아마 이 자리에 또 도살장에 끌려가는 소 같은 얼굴을 하고 나올지도.

"어? 민서 누나."

뒤를 돌아보았다. 남동생 중 한 명일 텐데 누군지 알아보기 힘들었다. 민서가 고개를 갸웃거리자 그럴 줄 알았다는 듯 그는 가까이 다가왔다.

"어떻게 동생 얼굴도 잊어. 나잖아, 윤서."

"아……."

둘째 동생이었다. 마지막으로 보았을 때가 고등학생 때쯤이었고 그땐 키가 작았다. 그런데 지금은 진하만큼 키가 자라 있었다.

"많이 커서……."

"그냥 못 알아봤다고 솔직하게 말해도 돼."

살갑게 대하는 윤서가 어쩐지 어색하다. 그때 만났을 땐 그녀에게 제대로 말도 못 붙였었는데.

"얼마 만이지? 4년?"

"7년."

"아……."

"참고로 현재 스물네 살. 군대도 다녀왔어. 복학해서 학교 다니고 있고."

민서가 자신에게 대해 아는 게 하나도 없는 것을 알고 있는 듯 윤서는 알아서 제 근황을 밝혔다. 그런 윤서에게 미안하기도 해서 그냥 웃는 것으로 대신할 수밖에 없었다.

직원이 안내한 룸으로 들어갔다. 아직 아무도 도착하지 않아 두 사람은 자연스레 원형 테이블 앞으로 걸어가 옆으로 자리를 잡고 앉았다.

"누난 어디서 지내?"

"친구하고 같이 살고 있어."

"나현이 누나?"

"나현이를 알아?"

"왜 몰라? 내가 외갓집 올 때마다 나현 누나가 얼마나 귀여워해 줬는데. 참, 나 고등학교 입학할 때 노트북도 사 줬어."

민서는 저도 모르게 입을 벌리고 말았다. 나현은 정말 그녀가 신경을 쓰지 못하는 것까지 알아서 챙겨 주고 있었다. 정말 가족이라고 해도 이렇게까지는 못 할 텐데.

"나현이가 그랬구나."

"나도 다 알거든? 누나가 사서 나현이 누나 손에 들려 보냈잖아."

"어?"

"나현 누나가 용돈 쓰라고 봉투는 또 따로 줬거든."

사실이 아니었지만 저렇게 눈을 반짝이며 말하는 윤서를 실망시키고 싶지 않았다. 민서는 그저 웃으며 오늘 집에 들어가면 나현에게 또 고맙다는 말을 해야겠다고 마음먹었다.

"넌 어디서 지내?"

"아버지 집."

"그렇구나."

"새어머니도 잘해 주셔."

"다행이네."

"누난 남자 친구 있어?"

"아니."

"없어? 이렇게 예쁜데 남자들이 가만히 둔단 말이야? 다들 눈이 어떻게 된 거 아니야?"

고등학생 때는 아마도 사춘기일 때라 낯을 많이 가렸던 모양이다. 그때와 정말 180도 달라진 윤서의 모습에 민서는 그저 웃음이 나왔다.

"누나, 우리 학교에 교수님 엄청 젊은데 소개해 줄까? 이제 겨우 서른두 살인데 교수야. 장난 아니지?"

"됐고, 네 연애나 신경 써."

"나야 인기가 너무 많아서 탈이지. 아, 그나저나 나 엄마 전화 받고 심장이 두근거려서 혼났잖아. 설마 그 나이에 임신을 했네, 뭐 이런 건 아니겠지?"

연희의 나이는 벌써 마흔여덟이다. 물론 그 나이에도 임신을 할 수 있지만 그렇게까지 생각이 없는 사람이 아닐 것이다. 아니, 어쩌면 그럴 거라고 믿고 싶은 것인지도 몰랐다.

"너희 사이가 꽤 좋구나?"

들리는 목소리에 고개를 돌렸다. 연희는 여전히 아름답다. 미울 만큼. 어느 순간부터 연희는 노화가 멈춘 것 같았다. TV에 나오는 연희를 보고서 나현은 몇 번이나 '네 엄마, 혹시 마녀 아냐?'라고 말할 때도 있었다. 누가 그녀를 40대 후반으로 볼까. 민서와 나이가 별로 차이가 나지 않는 자매라고 해도 믿을 수 있을 정도였다.

아직 닫히지 않는 문 뒤쪽으로 익숙한 얼굴이 보였다. 언젠가 한번 영화에서 본 적이 있는 배우였다.

"어? 배우 유명헌 씨 아니에요?"

맞다. 그런 이름이었던 것 같다. 그리고 선행을 잘하기로 유명한 배우였다. 윤서가 팬이라면서 악수를 하며 무척이나 반가워했다. 이런 자리에 왜 저 배우를 데리고 온 것일까.

"뭐 하자는 거예요?"

민서의 음성이 싸늘했다. 순간 룸 안의 분위기가 경직된 것만 같았다. 하지만 연희는 입가에 고고한 미소를 띠고 있다.

"오랜만에 만나서 그러기니?"

"별로 반갑지도 않은 얼굴인데 굳이 만나자고 한 이유는 뭔데요?"

언젠가 세상 모든 것을 삐뚤게만 보던 때가 있었다. 인정하고 싶지는 않지만 남들처럼 그렇게 사춘기가 찾아온 것이다.

그땐 무던히도 연희를 욕하고 미워했다. 하지만 연희는 신경도 쓰지 않았고, 그저 카드 한 장을 쥐여 줄 뿐이었다. 저런 여자가 예술을 논하고, 감동을 논하다니. 기가 막혔다.

"일단 앉자. 현서는 외국에 나가 있더라."

자연스레 명헌은 연희가 건네는 가방을 받아 들어 옆으로 놓았다. 그저 감독의 시중을 드는 배우로는 보이지 않았다. 민서는 팔짱을 낀 채로 앉아 두 사람이 하는 행동을 보았다.

"엄마, 근데 유명헌 씨는 왜 오신 거야?"

"엄마 결혼할까 해."

이제껏 살갑게 굴던 윤서 역시 놀란 듯 입을 다물었다. 그리고 마치 눈치를 보듯 민서에게로 시선을 돌렸다. 어느 정도 예상은 했는데 막상 이렇게 나오니 할 말이 없었다.

"임신이라도 한 줄 알았네."

"네가 키울 거니?"

"미쳤어요?"

"걱정 마. 피임은 잘 하고 있으니까."

연희가 빙긋 웃으며 말했다. 저런 말을 어떻게 자식 앞에서 할 수 있는 걸까?

저도 모르게 고개를 돌려 윤서를 보았다. 윤서 역시 충격을 받은 건지 그저 입을 쩍 벌린 채 연희를 보고 있었다. 하긴, 윤서는 그녀보다 연희와 함께한 시간이 훨씬 짧았을 것이다. 태어나자마자 친아버지의 집으로 갔으니까.

"엄마, 그럼 결혼식을……."

"당연히 해야지. 너희도 와서 자리 좀 빛내 주고. 명헌 씨는 초혼이라서 그렇게 하기로 했어."

"앞으로 잘 부탁드립니다."

한눈에 보기에도 근사하게 생긴 남자다. 나이는 몇 살쯤 되었을까? 서른다섯? 서른여섯?

저 나이 대의 남자를 만나는 건 놀랍지도 않았다. 민서가 중학생일

때 연희는 이제 갓 대학에 들어간 남자와도 사귀었었으니까.

그런 남성편력 때문에 이제껏 제대로 된 가정도 꾸리지 못하고 살아가고 있었다. 그렇게 제멋대로 살 거면 애라도 갖지 말았어야지.

입술 안쪽 살을 꾹 깨물었다. 어쩌면 그녀가 제대로 연애를 하지 못하고, 용기를 내지 못한 이유는 모두 연희 때문일지도 모른다. 혹시나 연희와 똑같은 일을 되풀이할까 봐. 어이가 없어 몇 번이나 헛웃음을 내뱉는 사이 문이 열리고 음식들이 들어오기 시작했다.

연희는 코스 요리를 싫어한다. 모든 요리를 단품으로 시키고 그것도 한 번에 모두 가져와야 한다. 늘 그렇게 갖가지 음식들이 나와 테이블을 가득 채웠다.

민서는 여전히 팔짱을 풀지도 않고 앞에 앉아 여느 커플과 다를 바 없는 두 사람을 보았다. 정말 기가 막힌다.

"참, 민서 넌 요즘 만나는 남자 있니?"

그런 건 또 왜 묻는 것일까? 그녀가 누구를 만나건, 만나지 않건 여태 관심도 없었으면서.

"내가 좀 도움을 받은 분이 계신데 아들이 너와 동갑인데 이런저런 걱정이 많으시다네?"

한마디로 선을 보라는 뜻이었다. 어떻게 자식을 정말 자신의 물건처럼 취급할 수 있는 것일까?

"그 선 보라면 내가 봐야 해요?"

"싫은 거니?"

새초롬하게 눈을 치켜뜨며 말하는 연희는 꼭 여우 같았다. 저런 식으로 굴면 사람이 거절하기도 힘들다는 것을 잘 아는 것처럼 굴고 있다.

"누나."

이 아이는 언제 봤다고 이렇게 살가운 척일까. 태어나 얼굴을 본 게 열 번도 되지 않는데. 아니, 이런 마음을 먹으면 안 된다. 괜히 죄 없는 사람에게 짜증을 부릴 수는 없는 일이었다.

"네."

"왜?"

"보기 싫은 데에도 이유가 필요해요?"

"그냥 만나서 밥 한 번 먹으라는 게 뭐 어려운 일이니?"

처음 보는 사람과 밥 한 번 먹는다는 게 어떤 일인지 연희는 전혀 모를 것이다. 자신에겐 너무나 익숙한 일이지만 민서에겐 그렇지 않다는 것을.

"불편해요."

"누가 결혼을 하래, 연애를 하래? 그냥 밥 한 번도 못 먹어 줘?"

"그렇게 좋으면 채 감독님께서 선 자리 나가시든가요."

"얘가 정말. 저런 고집불통인 점은 제 아빠랑 똑같다니까."

민서의 미간에 주름이 팼다. 그녀는 태어나 아빠라는 사람을 본 적이 한 번도 없었다. 이름도 몰랐고, 심지어 몇 살인지조차도 몰랐다. 연희는 그저 독한 사랑이었다고 하면서 말을 하는 것조차 거부했다.

그래도 남들 다 있는 아빠가 보고 싶을 법도 한데, 워낙 어려서부터 외조부모님들과 함께 살아와서 그런가? 부모라는 개념도 잘 몰랐거니와 본능적으로 자신이 버려졌다는 것을 깨달은 것 같다.

그래서 민서는 전혀 상관없었다. 그저 왜 성이 채 씨가 아니고 이 씨냐고 울고불고한 적은 있었지만.

언젠가 호주제가 폐지되었다며 연희가 멋대로 민서의 성을 바꾸고 싶어 했다. 하지만 그것을 거부한 건 민서였다. 친구들에게 설명하는 것도, 갑자기 성이 바뀐다는 것도 싫었다. 그때도 연희는 어쩜 저렇게 고집불통인 게 제 아빠랑 똑같다며 지금과 별다를 바 없이 말했다.

"나가서 그냥 얼굴도장만 찍어."

"무슨 소유권 주장해요?"

"뭐?"

"그런 식으로 굴고 싶었으면 부모 노릇이나 똑바로 했어야지, 지금 어디서 명령질이에요?"

맹세코 단 한 번도 이렇게 누군가에게 반항적인 기질을 보인 적이 없었다. 옆에서 안절부절못하는 윤서를 보니 가라앉혀야겠다 생각하면서도 입은 멋대로 움직였다.

"낳아 줬으니까."

"뭐라구요?"

"낳아 줬는데 그 정도도 못 해?"

"태어나고 싶지 않았어요. 당신 같은 사람을 엄마라고 하고 싶지도 않았고."

"그럼 태어나지 말았어야지."

"하, 유치해서 정말."

"나와. 수요일 8시, 여기로."

또 명령이다. 그리고 봉투 두 개를 놓고 다음에 보자며 나가 버렸다. 명헌은 우물쭈물하더니 또 다른 봉투 두 개를 놓고 나갔다. 나이 차도 별로 나지 않는 남자가 새아버지랍시고 자식들 용돈을 준비한 모양이었다. 기가 막혔다.

탁, 문이 닫히자 윤서가 슬쩍 민서의 눈치를 살폈다. 그러면서도 차마 말은 붙이지 못하겠는 모양인지 입술만 슬쩍슬쩍 깨물고 있었다. 고래 싸움에 새우 등만 터진 형상이다.

"밥 먹어."

민서는 커다란 새우 하나를 집어 윤서의 접시 위에 올려 주었다. 그리고 자신도 마구잡이로 앞에 있는 음식을 입으로 넣기 시작했다. 눈치를 보다가도 배가 고팠는지 윤서가 음식을 우물우물 씹기 시작했다.

"미안."

"어?"

"오랜만에 만난 자린데 나 때문에 이야기도 제대로 못 했을 거 아니야."

"엄마가 저러는 게 뭐 하루 이틀인가. 누나가 기분 풀어. 누나, 우리 돈이나 쓰러 갈래?"

윤서가 앞에 있는 봉투를 집어 들었다.

"네 용돈으로 써."

"누나 몰라?"

"뭘?"

"우리 집 돈이 전혀 아쉽지 않거든."

"무슨 소리야."

"누나 진짜 모르는 모양이네? 우리 아버지 재벌이잖아."

해맑게 웃으며 말하는 윤서를 보며 민서가 웃고 말았다. 그러고 보니 남동생 둘 중 한 명이 재벌가 자제라고는 들었었다. 그게 윤서였던 모양이다.

"누나 만나러 간다고 하니까 아빠가 카드 따로 주셨거든. 나가서 쇼핑 한번 해 보자. 내가 누나 근사하게 한 벌 뽑아 줄게."

"사 줘도 내가 사 줘."

"에이, 누나. 이럴 때 부자 동생 한번 써먹어 보는 거야. 가자, 일어나. 이런 느끼한 중국 음식 말고 맛있는 거 먹으러 가자."

이 호텔의 중국 요리는 대한민국에서 손에 꼽혔다. 하지만 윤서의 취향엔 맞지 않는 것처럼 보였다. 괜찮다는 말에도 윤서는 그녀를 일으키고는 팔짱을 끼고 걷기 시작했다. 그녀보다 키가 훨씬 커서 어린 아이처럼 팔짱을 끼고 걷는 모습이 어색할 법도 한데, 윤서는 정말 익숙해 보였다.

"집에서 사랑받겠다."

"내가 또 한 사랑스러움 하지."

"너 예전엔 이러지 않았잖아."

"그땐 나도 사춘기였고. 우리 누나가 너무 예쁜 거야. 그래서 입이 얼어서 말이 안 나오더라고."

이래서 윤서가 나현에게 예쁨을 받았나, 생각이 들었다. 어떻게 보면 나현과 성격이 비슷했다. 그녀도 사랑받고 자랐으면 저런 성격이 되었을까? 그녀가 늘 부러워했던 성격이다. 밝고, 쾌활하고, 사랑스러운. 그녀 스스로 그리될 수 없다는 걸 알아서 괴롭기도 했었고. 그래서 늘 나현을 부러워했다. 한두 번씩 나현이 '나야말로 네가 부럽다'라는 이상한 말을 했지만.

엘리베이터에서 내리자 윤서는 사람들이 많이 서 있는 모습에 자연스레 민서의 어깨를 감쌌다. 어린 시절의 윤서의 모습이 이제 다 지워지고 정말 성인이 되었음이 실감 났다. 어쩐지 감격스러웠다. 역시 피가 섞이긴 섞인 모양이었다.

그때였다. 갑자기 누군가에게 손목이 잡히며 멈춰 섰고, 윤서는 반사적으로 민서의 어깨를 더 힘주어 감싸 쥐었다. 놀란 눈으로 고개를 돌려 보니 진하가 서 있었다.

"이민서, 답이 이거야?"

세상에 이런 우연이 있는 걸까? 이 시간에, 이 장소에 어떻게 윤진하가 있는 것일까.

"뭡니까?"

윤서가 낮은 목소리로 진하의 손을 잡아 빼려고 했다. 잠시 그녀의 손목을 힘주어 잡았던 진하가 쉽게 힘을 풀었다.

"누나, 아는 사람이야?"

"대학 동기야."

"동기가 뭘 이리 살벌하게 굴어?"

마음에 들지 않는 것인지 진하에게 사나운 시선을 보내는 윤서를 보며 민서가 저도 모르게 웃고 말았다. 그래도 누나라며 제법 경계를 하는 모습을 보인다. 태어나 열 번도 만나지 못한 누나에게도 핏줄의 이끌림이 있는 것일까?

진하를 윤서가 위아래로 쭉 훑었다. 이 남자가 어떤 사람인지 가늠이라도 하려는 듯이. 뭔가 실수했다는 것을 깨달았다는 듯 진하의 눈이 살짝 커졌다. 그리고 윤서의 얼굴과 민서의 얼굴을 한 번씩 번갈아 보았다.

"초면에 실례했습니다. 윤진하라고 합니다."

진하가 주머니에서 명함을 꺼내 윤서에게 건넸다. 하지만 아직 경계가 풀린 건 아닌지 윤서는 명함을 받고서도 진하의 얼굴을 뚫어지게 쳐다보았다. 그리고 건성으로 명함을 보다 놀란 듯 눈을 크게 떴다.

"어? 카페 빈스?"

"네. 대표 윤진합니다."

"와, 저 요즘 카페라테 여기 거밖에 안 마시는데. 저희 과 애들도 다 그래요."

"고맙습니다."

"참, 전 누나 동생인 강윤서라고 합니다."

"동생?"

"아, 아버지가 다르거든요."

윤서는 정말 구김살이 없었다. 보통 이런 말은 남에게 쉽게 하지 못한다. 아니, 그건 자신만의 자격지심이었나? 이제야 의심이 풀렸다는 얼굴을 하고 있는 진하를 보니 왠지 얼굴을 들지 못하겠다.

그러고 보면 대학 시절에도 진하는 몇 번이나 연희의 영화를 보았었다. 채연희 감독의 영화를 좋아한다면서. 하지만 연희에 대한 스캔들은 전혀 모르는 모양이었다. 저렇게 놀란 듯한 얼굴인 것을 보면. 하지만 언제 그랬냐는 듯 진하가 부드럽게 웃으며 주머니에서 무엇인가를 꺼내 윤서에게 건네주었다.

"어?"

"지금 가지고 있는 게 이것뿐이라서. 기프트 카드니까 편히 들러서 마셔요."

윤서가 눈을 반짝이며 두 손으로 공손히 카드를 받았다. 마치 이것을 받아도 되냐는 듯 민서를 보았다. 크리스마스 날 선물을 받는 어린아이 같은 눈을 하고 있으면서 허락을 구하는 것을 보니 아직 애구나 싶었다. 민서가 슬쩍 고개를 끄덕이자 윤서가 웃으며 카드를 주머니에 넣었다. 그리고 진하를 향해 웃었다.

"저희 누나하고 친하신가 봐요."

방금 전까지만 해도 경계의 눈빛을 하고 있더니 금세 마음이 바뀐 모양이다. 그나저나 카페 빈스라니. 대학 다닐 때만 해도 진하는 IT를 기반으로 하는 무역을 했던 것 같은데. 진하는 아직까지도 그녀에게 명함을 주지 않았다. 아니, 아예 그녀에게 명함을 줄 생각이 없는 듯 보였다.

"그럼 약속이 있어서."

"아, 네. 그럼 이 카드 유용히, 감사히 쓰겠습니다."

"편히 써요. 이민서, 내일 보자."

왼쪽 손목에 찬 시계를 보더니 진하가 바쁘게 움직였다. 그녀 때문에 약속 시간이 지체된 모양이었다. 진하가 엘리베이터에 올라타 사라지자 윤서가 휘파람을 불었다.

"와, 생각보다 대표가 되게 젊네? 요즘 난리도 아닌데."

"그래?"

"누나 설마…… 여기 커피 안 마셔 봤어?"

"항상 가던 곳만 가다 보니까. 회사 근처에 매장이 있는 것도 아니고."

"가격도 적절한데 고급 재료만 쓴다고 소문이 자자해. 실제로 맛도 진짜 깊이 있고 좋아. 내가 시럽 안 들어가는 카페라테는 못 마시다가 여기서 구원받았거든."

"장사 잘되나 봐?"

"응. 전국 체인이 거의 스무 개 가까이 되는데 다 직영이래. 위생도 철저하고, 베트남에 커피 밭이랑 공장 다 있나 봐. 그리고 요즘 취업 시장에서 성공 사례로 꼽혀. 베트남 현지 직원들의 임금도 한국 직원 임금하고 비슷한가 보더라고."

놀라웠다. 보통 값싼 인건비 때문에 동남아에 공장을 많이 차린다고 한다. 그런데 진하는 사람을 갈아서 쓰는 짓은 하지 않는 모양이었다.

"깜짝 놀랐네. 나는 무슨 배우인 줄 알았어."

로비로 나오자 잘빠진 푸른색 스포츠카가 앞에 섰다. 그리고 호텔 직원이 내려 조수석 문을 열어 주었다.

"가자, 누나."

자연스레 운전석으로 가서 앉는 윤서를 보며 민서가 웃고 말았다. 확실히 윤서가 재벌가의 자제이기는 한 모양이었다. 그녀도 차에 대해서는 잘 모르지만 이 차가 비싸다는 것 정도는 알고 있었다.

이미 운전에 익숙한 듯 윤서는 부드럽게 차를 몰았다. 도로를 미끄러지듯 달려 나가는 것을 보며 민서는 고개를 돌렸다.

"누나. 혹시 다음 주쯤 시간 괜찮아?"

"왜?"

"우리 아버지가 누나 한번 초대하고 싶다고 하셔서."

"날?"

"신문에서 누나 기사 봤대. 무슨 미생물…… 뭐라고 했었는데."

"아, 논문 보셨나 보구나."

"응. 아버지가 그런 거에 좀 관심 있나 봐."

그녀가 한창 하고 있는 연구는 오염된 토지를 미생물을 이용해 개선을 하는 것이었다. 결국 사람에게 제일 중요한 것은 물인데, 물은 모든 땅을 통해 흐르는 것이니 기본을 지키는 게 제일 중요하다는 생각에 연구에 매진하게 된 것이었다.

"관심 가져 주시니 감사하네."

"누나만 괜찮으면 식사에 한번 초대하고 싶다고. 그리고 내가 누나 자랑도 엄청 했었거든."

"내 자랑?"

"고등학교 때 누나 만나고 와서."

사춘기 때의 애들은 대부분 그 속을 알 수가 없으니 그땐 그냥 정말 윤서가 말이 없는 것으로만 생각했었다.

"나현이도 그렇게 연락했다는데 왜 나한텐 안 했어?"

"누난 우리 가족 구성원 싫어했잖아."

"어?"

어쩐지 뒤통수를 한 대 맞은 느낌이었다. 연희를 싫어했던 것이지, 동생들을 싫어한 것은 아니었다.

"너희를……."

"알아. 누나가 엄마 싫어하는 거. 그런데 본래 그런 사람인데 어쩌겠어. 이해하려 들면 원래 머리가 더 아픈 법이거든. 더 이해도 안 되고."

머리를 한 대 더 후려 맞은 느낌이었다. 어떻게 저 나이 대에 저런 생각을 할 수 있을까. 타고난 마음의 그릇이 역시 다른 모양이었다.

"그렇게 생각하면 편했을 텐데."

"사람마다 받아들이는 게 다른 법이니까."

"내가 배우고 가네."

"그나저나 누나, 오늘 진짜 나만 믿어 봐."

윤서는 지금 그녀에게 핏줄의 정을 베풀고 싶어 하고 있었다. 정작 그녀는 윤서에게 무언가를 해 준 적이 없었다. 나현이 챙겨 주었던 게 고마워서 그러는 걸까?

"누나 생각나? 나 중학교 입학할 때 엄청 울었다?"

윤서가 중학교 입학을 할 때면 10년 전일 것이다. 그렇다면 그녀는 고등학생이었을 때이고. 그때쯤 윤서를 보긴 했던 것 같다. 왜 기억이 안개가 낀 것처럼 뿌연 것일까. 윤서의 기억은 저리도 선명한데.

"그때 누나가 직접 만든 초콜릿 줬었거든."

"내가?"

초콜릿을 만든 기억도 없는데 그걸 윤서에게 준 기억은 더더욱 없다. 대체 언제 초콜릿을 만들었다는 것일까.

"기억 못 할 줄 알았어."

"내가 초콜릿을 만들었다고?"

"집에 와서 가방을 보는데 처음 보는 박스가 있는 거야. 뭔가 싶어 보는데 초콜릿인 거야. 거기 누나가 적어 준 메시지도 있었어."

어쩜 10년 전의 일을 이렇게 모조리 잊어버릴 수가 있는 건지. 왠지 모르게 미안해졌다.

"중학교 입학 축하하고, 이런 선물밖에 못 줘서 미안하다고."

"내가?"

"안 믿기지? 나도 그거 받고 믿기지가 않아서 몇 번이나 다시 확인했잖아."

윤서가 정말 놀란 민서를 보며 안정시켜 주려는 듯 놀리는 투로 말했다. 민서는 여전히 기억이 나지 않아 놀람을 숨기지 못했다.

"좀 쓴맛이 나기는 했는데 혼자 다 먹었어. 그때 그거 아버지가 얼마나 탐냈는데."

"그랬어?"

"내가 하루에 하나씩 아껴 먹었거든."

지금 생각해도 웃긴 듯 윤서가 참지 못하고 피식피식 웃었다. 어느새 도착했는지 차가 백화점으로 들어서자 윤서는 자연스레 발렛을 맡기고, 사람들 틈을 비집고 그녀의 어깨를 감싸 바로 앞에 있는 명품 브랜드 매장으로 들어갔다.

매니저가 바로 뛰어나와 윤서를 반기는 것을 보니 신기하기도 하고 뭔가 다른 세상에 와 있는 느낌도 들었다.

"다른 사람들 다 줄 서 있는데……."

"그럼 라운지로 올라갈까?"

"그래, 차라리 그게 낫겠다."

줄 서서 기다리는 사람들의 눈초리가 매서웠다. 그녀가 워낙 이런 분위기에 익숙하지 않아서일 수도 있었다.

하지만 윤서는 별것 아니라는 듯이 굴더니 직원의 안내를 받아 라운지로 올라갔다. 그곳에 들어서자 다른 직원이 두 사람을 곧 프라이빗룸으로 안내했다.

"누나 탄산수?"

"그래."

"두 개 주세요."

"잠시만 기다려 주십시오."

이제야 윤서가 말한 그 '재벌집 아들'이라는 말이 실감이 되었다. 아마 윤서가 아니었다면 그녀는 백화점의 프라이빗룸을 평생 구경조차 하지 못했을 것이다.

6. 뜻대로 되는 건 없다

직원이 내온 예쁘게 세팅된 탄산수와 다과를 보면서 민서가 웃자 윤서는 자연스레 잔에 탄산수를 따라 건네주었다. 방금 전까지만 해도 조금은 친근하게 느껴졌던 윤서가 지금은 왠지 멀게 느껴진다.

"누나."

"응?"

얼른 한 모금을 마시고 내려놓는데 입가에 조금 흘리고 말았다. 윤서가 티슈를 건네주었다.

"아까 그 윤진하 대표."

"진하?"

"누나 좋아해?"

"어?"

놀라서 저도 모르게 입을 벙긋거렸다. 윤서가 픽 웃었다.

"딱 보니까 누나 좋아하는 것 같던데?"

"그런 거 아니야."

"아니긴. 그렇게 사람 찔러 죽일 듯한 눈을 하고 있는데."

"정말 그런 거 아니야. 대학 다닐 때 내가 조금 좋아했어."

진하에겐 절대 하지 못할 말인데 이상하게 윤서 앞에선 술술 나왔다. 신기할 정도로.

"윤진하 대표야 어디에 있어도 인기 끌 스타일이던데 뭘."

"그러긴 했지."

"그럼 누나는 지금은 안 좋아해?"

"응."

"왜?"

"나쁜 남자라서."

별다른 말은 하지 않았다. 하지만 윤서는 얼굴값 하는 남자는 역시 피곤하지, 하며 그녀의 편을 들어 주었다. 기본적으로 공감대 형성을 잘하는 성격인 듯했다. 아니면 그저 좋은 게 좋다고 여기는 성격일지도 몰랐다.

집까지 데려다준다는 윤서의 말에 차에 탄 민서는 당황했다. 딱히 그녀가 물건을 고르지도 않았음에도 어느샌가 뒷좌석에 물건들이 가득 쌓여 있었기 때문이다. 계산을 하는 것도 보지 못했는데.

"너무 많이 산 거 아니야? 계산은 도대체 언제 한 거야?"

"어차피 내가 산 거 나중에 알아서 청구돼. 그리고 누난 그런 걱정 안 해도 돼."

어느 누가 걱정을 하지 않을 수 있을까. 오늘 윤서가 산 물건들은 최소 고급 외제 승용차 한 대 값 정도는 될 것 같았다. 물론 그녀의 물건은 한두 개 정도겠지만.

걱정하는 사이 윤서가 운전하는 차는 그녀의 집 근처에 거의 도착해 있었다.

"올라가서 나현이 얼굴 보고 갈래? 반가워할 텐데."

"진짜 그래도 돼? 그런데 나 이렇게 막무가내로 가서 당황하지 않을까?"

"전혀 그런 애 아니야."

"다행이다. 저 많은 짐 누나가 어떻게 다 들고 가나 걱정했는데."

주차를 하고 차에서 내린 윤서가 물건을 최대한으로 집어 들기 시작했다.

"누난 그 두 개만 들어 줘."

"……이게 다 내 거였어?"

"난 원래 쇼핑 잘 안 해."

"뭐?"

"그 초콜릿에 대한 보답이라고 생각해 주면 감사하고."

정말 별것 아닌 초콜릿이었을 것이다. 그땐 그녀도 학생이었고, 주머니 사정이야 뻔해서 대충 슈퍼에서 사다가 만들지 않았을까? 그 작은 것 하나에도 그렇게 감동을 받을 수 있는 아이였는데, 혼자만 불행하다 생각해 뒤를 돌아볼 생각을 한 번도 하지 못했다.

왠지 모를 미안함에 얼굴을 제대로 들지 못하겠다. 눈물이 쏟아질 것 같아 눈가에 힘을 주었다. 이렇게 윤서에게 위로를 받을 거라고는 상상도 하지 못했다. 그 마음의 위로라는 게 무엇인지 알 수 있을 것 같았다. 지금 그녀가 느끼는 그 느낌을 윤서는 받았을 테니까.

"윤서야."

"응?"

"미안."

"뭐야, 그런 말 들으려고 이런 거 산 게 아닌데. 사실 누나가 지금 어떻게 사는지도 궁금해서 같이 올라가 보고 싶기도 했어."

이렇게 보면 그녀는 부모 복은 없어도 형제 복은 있는 것인지도 몰랐다. 그동안 그런 건 외조부모님과 나현의 가족 빼고는 느껴 본 적 없다고 생각했는데.

"그렇게 좋은 누나도 아니었는데 그렇게 기억해 줘서 고마워."

어쩌면 외로웠다. 그 외로움을 누군가에게 말을 하지도, 풀지도 못했다.

"웬 오바? 좋은 누나라고 한 적은 없는데?"

장난기 가득한 윤서의 목소리에 어쩐지 조금의 울음기가 섞여 있는 것도 같았다. 하지만 민서는 모르는 척 서둘러 엘리베이터를 잡았다.

엘리베이터가 층에 도착해 문 앞에 선 민서는 혹시 몰라 초인종을 눌렀다. 우당탕탕 소리가 나며 튀어나오는 소리가 들리는 걸 보니 분명 채윤이었다. 오늘은 경기가 없었나 보다.

"누나! 왜 초인종을 눌…… 어? 누나! 나현 누나! 민서 누나가 웬 남자를 데려왔어! 빨리 와 봐!"

하여간 호들갑 떨기는 세상 1등이다. 두 손에 짐을 가득 들고 있는 윤서가 놀라서 눈을 크게 떴다.

"헐, 강채윤 선수?"

"알아?"

"당연히 알지. 왜 몰라? 우리나라에서 알아주는 공격수잖아! 대박, 뭔데?"

"나현이와 곧 결혼할 사람."

"나현 누나 애기…… 아빠?"

고개를 끄덕이자 윤서가 고개까지 저으며 감탄사를 내뱉었다.

"뭐? 남자? 설마 얘…… 어? 윤서야!"

"누나!"

"뭐야, 총각 다 됐네. 아니지, 빨리 들어와. 웬일이야?"

"누나들 어떻게 사는지 궁금하기도 하고."

"들어와, 들어와. 뭐 마실 것 좀 줄까? 강채윤, 뭐 해?"

"아, 가져올게. 주스 괜찮아요?"

"아무거나 주십시오."

채윤이 날듯이 부엌으로 뛰어갔다. 처음엔 단순히 축구 선수라 저렇게 행동이 재빠른가 생각했는데 공격수였다니 이해가 가는 것 같았다. 거실로 들어서자마자 윤서가 짐들을 모두 내려놓더니 나현을 껴안았다. 나현은 장성한 아들을 맞이하는 얼굴을 하며 윤서의 엉덩이를 툭툭 두드려 주었다.

"나현아, 고마워."

"에이, 우리 사이에 뭘. 네 동생이 내 동생이고 그런 거지. 이러지 말고 앉자, 앉아. 뭘 이렇게 많이 샀어?"

"우리 누나가 외모와 어울리지 않게 너무 수수해서 내가 한 턱 쐈지. 정확히는 우리 아버지 돈으로."

"우와, 구경하자."

이럴 때 보면 나현도 참 어린애 같은 면이 있다. 늘 어른스럽고, 언니 같은 모습만 보여 준 나현이었는데. 그건 그동안 민서가 늘 외로움을 타서 그랬는지도 모른다.

"뭐야, 민서 누나. 왜 이렇게 우리 나현 누나를 사랑스럽다는 듯이 봐요."

"사랑스럽잖아."

"이러니 의심스럽다니까? 둘이 라스베이거스 간다고 할 때 내가 왜 그토록 말렸는지 알겠죠?"

사실 처음에 채윤은 나현과 민서가 사귀는 사이인 것으로 오해를 했었다. 그때 또 나현이 매일 우리 라스베이거스 가서 혼인신고서나 쓰자며 농담을 마구잡이로 할 때였고. 채윤은 생각보다 훨씬 순진해서 그 말을 믿고 무려 1년 가까이 마음고생을 했었다.

지금은 장난식으로 라스베이거스를 말하고는 했지만, 당시엔 정말 두 사람의 사랑을 빌어 줘야 한다며 남몰래 눈물을 흘렸다고 얼마나 열변을 토했던지. 그런 채윤이 귀여워서 나현이 더 놀리는 것인지도 몰랐다.

"아마 두 사람 중 한 명이 성별이 달랐다면 바로 결혼했을 것 같은데."

"당연하지. 우리 민서가 남자였으면 내가 바로 채 갔지. 세상에 이런 남자 없다."

그렇게 말하는 나현을 떨떠름한 눈으로 보며 채윤이 쟁반을 테이블 위로 내려놓았다. 그리고 탁, 소리가 나게 잔을 각자의 앞으로 놓아 주었다. 물론 윤서에게는 아주 상냥하게, 그리고 공손히 건네주고 자신의 주스는 벌컥벌컥 세 번 만에 해치웠다.

"마셔 봐, 채윤이가 꿀 넣고 직접 갈아 만든 토마토 주스."

"맛있겠네요. 잘 마시겠습니다."

운동선수답게 채윤은 건강식을 잘 챙겨 먹었다. 그래서 탄산수나 커피를 달고 살았던 나현이 못마땅한지 집에 오면 이런 것들을 계속 만들어 냉장고에 넣어 두고 이틀 내로 먹으라면서 협박에 가까운 부탁을 하기도 했다. 주스를 한 모금 마신 나현과 윤서가 신이 난 얼굴로 사 온 것들을 꺼내기 시작했다.

"이건 내가 우리 나현 누나 주려고 산 거."

"와, 너 내가 이 클러치 갖고 싶어 하는 거 어떻게 알았어?"

"이 정도쯤이야."

"이 누나, 제대로 감동받았다."

즐겁게 대화를 하는 두 사람을 못마땅한 눈으로 보고 있는 채윤을 구경하는 것도 재미있었다. 그런 세 사람과 함께하며 웃다가 문득 주머니에서 느껴지는 진동에 자리에서 일어나 방으로 들어왔다. 문을 열면서 바로 전화를 받고 천천히 웃음소리를 뒤로했다.

"네, 이민서입니다."

– 어디야?

이럴 줄 알았으면 발신자를 확인하고 받을 걸 그랬다. 중저음의 목소리에 그대로 걸음이 멈췄다. 엉거주춤하게 서 있던 민서가 낮은 숨을 뱉으며 화장대 앞에 앉았다.

"집."

– 잘 들어갔나 해서.

"잘 들어왔어."

– 부산에 출장 좀 다녀와야 할 것 같아. 곧 오픈하는데 약간 문제가 생겨서.

여기서 어떤 말을 해야 할까. 잘 다녀오라고 해야 할까, 그냥 알겠다고 말을 해야 할까.

"잘 다녀와."

어쩌면 다행일지도 모른다. 내일 만나지 않아도 되니까.

– 이민서.

"응?"

– 너 지금 안심했지?

심장이 철렁 내려앉는다. 사람 속을 들여다보는 재주까지 있는 모양이다. 지금 그 대답에 대해서 최대한 피하려고 하는 그녀의 모습이 보이지 않는 것일까? 아니, 보이는데 지금 일부러 놀리고 있나?

– 여보세요?

"듣고 있어."

– 조금 전에 만났을 땐 가슴이 철렁하더라.

그녀가 다른 남자와 호텔에서 뒹굴었을 것 같아서? 지금 생각하니 그런 상상을 했던 진하를 한 대 때려 주었어야 했는데. 아까 전 너무 당황해서 그냥 빠져나온 것을 후회했다.

왜 연희에게 했던 것처럼 진하를 보면 용기가 나질 않는 걸까. 그냥 화가 날 땐 화를 내야 한다는 상담사의 말을 들었어야 했는데.

– 수요일에 올라오는 대로 전화할게.

"왜?"

– 우리 만나서 할 말 있잖아.

"넌 조금 전 호텔에서 만났을 때 오해를 했어."

– 그 상황에선 누구라도 그렇게 생각했을 거야.

"날 그렇게 취급했으니 앞으로도 그런 취급을 하게 될 거야."

– 비약하지 마, 이민서.

"비약이 아니라 사실이 그래."

싫다고 그냥 전화를 끊으면 그만이다. 그런데 이 갈대 같은 마음은 이러지도 저러지도 못하고 있다. 이대로 전화를 끊기에도 아쉽고, 그렇다고 통화를 이어 가자니 화가 자꾸만 치밀어 올랐다.

– 미안해.

놀랐다. 진하가 바로 이렇게 저자세로 나올 거라고는 생각을 하지 못했기 때문이다. 이럴 땐 어떻게 말을 이어야 할까.

― 아마 늦어도 수요일 저녁쯤엔 돌아올 거야.

그녀는 수요일 저녁에 선을 보아야 한다. 어차피 별 이야기 할 것 없이 당신과 결혼할 의사가 없다는 듯 행동하고 나오면 그만이기도 했다. 그것까지는 아마 연희도 뭐라 간섭할 수 없을 테니 말이다.

"수요일도 시간 괜찮을 것 같아."

멍청이다. 먼저 약속을 기다린다는 말 같은 건 하지 않았어야 했는데. 그러면 빨리 진하와 만나고 싶어 안달하는 것처럼 보이지 않을까?

― 잘됐네. 언제쯤이 괜찮아?

연희는 약속 시간이 오후 8시라고 했다.

― 난 저녁 8시 30분쯤이 괜찮을 것 같은데. M호텔에서.

잠시 멈칫했다. 그녀의 선 자리는 오후 8시에 M호텔에서였다. 그리고 중식당이니 주문을 하지 않고 나오기도 민망했다. 같은 호텔이라 해도 30분이면 시간이 너무 촉박했다.

"9시로 해."

― 그래, 그럼.

"끊을게."

― 이민서.

이렇게 낮은 목소리로 자신의 이름을 부를 때면 심장이 쿵쾅거려서 정신을 차리기 힘들었다.

― 대답, 기대할게.

갑작스러운 월차는 원래 거의 반려당하기 마련이었다. 하지만 직장 동료들 모두가 그녀의 차가 폐차가 되었고 친구의 차, 그것도 상당한 고가의 외제차를 몰고 다니는 게 부담스러워 보였던 모양인지 바로 월차를 쓸 수 있게 배려해 주었다. 주말에 계약을 이행하는 것이 불편하다는 것을 거의 모두가 알고 있는 듯했다. 아무래도 할부 때문에 그녀 역시 되도록 주중에 계약을 하려고 했다.

신차를 사는 건 처음이라 혼자 가는 것보다는 윤서를 동행하는 게 낫겠다고 생각했다. 어리더라도 일단 남자가 있어야 기본적으로 조금 더 대접을 받을 수 있다는 것이 씁쓸하지만 현실이었다.

윤서는 그런 곳이라도 얼마든지라며 즐거워했다. 마침 목요일에 수업도 없다며 맛있는 것을 사 달라고 조르기까지 했다. 이게 바로 동생이 있는 사람의 느낌인 것일까?

사실 아직 완벽히 윤서가 편해진 것도 아니었다. 하지만 윤서는 오랫동안 쭉 그래 왔던 사람처럼 그녀를 편하게 대해 주었다. 아마 그의 입장에서 그녀를 많이 배려한 것일 테지만.

정신이 없어서 지혁에게 전화를 하지 못했더니 결국 전화가 걸려왔다. 아무래도 현역 축구 선수이다 보니 만날 수 있는 날도 한정적이었다. 월요일은 갑작스러워 만나지 못했고 결국 다음 주 월요일에 만나기로 약속을 했다. 지혁에게 만나서 또 뭐라고 해야 할까.

"민서 씨, 오늘 선이라도 보러 나가?"

"그러게. 오늘 화장도 그렇고 좀 평소보다 다르네."

오늘 선을 보러 나가는 것은 사실이었다. 하지만 그 선 상대를 위해 꾸민 건 아니었다. 어쩌면 선은 핑계이고 진하에게 조금이라도 나은 모습을 보이고 싶은 마지막 자존심일지도 몰랐다.

"이만 퇴근해 보겠습니다."

"그래, 금요일에 봐."

"네."

지금 출발해도 워낙 막히는 시간이라 약속 시간에 겨우 도착할 것이다. 그보다 더 늦을 수도 있고. 늦게 된다면 차라리 상대방이 기다리지 않고 자리에서 일어나 버렸으면 하는 심정이었다.

띵.

맑은 기계음이 들렸다. 차에 올라타 메시지를 확인하자 다름이 아닌 진하였다.

[오늘 9시 잊은 건 아니지?]
[알고 있어.]

진하는 더 이상 답장이 없었다. 휴대폰을 내려 두고 서둘러 시동을 걸었다. 며칠 타고 다녔다고 벌써 이 차의 주행 감각에 익숙해졌다. 말 그대로 움직이고 싶은 대로 핸들을 돌리면 바로 차가 따라와 준다. 이래서 사람들이 돈을 벌면 좋은 차를 사려고 하나 보다. 아마 그녀도 이만한 능력이 있었다면 이런 차를 원했을 것이다.

"괜히 눈만 높아졌다, 이민서."

헛웃음을 뱉으며 꽉꽉 막히는 도로를 바라보았다. 자동차 불빛들로 도로는 물들었고 그녀는 그 도로에 갇혀 있었다. 차는 슬금슬금 앞으로 나아가고 있었다.

서울로 들어서면서부터 막혔던 도로는 호텔에 도착할 때까지 단한 번도 속도를 내지 못했다. 그나마 다행인 건 주차를 하고 내려선 시간이 8시가 되기 5분 전이었다는 것이다.

서둘러 엘리베이터를 타고 올라가는 층수를 확인했다. 그러고 보니 뭐라고 예약이 되어 있는 걸까. 이 호텔의 중식당은 모두 룸으로 이어져 있다. 여기에서 선을 보러 온 사람을 만나러 왔다고 말을 할 수도 없는 노릇 아니던가. 혹시 몰라 휴대폰을 뒤졌다.

[서민수.]

연희에게 들어온 간단한 메시지. 저도 모르게 한숨을 쉬며 휴대폰을 진동 모드로 바꾼 뒤 가방 안에 넣었다. 엘리베이터 문이 열리자 중식당의 문도 같이 열렸다.

"서민수 님으로 예약이 되어 있다고 하는데요."

"도착해서 기다리고 계십니다. 이쪽으로 오십시오."

직원이 친절히 고개를 숙이며 안내를 했다. 일요일에 왔던 바로 반대편 방 앞에서 멈춰 선 직원이 문을 열었다. 직원에게 감사의 인사로 고개를 숙여 보이며 안으로 들어섰다.

"늦어서 죄송합니다. 이⋯⋯."

"이민서?"

익숙한 목소리다. 서둘러 소리가 난 쪽으로 시선을 돌리니 다소 황당한 표정을 하고 앉아 있는 진하가 보였다. 어떻게 이 자리에 진하가 있는 걸까?

"윤진하?"

"선보기로 했어?"

"어?"

"왜 말 안 했어?"

진하가 다소 공격적으로 물어 왔다. 민서는 기가 막혀 저도 모르게 웃고 말았다.

"너도 말 안 했잖아."

그 말에 할 말을 잃었다는 듯 진하가 자리에서 일어나 그녀의 앞으로 걸어왔다. 그리고 그녀가 앉을 수 있게 의자를 빼 주었다.

"앉아."

굳이 이런 매너까진 필요 없었지만 됐다고 거절할 필요도 없었다. 그녀가 앉자 진하가 자리로 되돌아와 앉았다.

"배고픈데 일단 뭘 좀 시키자. 코스 요리 어때?"

"상관없어."

오늘 역시 갑자기 낸 월차로 인해 미리 처리해야 할 이런저런 일들이 많아 점심도 삼각김밥 하나로 때웠다. 동료인 지영 씨가 아니었다면 그마저도 먹지 못했을 것이다. 갑자기 시장기가 확 오르는 느낌이었다.

"매 코스가 괜찮을 것 같은데."

뭐가 되었든 일단 빨리 시켜야 할 것 같아 메뉴판을 덮으며 고개를 끄덕였다.

곧 직원이 문을 열고 들어와 보이차를 따라 주었다. 김이 나는 뜨거운 보이차를 후후 불며 마시는데 시선이 느껴져 고개를 들자 다소 삐딱하게 앉아서 자신을 바라보고 있는 진하가 보였다. 얼굴에 뭐라도 묻었나 싶었지만 지금 거울을 들고 확인을 할 수는 없었다.

"뭘 그렇게 봐?"

"배고파?"

"아, 오늘 잘 못 먹었거든."

"요리 나오는 대로 다 빨리 넣어 주세요."

"알겠습니다."

직원이 문을 닫고 나갔다. 그저 보이차를 마신 것뿐인데 그녀가 배고픈 것을 어떻게 알았을까?

"어떻게 알았어?"

"이민서 배고플 때면 그렇게 물에 집중하잖아."

"내가?"

"몰랐어?"

별거 아니라는 말투로 말하며 진하가 그녀의 잔에 다시 차를 따라 주었다. 적당한 빛깔의 보이차가 다시 잔을 채웠다. 그녀는 한 번도 자신의 버릇 같은 것을 생각해 보지 않았다.

"선 자리는 왜 나왔어?"

드디어 진하가 묻고 싶던 것을 물었다. 민서는 차를 한 모금 마시고 잔을 쥐었다.

"채 감독은 원래 회유 같은 걸 몰라."

"무슨 뜻이야?"

"자식은 그냥 소유물이라 늘 명령조로 말하거든."

"거절해도 됐잖아."

"그 거절이 먹히는 사람이 아니야."

진하가 쉽게 이해가 가지 않는다는 얼굴을 하며 고개를 왼쪽으로 살짝 기울였다. 하긴, 미디어 속의 채연희 감독은 여성, 사회적 약자들의 말을 귀 기울여 듣는 사람이었다. 게다가 영화에는 사회 풍자가 적절히 가미되어 있어 불편하지 않은 선에서 이 사회를 다시 돌아보게 만든다며 평론가들에게도 인기가 많았다.

그런 연희를 두고 독불장군이라는데 쉽게 믿기지 않을 것이다. 아마 그녀도 진하의 입장이었다면 쉽게 믿지 못했을 것이라고 생각했다.

"넌?"

"외삼촌 부탁."

그 서민수라는 사람이 진하의 외삼촌인 모양이었다. 그저 고개를

168

끄덕이고 말았다. 곧 문이 열리며 직원들이 들어와 테이블에 음식들을 놓기 시작했다.

"괜히 코스 요리로 시켰네."

"왜?"

"아냐, 배고플 텐데 우선 먹자."

진하는 먹기 좋게 썰린 통통한 전복을 들어 그녀의 앞접시에 놓아주었다. 이러지 않아도 된다고 말을 하려다 지금은 우선 배를 채우는 게 급선무라는 생각이 들었다. 머리가 돌아가야 말을 하더라도 조리 있게 할 수 있지 않을까 생각이 들었다.

"차는?"

"폐차했어."

"새로 계약은 했고?"

"내일 하려고."

"같이 가. 나도 내일 쉬거든."

"뭐?"

"사회적 분위기가 아직 그래. 여자 혼자 가는 것보단 남자가 같이 가는 게 나을 거야."

그건 그녀도 인지하고 있는 부분이었다. 그래서 윤서에게 부탁을 했고.

"괜찮아."

"같이 갈 사람이라도 있어?"

"그날 만났지? 동생하고 같이 가기로 했어."

"뭐하러 동생을 불러. 나하고 같이 가면 되는데."

"굳이 너와 같이 말고 동생과 가도 되는 거 아니야?"

"그러니까. 나하고 갈 수도 있다는 이야기지. 데이트 정도?"

데이트라니. 사귀는 것도 싫고 그저 파트너로 지내자고 했던 사람이 누구인데. 다소 기가 막힌 표정으로 진하를 보았다. 진하는 그런 그녀의 눈빛에도 전혀 기가 죽거나, 미안한 기색을 보이지 않았다.

그렇다면 진하에게 여자 친구라는 존재는 그때 이시은이라는 여자가 처음이자 전부였던 것일까? 그 여자에게 어떤 상처를 받게 된 것일까?

진하라면 아마 손가락 하나만 까딱해도 사귀겠다는 여자들이 줄을 설 것이다. 어쩌면 사귀면 생긴다는 그 소속감과 집착이 싫을 수도 있다. 그래서 그저 욕구만을 발산할 여자를 찾는 것일지도.

그렇다면 그런 관계라도 좋다는 여자 역시 얼마든지 있을 것이다. 정말 쿨한 관계.

"우리가 데이트가 필요한 사이였던가?"

"왜 그렇게 딱딱해?"

"윤진하가 너무 헤픈 거 아니고?"

헤프다는 말에 진하가 낮은 웃음을 터트렸다. 그런 말을 처음 들어봐서?

"집착하는 관계가 싫어."

"나는 집착하지 않을 것 같다?"

"내가 아는 이민서는."

대체 윤진하가 알고 있는 이민서는 어떤 여자인 걸까? 저런 말을 뱉을 때부터 진하는 민서와 친구 관계가 완전히 단절될 수 있다는 리스크를 알았을 것이다. 그러니까 둘 중 하나를 고르라는 뜻이었다. 파트너가 될 것인지, 완전히 연을 끊을 것인지.

어떻게 보자면 참 지독했고 어떻게 보자면 깔끔했다. 이런 진하를 어떻게 이해를 해야 하는 것일까.

민서는 입에 넣었던 전복을 한참 동안 씹으며 진하를 보았다. 진하
는 답을 딱히 기다리는 것도 아닌 자세로 밥을 먹고 있었다. 젓가락
질을 하는 것도 깔끔해서 절로 눈이 가는 손길이었다.

"좋아. 하자, 그 파트너."

음식을 내려놓던 직원이 잠시 멈칫했다. 너무 생각에 열중했던지
라 민서는 직원이 들어왔다는 것도 눈치채지 못했다. 진하는 그녀의
대답에 놀란 게 틀림없다. 그게 아니라면 저렇게 눈을 크게 뜨지 않
을 것이다.

"이민서."

"지겨워졌어, 나도. 감정에 얽매이는 거."

눈치가 빠른 직원이었는지 음식을 모두 놓자마자 곧바로 룸에서
빠져나갔다. 진하의 입술엔 제법 재미있다는 듯한 미소가 걸려 있었
다.

"잘 부탁해, 이민서."

얄밉게도 미소가 싱그럽다.

사실 직원이 들어오는 것도 캐치하지 못할 정도로 긴장했었다. 하
지만 흥분하지 않은 척, 평소와 같은 척 굴고 싶었다.

다행인 건 진하 역시 별생각 없는 듯 식사에 열중하고 있었다. 오
늘 하루 종일 뭘 제대로 먹지 못한 것인지 꼭 첫 끼라도 되는 것처럼
깔끔하게 먹고 있었다.

"배고팠어?"

거의 비워진 진하의 잔에 차를 채우고 민서도 한 모금 마저 마셨
다. 그녀는 어느 정도 배가 차서 이미 젓가락을 놓은 뒤였다.

"더 먹어."

"배불러서."

"영양 보충해 놓는 게 좋을 텐데. 나 오늘 너 그냥 안 들여보낼 거거든."

이건 어쩔 수 없이 얼굴이 붉어지는 것이다. 반응을 준비할 새도 없이 뱉어진 진하의 말에 민서는 그저 눈만 끔벅였다. 드디어 다 먹은 것인지 젓가락을 내려놓은 진하가 냅킨으로 입술을 닦아 내었다.

"오늘은 안 되겠는데."

"이민서."

왜라고 말을 해야 하는데 입술이 본드를 붙인 것처럼 떨어지지가 않는다. 스스로 대담하게 나가기로 해 놓고 벌써부터 이렇게 당황하면 어쩌자는 건지. 왠지 등에 식은땀이 흐르는 것 같았다.

"야한 상상 한 모양이네."

"뭐?"

기가 막힌다. 지금 그런 식으로 유도를 하며 말을 한 사람이 누군데. 기가 막혀서 얼굴로 열이 확 오른다. 저도 모르게 손으로 부채질을 하며 열을 식혔다. 그런 민서의 모습에 진하가 웃었다.

"그날이야?"

"어? 아……."

사실은 아니다. 하지만 오늘은 속옷도 제대로 맞춰 입지 못한 채 나왔고, 일단 스스로 몸 상태를 제대로 점검하지 못했다. 머릿속이 복잡하게 돌아갔다. 그녀가 우물쭈물하고 있으니 진하는 그렇게 이해한 모양이었다.

"그냥, 집에 혼자 들어가기 싫은 날 있잖아."

"어?"

"오늘이 그런 날이라서."

그녀는 늘 나현과 함께 있어서 그런 기분을 거의 느껴 보지 못했다. 다만 나현의 자료 조사차 떠난 여행이 길어질 때면 한 번씩 일부러 일을 더 한다든가, 늦게 들어갔던 것도 같다. 어쩐지 그날은 똑같은 집인데도 낯선 공간인 것처럼 느껴질 때가 있었다.

"그럼 어떻게 해 주면 되는데?"

너무 아마추어 같은 질문을 했다. 진하가 바로 웃을 거라고 생각했는데 생각보다 훨씬 진지한 얼굴을 하고 있었다.

"그냥 옆에 있어 주면 돼. 그거면 충분해."

생각보다 진하는 많은 욕심을 내지도 않는 듯했다. 그래서 결국 민서는 고개를 끄덕이고 말았다.

당연히 진하가 차를 가져왔을 거라고 생각했다. 하지만 진하는 차를 가져오지 않았다며 자연스레 민서와 함께 지하 주차장으로 향했다.

"내가 운전할까?"

"아냐, 친구 차라서. 내가 할게."

진하의 차와 같은 기종의 차로 다가가자 그가 픽 웃었다.

"친구 차?"

"응."

"그래서 내 차도 운전을 잘했군. 그럼 우리 이민서 님이 모는 차를 한번 타 볼까?"

그러면서 진하는 먼저 운전석 문을 열어 주었다. 이런 식으로 진하는 매너가 좋은 남자였다. 대체적으로 여자가 먼저, 라는 것이 몸에 배어 있는 사람처럼. 문을 닫은 진하가 보닛을 돌아 조수석 문을 열고 올라탔다.

안전벨트를 매는 것을 확인한 민서가 시동을 걸고 페달을 밟았다.

운전을 하면서 딱히 긴장 같은 걸 해 본 적은 없었다. 그래서 면허를 딸 때도 강사는 정말 처음 운전을 해 보는 게 맞냐고 물었을 정도였다. 그런데 오늘 처음으로 운전에 집중이 잘 되지 않는다. 이유는 뻔했다. 바로 옆에 앉아 있는 남자 때문이다.

이상하게 오른쪽 얼굴이 따갑다. 진하가 이유 없이 자신을 바라볼 거라고 생각하지 않는다. 그냥 혼자 느끼는 이상한 감각일 거라고 생각했다.

좌회전을 하기 위해 오른쪽을 한 번 보는데 거짓말처럼 진하와 눈이 마주쳤다. 그녀의 착각이 아니라 정말 옆자리에 앉아 그녀를 바라보고 있던 모양이었다. 입술을 슬쩍 안으로 모아 깨물고 핸들을 돌리며 말했다.

"뭘 그렇게 봐."

"신기해서."

"뭐가?"

"이민서가 운전하는 거."

하긴, 그녀도 자신이 이렇게 빨리 차를 사 운전을 하게 될 거라곤 예상하지 못했다. 직장이 멀어 대중교통을 이용하자니 너무 시간이 오래 걸려 하루빨리 운전을 배울 수밖에 없었다. 바로 면허를 따고 연수를 받다 보니 생각보다 운전에 재능이 있는 것을 깨달았다.

게다가 나현은 나갈 때마다 작게라도 차가 긁힌다며 운전하는 것을 싫어했다. 스무 살이 되자마자 면허를 땄음에도 불구하고.

그래서 대체적으로 나현과 함께 나갈 때면 그녀가 거의 운전을 했다. 덕분에 운전도 많이 늘었고, 지금까지 무사고 운전으로 안전 운행을 하고 있었다.

"이게 뭐 신기한 일이라고."

"대학 때까지만 해도 못했었잖아."

"출근해야 하니까. 급히 배운 거지, 뭐."

"연수는 누구에게 받았는데?"

"강사에게 받았지. 강사도 놀라긴 하더라. 운전이 정말 처음 맞냐고."

그때를 생각하자 웃음이 나왔다.

강사는 할아버지에 가까운 나이였는데 느긋한 분이었다. 본인이 충청도 사람이라 그렇다고 말했었는데, 도로로 나서는 순간 성격이 판이하게 달라졌다. 말도 세 배 이상으로 빨라졌으며 욕도 속사포처럼 내뱉었다. 그리고 다시 운전학원으로 차가 들어서면 언제 그랬냐는 것처럼 다시 충청도 양반이 되었다.

"재밌었나 봐?"

"강사분이 재밌는 분이셨어."

아버지가 있었다면 이런 느낌일까 싶을 정도였다. 그만큼 정이 많은 사람이었다. 그녀에게 긴장을 하면 안 된다면서 꼭 도로로 나가기 전 따뜻한 꿀물을 먹였고, 연수가 끝났을 땐 떡까지 준비해서 건네주었다. 늘 꿀물을 얻어먹어 마지막 날엔 민서 역시 작은 선물을 준비해 드렸더니 강사는 눈물까지 글썽이며 감격했다.

"집엔 뭐라고 할 거야?"

"뭘?"

"나와 선봤는데, 앞으로도 계속 만날 거잖아."

거기까진 생각하지 못했다.

"넌?"

"나야 뭐. 죄송하다고 말해야지."

아주 잠깐이지만 민서는 다르게 생각했다. 왠지 저렇게 깔끔하게 선을 긋는 게 윤진하답다가도 섭섭하기도 했다. 하지만 감정의 깊이가 다른 만큼 그런 차이가 날 수밖에 없음을 인정해야 했다.

"그럼 나도 그렇게 말할게."

"아니면 조금 더 만나 본다고 말할래?"

"아니, 그러지 않는 게 좋겠어."

단호한 민서의 목소리에 진하의 시선이 진득하게 느껴졌다.

"지금 어른들 소개로 만나게 된 거야. 그런데 우리는 파트너로 지내기로 했고. 나중에 괜히 일 커질 발언은 삼가도록 하자."

"확실히 나보단 이성적이네, 이민서가."

"하나 물어봐도 돼?"

"뭔데?"

"왜 많은 여자들 중 나야?"

진하는 답이 없었다. 슬쩍 고개를 돌리자 진하는 손으로 턱을 괸 채 창밖을 보고 있었다. 어차피 호텔에서 진하의 집까지는 멀지가 않다. 그녀가 몰고 있는 차는 어느덧 진하의 빌라로 들어가는 골목 초입에 들어서고 있었다.

"나한테 여자가 많다고 누가 그래?"

"늘 많았어."

"언제 적 이야기를 하는 거야."

진하는 말도 안 된다는 얼굴로 고개를 저었다. 빌라 입구에 다다르자 경비원이 다가왔다. 운전석 창문을 내리자 경비원은 먼저 진하의 얼굴을 알아보고 고개를 숙여 인사를 하며 차단기를 열어 주었다.

고급 빌라이고 한 가구당 차를 네 대까지 바로 주차를 할 수 있는 모양이었다. 진하의 집 현관으로 통하는 주차장에 차 두 대가 놓여 있었다.

처음 보았던 진하의 차와 그녀에게 맡겼던 차.

민서는 그 차들 바로 옆으로 주차를 하고 시동을 껐다.

"이민서는."

"뭐가?"

"나에게 별 관심도 없었잖아."

"그게 왜?"

"그런데 나와 파트너를 하겠다고 한 이유가 궁금해서."

먼저 그런 제안을 한 것은 진하였다. 그런데 자신이 제안을 했다는 것은 완전히 잊은 것처럼 순진한 어린아이 같은 얼굴을 하고 있다. 이런 남자가 정말 파트너를 제안했던 그 사람이 맞나 헷갈렸다. 차 안의 공기가 왠지 모르게 무겁다.

"일단 올라가자."

먼저 차 문을 열고 차에서 내렸다. 진하 역시 차에서 내리며 입구 앞으로 걸어왔다.

"빈손으로 가기가……."

"나 혼자 사는 집이고 내가 막무가내로 초대했어. 그냥 와도 돼."

우물쭈물하는 민서를 보며 진하가 웃고는 자연스럽게 허리로 팔을 뻗어 왔다. 아주 익숙한 연인들처럼 친밀한 스킨십이었다. 민서는 저도 모르게 숨을 멈추고 말았다. 혹시나 허리춤에 군살이라도 잡힐까 봐서.

"물론 앞으로도 그냥 와도 되고."

띠릭.

기계음과 함께 엘리베이터 문이 열렸다. 이 엘리베이터는 버튼도 없었고 오로지 카드로만 운행되는 것이었다. 결국 누군가와 함께 사용하는 게 불가능한 엘리베이터였다. 진하는 사생활을 가리고 싶어 이곳을 고른 것인지, 아니면 집을 구하다 보니 이곳을 선택한 것인지 알 수 없었다.

띵.

도착음이 울리며 엘리베이터 문이 열렸다. 먼저 내린 진하가 현관 문을 열고 그녀가 먼저 들어갈 수 있게 해 주었다. 저번에도 한 번 왔었지만 여전히 적응이 되지 않는 곳이다. 거울처럼 비치는 대리석 위로 발을 내디뎠다.

"내가 슬리퍼 신는 걸 별로 안 좋아해서. 꺼내 줘?"

그녀는 스타킹을 신고 있었다. 미끄러워서 아무래도 슬리퍼를 신는 게 낫겠다는 결정을 내렸다. 고개를 끄덕이자 진하가 커다란 문을 옆으로 밀었다. 안에는 남자 구두가 온통 자리 잡고 있었다. 마치 신발 가게의 진열장을 보는 느낌이었다.

"여성용 사이즈가 없는데."

"괜찮아."

그 말은 이곳에 여자가 한 번도 온 적이 없다는 소리인 것일까? 생각보다 여성 관계에 있어서 깔끔한 타입? 이런 생각을 하고 싶지 않은데 절로 생각이 그쪽으로 귀결된다.

진하는 가죽 슬리퍼를 꺼내 허리를 숙여 내려놓았다. 그녀는 구두를 벗고 슬리퍼로 갈아 신은 다음 고개를 들어 올렸다. 그때 가까이 서 있던 진하와 몸이 살짝 부딪쳤다.

"미……."

"못 참겠어."

"뭐?"

"키스만 할게."

귓가로 진동 특유의 소리가 들리는 느낌이었다. 온몸이 찌뿌드드하고 근육 하나도 제대로 움직이기 힘든 느낌이었다. 엎드린 자세 그대로 팔을 뻗어 더듬거리다 휴대폰을 잡았다. 눈도 제대로 뜨지 못한 상태로 전화를 받았다.

"여보세요?"

잠에서 완전히 깨지 못한 상태라 목소리가 멋대로 갈라져 나왔다. 귓가로 누군가의 목소리가 들려왔지만 그게 꿈인지, 현실인지 구분이 가지 않았다. 이제 그만 눈을 떠야 한다고 생각을 하면서도 그게 쉽지 않았다. 몇 번이나 목을 가다듬었다.

"여보세요?"

— 누나, 자고 있었어? 이따가 전화할까?

"누구세요?"

— 윤서잖아.

"어, 무슨 일이야?"

— 무슨 일이긴. 오늘 차 보러 가기로 한 거 잊었어?

슬슬 정신이 돌아왔다. 가까스로 눈을 뜨고 낯선 시트와 침대의 매트리스 감촉에 벌떡 일어나고 말았다. 그러고 보니 어젯밤 집에 들어서자마자 진하가 막무가내로 덤벼들려고 했다. 그것을 막고 욕실로 들어갔다.

그냥 하던 대로 발과 손을 씻고 멍하니 거울을 보았다. 평소보다 신경을 쓴 화장 덕분인지 스스로가 보아도 나쁘지 않았다. 그리고 투명한 칫솔 건조기 안에 그녀가 썼던 칫솔이 그대로 있는 것을 보고 저도 모르게 웃고 말았다. 전에 왔을 때 썼던 그 칫솔이 확실했다.

그때 노크 소리와 함께 지금 나갈게라고 말을 했는데 멋대로 문을 열고 진하가 들어섰다. 그는 네 칫솔이 맞아, 라고 말하더니 그것을 꺼내 치약을 짜 주었다. 그리고 자신의 칫솔에도 치약을 짜더니 양치질을 시작했다. 얼떨결에 이를 닦아 내면서 저도 모르게 자꾸 거울 속의 시선이 진하에게로 향했다. 진하는 정면만 뚫어지게 바라보며 칫솔질을 하고 있었다.

어떻게 기본적으로 하는 모든 행동들이 정석인지 신기할 정도였다. 젓가락질도 군더더기가 없고 깔끔해서 놀랐었는데 말이다. 이를 헹궈 내기 위해 물을 틀자, 진하가 컵에 물을 받아 그녀에게 건네주었다. 그리고 자신은 대충 손에 물을 받아 입을 헹구더니 입가의 물기를 닦기도 전에 입을 맞춰 왔다.

미친 듯 입을 맞춰 대던 진하는 어느샌가 그녀를 침실까지 끌고 들어왔다. 그리고 오늘은 여기까지, 하며 멋대로 상의를 벗겼다. 누군가에게 벗은 몸을 드러내는 게 어릴 때 빼고는 처음이었다. 나현과도 아직도 목욕탕을 가 본 적이 없었다. 물론 나현은 집에서도 홀러덩 벗고 잘 다니지만 그녀는 한 번도 그런 적이 없었다.

창피함은 순간이었다. 벗겨진 온몸에 입을 맞추는 진하 때문에 이성을 잃고 저도 모르게 몸을 바르작거리고, 딱 맞춰진 하체에서 느껴지는 열기에 저도 모르게 엉덩이를 움직였다. 진하는 숨을 참아 내며 그녀가 움직이지 못하게 골반을 잡아 눌렀다. 그때 진하가 뭐라고 말을 했던 것 같은데 정신이 나가서 기억이 나지 않았다.

어영부영 윤서와의 약속을 취소하고 시트로 상체를 감싸며 자리에서 일어나 앉았다. 치마는 제대로 갖춰 입고 있어 다행이었다. 하지만 그녀의 셔츠는 단추가 뜯어져 도저히 입지 못할 지경이었다. 속옷은 보이지도 않고. 눈에 띈 건 스툴에 걸쳐진 티셔츠였다.

손을 뻗어 그것을 걸쳐 입었다. 속옷을 입지 못했지만 워낙 큰 사이즈라 헐렁해서 가슴이 드러나지 않았다.

자리에서 일어난 민서가 자신의 셔츠를 들고 잠시 고민을 했다. 보아하니 진하의 집에 바늘이나 실 따위가 있을 것 같지 않았다. 게다가 단추도 보이지 않는데. 막 문고리를 잡는데 조심히 문이 열렸다. 깔끔한 V넥 회색 티셔츠에 바지를 걸치고 있는 진하가 그녀를 내려다보았다.

"식사하자."

"어?"

"멋대로 내가 단추 뜯어 버린 것 같아서 그 셔츠 둔 거야."

"고마워."

아니다. 말을 잘못했다. 지금 잘못을 한 건 진하였다. 당연히 그녀의 셔츠를 못 쓰게 만들었으니 이 정도 준비해 주는 건 당연한 일이었다. 진하는 자연스럽게 그녀의 손을 잡고 부엌으로 이끌었다.

여덟 명이 앉아도 넉넉할 것 같은 대리석 식탁 앞으로 그녀를 앉혔다. 이미 바싹 구운 토스트와 스크램블 에그, 그리고 약간의 샐러드와 베이컨까지 준비되어 있었다.

"늘 이렇게 먹어?"

"챙겨 먹으려고 노력은 하는 편. 아침을 이렇게라도 안 먹으면 거의 밖에서 해결하게 되니까."

고개를 끄덕이며 시선을 돌렸다. 시계는 벌써 9시 40분을 향하고 있었다. 주말에도 거의 출근 시간과 비슷하게 일어났는데. 얼마 만에 이렇게 오래 자 본 것인지. 하긴, 지난 일주일 내내 거의 불면증에 시달렸으니 그럴 만도 했다.

진하는 노란빛의 주스를 따라 그녀의 앞으로 내밀었다. 집에서 직접 내린 오렌지 주스인 모양이다. 특유의 상큼한 향이 코끝을 스쳤다.

잔을 들어 컵을 입에 가져다 대는데 평소와 다른 느낌이 들었다. 어젯밤 계속 이어졌던 키스 때문에 입술이 부푼 모양이었다. 애써 그 느낌을 무시하고 주스를 한 모금 삼켰다.

이상하게 진하의 얼굴을 제대로 보지를 못하겠다. 그건 쑥스러움과 부끄러움이 잔뜩 섞인 감정이었다. 하지만 진하는 아무 일도 없었다는 듯 토스트에 버터를 바르고 있었다.

민서도 나이프를 들어 버터를 바르고 입으로 가져가 오물오물 씹었다. 역시 키스의 여파는 커서 토스트를 먹고 있는데도 이상하게 이질감이 느껴졌다.

"윽."

"왜 그래?"

"아냐."

어젯밤 나누던 키스 때문에 헛생각을 하다 혀를 씹었다고 말을 할 수는 없는 노릇이었다.

"물 좀 줄까?"

고개를 끄덕였다. 여기서 산미 가득한 오렌지 주스를 마셨다가는 따끔거려 계속 인상을 찌푸릴지도 몰랐다. 진하가 미지근한 물을 건네자 민서는 그것을 거의 한 번에 비워 냈다.

"천천히 먹어."

"응."

진하는 다른 잔에 우유를 따라 주었다. 취향대로 골라 먹으라는 의미였다.

"이거 먹고 나가서 차 보자."

"그래."

"생각해 둔 회사 있어?"

"아니."

"기종은?"

"없어."

무작정 그냥 차를 사려고만 했지, 뭘 사야 할지 생각을 하지 않았다.

"뭐?"

"그냥, 적당히. 괜찮으면 사려고 했어."

"이민서 사전에도 적당히가 있어?"

무슨 뜻인지 쉽게 이해가 가지 않아 우유를 마시고 잔을 내려놓으며 고개를 저도 모르게 갸웃거렸다. 그런 민서를 보며 진하가 웃고는 손을 뻗어 입가를 닦아 주었다. 놀라서 저도 모르게 고개를 뒤로 뺐다.

"뭘 그렇게 놀라?"

"갑자기 얼굴에 손이 닿아서."

"앞으론 자주 그럴 건데 뭘."

진하가 저런 말을 할 때마다 적응이 잘 되지 않는다. 하지만 솔직히 진하에게 물어볼 용기도 나지 않는다. 그녀야말로 감정을 죽이고 그저 몸만 나누는 것도 좋다는 생각을 하지 않았던가. 그렇게라도 안기고 싶었다.

"좀 익숙해지는 게 좋을걸?"

"내가 이런 데 익숙해 본 적이 없어서."

아마 어제 진하는 그녀와 키스를 할 때 알아차렸을지도 모르겠다. 첫 키스는 아니었지만 그녀는 이런 행위에 익숙하지도, 능숙하지도 않았다.

지난 2년간 진하를 잊기 위해 그녀는 갖은 노력을 했다. 다가오는 사람을 막지도 않았고, 그렇다고 잡지도 않았다.

결국 이렇게 되려고 그랬던 것일까? 일단 지혁을 만나게 되면 정중히 거절할 말을 해야 할 것을 생각해야 했다.

"설마 내가 처음이야?"

진하가 다소 놀란 표정을 짓고 있었다. 하긴, 파트너가 된다는데 상대가 보통 관대함을 갖고 있는 게 아니면 어렵다고 생각할 것이다.

"아쉽게도 아니야."

"아⋯⋯."

"그렇다고 익숙하지도 않고."

"지난 2년간 만나던 남자가 있었어?"

"왜 2년으로 국한해?"

"내가 알고 지냈던 6년간의 이민서는 누군가를 사귀지 않았으니까."

그렇다고 그 6년간 진하와 자주 만나던 사이도 아니었다. 하지만 만날 때면 늘 사귀는 사람이 없다고 말을 하긴 했었다.

"그리고 2년간 만나던 남자가 아니고, 남자들은 있었어."

"아예 없진 않았다?"

왜 이렇게 은근히 떠보는 느낌이 들까. 자신은 여자를 사귀어 봤어도 그녀는 안 된다는 건가?

민서가 살짝 눈을 내리깔며 진하를 보았다. 진하가 커피를 한 모금 마시고 내려놓으며 과일 접시를 가까이로 당겼다.

"왜? 없었으면 했어?"

7. 동거

"그건 아니지만……. 6년간 아무도 만나지 않길래 뭐 어떤 의미가 있나 했지."

"의미?"

"종교적 의미라든가."

"아쉽게도 무교야."

세상의 신이란 신들은 사춘기 때 너무나 많이 원망했다. 어느 순간 신이 없다는 걸 깨달았고, 그저 지독한 짝사랑의 열병을 앓았던 것뿐이었다.

"넌?"

"가톨릭."

민서가 저도 모르게 눈을 크게 떴다. 진하에게 종교가 있을 거라고는 아예 생각조차 하지 못했다. 진하 역시 자신이 말을 해 놓고도 웃긴 듯 짧게 웃음을 흘렸다.

"거짓말."

"정말이야. 세례명도 있어."

"세례명?"

"콘스탄티노."

괜스레 웃음이 나왔다. 정말 종교가 있을 거라고 생각도 하지 못했는데. 콘스탄티노라. 왠지 모르게 진하의 분위기가 잘 어울리는 세례명이란 생각이 들었다.

"잘 어울리는 것 같기도 해."

"다행이네."

"집안이 가톨릭이야?"

"아니. 열다섯 살 때였던가. 그냥 혼자 성당에 가서 기도를 하다 보니 그렇게 됐어."

진하가 신을 믿는다는 것도 놀라운데 직접 찾아갔다니. 집안의 종교가 가톨릭이라면 그럴 수도 있다고 생각했다.

"왜? 예상외야?"

"조금은?"

"그땐 그냥 종교의 힘이라도 빌려서 날 가라앉히고 싶었었거든."

어떤 마음인지 민서 역시 잘 알고 있다. 그때 그녀도 교회나 성당을 찾아가 보기도 했었으니까. 결국 아무것도 도움이 되지 않아 스스로 자리를 박차고 나왔었지만.

"그래서 난 처음이라는 소리야."

"뭐가?"

"난 이민서가 첫 키스거든."

놀란 듯한 그녀의 표정에 진하가 그냥 웃고 지나갔다. 역시 그녀를 놀리려고 한 말이 틀림없었다.

샤워를 하고 진하가 챙겨 놓은 속옷을 입었지만 셔츠는 어떻게 할 수가 없었다. 진하는 단추가 모두 사라진 것에 미안해하며 자신이 가지고 있는 티셔츠 중 그나마 사이즈가 가장 작은 것을 찾아 주었다. 어차피 트렌치코트를 입을 거라 크게 상관은 없었다.

가격대나 몇 cc를 타야 할지 말도 하지 않았는데 진하는 알아서 차를 출발시켰다. 차가 매끄럽게 도로를 달리기 시작했다. 출근 시간이 지나서 그런지 도로가 꽤 한산했다. 늘 출퇴근 시간에만 차를 끌고 나왔더니 이렇게 한산한 도로를 보는 게 신기하기도 했다.

그때 진하의 차가 어느 건물 앞에서 멈춰 섰다. 이곳은 진하나 나현의 차와 같은 브랜드 앞이었다. 물론 차가 필요하고 사야 했지만 그렇다고 이런 고급 브랜드의 차가 필요한 것은 아니었다. 조금 황당한 얼굴로 진하를 보는데 어느덧 다가온 직원이 문을 열어 주었다. 민서는 어쩔 수 없이 차에서 내릴 수밖에 없었다.

그녀가 받는 연봉은 적은 편이 아니었다. 외제차를 모는 선후배들도 있었지만 그건 기호였을 뿐이고 그녀는 딱히 갖고 싶은 생각은 없었다. 나현의 차를 가지고 출근을 했을 때도 사람들이 모두 놀랄 정도였다. 하긴, 워낙 억 소리가 나는 차인 데다 연구원의 연봉으로 가지기엔 무리인 차량이기는 했다.

"진하야."

"여기도 적당히 탈 만한 거 있어."

진하가 직원에게 차 키를 넘기자 곧 차가 주차장 쪽으로 미끄러져 들어갔다. 차에서 내린 진하는 거의 그녀와 신경을 써서 맞춰 입은 것처럼 보였다. 물론 허벅지까지만 오는 트렌치코트를 입고 있지만 같은 색상에, 검정 슬랙스를 받쳐 입어 다른 사람들이 보면 의도적으로 맞췄다고 생각할 듯했다.

진하가 자연스레 그녀의 손을 잡아 이끌었다. 차량 모델을 말하자 직원이 바로 두 사람을 그 앞으로 데려갔다.

"난 이 정도가 적당할 것 같은데."

"여성분들이 제일 좋아하시는 사이즈고, 제일 선호하시는 모델이기도 합니다."

직원이 바로 운전석 문을 열고 앉으라는 듯 손짓했다. 슬쩍 진하를 본 뒤 직원을 향해 웃으며 운전석으로 앉았다. 가격은 그녀의 연봉과 거의 비슷했다. 요즘은 보통 자신의 연봉 정도 되는 차를 탄다고는 하지만 역시 브랜드 이름 때문에 부담이 가는 것도 사실이었다.

"타 보시면 아시겠지만 성능도 이 급에선 가장 좋고, 연비는 말할 것도 없구요."

딜러는 차의 장점에 대해 계속 설명을 하고 있었다. 그리고 이러한 점이 편하다며 그녀에게 내부 버튼에 대해 설명해 주었다. 확실히 그녀도 나현의 차를 운전해 봐서 이 브랜드의 차가 가진 가치를 알고 있었다. 이 정도 투자쯤은 해 볼 가치가 있었다.

"시승 한번 해 보시겠습니까?"

"한번 해 봐."

"괜찮아요. 이 브랜드 운전해 봐서 좋은 건 알고 있거든요."

결정은 빠른 게 좋다. 문제는 그녀가 생각하던 차의 가격을 정확히는 모르지만 같은 cc급으로 가격이 거의 두 배 정도 차이 난다는 것 정도일까.

"지금 계약하면 차가 언제쯤 옵니까?"

"일단 차량을 봐야겠지만 열흘 정도 뒤 출고 예상합니다."

"흰색이 좋겠지?"

진하의 물음에 고개를 끄덕였다. 민서는 그동안 모아 놓은 돈이 얼만지 생각했다. 적금에 딱히 신경을 쓰는 편이 아니라 통장 잔고가 바로 떠오르지 않았다. 그녀는 과소비를 하는 타입은 아니었던지라 월급은 거의 예적금 통장으로 들어갔다. 문제는 이제 곧 집을 구해 나가야 한다는 것에 있었다.

양평이라면 물론 서울보다 집값이 훨씬 싸다. 하지만 목돈이 들어가는 것엔 역시나 고민을 하게 된다. 잠시 고민을 하는 사이 직원이 서류를 뽑아 왔다.

"이대로 계약하죠."

그녀는 견적서인 줄로만 알고 있었다. 놀라서 서류를 보니 계약서라고 쓰여 있었다. 놀라서 진하를 보는데 그는 자연스럽게 카드를 내밀고 있었다. 민서가 재빨리 진하의 팔을 막았다.

"왜 카드를 내?"

"계약금 정도만 내 주려는 거야."

"내가 낼게."

서둘러 가방을 떠올렸다. 그러고 보니 진하의 집에서 나올 때 가방을 가져오지 않았다. 핸드폰에 저장해 놓은 카드의 한도는 높지도 않다.

"남자 친구분께서 사 주시는 거였네요. 정말 탁월한 선택이십니다."

직원의 입장에선 누가 돈을 내든 상관이 없을 것이다. 잠시만 기다려 달라며 직원이 자리를 피하자 민서가 한숨을 뱉었다.

"나중에 계좌번호 줘."

"이 정도는 그냥 넘어가."

"뭐? 화대 정도니 그냥 받으라는 소리야?"

기분이 확 가라앉았다. 차를 사는데 생각보다 기분이 좋아졌다고 생각했다. 일단 무엇이 되었든 새 물건을 사는 일은 기분 좋은 일이었으니까. 지금 기분이 나빠야 할 사람은 민서였다. 그런데 진하가 오히려 기분이 나쁘다는 듯 미간에 주름이 패고 눈이 살짝 가늘어졌다.

"그냥 의미 없어."

"의미?"

"내가 너보다 경제적으로 여유 있으니까."

그 말엔 반박을 할 수 없었다. 하지만 어떤 사람이든 자기 돈은 아까운 법이다. 자신을 위해서 쓰는 게 아니라면. 물론 두 사람의 소비 습관이 다를 수도 있다. 하지만 저렇게 큰돈을 턱턱 내놓는다는 게 민서의 입장에선 이해가 되지 않았다.

"나도 못 벌진 않아."

"알아. 그냥 해 주고 싶은 거야."

"별 의미 없이? 나도 별 의미 없이 내가 사고 싶은 거야."

"그냥 쉽게 넘어가자."

이건 그런 문제가 아니다. 어떤 문제든 쉽게 넘어갈 일이 있고, 넘어가지 못할 일이 있다. 두 사람은 연인 관계도 아니다. 그러니 더더욱 받을 수 없는 일이었다. 진하가 슬쩍 민서의 표정을 살피는 듯했다.

"갖고 싶은 게 있어."

난데없는 말에 민서가 인상을 찌푸렸다.

"이미 계산해 버렸고 나도 돈으로 받고 싶진 않으니 계약하고 백화점 가."

차라리 물건을 사 주는 게 더 나을 수도 있겠다는 생각이 들었다. 오늘 그가 지불한 금액과 비슷한 가격대거나 좀 더 비싸도 상관없었다. 민서가 결국 수긍하듯 고개를 끄덕이자 진하가 됐다는 듯 슬쩍 웃었다. 지금은 저 웃는 것도 얄밉다.

곧 직원이 다가와 서류를 내밀었다. 형광펜으로 그어진 곳에 사인을 하면 된다는 말에 고개를 끄덕였다. 사인을 모두 끝내고 서류를 건네며 민서가 물었다.

"그런데 할부는……."

"처리 다 된 겁니까? 다 되면 연락 주시죠."

진하가 차에서 일어났다. 그리고 자연스레 그녀의 손을 잡아 이끌었다. 순간 상황 판단이 안 되어 진하에게 끌려 나왔다. 나오니 진하의 차가 나와 있었고 이제야 진하와 직원 사이에 비밀 이야기가 있었다는 것을 깨달았다. 그녀가 어이가 없어서 진하를 보고만 있자 그는 자연스레 팔을 뻗어 그녀의 안전벨트를 매 주고 핸들을 돌렸다.

"윤진하."

"그래서 지금 백화점 가잖아."

"나 그거 일시불로 갚을 능력 없어."

"할부로 받을게."

"뭐?"

"나는 이민서 길게 만날 생각이거든."

진하가 웃었다.

그럼 그 차를 계산한 게 36개월을 담보로 잡혔다고 생각하면 되는 건가? 3년이라. 그렇게 긴 시간도 아니었지만 그렇다고 짧은 시간도 아니었다. 일수로 치자면 천 일. 천 일 동안 만나다 헤어지면 그땐 그 슬픔을 감당할 수나 있을까?

진하에게 바라지 말자고 생각했지만 이런 식으로 말을 하거나, 행동을 하면 역시 사람의 마음이라는 건 기대라는 걸 갖게 된다.

기대를 해 봤자 실망이 더 클 것이라는 것을 알면서도 어쩔 수 없었다. 그게 짝사랑의 비애라는 걸 너무나 잘 알고 있었으니까.

가까운 백화점으로 갈 줄 알았는데 진하의 차가 가고 있는 곳은 잠실 쪽이었다. 차라리 그쪽이 낫다고 생각했다. 보면 진하도 명품을 즐겨 입는 것 같았으니까 거의 모든 매장이 상주해 있는 곳으로 가 한 번에 보는 것도 나쁘지 않았다. 머리가 복잡하게 돌아갔다. 카드 한도가 몇이었는지도 잘 기억이 나지 않는다.

"이민서."

"어?"

"전화 오는 거 아니야?"

생각에 빠져 있었더니 전화가 울리는 것도 몰랐다. 주머니에서 휴대폰을 꺼내 들자 처음 보는 번호였다.

"네, 이민서입니다."

— 민서 씨, 여기 부동산.

"아, 네. 안녕하세요."

— 이쪽은 원룸이 그냥 그렇고 해서. 쓰리룸은 어때요? 월세가 10만 원 정도 차이인데 그래도 신축이라 좋거든. 설계도 소형 아파트처럼 나왔고.

쓰리룸이라. 그럼 방이 총 세 개라는 걸까?

"쓰리룸이면 방이 어떻게 되는 거죠?"

— 방 두 개에 거실 겸 부엌 있어요.

차라리 그게 나은 것 같았다. 작은 방 하나는 옷이나 짐들을 놔두면 될 것 같고, 아무래도 방과 부엌은 따로 있는 게 좋았다.

"그럼 그게 좋겠네요."

— 그렇지? 게다가 바로 들어가면 되거든. 냉장고랑 TV도 다 있어. 어떻게, 오늘 퇴근하고 올래요?

"오늘은 제가 출근을 안 해서, 내일 찾아뵐게요."

– 그래요. 그럼 내일 봐.

"네, 들어가세요."

방이 더 많으면 가격 차이가 클 줄 알았는데 그건 아닌 모양이었다. 사실 양평에 집을 살까, 고민을 했었다. 하지만 아직 집을 사는건 시기상조란 생각이 들어 부동산에 원룸 월세를 구한다고 연락을 해 놨었다. 나현에게 말을 하면 길길이 날뛸 것이 분명해 아직 말하지 않았다.

"무슨 소리야?"

"어?"

"쓰리룸?"

"같이 사는 친구 곧 결혼하거든. 서울에서 출퇴근하는 시간 아깝기도 하고 해서 알아보고 있었어."

차가 신호에 걸려 멈췄다. 진하는 툭툭 소리가 나게 핸들을 손가락으로 두드렸다.

"이민서."

"응?"

"같이 살자."

❖

왠지 모르게 기력이 다 빠졌다. 그래서 일단 차를 마시자 생각했다. 시원한 밀크티를 시키고 진하를 보았다. 진하는 따뜻한 블랙티를 시키고 의자에 편하게 기대어 앉았다.

워낙에 키가 커서 그런지 그저 앉아 있을 뿐인데도 여유가 있어 보이는 모습이었다. 유난히 긴 팔도 어쩌면 그런 모습을 더 돋보이게 하는 건지도 모르겠다.

"뭐가 갖고 싶은데?"

"뭐가 그렇게 급해. 아직 점심시간도 안 됐고 좀 여유를 즐기고 싶은데."

생각해 보면 그녀는 학창 시절, 아니, 더 어릴 때부터 여유 같은 것을 챙길 틈이 없었다. 그냥 늘 치열하게 살았다. 그런 그녀를 보고 어느 날 나현은 그런 말을 했다. 자신을 조금 더 자유롭게 해 주라고.

대체 무엇 때문에 그렇게 스스로를 억압하고 살았던 것일까. 그건 연희와 같은 사람이 되고 싶지 않아 스스로를 검열했던 것이다. 그래서 오히려 그런 제안을 해 준 진하가 지금은 고맙기도 했다. 진하를 보고 있다 저도 모르게 웃었다. 진하는 그녀가 웃자 따라 웃었다. 진하가 웃는 이유는 무엇일까?

그때 직원이 다가와 찻잔을 놓아 주었다. 그녀는 스트로를 이용해 아이스잔 안을 대충 빙빙 휘젓고 한 모금을 삼켰다.

적당히 달고 풍부한 향이 맛을 배가시킨다. 향을 다시 한 번 음미하며 주위를 둘러보았다. 평일이라서 그런 건지, 아니면 아직 점심시간이 되기 전이라 그런 건지 백화점은 생각보다 훨씬 한산했다. 평일에 쉬는 건 이런 장점이 있었다. 생각해 보니 그동안 월차나 연차를 제대로 쓴 적이 없었다. 정말 뭣 때문에 그렇게 아등바등했던 것일까. 조금만 여유를 가지면 삶이 풍요로울 법도 한데.

여유라는 것도 타고나는 것일까? 진하를 보면 그 '여유'라는 것을 타고난 사람 같았다. 그 어떤 행동을 해도 급해 보이지 않는다. 그저 모든 것이 자신의 뜻대로 흘러가는 것처럼 여유로워 보인다.

"뭘 그렇게 웃어."

저도 모르게 계속 진하를 보며 웃었던 모양이다. 불과 보름 전만 해도 이렇게 진하를 만나 함께할 수 있을 거란 상상을 하지 못했다. 그래서 저도 모르게 얼굴만 봐도 웃음이 나오는 모양이었다.

"고마워서."

"뭐가?"

"뭔가 좀 나도 여유를 찾을 수 있을 것 같거든."

진하가 차를 한 모금 마시고 내려놓았다. 눈으로 '어떤 여유?'라고 묻는 듯했다.

"그동안 좀 아등바등 살아왔거든. 뭐 때문에 그랬나, 좀 회의가 드네."

"열심히 살아왔다는 거겠지."

"열심보다는 치열?"

정말 그녀의 삶은 치열했다. 공부만이 삶의 끈이라고 여겼다. 때론 시기나 질투하는 친구들도 있었다. 그거야 어릴 때 누구나 가질 수 있는 감정이라고 생각했다.

다만 그녀가 꼴 보기 싫다고 칫솔을 가져다 운동화를 닦은 뒤 버린다든가, 배우지도 않은 교과서 부분을 찢어 버린 건 아직도 쉽게 이해할 수가 없는 부분이기는 하지만. 그녀의 어떤 부분이 그때 반 친구들의 심기를 건드렸는지 모르겠다.

그럴 때마다 나현이 불같이 화를 내 주었다. 그나마 나현이 나서 주었기 때문에 그 정도였던 것일까? 나현은 늘 친구들에게 인기가 많았고 밝았다. 그래서 그땐 자신이 이런 일을 당하는 모든 이유가 연희 때문이었다고 핑계를 돌렸다.

세상에 태어나고 싶어 태어난 인간은 없다. 그래도 조금 더 정상적인 가정에서 자랐다면 나았을지도.

195

그러고 보면 그녀는 진하의 집안에 대해서도 모른다. 가족 구성원이 어떻게 되는지도. 그러면서 과연 친구 사이였다고 말할 수 있을까.

"삶은 치열해야 해."

그 치열함을 겪으며 살아왔던 사람은 자신이다. 윤진하가 아니라. 왠지 모르게 왕자님에게 세상 물정에 대해 참견을 받는 느낌이었다. 괜히 목이 타 밀크티를 거의 한 번에 비워 내었다.

"한 잔 더 시켜 주고 싶지만 식사는 해야지."

아침을 꽤 거하게 먹은 탓에 아직 배가 고프지 않았다. 물론 그렇게 진하가 아침을 차릴 거라고 상상도 하지 못했고. 만들기 간단한 거라고는 하지만 왠지 그 음식을 남길 수가 없었다. 그러니까, 윤진하가 만들어 준 음식이라는 점이 중요했다. 아직 그 여운이 가시지 않았다.

"아직 배고프지 않은데."

"잘 안 챙겨 먹나 봐. 그러니 그렇게 살이 빠졌지."

대학원 시절보다 살이 빠진 건 사실이다. 하지만 크게 차이가 나는 건 아니었다. 그저 볼살이 빠져서 남들은 그녀가 다이어트에 성공한 줄로 알고 있었다.

"아직 대답 안 했어."

"무슨 대답?"

"같이 살자고 했잖아."

그게 그렇게 쉽게 결정할 일인 걸까? 가족도, 연인도 아닌, 그렇다고 친구도 아닌 여자와 함께 산다는 일이. 게다가 갑자기 그의 가족이라도 들이닥친다면?

"그게 넌 쉽니?"

"어려울 건 뭔데?"

"우리가 무슨 사이라고 같이 살아."

"같이 자는 건 되고, 사는 건 안 된다?"

지금은 점심시간에 거의 가까워지는 시간이다. 식당이 아닌 찻집이라 옆 테이블이 모두 비워져 있는 게 다행이었다.

"윤진하."

"그렇잖아."

"불편해."

"뭐가?"

"갑자기 너희 가족이라도 맞닥뜨리면 어떻게 해?"

"주소도 모르는데 올 수가 없지."

말문이 막혔다. 그래서 같이 살자고 했던 모양이었다.

"그리고 내가 불편해."

"뭐가?"

"일단 성별이 다른 것부터. 재미없다. 이런 이야기 그만하자."

"너무 멀어."

"뭐가?"

"시간 정해 놓고 만나는 거 별로야."

출퇴근 시간에 걸리면 혹은, 주말이면 아마 2시간 정도는 도로에서 시간을 허비할 것이다.

"피곤해서 그래. 출퇴근 시간도 너무 오래 걸려."

"그럼 내가 그쪽으로 집을 구하지."

윤진하는 참 쉽게 일을 해결하는 능력이 있었다. 저렇게까지 말하면 그녀는 더 이상 핑계를 대기도 힘들었다.

"굳이 그럴 필요까지는……."

"원래 목마른 자가 우물 파는 거야. 일단 일어나자."

진하는 결정을 끝냈다는 듯 미련 없이 자리에서 일어섰다. 정작 그는 차 한 잔을 제대로 마시지 않았다.

과연 진하와 같은 공간에서 살 수 있을까? 괜한 욕심만 더 커져서 나중에 울고불고 매달리게 되지는 않을까? 지금의 거리라면 어느 정도 이성을 다잡을 수도 있을 것 같은데.

하나 사람의 감정이라는 건 어쩔 수 없다. 끝이 날 관계이고 그게 조금 더 같이 있었건 아니건 상관없이 힘들 것이다. 그러느니 차라리 이렇게라도 조금 더 곁에 있는 게 좋지 않을까?

갑자기 그런 생각이 들었다. 이 관계의 끝을 먼저 말하는 사람은 윤진하가 아닌 이민서가 될 거라고.

식사를 마치고 2층으로 내려왔다. 정말 입맛이 없어 그녀는 먹는 둥 마는 둥 했고 진하는 그녀가 남긴 스테이크까지 모두 먹어치웠다. 워낙 1인분 양이 작아 그 모습이 게걸스러워 보인다거나 하지는 않았다. 다만 그녀가 입을 댔던 것을 진하가 자연스레 먹는다는 게 조금 신기했을 뿐이었다.

그런데 진하가 그녀를 데리고 가 고르는 건 다름 아닌 여성복이었다. 옷 한 벌에 그녀의 월급과 거의 맞먹는 가격이었다.

"이걸로 입어 보는 건 어때?"

진하가 건넨 건 화려하진 않지만 그렇다고 완전히 단정하지도 않은 원피스였다.

"원피스?"

"남성용 셔츠를 계속 안에 입고 다닐 순 없잖아."

물론 그건 그렇다. 하지만 이런 고가의 원피스를 사 입기에 그녀는

평범한 월급 생활을 하는 사람이었다. 진하의 소비 패턴을 따르는 건
무리였다.

"이······."

"입고 나와 봐. 맞는 사이즈로 주세요."

"이쪽으로 오시겠어요, 고객님?"

직원은 친절한 미소로 그녀를 피팅룸으로 안내했다. 잠시만 기다
려 달라는 말에 그저 고개만 끄덕였다. 오늘 하루 종일 정신이 없는
느낌이다.

명품 매장이라서 그런지 피팅룸은 소파도 구비가 되어 있었다. 그
곳에 앉아 기다리자 직원이 곧 상자를 들고 나타났다. 이런 곳은 그
냥 입어 보는 것에도 새 상품을 꺼내나 생각이 들었지만 너무나 자연
스럽게 옷을 건네는 직원 때문에 그것을 그냥 받아 들었다.

"나가 있을까요?"

"네, 제가 혼자 입을게요."

직원이 문을 닫고 나가자 앞에 있는 전신거울을 보며 숨을 뱉었다.

"이민서. 지금 뭐 하니."

어제부터 모든 것들이 어쩐지 조금씩 어긋나는 느낌이었다. 옷을
벗고 진하가 골라 준 원피스로 갈아입었다. 그냥 볼 때보다 입었을
때 훨씬 디자인이 사는 느낌이었다. 너무 루즈하지도, 그렇다고 타이
트하지도 않은 원피스는 착용감도 좋고 움직일 때 불편함도 없었다.
하지만 바깥 조명에서 보는 건 또 다를지도 몰랐다.

문을 열고 밖으로 나오자 진하가 팔짱을 낀 채로 그녀를 기다리고
있었다. 살짝 삐딱한 자세였던 진하가 그녀가 나오자 몸을 똑바로 세
웠다.

"잘 어울리네. 이대로 입고 가죠."

"그럼 입고 계셨던 옷은 정리해 드리겠습니다."

모든 게 순식간에 이루어졌다. 직원이 피팅룸으로 들어가자 민서가 살짝 인상을 찌푸렸다.

"지금 뭐 해?"

"마음에 안 들어?"

"그게 문제가 아니잖아. 내가 입기엔 너무 고가고……."

"나에게도 고가야."

물론 그가 대표이사로 있어도 이 원피스의 가격은 고가가 맞다. 그런데 이걸 지금 그녀에게 잘 어울린다고 입으라는 건가?

"잘 어울리는 거고, 내가 고른 거니까 산 것뿐이야."

"너무 과해. 들어가서 갈아입고 올게."

"이민서."

뒤돌아서는 그녀의 손을 잡아 멈추게 만든 진하가 다시 자신을 돌아보게 만들었다. 민서는 화가 난 얼굴로 진하를 바라보았다.

"너한테 이런 걸 바란 거 아니야."

"알아."

"그런데 왜 이래?"

"잘 어울려서. 그것뿐이야."

인형놀이를 하는 것도 아니고. 민서가 어이가 없다는 얼굴로 웃고 말았다.

"이것도 그냥 나한테 청구해."

"이건 그냥 내가 사 주는 선물이야."

"내가 싫어."

"이민서."

그가 이렇게 낮은 음성으로 이름을 부를 때면 왠지 모르게 가슴이 간지럽다. 그리고 거부할 힘을 잃게 된다.

"오늘은 그냥 내가 하고 싶은 대로 하게 해 줘."

원래 저렇게 뻔뻔한 사람이었나 싶을 정도였다. 예전의 진하는 매너도 좋았고, 딱히 자신의 의견을 마구잡이로 밀어붙이는 사람도 아니었다. 대체 지난 2년간 무엇이 저렇게 진하를 바꾸게 만든 것일까.

결국 진하가 원하는 건 펜이었다. 진하가 졸업을 할 때 선물로 주고 싶었던 브랜드이기도 했다. 그리고 백화점에 가서 직접 사기도 했었고. 지금도 전해 주지 못한 그 선물은 그녀의 서랍에 고이 잠들어 있었다.

유리 케이스에 들어 있는 펜들을 보았다. 그녀가 2년 전에 샀던 모델도 있었다. 그런데 거짓말처럼 진하가 그 모델을 골랐다.

"이걸로 주세요."

"이거 말고, 이쪽 건 어때?"

"난 이게 마음에 드는데."

단 한 번도 그와 취향이 같다고 생각해 본 적이 없다. 그런데 지금은 왜 하필 이 펜인 것일까. 그녀의 서랍에 있는 그 펜은 이제 앞으로 세상의 빛을 볼 일이 없어졌다. 하긴, 그걸 살 때도 줄 기회가 있을 거란 생각은 하지 못했지만.

"이 제품으로 포장해 드릴까요?"

"네."

한 번 더 다른 것을 권하면 이유를 물어 올 것 같아 민서는 재빨리 대답을 하고 휴대폰을 내밀었다.

"그럼 결제 먼저 하고 포장 진행해 드리겠습니다."

"감사합니다."

휴대폰을 돌려받고 서명을 한 다음 직원이 포장하는 것을 물끄러미 바라보았다. 처음 저 물건을 샀을 때 집에서 따로 포장을 할까 고민을 했었다. 하지만 너무 신경 쓴 티가 날까 봐 관두었다. 차라리 그때 주는 게 나았으려나.

포장이 끝나자 진하는 가볍게 인사를 하며 물건을 받아 들었다. 정말 갖고 싶었던 물건인지 왠지 모르게 기분이 좋아 보인다. 그렇게 갖고 싶었던 거면 진작 샀어도 되지 않았을까? 그러다 문득 윤서가 진하에 대해 한 말이 기억났다.

'말 그대로 사업 대박 터져서 눈코 뜰 새 없이 바쁘다던데?'

정말 바쁜 사람이 맞나 싶을 정도로 오늘 그의 휴대폰은 조용했고, 여유로워 보인다. 매장을 나서자 이젠 어디로 가야 할지 가늠을 못했다. 백화점도 오전보단 사람이 많아졌다. 진하는 자연스럽게 그녀의 손을 잡고 끌기 시작했다.

이렇게 스킨십을 좋아하는 남자였나 싶다. 그러다가도 잡고 있는 손이 참 따뜻해서 뿌리치기가 쉽지 않았다. 그녀가 살짝 손을 빼려고 하면 아프지 않게, 하지만 빠지지 않게 더 힘을 주었다.

"왜 자꾸 손을 빼려고 해?"

"손잡는 거 좀 불편해."

"그래?"

진하는 미련 없이 그녀의 손을 놓았다. 놓아주었으면 했는데 막상 놓이자 서운함이 밀려왔다. 하지만 그것도 잠시, 진하는 그녀의 어깨를 감싸며 품으로 끌어들였다. 너무 놀라서 저도 모르게 걸음을 멈추고 고개를 들어 올려 진하를 보았다.

"왜? 손잡는 거 불편하다며."

"이건 더 불편해."

"그럼 그냥 손잡아."

또다시 미련 없이 어깨를 놔준 진하가 다시 그녀의 손을 잡았다. 차라리 손잡는 게 훨씬 낫긴 했다. 혹시 진하는 두 사람의 관계를 착각하고 있는 것일까? 하지만 그는 그녀가 자신을 만나는 동안에 다른 남자를 만나도 별 상관을 않겠다고 했다. 그러면서 동거까지 제안한다.

그의 손에 이끌려 간 곳은 주차장이었다. 이제 볼일이 다 끝났나 싶었다. 그렇다면 앞으로 자동차값은 어떻게 줘야 하는 걸까. 머릿속이 복잡했다.

사실 지금 이 관계가 얼마나 오래 지속될지 모른다. 그녀는 머리로 계산을 해 보지만 당장 융통할 수 있는 큰돈은 없다. 적금도 내년 여름에야 만기이고. 그때까지 이 관계를 이어 갈 수 있을까?

생각에 한참 빠져 있는데 익숙한 도로가 보였다. 외곽 도로로 빠진 진하의 차는 그녀의 회사로 가는 길을 타고 있었다.

"어디 가는 거야?"

"양평."

"거긴 왜?"

"집 좀 볼까 해서."

"내 집?"

"우리가 살 집."

동거라는 말을 그냥 꺼낸 건 아닌 모양이었다. 우리가 살 집이라니. 그녀는 아직 그 '동거'라는 제안에 그 어떤 답도 하지 않았다.

"체력적으로 내가 훨씬 우세하니까."

"뭐?"

"출장 장소에 따라 다르겠지만 주말이면 서울에서 보낼 수도 있고."

"좁은 동네야. 결혼도 안 한 남녀가 같이 사는 거 보기에도 좋지 않고."

"동료들하고 친해?"

친한 건 아니다. 그냥 보통의 직장 상하 관계 그 이상 그 이하도 아니다. 게다가 주민은 결혼해서 아내와 함께 사무실에서 멀지 않은 곳에 살고 있다.

"주민이가 근처에서 살아."

"박주민?"

"응."

"우리가 살 곳이 회사와 가까운 곳은 아니니까 괜찮을 거야."

그럼 양평 어느 곳에서 살지도 생각해 놨다는 소리일까? 민서가 기가 막혀 웃었다.

"왜?"

"좀 황당해서."

"뭐가?"

"우리 그냥 몸만 나누는 사이야."

"그러니까 더 같이 있고 싶다는 소리야."

"뭐?"

"요즘 이민서 이름만 들어도 서는 기분이거든."

민서는 해야 할 말을 찾지 못하고 입을 다물고 말았다.

부동산 사장은 두 사람을 아주 반갑게 맞아 주었다. 그리고 집을 둘러보기 위해 진하가 2층으로 올라갔을 때 사장이 그녀의 옆구리를 은근히 찔렸다.

"남자 친구?"

"아뇨, 그냥 친구요."

"그래? 민서 씨랑 잘 어울려서 당연히 남자 친구인 줄 알았지. 그런데 여기에 별장을 산다니. 성공했나 봐?"

"네. 대표이사예요."

부동산 사장은 그녀가 직원 몇 명의 원룸과 주민이 집을 구할 때 도움을 주었다며 무척이나 고마워했다. 그래서 이번에 그녀가 원룸을 구한다고 했을 때도 신경을 많이 써 주었다.

"민서 씨는 그럼 방 안 구해?"

"우선은 출퇴근하고 있으려구요. 같이 사는 친구가 많이 서운해하기도 하고 해서."

거짓말이 술술 흘러나왔다. 이렇게 자신이 태연하게 거짓말을 할 수 있을 줄은 몰랐다.

"어차피 별장으로 쓸 거면 저 총각도 주말마다 올 것 같은데. 주중에만 민서 씨가 써도 될 거 같고. 여기 1, 2층 공간 따로 있어서 또 괜찮거든."

"그래도 어떻게 그래요."

"비워 두는 것보다야 낫지. 그 정도 인정은 있을 총각 같은데?"

사장이 웃으며 말하자 민서도 따라 웃었다. 그때 계단을 내려오는 진하가 보였다.

"이만한 전원주택이 없다니까요."

"좋네요. 여기로 계약하죠."

"이사도 바로 올 수 있고 해서 정말 딱 좋아요. 그럼 사무실로 갈까요?"

사장은 땡잡았다는 얼굴로 콧노래까지 부르며 집을 나섰다. 확실히 잘 지어진 전원주택 단지였다. 그녀도 지나갈 때마다 어떤 사람들이 살까 궁금했는데 그게 진하가 될 거라고는 상상도 하지 못했다.

사무실로 돌아오자마자 사장은 두 사람에게 레몬차를 타서 건네주었다. 직접 만든 레몬차는 참 오랜만에 마셔 보는 듯했다. 상큼한 향기에 오전 내내 곤두서 있던 신경이 그나마 누그러지는 기분이었다.

계약서를 훑으며 사장이 설명을 하면 진하는 듣고 있다는 듯 한 번씩 고개를 끄덕였다.

"젊은 나이에 정말 성공하셨네. 대표이사이시라면서요?"

"운이 좋았습니다."

"무슨 회사예요?"

"아, 이런 일 하고 있습니다."

진하가 주머니에서 지갑을 꺼내 들었다. 그녀는 아직도 받지 못한 명함을 사장에게 건네주었다.

"여기 커피, 나도 원두 사다 먹어요."

"감사합니다."

"세상에, 이렇게 젊은데 어쩜 그렇게 수완이 좋아?"

사장은 놀란 듯 벌린 입을 다물지 못했다. 사무실 내의 다른 직원들도 진하를 보며 신기해하기는 매한가지였다.

"어? 잡지에서 뵌 분이었구나. 전 웬 배우분이 오신 줄 알았어요."

"맞아요, 저번 주에도 배우 한 분이 계약하고 가셨거든. 어쩜 이리 잘생기고 능력도 좋아."

계속되는 극찬에 민서는 어쩐지 자신의 얼굴이 붉어지는 느낌이었다. 하지만 진하는 늘 있는 일인 듯 눈 한 번 끔뻑이지 않는다.

"그럼 계약금과 중개비는 지금 바로 입금하죠."

"이쪽 계좌로 주면 돼요."

막상 진하가 계약을 진행하게 되자 민서는 그저 멍하니 바라볼 수밖에 없었다. 원래 이렇게 충동적인 성격도 아니었던 것 같은데 대체 무엇이 이렇게 진하를 바꾼 것일까. 어쩐지 생각이 계속 한곳에서만 머무는 느낌이었다.

"그럼 필요한 서류는 월요일에 이 친구 통해서 보내겠습니다."

"그래요, 이 집 선택한 거 후회 없을 거예요."

"그럴 것 같네요."

진하가 고개를 숙인 뒤 먼저 차에 올라탔다.

"민서 씨, 고마워."

"제가 뭘요."

"민서 씨 봐서 내가 복비도 많이 깎아 준 거 알지?"

"감사해요."

"우리가 더 고맙지. 그럼 월요일에 봐."

"네, 가 볼게요. 수고하세요."

사장은 그녀가 탈 수 있게 직접 문까지 열어 주었다. 그녀가 고맙기는 한 모양이었다. 차에 올라탄 민서는 문이 닫히자 차창 밖으로 고개를 살짝 숙여 보였다. 사장은 팔을 크게 휘두르며 배웅을 했다. 오전부터 돌아다녔더니 하루가 참 길게 느껴졌다.

"토요일 괜찮지?"

"토요일?"

"가구나 가전제품 필요하잖아."

생각도 하지 못했다. 그곳을 채우려면 꽤 많은 것들이 있어야 했다.

"그럼 내가 사서 채울게."

"내 집인데. 넌 그냥 필요한 것만 골라."

"내 가구는…….."

"뭘 그렇게 선을 그어. 놔두면 다 같이 쓸 텐데. 따로 필요한 건 뭔데? 화장대?"

진하가 그렇게 말하자 할 말이 없었다.

"안방에 그런 건 있어. 그러니까 그냥 같이 사면 되는 거야."

"알았어."

이렇게까지 진하가 독선적인 사람일 줄은 몰랐다. 말 그대로 그녀는 몸만 들어오라는 소리였다. 그나저나 나현에겐 뭐라고 설명을 해야 할지 머리가 복잡해졌다. 그때 주머니에 있던 휴대폰이 울렸다. 휴대폰을 꺼내 들자마자 진하가 그녀의 손에서 그것을 가져갔다.

"윤진하."

"그냥 받아."

진하가 스피커로 돌렸다.

— 민서 씨. 저 신지혁입니다.

민서가 두 눈을 질끈 감았다.

기가 막히다. 어이가 없어 민서는 그의 손에서 휴대폰을 빼앗아 와 종료 버튼을 눌렀다.

"뭐 하는 짓이야?"

"왜?"

"내 통화 내용을 왜 네가 마음대로 들으려고 하는데?"

"어차피 우리는 잘 사이고, 네가 누굴 만나든 상관없다고 했잖아."

"그래서?"

"그러니 굳이 피할 필요도 없단 소리지."

"서로 자는 사이면 사생활도 없니?"

"그래서 계속 만나려고? 그쪽은 아마 내가 아주 친한 후배라고 생각할 텐데."

이쯤 되면 사람이 오기가 생기지 않겠는가? 하지만 민서는 말없이 진하를 노려만 보았다. 진하는 운전을 하면서도 한 번씩 민서를 돌아보았다.

"차라리 없던 일로 하는 게 낫겠어."

"왜?"

"숨 막혀."

"뭐가?"

정말 그걸 몰라서 묻는 걸까? 어쩌면 진하는 그녀의 머릿속을 망쳐 놓고 싶은 걸까? 그것도 아니면 정말 좋아하는 마음조차도 갖지 못하게 미리 방어막을 쳐 놓으려고 이러는 걸까?

"그만하자."

더 이상 말을 해 봤자 싸움만 될 뿐이었다. 그래서 대화를 관두고 싶었다. 그때 손이 잡혔다. 진하는 잡은 손을 자신의 허벅지 위로 가져가 올렸다. 아슬아슬한 부위다. 손에 힘을 주었지만 꿈쩍도 하지 않는다.

"윤진하."

"말했잖아. 이민서 이름만 들어도 선다고."

"하."

기가 막혀 절로 웃음이 나왔다.

"이제 와 못 그만둬."

신호가 걸려 차가 섰다. 돌아본 진하의 눈에 거짓말 같게도 욕망이 보인다. 윤진하가 자신을 향해 저런 눈을 할 거라곤 평생 상상도 해 보지 못했다.

209

입술이 부딪쳤다. 진하의 뜨거운 혀가 입술을 가로지르고 들어왔다. 그녀의 혀끝을 건들고 쉽게 핥는다. 그것만으로는 모자란 건지 혀를 가져가 살짝 깨물기까지 했다. 비릿한 향에 민서가 인상을 찌푸렸다. 이에 깨물려 혀에 작은 생채기가 난 것이다.

그때 뒤에서 클랙슨 소리가 크게 울려 퍼졌다. 어느새 신호가 돌아온 모양이었다. 가볍게 입술에 쪽, 소리를 내며 떨어진 진하가 느긋하게 차를 출발시켰다.

"이야기를 관두자는 거였지, 만나자는 걸 관두자는 소리 아니었어."

"그거 다행이네."

진하가 자세를 편히 잡고 운전에 집중했다. 그때 휴대폰이 다시 울렸다. 참 우습다. 옆엔 몸을 나누기로 한 사람이 앉아 있고, 전화는 소개를 받은 남자에게 오고 있다.

"네, 이민서입니다."

— 저 신지혁입니다. 바쁘신데 전화드린 건 아닌지.

"아니에요."

— 혹시 좋아하는 음식 있으신가 해서요. 겸사겸사 목소리도 들으면 좋고.

누가 보더라도 지혁은 현재 민서에게 지대한 관심을 보이고 있었다. 거기다 옆에서 코웃음을 치는 진하를 보니 통화 소리가 다 들리는 모양이었다.

— 괜찮으시면 내일 시간 좀 내주시겠습니까?

어차피 시간을 끄는 것보다 그게 더 좋다고 생각했다. 일찍 만나자고 해 준 지혁이 오히려 고마웠다.

"내일 금요일이고 해서 9시쯤 도착할 것 같아요. 그냥 차 한 잔 마시는 게 좋을 것 같아요."

- 아…… 그러시구나. 그것도 좋습니다. 그럼 제가 집 근처로 가 있겠습니다.

"아니에요. 계신 곳 알려 주시면 제가 찾아가겠습니다."

- 아니에요. 제가 그쪽에 가서 기다리는 게 마음이 편할 것 같아요. 오시는 데 시간도 덜 걸리실 거고.

어딘지 맥이 빠진 지혁의 목소리에 괜히 미안한 마음이 들었다. 진하만 아니었더라도 그녀는 정말 지혁과 사귈 마음을 먹었을지도 모른다. 차라리 더 앞선 사이가 되기 전에 정리하는 게 나을지도 모른다. 하지만 역시 미안한 마음은 어쩔 수 없었다.

"알겠습니다."

- 그럼 내일 뵐게요.

"네, 들어가세요."

지혁은 어쩌면 이미 그녀의 마음을 눈치챘을지도 모르겠다. 통화를 마치자 진하가 잡은 손에 살짝 힘을 주었다.

"아."

"내일 나가서 무슨 말을 하려고?"

"무슨 상관인데."

"그냥."

저런 말이 그녀에게 상처를 준다. 그럼에도 불구하고 아직은 진하와 하고 싶은 게 더 많다. 원래 좋아하는 사람이 더 약자이다. 처음부터 알고 있었으면서 뭘 자꾸 상기하려 한단 말인가.

"넌?"

난데없는 민서의 물음에 진하가 살짝 눈썹 끝을 올렸다.

"만나는 여자가 나뿐이야?"

"더 있었으면 좋겠어?"

민서는 입을 다물었다.

"애석하게도 한 번에 한 명밖에 못 만나. 바쁘기도 하고."

그렇게 바쁜 사람이 그녀를 위해서 양평에 집까지 구했다? 아니, 착각은 곤란하다. 말 그대로 성욕을 풀기 위해 그녀를 필요로 하고 있었다. 주중 대부분은 서울 집에서 보낼 거라고 은연중 말하지 않았던가. 착각은 곤란했다.

"그러는 나야말로 궁금한데. 왜 내 제안을 그렇게 쉽게 수락했는지."

"여자도 남자와 똑같아. 나도 너 정도면 나중에 질척이지 않을 것 같아서."

"나 정도?"

"응. 딱 윤진하 정도."

민서가 가면을 쓰고 웃었다.

금요일의 퇴근 시간은 유난히 길이 밀린다. 오늘 역시 마찬가지였다. 그래도 최대한 빨리 나오려고 했지만 갑작스레 자료를 찾아야 하는 바람에 30분이나 늦게 나왔다.

그럭저럭 9시 전에는 도착할 수 있을 것 같지만 역시 마음이 초조했다. 게다가 앞에서 무슨 일이라도 생긴 듯 차는 벌써 몇 분째 꼼짝도 하지 않는다. 들려오는 벨소리에 블루투스 통화 버튼을 눌렀다.

"여보세요?"

– 어디야?

낮은 목소리가 차 안을 가득 채우는 것 같았다. 그것만으로 왠지 심장이 묵직해지는 느낌이다.

"약속 장소 가는 중."

– 얼마나 걸릴 것 같은데?

"20분쯤 이야기하면 끝날 것 같은데."

– 더 만날 생각은 없나 봐?

어쩐지 진하의 목소리에 웃음기가 묻어 있는 듯도 했다.

"나도 복잡해지는 건 딱 질색이라서."

– 근처에 가 있을게.

"왜?"

– 왜긴. 오늘부터 주말이야. 이쯤 되면 이민서 그날도 끝났을 거고.

"무슨 생각을 했었는지 모르겠는데 그날도 아니었어."

– 뭐?

다소 황당한 목소리가 스피커를 타고 흘러나왔다. 멋대로 착각한 건 진하였다. 그녀는 답을 하지 않았을 뿐이고.

– 완전히 물먹은 기분이네.

"내일 보자."

– 말했잖아. 난 이민서 이름만 들어도 선다고.

이렇게까지 노골적일지 몰랐다. 어쩐지 지난 6년간 알던 진하보다 최근 한 달 내에 알게 된 진하가 더 많은 것 같았다.

"이야기 끝나면 전화 줄게."

– 어디서 만나는데?

"너희 회사 카페."

– 가기 좀 곤란하네. 우리 사이 알려지는 건 싫을 거 아니야. 거기 주차장에 있을게. 이야기 다 끝나면 지하 3층으로 와.

알겠다고 대답을 하기도 전에 전화가 끊겼다.

만나서는 그렇게 매너도 좋으면서 전화 매너는 왜 이러는 걸까. 헛웃음을 짓는데 드디어 차들이 움직이기 시작했다.

차를 아파트 지하 주차장으로 넣고 바로 올라와 도로를 건넜다. 2층 창가에 앉아 있는 지혁이 보였다. 신호등 불이 켜지자 빨랐던 걸음이 느려지기 시작했다. 괜히 소개팅을 받는다고 했다. 하지만 그땐 이렇게 진하를 다시 만나게 될 줄 몰랐다. 후회는 인간의 숙제와도 같은 것이었다.

민서는 카페에 들어서 아이스 아메리카노를 두 잔 시켜 그것을 들고 2층으로 올라갔다. 계단을 올라서자마자 지혁이 기다리고 있다는 듯 자리에서 일어났다.

"오시면 제가 시키려고 했는데."

"아니에요. 늦었으니까 제가 사야죠."

지나칠 때 보면 이곳은 늘 사람들이 많았던 것 같은데 오늘은 제법 한산했다. 금요일이라 그런 것일까? 자리에 앉자 눈이 마주쳤다. 두 사람이 어색하게 웃었다. 어쩐지 지혁의 얼굴이 평소보다 어두워 보였다. 아마도 그녀가 무슨 말을 할지 잘 알고 있는 듯했다.

"지혁 씨."

"네."

"사실 더 만나 봤자 의미가 없을 것 같아요."

"조금의 가능성도 없습니까?"

"네."

"혹시 마음에 둔 분이 따로 있나요?"

민서의 눈이 살짝 커졌다. 혹시라도 지혁이 무엇인가를 알고 있을까 심장이 두근대기 시작했다.

"채윤이한테 들었어요. 오랫동안 좋아했던 분이 있다고."

"아……."

정말 채윤과 친하긴 친한 모양이었다. 그런 말까지 들었다니. 하지만 채윤의 행동도 이해가 갔다. 지혁이 계속 소개해 달라고 했을 때 이런저런 핑계를 대는 것 중 그게 제일 쉬웠을 것이다.

"그 이유 아니에요."

눈 하나 깜빡하지 않고 거짓말하는 스스로가 여전히 놀랍다. 어쩐지 자신의 모든 것은 윤진하를 중심으로 두고 돌아가는 것만 같았다.

8. 마음은 거짓을 낳는다

어릴 땐 늘 달이 신기했다. 천문학을 전공했던 외할아버지는 달을 보고 지구를 사랑하는 별이라고 했다.

그때 민서는 그저 달의 지독한 짝사랑이 참 안타깝게 여겨졌다. 그 외로운 위성은 더 가까워지지도 못하고 그저 주변을 맴돌고만 있었다. 그리고 그 달과 지금의 자신은 다를 게 없었다.

"그런데 왜……."

"제가 자신이 없어요."

"만남을 이어 가는 것도 노력이 더해져야 한다고 알고 있습니다."

"노력해 보지 않은 것도 아니었어요. 혹시 채연희 감독, 아세요?"

난데없는 질문에 지혁이 고개를 살짝 왼쪽으로 기울었다.

"대한민국에 채연희 감독 모르는 사람도 있습니까?"

"채연희 감독 사생활도 아시죠?"

지혁이 헛기침을 했다.

"조금 난잡하기는 하죠."

"그런 사람이 제 엄마예요."

지혁의 눈이 커졌다. 그리고 말실수했다는 듯 몇 번이나 입술을 손으로 꾹꾹 눌렀다.

"그래서 전 태생적으로 안 된다고 생각했어요. 그런 감정에 대해 노력하는 것도."

"저기, 민서 씨……."

"한 번씩 무섭기도 하거든요. 저 여자처럼 되는 건 아닐까. 어쩌면 그렇게 될 걸 알고 노력도 하고 싶지 않았을지도 몰라요."

이렇게까지 직설적으로 말을 해 보는 건 처음이었다. 지혁이 정말 당황했는지 이마에 식은땀까지 맺혀 있었다. 그리고 몇 번이나 이마를 손등으로 닦아 냈다.

"아시겠죠?"

"네?"

"만약 저와 사귄다면 지혁 씨가 힘들 거라는 거."

민서가 낮게 웃었다.

반쯤 넋이 나간 채 앉아 있던 지혁이 자리에서 일어나는 것을 보며 민서도 일어섰다. 어차피 이곳에 더 앉아 있고 싶지 않았다. 당장 쓰러져 자고 싶었다.

"민서 씨."

"네."

"악수 한 번만 해도 되나요?"

알고 있다. 이게 지혁에게 해 줄 수 있는 마지막 배려라는 것을. 민서는 지혁을 향해 손을 내밀었다. 그런데 지혁은 물끄러미 손을 바라보더니 끝내 잡지 않았다.

"악수는 하지 않는 게 좋겠네요."

지혁이 입술 끝을 올리며 웃었다.

"미련이 남을까 봐 못 잡겠네."

채윤이나 나현의 말이 맞다. 지혁은 확실히 성격이 좋고, 감정이 바로 보이는 단순한 타입이었다.

"감독으로서의 채 감독님은 존경합니다. 하지만 솔직히 사생활 부분은 제 입장에선 받아들이기 힘드네요."

지혁은 솔직하다. 그래서 민서도 지혁이 괜찮은 사람이라고 느꼈다. 그냥 행동이나, 말 하나에도 거짓이나 숨김이 없는 사람이었다. 근데 갑자기 지혁이 그녀를 끌어안았다.

"이왕 미련 남을 거 깨끗하게 털어 보려고 한번 안아 봤습니다."

민서는 잠시 고민을 했다. 지혁의 등을 한 번 두드려 줄 것인지, 말 것인지. 하지만 괜한 행동을 했다가 다시 미련을 갖게 만들면 곤란했다. 지혁이 그녀를 힘주어 한 번 안았다 놓아주었다. 그리고 민서를 향해 웃었다.

"걱정 마세요. 채윤이하고는 여전히 사이좋은 선후배니까."

"채윤이 잘 부탁드릴게요."

"가끔 경기도 보고 오고 그러십시오."

"그럴게요."

"그럼 먼저 가 봐도 될까요? 에스코트도 해 드리고 싶지만 미련이 철철 넘쳐 보일까 봐."

끝까지 유머러스한 말을 남기고 지혁이 사라졌다. 끝이 깔끔한 남자다. 그게 나쁘지 않아 민서도 웃으며 카페를 빠져 나왔다. 신호를 기다리는데 누군가가 슬쩍 손을 잡아 왔다. 뒤를 돌아보지 않아도 향으로 진하라는 것을 알 수 있었다.

"사이좋아 보이더라?"

"봤어?"

"어차피 끝난 사이, 뭘 그렇게 끌어안고 난리야."

"미련 남을까 봐 한번 안아나 봤대."

진하가 완전히 그녀의 옆으로 섰다. 그리고 자신을 위아래로 쭉 훑는 시늉을 했다. 민서가 웃으며 팔꿈치로 진하의 옆구리를 툭 쳤다.

"미련깨나 남겠는데?"

"거짓말하지 마. 밥은?"

"아직."

"이 시간까지 안 먹고 뭐 했어?"

"이민서가 안 먹고 오는 거 뻔히 아는데 먼저 먹을 순 없지. 먹고 싶은 건?"

그녀는 딱히 음식을 가리지 않았다. 그렇다고 좋아하는 것도 아니다.

"집에서 만들어 먹을까?"

아직 나현에게 집을 구했다고 말을 하지도 못했다. 갈등이 되는 건 진하와 동거를 하게 되었다는 것을 말해야 할지, 하지 말아야 할지 확신이 서지 않아서였다. 어차피 나현은 무슨 수를 써서라도 그녀가 살고 있는 곳에 올 것이기에 결국엔 먼저 말을 해야 함을 알고 있었다. 하지만 두 사람이 동거를 하고 있으니 진하에게도 말을 먼저 해야 옳지 않을까 생각했다.

"지하로 오랬는데 왜 신호등 앞에 서 있어?"

"잠깐 멍해져서 그랬어."

"신지혁에게 미련 남아서?"

"그런 거 아니야."

자연스럽게 그녀의 손을 이끌며 진하가 엘리베이터에 올라탔다. 엘리베이터 안에는 아무도 없었고 진하는 여전히 그녀의 손을 놓지 않고 있었다.

"빼지 마."

"불편해."

"좀 익숙해지지?"

익숙해지고 싶다. 나중에 이 아슬아슬한 관계가 끝났을 때 그를 생각할 때마다 너무 많은 것을 떠올리게 될까 봐 무서웠다. 역시 마음을 내려놓는 건 어렵다.

❖

배가 고프다고 해 놓고 진하는 집에 도착하자마자 입을 맞춰 오기 시작했다. 정신없이 침대로 이끌고 가려는 진하를 막아 세운 민서가 욕실로 들어섰다. 그리고 씻고 있는데 진하가 들어왔다. 그는 그녀의 머리를 감겨 주고, 몸을 씻겨 주었다. 부끄럽기도 하고 어색하기도 해서 자꾸만 몸을 감추려고 하는 게 그를 더 자극한 모양이었다.

결국 숨을 헐떡이며 그에게 안겨 몸의 물기도 닦지 못한 채 침실에 들어섰다. 그리고 밤이 어떻게 지나갔는지도 모를 정도로 서로에게 열중했다.

까끌까끌한 눈꺼풀을 들어 올려 팔을 뻗어 휴대폰을 찾았다. 벌써 9시를 넘긴 시각에 놀란 민서가 벌떡 일어났다. 그러다 이내 다리 사이에서 오는 묘한 통증에 다시 드러눕고 말았다.

"흣."

아픔에 저도 모르게 신음이 흘러나왔다. 그래, 진하와 함께 밤을 지새웠다.

"으음."

옆에서 들리는 진하의 낮은 소리에 저도 모르게 몸을 움츠렸다. 그러다 이내 길고 단단한 팔이 그녀의 허리를 감쌌다. 강한 힘으로 끌어당긴 진하가 그녀를 품에 안고 머리카락에 얼굴을 묻었다.

"몇 시야?"

살짝 갈라져 나오는 목소리가 섹시하다. 민서는 저도 모르게 숨을 멈췄다.

"9시 좀 넘었어."

"배고프다."

배가 고플 만도 했다. 새벽 내내 그토록 체력 소모를 해 댔으니. 진하가 쪽 소리가 나게 그녀의 관자놀이에 입을 맞춘 다음 자리에서 일어났다. 고스란히 드러나는 등이나 엉덩이, 허벅지의 근육이 눈을 뗄 수 없게 만들었다. 진하는 가볍게 바지만 찾아 입고 뒤로 돌아섰다. 민서가 재빨리 시트로 앞을 가렸다.

"간단히 먹고 나가서 맛있는 거 먹자."

"응."

"정리하지 말고 그냥 바로 나와."

그녀를 배려하는 것인지 진하가 먼저 방에서 빠져나갔다. 고개를 돌리자 바닥에 있는 건 아무것도 없다. 그녀는 그제야 옷이 모두 욕실에 있다는 것을 깨달았다.

시트로 몸을 칭칭 감고 침대 밑으로 발을 내렸다. 힘을 주며 일어나자 허벅지 안쪽이 살짝 후들거리는 것 말고는 평소처럼 거의 멀쩡했다.

드레스룸으로 들어가 서랍을 열었다. 늘 진하에게서 나는 그 향이 드레스룸에 가득했다. 그리고 셔츠에도 그의 체취가 묻어 있는 듯했다. 약간 두툼한 면 소재의 라운드 티를 걸쳐 입고 편안한 바지를 찾으려고 했지만 쉽지 않았다.

고개를 돌리자 걸려 있는 트레이닝 바지가 보였다. 바지를 입고 허리끈을 꽉 조여매고 밑단을 걷었다. 역시 속옷을 입지 않아 불편했지만 라운드 티는 두꺼워서 딱히 태가 나지 않았다.

거실로 나오자 벌써 고소한 향이 퍼지고 있었다. 식탁 앞으로 걸어가자 샐러드가 한 접시 놓여 있었다.

"미안."

"뭐가?"

"갈아입을 옷이 없어서 드레스룸에서 아무거나 찾아 입었어."

그 말에 냄비에서 무엇인가를 뜨던 진하가 뒤로 돌아보았다.

"잘 어울리네."

허락도 없이 입었다며 기분 나쁜 티를 낼까 살짝 움츠러들었었다. 그런데 진하는 별 상관 없다는 얼굴로 그녀의 앞으로 그릇을 놓아 주었다. 연한 연둣빛이 도는 죽이었다.

"이게 뭐야?"

"전복죽."

"죽도 만들어?"

"설마. 업체에다 배달시킨 거야."

그가 자신 몫의 죽을 떠서 돌아섰다.

"안 앉고 뭐 해?"

"응. 아…….."

저도 모르게 의자에 털썩 앉았다가 낮게 신음을 흘리고 말았다. 역시 첫 경험의 대가는 크다.

"왜? 어디 아파?"

"아냐."

사실 누군가와 경험을 하고 나면 쑥스러워 얼굴도 제대로 마주치지 못할 것이라고 생각했다. 그런데 의외로 아무렇지 않은 것을 보니 스스로 얼굴에 철판이라도 깐 것인가 하는 생각까지 들었다. 더군다나 진하도 아무렇지 않아 보인다.

"먹자. 제법 맛이 괜찮아."

고개를 끄덕이고 숟가락을 들었다. 살짝 죽을 떠 입으로 가져가자 전복내장 특유의 고소한 맛이 고스란히 느껴졌다.

"맛있어."

"다행이네."

진하도 웃으며 숟가락을 들었다. 이상하게 지금 이 순간이 참 평안했다. 일상처럼 말이다.

"이민서."

"응?"

"괜찮아?"

"뭐가?"

"몸."

직접적으로 물어 오는 통에 민서는 말을 하지 못했다. 보지 않아도 알 수 있었다. 지금 그녀는 잘 익은 사과가 되어 있을 것이다.

"처음일 줄은 몰랐어. 너무 거칠었던 것 같아서."

아무렇지 않았던 마음에 균열이 간다. 차라리 그런 말을 해 주지 않았더라면 좋았을 텐데.

"괜찮아."

갑자기 얼굴의 열이 확 식었다. 왠지 모르게 진하가 자신의 눈치를 보는 것 같이 느껴졌다. 그런데 또 그 모습이 나쁘지도 않다.

당연히 그녀가 경험이 있었을 거라고 생각했을까? 그럼 진작 차라리 누군가와 그 별것 없는 경험을 해 볼 걸 그랬다. 섹스를 해 보기 전엔 하고 나면 세상이 바뀌진 않을까 괜한 걱정을 했었다. 그럴 리가 없다는 것을 알면서도.

"먹고 가구 보러 갈 수 있겠어?"

"괜찮아."

고개를 숙이고 그때부터 죽을 마구잡이로 입에 넣기 시작했다. 말을 조금이라도 더 길게 하면 눈물을 쏟을 것 같아 먹는 것에 더욱 집중했다.

씻고 나와 대충 얼굴을 정돈하고 옷을 갈아입었다. 그리고 머리카락을 말리기 위해 안방의 화장대 앞에 앉았다. 그때 뒤에서 셔츠를 입다 말고 다가온 진하가 그녀의 손에서 드라이어를 가져갔다.

윙, 소리와 함께 바람이 쏟아지기 시작했다. 단추를 잠그지 않은 진하의 셔츠는 바람에 마구 날려 그의 맨몸을 고스란히 드러냈다. 운동을 하는 걸까? 복근에 새겨진 근육이나, 몸 전체의 선이 꼭 오랜 시간 운동을 한 사람같이 느껴졌다. 그에 비하면 그녀는 볼품없었다.

"왼쪽?"

"뭐가?"

"가르마."

"응."

그런 것까지 신경을 쓸 줄은 몰랐다. 민서는 거울을 통해 진하를 보았다. 꼭 디자이너라도 된 듯한 표정으로 열중해 머리카락을 말려 주고 있는 진하의 얼굴이 좋았다. 무엇인가에 집중을 하고 있는 사람의 얼굴을 보는 건 역시 좋다. 아마 그리고 그 상대가 다름 아닌 윤진하라서 더 좋았을 것이다.

그때 거울 속의 진하와 눈이 마주쳤다. 드라이어를 껐는지 순식간에 주변이 조용해졌다.

"한 번 더 하자."

❖

결국 다시 씻고 나왔을 땐 점심시간이 거의 끝나 가는 시각이었다. 그녀가 아프다는 것을 눈치챈 것인지 진하는 결국 섹스를 포기했다. 다만 마치 그녀의 몸에 대해 모든 것을 알고 싶은 것처럼 굴었다.

결국 셔츠 단추를 목 끝까지 채울 수밖에 없었다. 목덜미에 남은 붉은 흔적을 보고서야 진하의 존재가 확 인식되었다.

정말 큰일이다. 어디서부터 어디까지 나현에게 설명을 해야 할지.

두 사람은 가전을 보기 전에 먼저 밥을 먹기로 했다. 확실히 체력 소모가 큰 일을 해서인지 평소 그녀가 먹던 것보다 훨씬 많은 음식을 시켰음에도 거의 깔끔하게 비워 냈다.

"친구한텐 말했어?"

"이사?"

커피를 한 모금 마시며 진하가 고개를 끄덕였다.

"아직. 어디서부터 어디까지 말해야 할지 모르겠어서. 아마 나현이는……. 그때 식당에서 본 내 친구 기억하지?"

"김나현. 유치원 때부터 친구라면서."

"어?"

"예전에 한 번 말한 적 있어."

물론 진하가 머리가 좋다는 건 알고 있다. 그녀는 나현에 대해 저런 이야기까지 했다는 것이 전혀 기억나지 않는다.

"가족보다 더 가족 같다며."

"내가 그런 말을 한 적이 있구나."

"가만 보면 이민서는 자기 이야기를 잘 안 해."

그건 너도 마찬가지라고 말하고 싶었다. 하지만 진하는 자신의 사생활에 대해 묻는 건 왠지 싫어할 것이라고 생각했다. 그래서 궁금한 게 있어도 늘 참고 또 참아 냈다.

"너도 안 하잖아."

"이민서가 안 묻잖아."

"너도 마찬가지야."

드디어 말했다. 그렇게 말을 하고 나서도 가슴이 떨리는 건 또 왜일까? 아마 예전에 누군가가 진하에게 가족이 어떻게 되냐고 물었을 때 싸늘하게 식는 그의 얼굴을 보아서일까? 학습 효과는 무엇보다 강렬했다. 그녀는 진하의 그 싸늘한 표정을 본다면 아마 다시는 어떤 질문도 할 수 없을 것 같았다.

"이민서는 별로 나한테 궁금한 게 없나 봐? 지금도 입 바로 다물잖아."

궁금한 게 얼마나 많은데. 다만 그가 생각에 빠질 땐 왼쪽 눈을 찡그리고, 지루할 땐 눈가에 더 힘을 준다는 것 정도는 알고 있었다. 그건 그냥 지켜보다 보니 알게 된 버릇 같은 것이었다. 그리고 참 웃기게도 종이나, 돈을 셀 때는 왼손을 쓴다는 것도.

"우리 집안에 대해 소문이 거대하게 났을 때도 묻지 않았잖아."

"소문?"

"귀를 막고 있는 거야, 나에 대해선 아예 듣지도 않으려 했던 거야?"

그럴 리가. 진하에 대한 이야기가 나오면 누구보다도 열심히 경청했었다. 그가 싫어할까 봐 제대로 질문 같은 건 하지 못했지만. 물론 용기도 없었다.

"선하그룹, 몰라?"

대한민국에 선하그룹을 모르는 사람이 있을까? 재계 10위 안에 드는 그룹이었다. 게다가 재정도 탄탄했고 철강 산업에선 타의 추종을 불허한다. 그뿐만이 아니라 드물게 잉꼬부부로 유명한 회장 내외의 미담 같은 것이 돈다는 것도 알고 있었다. 으레 들려오는 재벌가의 추접한 소문들도 없었으며 사내 복지가 손꼽힌다고 알고 있었다.

"진짜 모르는 모양이네."

"무슨 소리야?"

"우리 아버지야."

"어?"

다소 삐딱하게 앉은 진하가 눈을 살짝 내리깔았다. 유난히 숱이 많고 긴 속눈썹 때문에 눈 밑에 잔뜩 그늘이 생기는 것 같았다. 한쪽 입매를 올리며 진하가 다시 커피를 한 모금 마셨다.

이제 알겠다. 왜 진하가 뒤끝이 없는 여자를 만나고 싶어 했는지. 민서가 저도 모르게 입을 벌리며 그저 고개만 끄덕였다.

"재밌네, 이민서."

"어?"

"그렇게 세상 돌아가는 것도 모르고 어떻게 살고 있어?"

이제야 이해가 간다. 그가 갑자기 과를 바꾼 것도. 사업을 시작한 것도. 그리고 그녀에게 아무렇지도 않게 차를 사 주고, 전원주택을 매매한 것도. 민서의 눈이 저도 모르게 가늘어졌다.

"무슨 생각 하는지 뻔히 보인다, 이민서."

"뭐가?"

"너 거짓말 같은 거 못하잖아. 얼굴에 다 보여."

저도 모르게 침을 꿀꺽 삼켰다. 그렇다면 설마 그녀가 품고 있는 마음도 알고 있는 것일까?

"너한테 사 준 것들이나 집은 다 내가 번 돈이야."

"아……."

"정말이야. 아버진 처음부터 내가 따로 사업을 벌이는 것을 마음에 들어 하지 않으셨거든."

"그럼 왜…… 회사에 안 들어갔어?"

"물려받을 마음이 없거든."

우리나라 대부분의 그룹들은 세습제였다. 그런데 물려받을 마음이 없다니.

"내가 좋은 교육을 받고, 편히 살았던 건 그 집안에서 태어나서 어찌할 수 없는 것이었지만. 그건 내가 원한 건 아니었잖아?"

그녀는 재벌의 삶 같은 건 잘 모른다. 안다고 해도 일부 루머로 떠도는 것이나 TV, 신문 등에서 떠드는 것 정도였다. 대부분 엄격한 교육을 받고 자라는 데다 유학도 필수라고 알고 있다.

"별로 놀라지도 않네, 이민서는."

아니다. 충분히 놀랐다. 다만 너무 놀라서 해야 할 말을 찾지 못하고 있는 것뿐이었다. 어떤 말을 해야 할지 몰라 열심히 머리를 굴려 보아도 입이 벌어지지 않았다.

"이민서도 놀랄 때가 있긴 해?"

"지금 충분히 놀랐어."

"거짓말."

"진짜야. 해야 할 말을 찾지 못하고 있었던 거야."

그리고 마음도 내려앉았다. 말 그대로 진하는 이런 식이 아니었다면 안을 수조차 없는 사람이었다. 아마 먼저 진하가 그런 엄청난 집안의 사람인 줄 알았다면 이런 관계는 시작조차 하지 않았을지도 모르겠다.

"그 친구 갑자기 집 나간다고 하면 서운해하겠네."

"아마도. 그런데 아마 이사한 집에 오려고 할 거야. 그럼 그땐 내가 알아서 너 없는 시간에 초대할 테니까 좀 피해 줄래?"

잠시 생각을 하는 듯하던 진하가 고개를 끄덕였다.

"그런데 우리 동거하는 걸 꼭 숨겨야 해?"

나현은 그녀가 동거를 한다고 해도 믿어 줄 친구였다. 하지만 지금 입장이 달라졌다. 아무리 진하가 물려받고 싶지 않다고 해도 그는 재벌가의 일원이었다. 최대한 사람들이 모르는 게 낫지 않을까? 그런데 왜 진하는 남들이 알아도 상관없다는 듯 굴고 있는 것일까.

"되도록 사람들이 모르는 게 낫지 않겠어?"

"그 친구, 못 믿을 사람이야?"

"그건 아닌데…….

"그럼 동거 같은 거 이해 못 하는 사람?"

"그것도 아냐."

"그럼 상관없겠네. 일어나자."

어쩜 저렇게 세상을 편하게 살 수 있는 걸까. 민서는 자리에서 일어나면서도 어이가 없어 고개를 저었다.

당연히 전문 매장으로 갈 줄 알았다. 하지만 진하는 가구와 가전을 한 번에 볼 수 있다며 다시 백화점을 택했다.

진하 정도라면 그냥 지시로 얼마든 그 집을 채울 수 있을 거라고 생각했다. 직접 발품을 파는 게 신기할 정도였다. 발렛을 맡긴 진하가 다시 그녀의 손을 잡아 왔다.

"힘들면 라운지로 가서 봐도 되고."

"난 괜찮아."

오히려 라운지가 더 무섭다. 아마 진하에겐 그곳이 더 편한 장소이겠지만. 주말이라 그런지 백화점엔 전에 왔을 때보다 사람이 훨씬 많았다. 손을 잡는 것으로는 안 되겠는지 진하는 그녀의 어깨를 감싸 안았다. 엘리베이터도 워낙 사람들이 많아 결국 둘은 에스컬레이터를 타고 이동했다. 9층으로 올라가는 내내 진하는 그녀의 어깨에서 손을 떼지 않았다.

이런 스킨십이 그전엔 불편했다면 지금은 불안했다. 혹시 누구라도 '선하그룹'의 윤진하가 여자와 친밀한 자세로 다니고 있다는 것을 알게 될까, 그게 불안했다. 민서가 어깨에서 진하의 팔을 내리고 차라리 팔짱을 끼는 것을 택했다. 진하가 고개를 숙여 민서를 보았다. 그것도 나쁘진 않은지 픽 웃었다.

"무거웠어?"

"많이."

"나도 모르게 자꾸 기대게 되네."

어깨가 무거웠던 건 착각이 아니었다. 왜 지난 6년간은 이렇게 진하가 장난기도 많은 사람이라는 것을 모르고 있었던 걸까.

생각해 보니 이렇게 오랜 시간을 같이 지내지 못했다. 아마 지난 6년보다 최근 한 달간 진하와 함께한 시간이 훨씬 많을 것이다. 게다가 한 번 밤을 보내고 났더니 스킨십이 더욱 친밀해졌다. 한 번씩 그녀의 머리카락을 쓸어 올려 주는 것이라든가, 얼굴에 무엇이 묻었다며 닦아 주는 것 역시 그러했다. 그런 손길이 나쁘지 않다.

두 사람은 전자제품 브랜드 매장으로 들어섰다. 매장 내 커플로 보이는 사람들 대부분이 예비부부인 듯했다. 이런저런 견적을 내는 사람들을 보며 민서도 웃었다.

"어서 오십시오."

"가스레인지와 오븐만 빼고 모두 채워 넣었으면 하는데요."

진하의 말에 직원의 눈이 바쁘게 돌아갔다. 지금 진하를 잡아야 함을 본능적으로 깨달은 듯했다. 두 사람은 곧 테이블 앞에 앉게 되었다. 자연스럽게 이사 갈 곳을 말하자 직원은 바로 그곳을 검색해 평수를 물어 왔다. 화면에 설계도면이 뜨자 들어가야 할 전자제품의 크기를 설명해 주었고 진하는 민서를 보았다.

"난 TV도 잘 안 보고 그래서."

"그럼 내가 알아서 해?"

고개를 끄덕였다. 그녀는 어차피 살림 같은 것은 잘 알지도 못하고 관심도 없었다. 지금 살고 있는 집의 세간도 모두 나현이 마련해 놓은 것이라 딱히 생각해 본 적도 없었다.

진하는 실물은 볼 생각도 없는지 책자에서만 골라내었다. 대부분 직원이 추천하는 것들이었는데 그녀도 그것들이 고가 라인에 속한 것들이라는 것을 알고 있었다. 말리지 않은 건 진하가 그보다 훨씬 좋은 것들을 써 왔을 거란 걸 깨달았기 때문이다.

애초 태어나길 다르게 태어난 사람들이었다. 서로를 이해하기는 힘들었다. 어차피 그 집은 진하의 집이고 그가 원하는 것들로 꾸미는 게 맞았다.

"그럼 그쪽으로 다음 주 금요일까지 배송 부탁드립니다."

"알겠습니다. 확인 전화 한 번 더 드리겠습니다."

친절한 직원의 응대를 받고 자리에서 일어나 가구 매장들이 모여 있는 쪽으로 걸었다. 어차피 이런 것들도 모두 진하가 골라야 하는 것들이었다. 식탁이나, 책장 혹은 소파 같은 것들도 진하는 순식간에 골라내었다. 하지만 침대 매장에서는 달랐다.

"누워 봐."

"뭐?"

"누워 봐야 어떤 게 좋은 매트리스인지 알 거 아니야."

진하가 그녀의 손을 이끌었다. 얼떨결에 침대 위에 앉게 된 민서가 어이가 없다는 듯 웃었다. 진하는 그녀의 다리를 매트리스 위로 올려 주었다.

"이민서?"

옆에서 들려온 목소리에 놀란 민서가 고개를 돌렸다. 입을 쩍 벌린 채 서 있는 나현과 눈이 마주쳤다. 너무 놀라서 매트리스 위에서 그대로 무릎을 꿇어앉았다. 그 모습을 보고 나현이 기가 막힌지 웃으며 고개를 저었다. 그리고 그 옆에 있는 채윤은 정말 놀란 듯 웃지도 못하고 눈을 크게 뜬 채로 그녀와 진하를 번갈아 가며 보고 있었다.

무릎으로 기듯이 침대에서 내려왔다. 생각보다 침대 높이가 높아 휘청거리자 진하가 붙잡아 주기까지 했다.

"안녕하세요?"

"네, 안녕하세요."

나현의 말끝이 살짝 올라갔다는 건 위험수위에 달했다는 신호다. 그런데 전혀 눈치를 채지 못한 건지 진하가 웃으며 인사를 건넸다.

"재밌네. 우리 민서가 어제 집엘 안 들어왔는데 어떻게 딱 침대 위에서 다 만나지?"

물론 민서를 보고 말하고 있었지만 대답을 해 주길 바라는 건 진하

일 것이다. 나현이 새초롬한 얼굴로 민서를 훑어보고 진하에게로 시
선을 돌렸다.

"차 한잔 하실까요?"

"좋죠."

결국 네 사람은 그녀가 불편해했던 라운지로 올라왔다. 직접 간 오
렌지 주스를 앞에 두고도 민서와 채윤은 손도 대지 못하고 있었다.
물론 마주 보고 앉은 진하와 나현은 아직도 서로를 재듯 견제하고 있
었다. 조금 더 노골적인 사람은 나현이었다.

"누나, 목마르다면서."

"그래, 한 잔 마실까?"

채윤이 조신하게 두 손으로 나현에게 잔을 바쳤다. 나현은 유리잔
을 쥐고 주스의 절반을 비워 내고는 다시 채윤의 손에 쥐여 주었다.

"민서 대학 동기라고 들었는데."

"맞습니다."

"그런데 오늘 보니 꼭 그런 것만은 아닌 것 같네요?"

나현이 슬쩍 눈길을 민서에게 흘겼다. 민서는 저도 모르게 나현의
시선을 피하며 눈동자를 굴렸다.

"다르게 보였나 봅니다?"

"몹시요. 우리처럼 혼수 준비하러 온 줄 알았네요."

"제가 이사를 하게 되었는데 민서가 도와주고 있습니다."

그 말에 고개를 끄덕이며 나현이 민서를 보았다. 그 말이 사실인지
알아내려는 눈빛이었다.

"민서가 그러던데요. 가족 같은 친구라고."

"조금 섭섭하네요. 전 가족이라고 생각하는데."

나현의 말이 맞다. 그녀에게 나현은 가족이자 언니였다. 아마 이

자리에 채윤이 없었다면 진하와 동거를 하게 되었다고 말을 했을 것이다.

"채윤아."

"응, 누나."

"이 두 사람 누워 있던 그 침대. 우리 계약하자."

"내려가서 계약하고 올까?"

말귀도 참 잘 알아듣는다는 듯 웃으며 나현이 채윤의 등을 두드렸다. 채윤이 자리에서 일어나자 진하도 일어섰다.

"나도 그 침대로 계약하고 올게."

진하가 자리에서 일어나 채윤과 함께 문을 나섰다. 프라이빗룸의 문이 닫히자 바깥의 소음이 완전히 차단되었다.

"이민서."

"응."

"뭔데? 진짜 지혁 오빠 찬 거 저 남자하고 관련 있어?"

"미안해서."

"뭐가?"

"지혁 씨는 보니까 결혼을 원하는데 내가 그 대상자가 되어 줄 수 없잖아."

"왜 없어? 너희 엄마 때문에?"

"대부분, 보통 집안이라면 그런 집에서 자란 여자와의 결혼을 허락하기 쉽지 않아."

기가 막힌 듯 나현이 잔을 쥐고 남은 주스를 한 번에 넘겼다. 아쉽게도 그건 사실이었다.

"민서야."

"지혁 씨도 좋은 사람 만나야지. 무엇보다 프로 선수들은 마음이 편해야 한다며."

"그럼 저 남자는 뭔데? 아직도 마음이 있어?"

지금 여기서 나현을 속일 수 있을까? 그럴 수도 있을 것 같았다. 지금 나현은 흥분을 한 상태였고, 그녀의 어설픈 거짓말에 쉽게 넘어갈 것 같았다.

"확실히 예전엔 좋아했었지."

"지금은?"

"글쎄, 원래 갖지 못한 게 더 커 보인다던가? 그냥 좀 놀아 보기로 했어, 나도."

나현의 미간이 좁아졌다. 하긴, 갑자기 이런 그녀의 변화에 놀랄 만도 했다.

"무슨 소리야, 그건."

"채 감독이 갑자기 선 자리를 막 물고 오잖아. 내 의견은 안중에도 없고. 이러다 결혼이라도 덜컥 하게 되면 너무 억울하잖아."

"뭐? 선?"

포커스가 비켜 갔다. 이제 나현은 연희에게 화를 낼 것이다. 고로 그녀가 현재 거짓말을 하고 있다는 건 눈치채지 못할 것이다.

"그 여자 미쳤다니? 너한테 무슨 낯짝으로 선을 보래?"

"그러게."

"넌 또 그냥 순순히 나갔어?"

"채 감독 성격 알잖아."

"미쳤다, 미쳤어."

독선적인 연희의 성격을 나현은 누구보다도 잘 알고 있었다.

언젠가 한 번 나현이 말대꾸를 하자 연희는 가족이 아니면 빠지라고 한 적이 있었다. 그때 나현은 말은 하지 않았어도 꽤 충격을 받은 듯했다. 그리고 민서 역시 충격을 받았다.

나현의 집에서 그녀는 막내딸이나 마찬가지였다. 민서의 생일도, 처음 생리를 했을 때도 챙겨 준 건 연희가 아니라 나현의 어머니인 박 여사였다. 그런 나현을 앞에 두고 가족이 아니면 빠지라는 연희의 말은 두 사람을 충격에 빠트렸다.

하지만 연희는 두 사람이 받은 충격은 신경도 쓰지 않았다. 역시 연희에게 영화 외의 것들은 그저 소모품에 불과할 뿐이었다. 비록 그 대상이 딸이 되었다 하더라도 말이다.

"그 아줌마 진짜 독하네. 그 아줌마 진짜 잊은 거야, 아니면 모르는 척하는 거야, 아님 진짜 모르는 거야?"

민서가 씁쓸하게 웃었다. 겨우 고등학교 시절, 연희는 웬일로 생일을 축하해 주겠다며 반강제적으로 민서를 집으로 돌아오게 했다. 그리고 그날은 민서에게 최악의 생일로 남아 있다. 그날을 떠올리고 싶지 않은 건 민서도 나현도 마찬가지였다.

옷도 거의 찢긴 채 어떻게 집을 벗어났는지도 모른다. 겁이 나서 나현에게 전화를 했었다. 그 새벽에 나현은 한걸음에 달려와 주었고 나현의 부모님은 다시는 민서를 연희의 집으로 보내지 않았다. 연희 역시 민서가 오지 않는 것엔 관심도 없었다.

"어떻게 사람의 탈을 쓰고 그래?"

"그냥 잠깐 나가서 얼굴만 보고 오면 되는 거였는데 뭘."

"왜 그렇게 모질지를 못해."

"나도 그 여자 싫어."

"그런데 그렇게 계속 끌려다니잖아."

"흥분하지 마, 배 속의 애한테 안 좋아."

"얘도 희로애락이 뭔지는 알아야지. 세상 사는 게 녹록지 않은 걸

237

알아야 돼.”

이럴 때 보면 나현은 가차 없는 사람 같았다.

“이젠 그 여자 전화 받지도 말고 전화번호도 바꿔. 그리고 절대 알려 주지 마.”

“그래야 할 것 같아.”

그녀도 더는 연희의 얼굴을 보고 싶지 않았다. 이제껏 얼굴을 보아 왔던 건 자신도 모르게 연희에 대한 일말의 희망을 품고 있던 탓이었을지도 모른다. 그건 연희에게 그냥 별것 아닌 쓰레기쯤으로 치부되었지만.

사실 스스로도 연희에게 뭘 원하고 있는지를 찾고 있었고, 여전히 찾지 못하고 있었다. 그나마 이번에 나가서 윤서와 가까운 남매 사이가 되었다는 걸 다행으로 여겨야 하나 싶었다.

“윤서는?”

“윤서는 그냥 그렇대.”

“나중에 그 여자 관에 들어갈 때 관대한 마음으로 찾아간다고 그래.”

거침없이 말하는 나현을 보고 민서가 웃었다.

“왜 웃어?”

“부러워서.”

“뭐가? 이렇게 입 거친 거?”

“난 김나현 배짱 같은 게 정말 부럽더라.”

말도 안 되는 소릴 하고 있단 얼굴로 나현이 웃었다. 그리고 옆에 있는 채윤 몫의 주스까지 마셨다.

“그래서 저 남잔 뭔데?”

“동거할까 해.”

"그냥 즐기는 것도 아니고 동거?"

"그래서 양평에 집 샀어."

"저 남자가?"

나현이 눈을 크게 뜨고 물었다. 민서가 고개를 끄덕였다.

"갑자기 왜?"

"내가 양평에서 집 알아보고 있었거든."

"뭐? 그냥 우리 집에서 살라고 했잖아."

"어떻게 그래. 그리고 출퇴근하기도 힘들고. 차라리 양평에 원룸 하나 구해서 다니면 낫겠다고 생각했어."

"그거야 그렇지. 너도 나 때문에 힘들게 출퇴근했던 건……. 잠깐, 너 좀 놀아 보기로 했다며."

"응."

"그럼 지금 저 남자하고 사귀는 거야?"

"아니."

나현의 눈이 놀라움으로 두 배 가까이 커졌다. 보통 동거를 한다면 사귄다는 전제하에 이루어지는 것이었다.

"이민서."

"응."

"너 대박이다."

이건 무슨 뜻일까? 미쳤다는 소리일까, 말 그대로 대박이라는 소리일까?

"이민서. 우리 지금 양심에 손 얹고 말하자. 너 지금 그 여자한테 반항심으로 이러는 거야?"

"아니야."

"그럼?"

"그동안 내가 왜 그렇게 누르고 살아왔나 생각하다 보니 어이가 없더라고. 그 여자처럼 되는 게 은연중 무서웠나 봐. 그런데 그 여자는 그 여자고, 나는 나잖아."

"그래서 그냥 즐겨 보겠다고?"

고개를 끄덕였다. 정말 그 좋아하는 마음만 없앤다면 즐기는 데 크게 문제가 있을 것 같진 않았다.

"저 남자도 그게 좋대?"

"선하그룹 알지?"

"선하그룹 모르는 대한민국 사람도 있어?"

싱거운 질문을 한다는 듯 나현이 혀를 찼다.

"말 돌리지 말고."

"나도 오늘 알아서 좀 얼떨떨해. 선하그룹 사람이래."

나현이 입을 쩍 벌리고 손가락으로 방금 전까지 진하가 앉아 있었던 자리를 가리켰다. 민서가 가볍게 고개를 끄덕였다.

"대박, 웬일이니?"

"질척이고 싶지 않대. 그런데 나도 그러고 싶어. 같이 즐겨도 끝엔 질척대지 않고 싶거든. 본인은 물려받기 싫다고 해도 결국은 끌려가지 않을까?"

"뭐, 대부분 그렇지."

뻔하다는 얼굴로 나현이 혀를 찼다. 결국 진하는 집안에서 원하는 여자와 결혼을 하게 될 것이다. 아무리 반항을 해 봤자 그것만은 어쩔 수 없을 것이다. 그녀가 다짐하는 건 그것이었다. 진하가 유부남이 된다면 그 순간 질척이지 않고 깔끔하게 물러서는 것. 그렇게 혼자만의 이별을 맞이하는 것. 그렇게 되기 위해서는 계속 감정을 속이는 거짓말을 하고, 또 해야 하겠지만.

240

"이민서. 괜찮겠어?"

나현의 눈빛이 걱정으로 잔뜩 물들어 있다. 민서가 웃었다. 거짓말은 쉬웠다.

결국 나현의 권유로 다 같이 조금 이른 저녁을 하게 되었다. 진하는 당연히 자신이 사겠다며 식당을 예약하겠다고 했지만 나현은 임신한 사람의 편의를 좀 봐 달라며 민서에게 '대감 감자탕집'을 외쳤다.

동네에 있는 감자탕집이었는데 낡고 허름했지만 맛이 좋았다. 진하의 차에 타 우선은 그녀의 아파트로 가기로 했다. 문득 그가 감자탕을 먹을 줄 아는지 물어봐야 할 것 같았다.

"감자탕 먹을 줄 알아?"

그 말에 막 주차를 끝내고 시동을 끄던 진하가 다소 황당한 표정을 지었다. 너무 어이가 없는 질문이었나?

"그거 못 먹는 한국 사람이 있나?"

할 말이 없었다. 왜 진하가 그런 것들을 먹지 못할 거라고 생각했을까. 사람의 외향을 보고 멋대로 이미지를 상상하는 건 위험했다.

"이민서는 대체 날 뭘로 보는 거야?"

"재벌가 도련님?"

"그것도 이제 알아 놓고는."

웃으며 자연스럽게 그녀의 손을 잡아 오려고 팔을 뻗는 진하를 피했다. 손에 잡히지 않자 진하가 그녀를 보았다.

"나현이 이런 거 예민해."

물론 핑계다. 이런 스킨십에 별로 예민할 타입도 아니지만 이미 몸만 필요한 존재라고 나현에게 말했다. 그런데 이런 다정한 모습을 보여 주면 또 착각을 하게 될 것이다. 아마 나현은 그녀가 상처를 받지 않길 원할 것이고, 이런 모습을 보면 또 괜한 설레발을 칠 것 같았다.

진하가 알겠다는 듯 고개를 끄덕이며 그녀의 옆에서 나란히 걸었다. 그녀 역시도 계속 진하의 손을 잡고 다녀서인지 이상하게 허전한 느낌이 났다.

"가까워?"

"응, 한 블록만 걸어가면 돼."

아파트 단지를 낀 좁은 골목에 있는 곳이라 주차도 불가했다. 저녁 시간엔 단골이 많았고, 점심시간엔 해장국만 팔아도 직장인들이 많이 몰리는 곳이기도 했다.

왠지 바람이 평소보다 차게 느껴졌다. 어느샌가 겨울이 성큼 다가온 듯했다. 그러고 보니 다음 주에 첫눈이 온다고 했던 것 같기도 하고. 12월이니 눈이 온다고 해도 이상할 건 없었다.

그녀에게 눈이란 그저 수증기가 얼어서 떨어지는 결정체일 뿐이었다. 그런데 그 눈이 특별해지기 시작한 건 역시 진하 때문이었다. 그를 처음 만난 그날, 눈이 왔기 때문이다. 지금 생각하면 그걸 운명이라 느꼈던 자신이 참으로 유치했다.

"아, 이쪽이야."

진하는 다리가 길어서인지 보폭이 컸다. 같이 걸을 땐 늘 그녀의 보폭에 맞추어 주었다. 그런데 지금 진하는 저도 모르게 몇 발자국 더 앞서 걷고 있었다. 그 전까진 확실히 손을 잡고 있어서 그녀의 보폭에 맞출 수 있었던 모양이다. 그래서 늘 손을 잡으려고 했던 것일까? 몇 걸음 앞서가던 진하가 고개를 끄덕이고 다시 되돌아왔다.

좁은 골목 맨 끝에 위치한 식당으로 들어서자 감자탕 특유의 구수한 향이 코끝을 찔렀다. 배가 그렇게 고프지 않았는데 냄새를 맡자

신기하게도 시장기가 돌기 시작했다. 이미 도착해 자리에 앉아 있는 나현과 채윤을 보고 안쪽으로 들어갔다.

"식사 시간보다 일러서 좀 한가해. 진하 씨, 먼저 시켰는데 괜찮죠?"

"괜찮습니다."

자연스레 코트를 벗어 옷걸이에 건 진하가 민서를 보았다. 민서는 왜 진하가 자리에 앉지 않고 자신을 보는지 몰랐다.

"코트 안 벗어?"

늘 옷은 그냥 벗어서 옆자리에 두곤 했다. 민서가 서둘러 코트를 벗자 진하가 그것을 받아 들어 자신의 옷 옆에 걸고 그녀에게 앞치마를 건네주었다.

"성정이 깔끔하신 편인가 봐요?"

"흰옷 입어서요."

검은 셔츠를 입고 있는 진하는 민서가 자리에 앉자 그 옆으로 앉았다. 나현이 슬쩍 눈을 크게 뜨고 민서를 보았다. 확실히 진하는 보기 드문 매너를 보여 준다.

하지만 이런 모습에 익숙해지고 싶지 않다. 익숙해지면 어느새인가 당연한 것이 되어 나중에 다른 사람을 만나게 되면 저도 모르게 그와 진하를 비교하게 될지도 모른다.

그땐 웃으며 진하를 추억할 수 있게 될까? 자신이 없다.

곧 버너 위로 철판이 놓였다. 감자탕이 먹고 싶다고 하더니 갑자기 야채곱창볶음으로 먹고 싶은 게 바뀐 모양이었다.

"곱창도 괜찮으시죠?"

"딱히 가리는 거 없습니다."

"다행이시네요. 참, 술 한잔 하실래요?"

"나현 씨는 임신하셔서 못 드실 것 같고, 강채윤 선수도 훈련 때문에 못 드실 것 같은데."

"그리고 우리 민서도 술을 잘 못 하죠."

나현의 말에 진하가 웃었다. 그래서 진하도 술을 마시지 않을 줄 알았다. 그런데 그는 소주 한 병을 시키고 콩나물국밥도 따로 주문했다.

"해장과 동시에 술을 드시네요?"

"그렇게 마시는 거 좋아합니다."

진하가 소주를 좋아했던가? 생각해 보면 진하와 술을 마셔 본 건 손에 꼽을 정도였다. 곧 소주가 나왔고 민서는 병을 들었다.

"그냥 내가 따라서 마실게."

진하가 그녀의 손에서 소주를 가져갔다. 혼자 소주를 따른 진하가 아무렇지 않은 얼굴로 잔을 비웠다.

"술 잘 마시나 봐요?"

"못 마시진 않습니다."

"아깝다. 저 임신하기 전에 만났으면 딱이었을 텐데."

"나중에 한잔하시죠."

"그 나중이 한 2년은 될 것 같네요."

나현이 소주를 보며 입맛을 다시자 채윤이 재빨리 음료수를 시켰다. 그러고 보니 나현은 어느 순간부터 술을 마시지 않았다. 그때부터 이상하게 생각했어야 했는데.

"혹시 다음 주 토요일에 시간 되세요?"

"토요일이요?"

"저희 결혼하거든요."

"아, 축하드립니다."

진하가 반사적으로 축하를 하며 채윤을 향해 손을 뻗었다. 채윤은 쑥스러운 듯 웃으며 진하의 손을 맞잡았다.

"감사합니다."

"강채윤 선수 일찍 결혼하네요. 아, 원래 운동선수들은 일찍 하던가?"

"그래도 좀 이른 편이긴 합니다."

"정말 축하드립니다. 결혼식에 꼭 가겠습니다."

이렇게 선뜻 진하가 결혼식장에 가겠다고 말을 할 줄은 몰랐다. 민서가 조금은 놀란 눈으로 진하를 보았다. 사실 주민이 결혼을 할 때 진하가 올 거라고 생각했다. 하지만 생명과학부 그 누구의 결혼식에도 진하는 나타나지 않았다.

"청첩장을 안 가져왔는데. 민서랑 같이 오시면 되겠네요."

"그러죠."

보통 카페는 주말이 더 바쁘다고 알고 있었다. 그리고 진하는 평일, 주말을 가리지 않고 지점을 한 번씩 불시에 방문하곤 한다고 했다. 그래서 당연히 늘 바쁠 거라고만 생각했다.

"그럼 아까 침대, 제가 대신 계산할 걸 그랬습니다."

"역시 대표이사님은 배포가 남다르시네요. 그런데 저도 궁하지 않을 만큼 잘 벌거든요? 그냥 성심성의껏 축의 해 주시면 감사할게요."

나현이 센스 있게 넘어갔다. 이럴 때 보면 나현은 눈치가 빠르다 못해 몇 발 앞서갔다. 혹시 '선하그룹'이라는 말이 나올까 봐 저도 모르게 긴장하고 있었던 모양이다.

앞에서 음식들이 맛있게 익어 갔다. 나현은 정말 먹고 싶었는지 제대로 식히지도 않고 곱창을 입으로 가져가고 있었다.

채윤은 나현이 잘 씹지도 않고 넘긴다 옆에서 잔소리를 했다. 늘 보면 아기 새와 어미 새를 보는 것만 같았다. 물론 어미 새 쪽이 채윤이다.

흐뭇하게 두 사람을 바라보는데 시선이 느껴졌다. 옆을 돌아보자 진하가 물끄러미 민서를 보고 있었다.

"왜? 뭐 줄까?"

"아니, 밥 안 먹냐고."

분명 식당에 들어설 때까지만 해도 구수한 냄새에 배가 고팠는데, 막상 이렇게 나오자 나현을 보느라 먹는 것도 잊고 있었다. 나현이 너무 맛있게 먹어 음식에 손을 대는 게 왠지 미안했다. 그래서 그녀는 진하가 시킨 콩나물국밥을 몇 번 떠먹는 것으로 식사를 마쳤다. 진하가 계산을 하고 먼저 식당을 나섰다.

"이렇게 얻어먹어서 어떡해요? 다음엔 저희가 살게요."

"기대하겠습니다."

"우린 여기 와플 먹으러 갈 건데. 민서 너는?"

"제가 대리 기사로 좀 쓸까 합니다."

9. 첫눈

나현이 알겠다는 듯 고개를 끄덕였다.

"그럼 결혼식 날 뵐게요."

"다음 주에 뵙겠습니다."

진하가 깍듯이 인사를 했다. 민서는 오늘까지 진하의 집에서 잘 생각이 없었다. 그래서 그냥 진하를 집까지 바래다주고 택시를 타고 와야겠다 생각했다.

"가서 가볍게 입을 옷 가지고 와."

"뭐?"

"내 옷 입겠다면 그냥 가고."

하지만 진하는 그녀를 그냥 집으로 보낼 생각이 없는 듯했다.

"나도 집에서 할 거 많아."

"뭔데?"

"논문도 보고, 책도 보고."

"노트북 가져오면 되겠네."

그녀는 해야 할 말을 찾지 못했다. 진하의 말대로 노트북을 가지고 가면 모든 게 끝날 일이었다. 하는 수 없이 민서가 엘리베이터 상향 버튼을 눌렀다.

"같이 올라갔다 갈래?"

진하가 가볍게 고개를 끄덕였다. 엘리베이터가 도착하자 두 사람이 올라섰다.

"이민서."

"응?"

"내가 나현 씨 결혼식장 가는 게 별론가 봐?"

"그런 거 아닌데."

"왜? 불편할까 봐?"

"뭐가 불편해?"

"지혁 선배 올 거 아니야."

어차피 지혁이야 세 번 만난 게 다였고, 마무리도 깔끔하게 했다. 그녀는 별생각이 없었는데 아무래도 진하가 신경이 쓰이는 모양이었다.

"난 괜찮은데. 윤진하가 신경 쓰이나 봐?"

"그럴지도."

의외로 쉽게 수긍하는 진하 때문에 오히려 놀랐다. 엘리베이터가 도착해 문이 열렸다. 두 사람은 현관문을 열고 안으로 들어섰다. 민서는 진하에게 소파에 편히 앉아 있으라고 말하며 방문을 열었다.

그런데 그 뒤로 진하가 들어섰다.

"다다음 주 토요일은 시간 있어?"

그녀는 주말을 거의 집에서 보냈다. 아마 진하도 같이 살게 되면 알게 될 것이다.

"주말엔 늘 하는 일 없어. 왜?"

"우리 회사 총괄이사님 결혼하거든. 같이 가자고."

"그래."

그 정도야 어렵지 않았다. 하지만 그의 회사 사람이 결혼을 한다면 다른 직원들도 다 참석하지 않을까?

"어, 그럼 회사 사람들 다 오지 않아?"

"오겠지."

그럼 분명 진하의 옆에 있는 그녀에 대해 말이 돌 것이다. 왠지 그 결혼식장에 가기 꺼려졌다.

"그날 여자 친구 노릇 좀 부탁해."

심장이 철렁 내려앉는다. 진하는 이렇게 불시에 치고 들어오는 법을 잘 알고 있는 듯했다.

"대놓고 들이대는 사람들 있어서 좀 곤란하거든. 귀찮기도 하고."

아마 경제에 관심이 있거나 하는 사람들은 진하가 선하그룹의 사람이라는 것을 알지도 모른다. 그리고 본인은 도움을 받지 않는다고 느낄지 모르지만 배경 없이 성공한다는 건 이 나라에서 쉬운 일이 아니다. 게다가 진하도 그녀가 정말 그의 집안에 대해 몰랐다는 것에 놀라지 않았던가.

진하의 외모도 외모지만, 집안 재력 때문에 들러붙는 사람들이 분명히 있을 거라고 생각했다. 그래서 진하도 이렇게 잔뜩 귀찮아하는 표정을 짓는 것이 틀림없었다.

"회사에서도 인기 많나 봐?"

지나가는 투로 말하며 민서가 옷장 앞으로 걸어가려고 했다. 그런데 진하에게 손이 잡혔다.

문에 기댄 채 민서를 낚아챈 진하가 팔을 허리에 두르고 그녀를 끌어당겼다. 자연히 하체가 맞닿자 민서가 상체를 뒤로 뺐다.

진하는 아랑곳 않고 고개를 숙여 민서의 입술에 입을 맞추었다. 알싸한 소주 향이 느껴졌다. 그저 가벼운 입맞춤이라 민서는 눈을 뜨고 진하를 보았다.

"눈 안 감아?"

"뭐?"

그녀의 아랫배에 닿는 게 무엇인지 애써 무시하고 있었다. 그것을 진하도 알아차린 모양인지 은근히 하체를 문질러 왔다.

"섰어."

"미쳤어?"

"이 방 위험하네."

허리를 감싸고 있던 진하의 팔에서 힘이 빠졌다. 그 틈을 놓치지 않고 민서가 재빨리 품에서 벗어났다. 얼굴로 후끈 열이 올랐다. 술을 마신 사람은 진하인데 왜 그녀가 취한 것처럼 열이 오르는 것인지.

"이거 몇 살 때야?"

어느덧 그녀의 책상 앞으로 걸어간 진하가 액자를 집어 들었다. 거기엔 외할아버지, 외할머니와 동물원에 갔을 때 찍었던 사진이 들어 있었다.

"일곱 살?"

"이때 얼굴이 지금 얼굴이네."

"그런가?"

민서도 진하의 옆에 서서 액자 속의 사진을 보았다. 그녀는 외할아버지를 많이 닮았다. 연희가 아버지를 닮았으니 당연한 일일 것이다.

"우리 외할아버지하고 외할머니."

"외할아버지 많이 닮았네."

"그 소리 많이 들었어. 사람들은 내가 두 분 늦둥인 줄 알았고. 나보고 아빠 많이 닮았다고 했었는데."

"음."

진하는 그저 고개만 끄덕였다. 그녀가 스물두 살 때 두 분은 교통사고로 돌아가셨다. 그때 어떻게 알았는지 진하가 장지로 와 주었다. 왜 미리 말을 하지 않았냐는 진하의 말에 그녀는 그저 고맙다는 말만 했었다.

"이건?"

진하가 액자를 내려 두고 그 옆의 액자를 들었다. 나현과 민서가 교복을 입고 환히 웃고 있었다.

"중학교 때, 수학여행 가서. 제주도였어."

정방폭포를 배경으로 둔 두 사람은 꽉 껴안은 채 얼굴을 맞대며 웃고 있었다. 한창 사춘기를 겪고 있던 때였지만, 나현과 나현의 가족들과 함께해서 수월하게 넘어갔었다.

"즐거워 보이네."

"재밌었어."

"이건 고등학교 때?"

또 그 옆의 액자엔 그녀가 뚱한 얼굴로 서 있는 사진이 있었다. 확실히 고등학교 때가 맞긴 했다.

"별로 고등학교 시절은 기억하고 싶지 않아."

"왜?"

"이런저런 안 좋은 일들이 많았거든."

그녀가 그 액자를 엎었다. 고등학교 때는 사진도 거의 찍지 않았다. 나현이 함께 찍자고 해도 싫다고 했었다. 그땐 그냥 카메라를 보는 것도 싫었다.

"이야기하기 싫으면 하지 마."

진하는 어떻게 그녀의 마음을 알아챈 것일까. 정말 상상하기 싫은 일이 일어났었고 헤어 나오기까지 정말 힘들었다.

"이건 우리 MT 갔을 때네."

진하가 그 옆의 액자를 들었다. 과에서 처음으로 MT를 갔을 때 모두가 모여 찍은 사진이었다. 우연찮게도 그녀의 바로 뒤에 진하가 서 있었다. 그래서 현상을 해서 갖게 되었다. 진하와 찍은 유일한 사진이었다.

"여기 있네, 이민서와 나."

진하가 민서의 얼굴을 가리켰다. 과 특성상 사람이 많지는 않았지만 4학년 선배들까지 모두 모여 찍은 사진이라 두 사람의 얼굴은 아주 작게 나왔다. 그럼에도 불구하고 진하와 함께 찍혔다는 이유만으로 갖고 싶었던 사진이었다.

"그러네."

별거 아니라는 듯 말하며 민서가 웃었다.

"사진도 예쁘게 나오네, 이민서는."

심장이 반응을 한다. 저런 진하의 말엔 심장이 떨릴 수밖에 없었다. 진하는 어떤 말을 하면 사람이 떨리는지 잘 알고 있는 사람 같았다.

"이 사진 내가 가져가도 돼?"

정신을 차리고 안 된다고 말을 하려고 했는데 진하가 들고 있는 액자는 다른 것이었다. 그건 그녀가 졸업식 날 학사모를 쓰고 꽃다발을 품에 안은 채 웃고 있는 사진이었다.

"이 사진을?"

"안 돼?"

"가져가서 뭐 하려고."

"쓸데없이 꼬이는 파리들 쫓아낼 때 쓰려고."

아직 그녀는 허락을 하지도 않았다. 그런데 진하는 이미 액자에서 사진을 꺼내 자신의 지갑에 넣고 있었다.

"그냥 증명사진 같은 거 줄게."

"됐어, 이걸로 하지 뭐."

확실히 꼬여 드는 여자가 많은 모양이었다. 잔뜩 귀찮은 얼굴을 하고 있는 진하를 보며 민서는 아무 말도 할 수 없었다.

"그렇게 다가오는 사람들 귀찮아하면서 그동안 왜 여자 친구는 안 만든 거야."

"말했잖아. 질척이는 거 질색이라고."

역시 진하에겐 기대 같은 것을 하면 안 된다. 그러면서 그가 의미 없이 뱉는 말들에 혼자 가슴이 떨리고 말았다.

이러고 있을 때가 아니었다. 나현과 채윤이 오기 전에 짐을 챙겨 들고 나가야 했다. 서둘러 옷장 앞으로 걸어가 문을 열고 가볍게 입을 옷을 가방에 챙겨 넣었다. 그리고 서랍을 막 열려고 하는데 진하가 소리 없이 뒤로 다가왔다.

진하가 긴 팔을 뻗어 서랍을 열었다. 잘 정돈되어 있는 그녀의 속옷들이 한눈에 들어왔다. 개중엔 나현이 해외 나갔다가 사다 준, 평소엔 절대 입지 못할 속옷들도 있었다.

민서가 빨리 서랍을 닫으려고 했지만 진하가 더 빨랐다. 망사로 만들어져 속옷 기능은 전혀 하지 못하는 것들이었다. 하와이에 갔을 때 죄다 세일 중이었다며 나현이 한가득 사 와 그녀에게도 억지로 떠넘긴 것들이었다.

"이민서에게도 이런 취향이 다 있어?"

"이거 나현이가 해외 갔다가 무작정 사 와서……."

"챙겨 가자."

"안 돼."

진하의 손에서 그것을 빼앗아 구겨서 서랍장 구석으로 밀어 넣었다. 그리고 일부러 스포츠 브라나 브라렛을 챙겨 넣었다.

"하긴, 저런 거 없어도 내가 이민서에게 즉각 반응하기는 하지."

어떻게 저런 민망한 소리를 잘도 하는 걸까. 진하는 그녀의 등 뒤에 서서 그대로 그녀를 안아 왔다. 그리고 앞으로 걷게 해 그녀가 침대에 엎드리게 만들었다. 진하는 그녀의 등 뒤를 덮으며 손을 앞으로 뻗어 턱을 잡았다. 그리고 옆을 돌아보게 만들어 입을 맞췄다.

뜨거운 혀가 순식간에 입안으로 들어와 그녀를 간지럽혔다. 절로 입술이 더 벌어지고 엉켜 오는 혀를 피하지 않았다. 혀가 빠져나가고 진하의 입술이 그녀의 목덜미로 앉았다. 쪽쪽 소리를 내며 뒷목에 입을 맞추는 느낌은 간지럽기도 하고, 야릇하기도 했다.

상체는 들어 그녀의 등에 압박을 주지 않지만 하체는 사정이 달랐다. 그녀의 허벅지 뒤쪽에 닿는 느낌이 선득하다. 그때 그녀가 침대 구석에 던져둔 휴대폰이 울렸다.

손을 뒤로 뻗어 진하의 얼굴을 밀어내며 휴대폰을 집어 들었다. 진하는 다시 고개를 숙여 그녀의 목덜미에 입술만 대고 있었다. 묘한 숨결이 그녀의 귀를 간지럽히고 있다. 그때 진하의 손이 앞으로 들어와 가슴을 훅 움켜쥐었다.

"윤진하!"

"잡고만 있을게, 전화 받아."

진하가 이런 행동을 하다니, 믿을 수가 없다.

하지만 처음 전화를 걸었을 때 받지 않으면 연희는 받을 때까지 하곤 했다. 민서가 한숨을 내쉬며 전화를 받았다.

"여보세요."

– 만나 봤니?

그럼 그렇지. 연희는 용건이 있을 때만 그녀에게 전화를 걸었다. 그때 뜨겁고 축축한 혀가 그녀의 목을 쓸었다. 저도 모르게 신음을 흘릴 뻔했다.

"네."

가까스로 신음을 삼키고 대답했다.

– 어때?

"안 될 것 같아요."

– 왜?

"왜요? 제가 그 남자하고 잘되어야 하나요?"

– 아깝잖니.

"뭐가요? 그 집안이?"

진하가 뭉근하게 하체를 비벼 왔다. 벗어나려고 바르작거렸지만 소용이 없었다. 애초에 진하의 무게를 이기는 건 불가능했다. 게다가 그녀의 단추를 어느새 풀었는지 셔츠 안으로 손을 뻗어 와 맨가슴을 움켜쥐었다. 결국 찰싹 소리가 나게 진하의 팔을 때렸다. 그러자 진하의 움직임이 멈췄다.

– 한 번 더 만나 봐.

"그럴 일 없어요."

– 너 만나는 남자라도 있니?

"한 번 더 이런 일 시키시면 그땐 번호 바꿔요."

– 너 엄마 알기를 아주 우습게 아는구나?

"엄마 노릇을 한 적은 있어요?"

목소리에 짜증이 묻어 나왔다. 진하의 앞에서 보여 주기 싫은 모습이다. 하지만 연희의 목소리를 들으면 참을 수가 없었다.

– 낳아 줬으니 당연히 엄마 노릇 하는 거지.

"그쪽한테서 태어나고 싶은 건 아니었어요."

– 유치하게 이럴 거니?

"지금 그쪽이 더 유치하게 나오는 거 몰라요?"

짜증으로 열이 확 솟구쳤다.

더 험한 말이 나오기 전에 전화를 끊는 게 편했다.

– 얘, 이민서.

"할 말 없으면 끊을게요."

– 잠깐.

또 무슨 말을 해서 사람 속을 뒤집고 싶은 걸까.

민서는 마지막이라 생각하고 참을성 있게 기다려 주었다. 하지만 한참 동안 연희는 말을 하지 않았다.

"할 말 없으면 끊을게요."

– 잠깐만.

"빨리 말씀하세요. 저 바빠요."

진하의 고개가 전화를 받고 있는 왼쪽 귀에서 멀어져 오른쪽 귀로 돌아왔다.

"지금부터 섹스해야 하거든요."

아주 낮게, 그리고 조곤조곤 속삭이는 진하의 목소리에 오소소 소름이 돋았다. 왠지 배덕한 느낌이 들기도 했다.

– 내일 시간 좀 내.

"그런 자리 안 나간다고 했어요."

- 그게 아냐.

"그럼요?"

- 네 생부…….

놀라서 휴대폰을 떨어뜨릴 뻔했다.

진하 역시 그녀를 더듬던 손을 멈추고 옆으로 비켜 내려왔다.

- 널 만나고 싶대.

아무래도 걱정이 된다며 약속 장소까지 진하가 따라왔다. 괜찮다
는 말에도 운전이나 제대로 할 수 있겠냐면서. 홍성의 계곡 바로 옆
에 위치한 카페였다. 카페 앞에 차를 세운 진하가 그녀를 보았다.

"보기 싫으면 그냥 돌아가도 되고."

태어나서 한 번도 보지 못한 친아버지. 그녀라고 전혀 궁금하지 않
았던 건 아니었다. 보고 싶었던 마음이 어느 순간 원망으로 변했고,
미워졌다. 그 뒤로 아버지란 사람은 원래도 없었던 것으로 여겼다.

연희 역시 그녀의 아버지에 대해 한 번도 말을 한 적이 없었다. 외
할아버지와, 외할머니 역시 마찬가지였다. 그래서 그녀도 어느 순간
원래 아버지란 존재는 없었구나 하고 잊게 되었다.

그런데 이제 와 왜 그녀가 보고 싶어진 것일까. 그럼 그 남자에게
도 다른 자식들이 있을까?

"다녀올게."

민서가 안전벨트를 푸는데 진하의 손이 손등을 덮어 왔다. 어젯밤,
이 뜨거운 손에 모든 것을 맡겼다. 그냥 현실에 처한 모든 것들을 잊
고 싶었다. 그래서 지금은 평소보다 눈도 살짝 부어 있고, 목소리도

가라앉아 있었다.

"개소리하면 그냥 일어나."

"그럴 게 뭐 있겠어. 다녀올게."

진하를 향해 한 번 웃어 주고 차에서 내렸다. 노출 콘크리트로 만들어진 카페로 천천히 다가갔다. 카페 안으로 들어가려면 얕은 계곡물이 흐르는 돌다리를 건너야 했다. 생각해 보면 그렇게 궁금한 사람도 아니었고, 굳이 알고 싶지도 않은 사람인지라 돌아서면 그만이었다. 그런데 이상하게 이번이 마지막일 것 같은 느낌이 들었다. 한번 만나 보는 것도 나쁘진 않을 것이다.

꽉 쥐고 있던 주먹을 폈다. 꽤 긴장을 했던 것인지 손바닥에 식은땀이 배어 있다. 대충 바짓단에 손바닥을 문지르고 발걸음을 옮겼다.

"어서 오세요."

20대 초반으로 보이는 아르바이트생이 그녀를 맞이했다. 민서는 주변을 두리번거렸다. 겉보기보다 내부가 넓었고, 테이블마다 거리가 멀어 듬성듬성 놓여 있었다. 날은 12월 초임에도 불구하고 따뜻했다.

"테라스석으로 앉아도 되나요?"

"물론입니다."

"일행 오면 주문할게요."

제법 이른 시간이라서 그런지 카페 안은 텅 비어 있었다. 민서는 테라스 문을 열고 나가 의자에 앉았다. 나무 의자에 푹신한 방석이 깔려 있어 엉덩이가 시리진 않았다.

졸졸 흐르는 계곡물 소리가 유난히 크게 들렸다. 그 뒤로는 산이 있고 이름 모를 새소리도 들려왔다. 바람 한 점 불지 않는 따뜻한 겨울 낮이다.

눈을 감은 민서가 조용히 그 소리를 즐겼다. 나현의 부모님은 유난히 계곡을 좋아했다. 그래서 여름휴가 때면 늘 사람이 없는 계곡을 찾곤 했다. 그래서 어느 날부턴가 민서도 계곡이 좋아졌다.

"이민서 씨?"

낮은 목소리에 천천히 눈을 떴다. 역광에 잠시 눈을 찌푸렸다. 가까스로 초점을 맞추며 자리에서 일어났다.

"네. 제가 이민서입니다."

"이동원이라고 합니다."

중년의 남자는 어딘지 피곤해 보이는 얼굴이었다. 그리고 본능적으로 이 남자가 자신의 아버지라는 것을 알게 되었다.

직원이 다가와 두 사람의 앞으로 메뉴판을 내밀었다.

"레몬차로 주세요."

"저도 같은 걸로 주세요."

어차피 민서는 이곳에서 차를 마실 생각이 없어 같은 것으로 시켰다. 따뜻한 물이 담긴 컵을 움켜잡았다. 남자는 한참이나 말이 없었다. 그리고 민서 역시 차가 나올 때까지 입을 열지 않았다.

문득 연희는 이 남자의 눈에 반한 게 아닐까 생각되었다. 남자의 눈은 유난히 반짝이는 것 같았다. 남자는 차를 한 모금 마시고 잔을 내려놓았다. 유난히 마른 손등에 뼈가 고스란히 드러났다.

"연희 씨가 앉아 있는 줄 알고 깜짝 놀랐어요."

이 남자는 몇 살쯤 되었을까. 쉰? 아마 그쯤 되지 않을까 하는 생각이 들었다. 연희 씨라. 친밀한 상대였던 것일까, 아니었던 것일까. 아니면 두 사람 사이에서 예상치 못하게 생긴 아이였을까?

"닮았다는 이야기 많이 들어요."

"연희 씨는 잘 지내나요?"

TV를 틀어도, 심지어 검색창에 이름만 쳐 보아도 근황이 바로 뜰 것이다.

"곧 네 번째 결혼을 할 거래요."

충격을 주고 싶어서 한 말은 아니었다. 그녀가 알고 있는 채연희에 대한 가장 최신 소식이었다.

"감정에 솔직한 사람이죠."

"너무 과하게요."

"연희 씨가 임신을 하고 5개월쯤 되었을 때, 곁을 떠났어요."

남자는 주머니를 뒤지더니 지갑을 꺼내 들었다. 그리고 지갑을 펼치고는 한참이나 그 안을 어루만졌다. 그리고 그 안에서 꺼내 든 사진을 건네주었다. 얼떨결에 사진을 받아 든 민서가 놀랐다.

왜 사람들이 그토록 민서를 보고 연희와 닮았다고 입이 닳도록 말하는지 알 것 같았다. 젊을 적이 분명한 눈앞의 중년 남자와 지금 그녀의 모습과 거의 흡사한 연희가 다정히 기대어 찍은 사진이었다. 기껏 스무 살이나 먹었을까?

"이 여자, 어디가 좋으셨어요?"

"밝고, 감정에 충실해서요."

그건 아직도 연희의 강점으로 꼽히는 점이었다. 하지만 곁에 있는 사람들 모두가 연희를 사랑했다. 그래서 자신이 외로웠다. 연희는 늘 그때의 감정에만 충실한 여자였다. 그러니 이미 자신이 버린 남자의 아이에겐 별다른 관심이 없었을 것이다.

"왜 연희 씨를 싫어하죠?"

대체 어떤 모습에서 그녀가 연희를 싫어한다는 것을 알아챈 것일까. 그저 감정 없이 말을 뱉은 것뿐인데. 그냥 진하의 말을 들을 걸 그랬다. 그냥 돌아서서 갔어야 했는데.

"싫어하는 게 아니에요."

남자가 눈살을 찌푸렸다.

"원망하는 거지."

남자가 씁쓸하게 웃었다. 왜 저 모습에 왈칵 눈물이 솟아오르려고 하는 것일까. 그녀는 충분히 많은 사랑을 받고 살았다. 다만 그 사랑을 주는 사람이 부모가 아니었을 뿐이다. 그래서 이름도 모르는 아버지라는 남자를 만나도 별다른 감정이 생기지 않을 줄 알았다. 그런데 왜 웃음을 짓는 저 남자의 모습이 눈물겨운지 이유를 모르겠다.

"아이가 태어났다는 걸 알았을 때 바로 서울로 갔어요. 병원 앞에서 저지당해 들어가지도 못했지만."

그날을 회상하듯 남자의 눈이 가늘어졌다.

"연희 씨도 그렇지만, 연희 씨의 부모님도 워낙 완강하신 분들이라서."

"그 여잘 사랑했어요?"

이런 질문을 하려고 했던 건 아니다. 그런데 생각을 하기도 전 불쑥 묻고 말았다. 남자는 낮게 웃었다.

"정말 많이요."

"그런데 왜 그냥 놓쳤어요?"

"행복하게 해 주지 못할 걸 알고 있었거든요."

대체 저 사람들은 무엇을 보고 서로에게 끌린 것일까. 접점이라는 게 하나도 없어 보이는데. 어쩌면 극과 극의 사람들이라 끌렸던 것일까?

현서의 아버지는 물리학자라고 했다. 순수 과학을 하는 남자에게 빠졌을 때가 있었다며 연희는 웃었다. 다만 결혼 생활은 2년도 채 가지 못했다.

윤서의 아버지는 사학 재벌이었다. 외모 역시 준수했고 매너가 좋은 남자였다. 그래서 사랑에 빠졌지만 겨우 3년 만에 결혼 생활을 정리했다.

"우리가 이혼하던 날, 겨우 민서 씨 사진을 볼 수 있었어요. 난 정말 가진 게 아무것도 없는 사람이라서 민서 씨를 데려올 수도 없었죠."

가난한 남자. 모든 걸 다 가진 여자가 처음으로 사랑했던 남자는 가난한 남자였다. 이제 알 수 있었다. 두 사람은 아예 반대라서 끌렸다는 것을.

"어려운 사랑을 택하셨었네요."

"그래도 참 행복했어요."

남자의 얼굴에서 묻어나는 것이 진심이란 것 정도는 알 수 있었다. 그런데 왜 이제 와 그녀가 보고 싶다고 했던 것일까. 그리고 연희는 왜 이제 와 친부를 만나라고 허락을 한 것일까.

"아마 앞으로 길면 6개월? 어쩌면 3개월일지도 모르죠."

"어디 안 좋으세요?"

민서는 스스로가 이렇게 냉정하고 차가운 사람일 거라고 생각하지 못했다. 어쩌면 지금 눈앞에 있는 남자를 그저 타인으로 생각해서 그런 것일지도 모른다.

"폐암이죠."

그래서였나 보다. 남자는 정말 마른 모습을 하고 있었다. 그리고 삶에 지친 표정이다. 그럼에도 불구하고 눈빛만은 반짝인다.

"하던 공부를 관뒀어요. 작고 귀여운 딸에게 작은 선물이라도 마음껏 해 주고 싶었거든요. 그래서 벽돌 공장에서 열심히 일했는데……남은 건 병뿐이네요."

작고 귀여운 딸. 태어나 단 한 번도 직접 보지 못한 딸을 그리워했던 것일까? 참 지독한 여자를 만났다. 그 여자를 만난 게 잘못이다. 그 못된 여자를 만나지만 않았더라도 그는 조금 더 행복한 삶을 살았을 것이고, 그녀는 이 세상에 없었을 것이다. 그게 저 남자의 삶에 더 나았을지도 모른다.

"그 여잘 안 만나는 게 더 좋았을 거예요."

"한 번도 그 사랑을 후회해 본 적은 없습니다."

남자는 필사적으로 기침을 참고 있었다. 그러다 도저히 참지 못하겠는지 몸을 옆으로 돌리고 손수건으로 입을 막은 채 기침을 했다. 내장을 긁는 소리가 흘러나왔다. 민서는 저도 모르게 인상을 찌푸리고 말았다. 남자는 꼼꼼하게 닦았다고 생각하는 모양이지만 입가에 피가 묻어 있었다.

민서는 트레이 위에 놓여 있는 냅킨을 남자의 앞으로 내밀었다. 당황한 표정의 남자는 다시 입가를 꼼꼼하게 닦아 내었다. 오늘 이 남자가 얼마나 용기를 내어 이 자리에 나온 것인지를 알게 되었다.

"그 여자에게도 이런 동정심이 남아 있을 줄은 몰랐네요. 평생 보여 주지 않을 것처럼 굴더니 시한부인 걸 알고서야 알려 주고. 참 독하지 않아요?"

"꽃에 비유하자면 장미 같다고 생각했어요. 지독하고 아름다운."

으레 감독 채연희를 보고 사람들은 새빨간 장미가 떠오른다고 했다. 이 남자도 그런 연희를 사랑했던 모양이다.

"이맘때쯤 연희 씨를 만났었는데. 첫눈이 오는 날."

고개를 돌렸다. 거짓말처럼 하늘에서 눈이 떨어지고 있었다. 얼굴에 닿은 눈이 이내 녹아 눈물처럼 흘러내렸다.

손을 들어 올려 얼굴을 쓸어내렸다. 오늘 유난히 날이 따뜻했던 건 눈이 오기 직전이라 그랬던 모양이다.

테이블 위에 올려 둔 사진 위로도 눈송이가 하나씩 떨어지고 있었다. 남자는 그녀의 앞에 봉투 하나를 두고 먼저 자리에서 일어섰다. 그러고는 하고 싶은 말이 있는 것인지 몇 번이나 망설이고 있었다.

쉽게 자리를 뜨지 못하는 남자를 보며 민서는 뭐라 위로해 줄 말이 생각나지 않아 자리에서 일어났다. 그리고 남자를 향해 손을 내밀었다.

아마 이 남자도 안타까운 부녀 상봉 같은 것을 원한 것은 아니었을 것이다. 때때로 눈은 목소리보다 훨씬 많은 것을 말한다.

그 남자의 눈은 유난히 그랬다. 손 한 번만 잡아 봐도 되냐는 물음을 가득 담고 있었다. 차마, 안아 보고 싶다는 말은 하지 못하는 안타까움도 묻어 있었다.

민서는 그래서 먼저 손을 내밀었다. 태어나 한 번도 보지 못했던 딸을 보고 남자는 울지도, 그렇다고 변명을 하지도 않았다. 그저 정말 얼굴이 보고 싶었을 뿐이라는 듯 말하고 있었다. 손을 맞잡아 오는 남자의 손이 떨리는 것을 보았다. 하지만 민서는 보지 못한 척 거칠고 커다란 손을 잡았다.

남자는 악수를 한 손에 힘을 주지도, 그렇다고 흔들지도 않았다. 그저 스친 것만으로도 감사하다는 듯한 얼굴로 손을 놓고 그녀를 향해 한 번 고개를 숙여 보인 후 멀어졌다.

민서는 다시 자리에 앉았다. 첫눈임에도 눈송이가 커서 반짝임이 컸다. 신기했다. 햇빛이 보이는데도 눈이 오다니.

참 이상하다. 아버지라는 존재를 만나면 조금 더 마음이 뭉클할 줄 알았다. 하지만 오히려 만나기 전보다 가슴의 파동은 더 잔잔해졌다. 아마도 그녀의 인생에서 더는 보지 못할 사람이라는 것을 본능적으로 알게 되었기 때문일지도 모른다.

그때 누군가가 다가와 앞에 앉았다. 테이블 위의 봉투를 보고 있던 민서가 고개를 들어 올렸다. 이상하게 진하의 얼굴이 일그러져 보인다. 참 이상한 일이다. 저 잘난 얼굴도 못생겨 보일 수가 있다니. 턱 끝에 고여 있던 물이 툭, 손등 위로 떨어졌다. 그제야 민서는 자신이 울고 있다는 사실을 알았다.

"내 얼굴이 감격적인가 봐?"

아마 진하가 대놓고 위로를 하려 들었다면 그녀는 순간적으로 그가 미워졌을지도 모르겠다. 이런 식의 위로도 나쁘지 않다.

"난 생각보다 윤진하를 더 좋아하는 건지도 모르겠어."

소매로 볼을 슥 닦아 내며 말했다.

"조금 실망이네."

"실망?"

"생각보다라니."

시간이 흐르면서 진하는 예전보다 조금 더 능글맞아졌다. 그리고 조금 더 노골적이 되었다. 어른이 되어 간다는 건 그런 것일까.

"일어나."

"벌써?"

"나 정확히 1시간 21분 기다렸어."

"어?"

놀라서 시계를 확인했다. 순간 시계가 고장 난 줄 알았다. 남자와 이야기를 나눈 시간은 고작 20분 남짓이다. 그런데 시계가 가리키는 시간은 벌써 12시 반을 넘어가고 있었다.

"인내심이 길었네."

"배고프지 않아?"

"고파진 것 같아."

"한 번씩 가는 한우집이 있어."

진하가 그녀의 손을 잡고 일으켜 세웠다. 그리고 그 남자가 남겨 두고 간 봉투도 같이 챙겨 들었다. 이 봉투는 연희에게 건네 달라는 소리일까? 아마 이걸 주면 연희는 치를 떨며 찢어 버릴지도 모른다.

"배 많이 고파?"

"그래서 밥 먹어야겠어."

사실 그녀는 배가 고프지 않았다. 하지만 배가 고프다고 말하는 진하를 보며 고집을 부릴 수는 없었다.

차를 타고 20분 정도 가자 고즈넉한 한옥집이 보였다. 저곳이 진하가 한 번씩 가는 식당인 모양이었다. 안으로 들어서자 모든 테이블이 룸으로 이루어진 식당이었다. 자리에 앉자마자 진하는 직원을 불러 살치살과 육회를 주문했다.

곧 한눈에 보기에도 질 좋아 보이는 숯불이 들어왔다. 그녀의 얼굴과 손을 따뜻하게 해 주는 숯을 보며 조금 전의 남자를 떠올렸다.

이제 알겠다. 그 남자의 눈빛은 숯을 닮았다. 강하고, 은은하게 오래가는 숯불.

"내가 울 줄은 몰랐어."

"펑펑 울 줄 알았어."

"내가?"

"기억 안 나?"

"뭘?"

"너 MT 날 술 완전히 취해서 펑펑 울었어."

"내가?"

그날 어느 순간부터인가 필름이 끊긴 건 맞다. 술을 마셔 본 것이 처음이라 어느 정도 마셔야 할지 조절을 하지 못했기 때문이었다.

"다른 사람들은 아무 말도 없었는데?"

"당연하지. 그때 옆에 나밖에 없었거든."

놀라서 딸꾹질이 나왔다. 짧게 혀를 찬 진하가 미지근한 물을 그녀의 앞으로 내밀었다. 한 번에 물을 마셨음에도 딸꾹질이 멈추지 않았다.

"숨 참고 침을 세 번만 삼켜."

그렇게 해서 딸꾹질을 멈출 수 있을까? 반신반의한 눈으로 진하를 보자 한번 해 보라는 듯 턱 끝을 살짝 들었다. 숨을 참고 침을 한 번 삼켰다. 여기까진 쉬웠는데 두 번째 삼키는 게 힘들었고 세 번째는 넘어가지 않았다.

"어?"

"힘들지? 다시 해 봐."

이번엔 숨을 크게 마시고 가까스로 침을 세 번 삼켰다. 그러자 거짓말처럼 딸꾹질이 멈췄다.

"어떻게 알았어?"

"예전에 알던 의사가 알려 줬어."

"신기하다."

이제껏 딸꾹질이 나면 계속 물을 마시거나 숨을 참기만 했었다. 그러다 운이 좋으면 빨리 가라앉는 거라고 생각했는데 이렇게 간단한 방법이 있을 거라곤 생각하지 못했다.

진하는 육회를 먼저 권했다. 익은 고기를 먹기 전에 꼭 먹어야 한다면서. 그런 것도 순서가 다 있나 싶었다.

"맛있어."

"많이 먹어."

"배고프다면서 넌 왜 안 먹고 있어."

"먹을 거야."

진하가 이내 숯불 위로 고기를 올려 굽기 시작했다. 지글지글 익어 가는 소리와 그 특유의 향이 느껴졌다. 그때부터 오랫동안 굶은 사람처럼 먹기 시작했다. 온면까지 시켜 국물까지 거의 다 먹고 나서야 정신을 차렸다. 배가 고프다고 했던 사람은 진하였는데 정작 이 많은 음식을 해치운 사람은 자신이었다.

"나 배고파 보였어?"

"많이."

그녀도 몰랐던 허기를 어떻게 알았을까.

"너 아침도 먹는 둥 마는 둥 했어."

원래 아침도 먹지 않았었다. 진하와 있을 때만 챙겨 먹은 것이지. 왠지 진하는 그녀의 어딘가 결핍된 감정을 찾아내려고 하는 사람 같았다.

"다 먹었으면 일어날까?"

"밥은 내가 살게."

서둘러 자리에서 일어났지만 진하가 더 빨랐다. 그러고 보면 그는 그녀가 돈을 쓰면 큰일이라도 나는 사람처럼 굴었다. 그녀에게 받은 건 딱 하나였다. 그 펜.

"내가 산댔잖아."

"정 사고 싶으면 나중에 많이 사 줘."

"그럴게."

"그러다 기둥서방 되면 어쩌려고."

확실히 진하는 뻔뻔한 어른이 되었다. 예전엔 진하가 이런 농담을 하게 될 거라고 상상도 하지 못했다. 웃으며 식당을 나서는데 주차장에 익숙한 사람이 보였다.

"어? 선배님."

같은 사무실의 후배인 태주였다.

"태주 씨."

"선배님이 횡성까진 웬일이세요?"

그녀는 홍천인 줄 알았는데 횡성으로 온 모양이었다.

"태주야."

"아, 저희 회사 선배님이세요. 선배님, 이쪽은 저희 어머니요."

"안녕하세요. 이민서라고 합니다."

"아이고, 태주 선배님이셨구나. 우리 태주 잘 부탁드려요."

"워낙 뛰어난 인재라 제가 도움 많이 받고 있어요."

태주는 대학을 수석으로 졸업하고 들어온 인재였다. 늘 일에 열중하고 좋은 성과를 내었다.

민서도 그런 태주를 보면서 꽤 자극을 받았다. 거의 손에서 놓고 있던 논문을 다시 쓰게 된 것도 그 덕분이었다.

"이쪽 분은……."

"아, 내 친구야."

"안녕하세요. 양태주입니다."

"윤진합니다."

진하는 다소 딱딱하게 태주의 인사를 받았다. 태주는 바로 주머니에서 명함을 꺼내 진하에게 건네주었다. 진하는 태주의 명함을 한번 훑고 주머니에 넣었다.

"지금 가지고 있는 명함이 없습니다."

"괜찮습니다. 선배님, 식사하고 나오시는 겁니까?"

"응. 여기 고기 되게 맛있더라. 태주 씨도 식사 맛있게 하고 가. 그럼 먼저 가 보겠습니다."

민서는 태주의 어머니를 향해 정중히 인사를 했다. 인자하게 웃는 태주의 어머니는 평범한 대한민국의 아줌마 같았다. 그러면서도 문득 저런 분이 자신의 어머니였다면 얼마나 좋을까, 하는 생각이 들었다.

"선배님."

"응?"

"아뇨, 내일 봬요."

"그래, 내일 봐. 태주 씨."

진하가 먼저 차 앞으로 걸어가 조수석 문을 열고 있었다. 굳이 이런 데서 이렇게 대해 주지 않아도 되는데. 민서가 차에 올라타자 진하가 턱, 소리가 나게 문을 닫았다. 평소보다 손에 더 힘이 실려 있었다. 운전석으로 올라탄 진하가 바로 핸들을 돌렸다.

"친해?"

"뭐가?"

"양태주 씨."

"친할 게 뭐 있어. 그냥 같은 사무실 직원이지."

"우리 학교 나왔어?"

"아니. 연화대. 왜?"

"아냐. 친해 보여서."

그녀는 사무실 사람들은 그냥 적당히 사귀는 편이었다. 너무 친하지도, 그렇다고 너무 멀지도 않게. 아마 대한민국 어느 직장인이든 다 그럴 것이다.

"눈이 꽤 쏟아지겠는데."

와이퍼가 제법 빠르게 움직였다. 이 차는 사륜구동이라 눈길에도 그렇게까지 위험하진 않겠지만 역시 속도를 줄이는 게 좋았다. 진하 역시 평소보다 훨씬 속도를 줄이고 있었다.

"옛날엔 눈 보고도 아무 감흥이 없었는데."

"지금은?"

"좋아졌어, 예쁘잖아."

그렇게 말하며 민서가 진하를 향해 고개를 돌렸다. 진하는 집중해서 운전하고 있었다. 조금 전은 배가 고파서 슬펐던 것일까? 지금은 아무렇지도 않은 스스로가 신기했다.

"그러고 보니 우리 처음 만났을 때 생각난다. 그때도 눈이 왔었는데."

아주 조금 용기를 내어 말했다. 아마 진하는 두 사람이 처음 만났던 날을 기억하지 못할지도 모른다.

"눈? 스무 살 해에 꽤 눈이 많이 내렸지."

그럼 그렇지. 괜한 기대를 했다.

"그 베르사체는 잘 있어?"

민서의 눈이 커졌다. 진하는 정확히 그날을 기억하고 있다. 저도 모르게 놀라서 진하를 멍하니 바라보았다. 하긴, 생각해 보면 진하가 아무 사람에게 그런 행동을 할 거라고 생각하지 않는다.

역시 그땐 그녀가 참 많이 불쌍해 보였을 것이다. 그렇게 넘어졌는데 정말 어떻게 사람들은 그저 쳐다보기만 하거나, 웃을 수 있었을까. 어떻게 보면 우스꽝스럽기도 했다. 넘어지지 않으려고 애를 쓰다 결국 넘어졌으니까.

"기억하고 있었어?"

"그걸 어떻게 잊어. 그렇게 요란하게 넘어졌는데."

얼굴로 열이 확 오른다. 그날은 정말 지우고 싶기도 했고, 그러지 않고 싶은 날이기도 했다. 짝사랑이 한창 괴로웠을 땐 정말 잊고 싶었다. 그럼에도 불구하고 진하와 처음 만났던 날이라 잊을 수도 없었다.

"참, 그 코트⋯⋯."

"어머니한테 좀 많이 혼났어."

"뭐?"

"어머니 코트였거든."

"가져다 드려."

"아직도 가지고 있어?"

진하가 다소 놀란 듯 잠깐 그녀를 보았다. 그러다 다시 운전에 집중을 하기는 했지만.

"버릴 순 없잖아. 한눈에 보기에도 비싸 보이는데."

"하긴, 그때 한정판이랬나 뭐랬나. 꽤 잔소리 좀 들었었지."

"내가 뭐라도 사 드렸어야 했는데."

당연히 진하의 코트일 거라고 생각했다. 지금 생각해 보면 단추도 오른쪽이 아니라 왼쪽에 달려 있는데 그걸 왜 진하의 것이라 계속 생각했던 것일까.

이제 와 생각해 보니 땅굴을 파고 들어가고 싶은 과거가 한두 개가 아니다. 그게 정말 진하의 것이라 생각하고 얼굴을 파묻었던 적이 얼마나 많은데. 게다가 진하가 쓰는 향수를 겨우 알아내어 몇 번이나 뿌리고.

비록 그의 체향과 섞이지 않아 순수한 향수의 향이었지만 그것만으로도 좋아했었다. 정말 소극적인 짝사랑을 하는 사람이 할 수 있는 짓은 다 했다.

그 코트는 주고 싶어도 평생 줄 수 없을 것 같았다. 코트를 받자마자 진하는 왜 여기에서 자신의 향수 냄새가 나냐고 물어볼 것 같았다. 그 향이 날아가는 게 싫어 일주일에 한 번은 향수를 뿌렸던 것도 같다. 더워서 저도 모르게 손으로 부채질을 했다.

"더워?"

"어? 아니, 그냥 열이 좀 오르네."

진하가 바로 히터를 껐다. 아무리 날이 차지 않다고는 해도 겨울은 겨울이었다. 곧바로 차 안의 공기가 서늘해졌다.

손이 차가워지면 운전을 할 때 불편했다. 그래서 혹시 몰라 팔을 뻗어 진하의 손가락에 손등을 살짝 대 보았다. 진하의 손은 늘 뜨거울 정도로 따뜻했는데 지금 역시 마찬가지였다.

바로 손을 떼려고 했는데 진하는 왼손으로 핸들을 바꿔 잡고 그녀의 손을 잡아 자신의 허벅지 위에 올려놓았다.

"손잡으려고 한 게 아니라……."

"알아. 그냥 내가 잡고 싶어서."

그녀는 누군가와 손을 잡는 것도, 스킨십을 하는 것도 익숙하지 않다. 그런데 어떻게 일주일도 되지 않아 이렇게 편해졌을까. 예전엔 그저 진하를 생각하면 마음이 아리고 눈물이 날 것만 같았다.

그런데 지금은 오히려 편해졌다. 대체 왜 진하의 제안을 고민했나 싶었을 만큼.

"우리 이런 사이가 된 게 참 다행인 것 같아."

진심에서 우러나온 말이었다. 불과 얼마 전까지만 해도 이런 건 정말 상상도 하지 못했었는데. 왠지 진하와의 동거 생활이 기대가 됐다. 누군가 동거 사실을 알게 되어 그녀에게 손가락질한대도 상관없었다. 그녀가 딱히 다른 누군가를 사랑하게 될 것 같지도 않고, 혹 그렇다 하더라도 그때에 충실했던 감정을 나쁘게 말하는 사람을 만나고 싶지도 않았다.

고개를 창밖으로 돌렸다. 그때 잡힌 손에 힘을 주는 게 느껴졌다. 마치 지금 자신이 옆에 있는 것을 알려 주려는 듯 힘을 주는 진하가 재미있었다. 우울한 기분이 한순간에 날아가는 것만 같다.

❖

짐이 들어오게 되었다며 반차를 썼다. 사무실 사람들은 드디어 출퇴근의 고통에서 벗어나는 거냐며 이럴 줄 알았으면 연차를 쓰지 그랬냐고 말했다. 사무실 사람들은 확실히 좋은 사람들이 모여 있었다. 직장에서 이런 사람들을 만나기도 참 힘들 텐데.

상사들은 그녀가 점심을 잘 먹지 못하면 지나가다 초코바를 주기도 했고, 도시락을 사다 주기도 했다. 그리고 김장을 했다며 김치를 가져다주기도 하고, 때론 지나가다 주웠다며 케이크를 주기도 했다.

그렇다고 그녀가 아무것도 하지 않는 건 아니었다. 간식을 사기도 하고, 일이 늦어질 때면 야식을 시키기도 했다. 상사들은 어린 사람들이 돈을 쓰는 건 말도 안 된다며 말리기도 했지만 그녀가 해 줄 수 있는 건 그런 것뿐이었다.

"이야, 그럼 집들이할 때 선물 좋은 거 사 가야겠네."

"친구가 산 집 빌려서 들어가는 거예요."

"전세?"

뭐라 말을 돌리기가 어려워 민서는 고개를 끄덕였다.

"에이, 전세라고 못 하나."

"그럼 한번 물어볼게요."

"깐깐한 친구야? 민서 씨가 고생 좀 하겠다."

전혀 그런 사람이 아니었다. 예전에 잘 몰랐을 땐 다소 차갑고 냉정한 사람이라고 생각했지만. 지난 2주간 겪어 본 진하는 예전에 그녀가 느꼈던 것과 전혀 달랐다.

깔끔하기는 하지만 그런 것과 별개로 장난도 잘 치고, 딱히 그녀가 자신의 물건을 만지거나 쓰더라도 신경을 쓰지 않았다.

그러고 보니 자동차값도 돌려주어야 하는데 어떻게 주어야 할지 고민이 되었다. 차라리 내년에 적금 만기가 되면 한 번에 돌려주자고 생각했다.

"그럼 월요일에 뵐게요."

인사를 하고 사무실을 나섰다. 요 며칠간 계속 짐을 옮겨 놓아서 그녀는 오늘 가구와 가전제품이 들어오면 서울로 올라가 나현의 가족들과 함께 밥을 먹을 예정이었다.

언젠가 나현이 결혼을 할 거라고 생각은 했었다. 그런데 이렇게 일찍 할 거라고 생각을 하지 못했었다.

결혼 선물로 세탁기를 하고 싶다고 했을 때 나현은 정 사 주고 싶으면 좋은 책상을 사 달라고 했다. 가전제품은 시간이 흐르면 고장이 나거나 교체를 해야 하지만 책상은 평생 쓸 수 있다면서.

나현의 그런 마음 씀씀이에 한 번씩 많은 생각을 하게 된다. 그녀는 죽었다 깨어나도 나현과 같은 생각은 하지 못할 것이다.

"선배님."

막 건물을 벗어나는데 뒤에서 들리는 목소리에 돌아섰다. 태주가 빠르게 뛰어와 그녀의 옆으로 섰다.

"아, 일찍 점심 먹으러 나가?"

"아뇨. 드릴 게 있어서. 차에 있거든요."

태주가 자신에게 줄 선물이 있다?

고개를 갸웃거리며 주차장 쪽을 향해 걸었다. 태주는 트렁크를 열어 상자를 꺼내 왔다.

"이게 뭐야?"

"저희 집 양봉장 하거든요. 어머니가 가져다 드리라고 하셔서요."

"어, 난 준비한 게 없는데."

"그냥 드리는 거예요. 어머니가 회사 사람 만난 게 신기하셨나 봐요. 제가 한 번도 말을 한 적이 없거든요."

금빛 보자기에 싸인 상자를 물끄러미 바라보았다. 그냥 겉포장만 봤는데도 정성이 가득 느껴졌다.

"내가 이런 걸 받아도 되나."

"부장님, 과장님도 드렸으니까 선배님도 받으셔도 됩니다."

"이리 줘."

"차에 넣어 드릴게요."

"고마워, 태주 씨."

10. 감정의 모순

그녀가 차 문을 열었다. 지금은 차가 나올 때까지 진하의 차를 쓰는 중이었다. 나현은 그냥 자신의 차를 가져가라고 했지만 어차피 차도 새로 뽑았고 그 전까지 진하의 차를 쓴다고 했더니 더는 강요를 하지 않았다.

"이 차 새로 뽑으신 거예요?"

"내 연봉에 너무 과분하지. 친구 거야. 잠시 빌려준 거고."

"그렇구나."

"태주 씨도 이 차에 관심 있어?"

"남자들이라면 으레 한 번 정도는 갖고 싶은 차일 것 같은데요."

그녀는 자동차나 기종에 대해 잘 모르지만 이 브랜드가 고가의 독일산이라는 것 정도는 알고 있었다. 아마 자신 같은 평생 월급쟁이들에게는 과한 차일 것이다.

"맞아, 좋긴 좋더라. 꿀 맛있게 먹을게. 고마워, 태주 씨."

"이사 잘 하시고 도움 필요하면 말씀하세요. 남는 게 힘뿐인데."

"어차피 짐 다 옮겼어. 나중에 집들이하게 되면 초대할게."

"네. 조심히 가세요. 월요일에 봬요."

태주가 꾸벅 인사를 했다. 태주는 무뚝뚝한 성정이었고 이상하게 대하기 어려운 구석이 있었다. 그래서 태주는 전혀 그런 성격이 아닌 것을 알고 있는데 사람들이 자신을 어려워하는 것을 알고 먼저 다가오려고 용기를 한 번씩 내기도 했다. 그런 모습이 민서의 눈에도 보여 꼭 동생 같아 귀엽기도 했다.

차로 약 15분 거리에 있는 전원주택 단지는 경비를 보는 사람들이 늘 있었다. 진하의 차는 이미 등록을 해 놓았기 때문에 바로 정문 안으로 들어설 수 있었다. 가구는 12시 30분에 도착한다고 했다.

그녀가 서둘러 주차 공간으로 차를 집어넣고 차에서 내리자 곧 커다란 트럭 두 대가 다가왔다. 침대와 가구 트럭이었다.

"윤진하 님?"

"네."

"그럼 바로 설치 들어가겠습니다. 위치만 알려 주세요."

지문을 찍고 안으로 들어섰다. 내부는 청소업체가 다녀가 진즉 정리가 되어 깔끔했다. 보일러도 돌려 놓고 나가 집 안 공기도 훈훈했다. 사실 진하가 공간을 어떻게 꾸밀지 몰랐다. 소파나 침대가 들어갈 공간을 말해 주었지만 다른 장식장 같은 것은 어디로 두어야 할지 막막했다.

몇몇 가구들을 설치하는 동안 진하에게 전화를 걸기 위해 테라스로 나왔다. 오늘 진하는 오전에 일이 있는데 언제 끝날지 몰라 오후 늦게쯤 도착할 수 있다고 말했다.

그때, 낯설지만 익숙한 차가 멈춰 섰다. 그리고 그녀가 주차한 차 옆으로 들어섰다. 그 차에서 내리는 사람은 다름 아닌 진하였다.

"일찍 오려고 했는데 블랙박스 설치가 늦어지는 통에."

"내 차야?"

"응."

진하가 웃으며 그녀를 향해 손을 내밀었다. 거기엔 차 키가 있었다. 테라스 위에서 진하를 내려다보는 건 조금 재미있었다. 그녀는 늘 진하를 올려 보기만 했을 뿐 이렇게 내려다본 적이 없었다.

"안 받아?"

"오전에 볼일이 차 가져오는 거였어?"

"겸사겸사."

"고마워."

"고맙긴. 오늘 이사하는 데 많은가 봐?"

진하의 말에 그제야 주위를 둘러보았다. 여기저기 이삿짐센터 차들이 보이고 사람들은 짐을 옮기고 있었다.

따지고 보면 오늘 그녀도 이사 오는 날이었다. 짐은 이미 다 옮겨 놨지만 침대가 오지 않아 그동안 서울로 출퇴근을 했었다. 게다가 이제 결혼하면 다신 같이 못 산다며 나현이 일주일만이라도 같이 있자고 했다. 그래서 오늘 진하가 더 반가웠다.

테라스에서 내려와 민서는 그의 앞에 섰다. 그런데 닷새 만에 보는 진하의 얼굴은 어쩐지 살이 조금 더 빠져 보인다.

"바빴어?"

"늘 똑같지, 왜?"

"얼굴에 살이 하나도 없어."

그러지 않아도 키와 체격에 비해 말랐다고 생각했다. 그런데 더 살이 내린 모습을 보니 왠지 마음이 편치 않았다.

279

사실 그녀는 지난 닷새간 진하를 만나지 않으면서 나현과 좋은 것만 먹고 다녔다. 나현이 그녀를 보고 너무 말랐다며 먹인 탓도 있었다. 그래서 그를 만나고 나서 빠졌던 몸무게가 거의 되돌아왔다.

"이민서는 다시 얼굴이 예뻐졌네."

저렇게 지나가는 투로 하는 말도 심장을 두근거리게 한다. 진하는 그녀의 손에 키를 먼저 쥐여 주고 현관 쪽으로 걸었다. 유난히 큰 키에, 긴 다리를 가져서 그런지 보폭이 시원시원했다. 마치 모델이 런웨이에서 워킹을 하는 것 같은 느낌을 받았다.

"사모님, 이 장식장은 어느 쪽에 놓을까요?"

"그건 이쪽으로 두십시오."

어느새 집 안으로 들어온 진하가 위치를 잡아 주었다. 그녀가 생각지도 못한 곳에 장식장을 두고 있었다. 정말 진하가 오지 않았더라면 그녀는 가구 배치 때문에 꽤 고전을 했을 것이다.

그녀는 당연히 가구들이 따로 와서 조립을 하는 줄 알았다. 그런데 그들은 완제품으로 와 원하는 위치에 놓고만 있었다. 그래서 가구들을 가져온 차가 보통 트럭이 아닌 이삿짐센터에서 쓰는 대형 트럭이 온 것임을 알게 되었다. 바로 가전제품들도 들어왔고 모두 다 마무리가 되자 넓게만 느껴졌던 공간이 확 줄어든 느낌이었다. 확실히 가구가 들어오고 들어오지 않고의 차이는 컸다.

3시가 조금 넘자 사람들이 모두 빠져나갔고 두 사람은 다시 한 번 집 안을 둘러보았다. 딱히 빠진 건 없어 보였지만 한 번 더 둘러보고 필요한 게 있으면 사 올 요량이었다.

"일단 출발하자. 오늘 나현 씨 식구들하고 약속 있다며."

7시까지 모이기로 했지만 일찍 출발해 먼저 좀 씻고 준비를 하는 게 나을 것 같았다. 고개를 끄덕이고 밖으로 나왔을 때 진하는 당연하다는 듯 SUV 앞으로 섰다.

"그냥 이거 타고 가."

"어?"

"내일 같이 결혼식장 갈 거고, 바로 여기 내려올 거니까."

"여기 내려올 거야?"

"당연하지. 저 침대 성능 같이 확인해야지."

정말 낯부끄러운 소리를 얼굴색 하나 변하지 않고 한다. 민서가 손
바닥으로 진하의 가슴을 짝 소리가 나게 때리자 그가 재빨리 뒤로 물
러섰다.

"왜 물러나?"

"나 지금 좀 위험하거든."

민서의 시선이 반사적으로 하체로 향했다. 벌어진 코트 사이로 부
푼 모습이 살짝 보이자 서둘러 차에 올라탔다.

"밝히기는."

"지금 밝히는 사람이 누군데?"

"토요일 기대해."

문을 닫은 진하가 운전석으로 돌아와 앉았다. 정말 진하는 성욕을
풀 상대가 필요했던 게 맞는 것 같았다. 그것도 끝이 질척이지 않는
여자. 처음엔 불안했지만 지금은 그렇게 생각되는 게 편했다. 그녀가
안전벨트를 매는 것까지 확인하고 나서야 진하가 시동을 걸었다.

"날이 꽤 흐린데. 눈이 오려나."

오전까지만 해도 해가 쨍쨍했다. 그래서 당연히 내일까지 날이 좋
을 거라고 생각했다.

"눈 많이 오면 안 되는데."

"도로 통제되면 출근 어떻게 하는데?"

"못 하는 거지, 뭐. 집에서 할 수 있는 건 집에서 해야 하고."

"못 가 본 적 있어?"

"작년에. 출근을 못 한 게 아니고 퇴근을 못 했어."

"혼자?"

"아니, 그때 태주 씨도 같이 있었는데. 덕분에 덜 무서웠지."

"흐음."

별로 마음에 들지 않는다는 듯 진하가 낮은 소리를 냈다. 그러고 보니 그날 횡성에서 태주를 보았을 때도 진하는 그를 별로 마음에 들어 하지 않았다.

"왜?"

"뭐가?"

"아니, 태주 씨 별로 마음에 들어 하지 않는 것 같아서."

"내가 언제?"

저렇게 말을 하면 그녀도 할 말이 없다. 그냥 혼자 이상하게 느낀 것일지도 모르니까.

"양태주 씨, 여자 친구 있나?"

"글쎄."

그런 것까지 알 만큼 가까운 사이는 아니었다.

"능력도 좋고, 외모도 나쁘지 않던데."

"인기는 많은 것 같아. 저번에 기획팀 직원한테 고백받은 것도 같은데."

사실 그녀는 사무실에서는 거의 일 관련 이야기만 하고 대부분 연구를 하거나, 논문을 쓰는 일에만 매달렸다. 그래서 소문도 제일 늦게 알거나 알지 못하고 지나가는 것들이 많았다.

"사무실 사람들하고 가까이 안 지내나 봐?"

"일이 많잖아. 바쁘고 그러니까 이야기할 시간도 거의 없고. 대부분 연구하는 사람들이라 점심도 저 좋을 시간에 각각 먹을 때가 많거든. 일주일에 두 번 정도 제대로 점심 먹으면 다행인가?"

"그래서 이민서도 2년 만에 살이 다 빠진 거네."

대학원을 졸업하기 전보다 3~4kg 정도 차이가 나긴 했지만 얼굴 살만 빠진 것이나 다름없었다. 그래서 진하도 계속 그녀 보고 살이 빠졌다고 말하는 듯했다.

"몸은 지금도 거의 그대로야. 볼살만 좀 빠졌지."

"이러나저러나 예쁘니까 됐지, 뭐."

기본적으로 매너가 좋으면 말씨에도 그게 묻어 나오는 걸까? 그러고 보면 진하는 알고 지내는 사람에겐 칭찬에 인색하지 않은 것 같다.

"너야말로 요 닷새 사이에 살 많이 빠진 것 같아."

"총괄이사님 결혼이 곧이라 좀 바빴어. 주말에 몇 번 빠진 것도 좀 채우다 보니."

"주말에 바쁜 게 맞네."

"특수한 경우에만 그래. 지점 두 군데가 갑자기 오픈한 데다 이런저런 문제도 좀 있었고."

"참, 베트남 직원은?"

"잘 퇴원했고 경과도 좋아."

"다행이다."

"나현 씨는 선물보다 봉투가 나으려나."

아무래도 나현에게 줄 선물이 신경 쓰이는 모양이었다. 그렇게까지 생각해 주지 않아도 되는데.

"눈 오네."

고개를 정면으로 돌렸다. 정말 하얀 눈이 펑펑 쏟아지기 시작했다. 올해 눈이 많이 온다고 하더니. 그때 휴대폰이 울렸다. 왠지 벨소리가 울리면 심장이 철렁 내려앉았다. 하지만 다행히 연희는 아니었다.

"응, 윤서야."

— 누나 어디야?

"지금 서울 가고 있어."

— 일찍 퇴근했네?

"이사 준비 때문에."

— 누나 오늘 나현이 누나 식구들하고 밥 먹는다며.

"어떻게 알았어?"

— 방금 전화했어. 나도 같이 가고 싶은데.

"나현이가 말했으면 같이 오라는 소리 같은데?"

— 안타깝게도 내가 지금 부산이야.

"부산?"

— 차를 가져와서 5시간은 걸릴 거 같거든.

"혼자 갔어?"

— 친구들이랑. 잠깐 사무실 좀 보러.

"사무실?"

윤서는 군대를 제대하고 이제 막 복학을 한 상태였다.

그런데 사무실이라니? 그것도 부산?

— 우리 꼰대가 부산에서 사업을 시작했다네? 나도 뭐가 되었든 한번 해보래. 약간의 지원금은 대 주겠다고.

"아직 졸업도 안 했잖아."

— 누나, 옆에 그렇게 좋은 모델이 있는데도 몰라? 윤진하 대표. 그 대표 보고 배우라고 우리 꼰대 난리다. 참, 일요일 시간 괜찮지? 우리 꼰대가 보

자고 난린데.

진하는 토요일에 바로 양평으로 내려오자고 했다.

"내일은 안 될까? 아직 이삿짐 정리도 다 못 해서 일요일까지는 해야 할 것 같아."

─ 그럼 꼰대한테 전화해 보고 내일 결혼식장에서 말해 줄게.

"그래, 조심히 올라와."

─ 응, 누나 내일 봐.

목소리는 걸걸하면서 애교는 꼭 어린아이처럼 부린다. 웃으며 휴대폰을 가방에 넣었다.

"그럼 오늘 밤은 어디서 자?"

"아마 나현이 부모님 댁?"

"그럼 내일 식장으로 바로 가야겠네."

"응. 아마 나는 11시까지 가 있을 것 같아. 50분까지 오면 돼."

진하가 대충 고개를 끄덕였다.

"내가 내일 더 떨 것 같아."

픽 웃는 소리가 들려 민서가 입술을 삐죽거렸다. 내일 정말 울음을 참기 위해 애를 써야 할지도 모른다. 채윤은 그녀가 잘 알고 있는 사람이었고, 좋은 남편이 될 거라는 걸 알고 있었다.

하지만 나현은 그녀에게 훨씬 소중한 존재라 면사포를 쓴다는 생각만 해도 벌써 눈물이 흐르려고 했다. 이건 축하나, 행복한 눈물과 같은 것이었다. 뭐라 말로 표현할 수 없는 감정에 휩싸였다.

"이런 기분 느껴 본 적 없지?"

"남자들이야 대체적으로 장가를 가면 좋은 거니까."

"무슨 뜻이야?"

"대한민국 현실이 그렇다는 소리야."

확실히 유교사상이 기반인 우리나라에선 진하의 말이 맞았다.

"참, 점심은 먹고 내려왔던 거야?"

"그러고 보니 점심을 못 먹었네."

"어쩌지. 가는 길에 휴게소도 없는데. 참, 그럼 올라가서 뭐라도 먹고 갈래? 나현이는 지금 본가에 가 있거든."

진하가 살짝 인상을 찌푸렸다. 그리고 반사적으로 핸들을 잡은 손으로도 힘이 들어간 모양이었다.

"아파."

"같이 올라가면 못 참을 것 같은데."

단번에 무슨 뜻인지 알아들었다. 민서의 얼굴이 살짝 붉어졌다.

"알아."

가까스로 대답을 하고 고개를 숙였다. 차 속도가 점점 올라가기 시작했다.

❖

새벽부터 일어나 메이크업을 하는 나현의 모습을 보았다. 원래도 예뻤지만 오늘은 특히나 더 예뻤다.

벌써부터 눈물이 나올 것 같은데 김 원장이나 박 여사는 어떨까 싶었다. 그래서 더 일부러 밝게 웃고, 신나게 떠들었다.

"그래도 입덧 없어서 다행이야. 나 입덧 있었으면 결혼식 올리지도 못 했을걸?"

평소 나현은 가리는 게 없기는 했지만 냄새에 민감했다. 그런데 임신을 하자마자 어떻게 비린 것도 냄새가 잘 안 나는지 모르겠다며 신기해했다.

286

"오늘 정말 예쁘다."

"너도 빨리 메이크업 받아."

"내가?"

"당연하지. 너도 내가 예약해 놨는데."

"난 그냥……."

"무슨 소리야. 언니, 우리 동생 아주 예쁘게 부탁드려요. 저보다 더 예쁘게."

결국 민서도 나현의 옆자리에 앉았다. 메이크업을 받으면서도 나현에게서 눈을 떼지 못했다. 머리카락을 핀으로 고정하고 바로 피부 화장에 들어갔다.

평소 사람들을 보며 화장 안 뜨게 참 잘한다 생각했는데 그 비결이 이렇게 자꾸 두드려 주는 것이었나 보다. 디자이너는 피부 표현에 정말 많은 공을 들였다. 어느 정도 피부 정돈이 되어 갔다. 그런데 그것만으로도 정말 에스테틱을 받은 기분이었다. 정말 도자기처럼 뽀얗고 광택이 났다.

어느새 가까이 다가온 채윤까지 두 사람 사이에 끼어들었다.

"우와, 민서 누나 진짜 예쁘다."

"그러게. 어떻게 피부 정돈만 했는데도 저렇게 예뻐?"

그때 채윤이 손으로 턱을 받치며 두 사람을 번갈아 바라보았다. 그런 채윤의 모습에 나현이 자세히 보라는 듯 턱까지 살짝 들어 주었다. 정말 저 커플을 4년 내내 보아 왔지만 여전히 싱그럽고 예뻐서 절로 웃음이 흘러나왔다.

"정말 남들이 보면 쌍둥이라고 해도 믿겠다."

"쌍둥이는 무슨. 우리 민서가 훨씬 예쁘지."

어려서부터 나현이는 늘 민서를 위해 주었다. 그 마음이 고마워서 민서는 나현의 일이라면 어떤 것이든 발 벗고 나설 자신도 있었다. 늘 모든 일을 똑 부러지게 하는 나현이라 사람들은 그녀가 상처를 받지 않는 줄 알았다. 하지만 나현은 그럼에도 불구하고 마음이 여린 사람이었다. 그런 나현이 상처를 받으면 민서는 예민하게 알아차렸다.

그럴 때면 먼저 맛있는 것을 먹으러 끌고 나가고, 시간이 있을 때면 기차를 타고 여행을 가기도 했다. 나현은 민서의 앞에서는 감정을 숨기지 않았다. 그래서 민서도 나현에게 모든 것을 의지할 수 있었다.

"우리 민서 데리고 가는 남자는 진짜 복 받은 건데."

나현의 말에 민서가 웃었다.

"어머님, 아버님은?"

"호텔에서 받으신대."

민서가 고개를 끄덕이자 나현은 슬쩍 채윤의 다리를 툭 쳤다.

"누나 소이라테 어때요?"

"난 좋아."

"잠깐 앞에 다녀올게."

채윤은 오늘이 결혼식 날인데도 별로 떨리지 않는 모양이었다. 메이크업과 헤어만 완벽하게 한 채 트레이닝복 차림으로 바로 밖으로 뛰어나갔다.

"채윤이는 떨리지도 않은가 봐."

"간이 원래 좀 크잖아."

축구 선수임에도 비율이 좋고, 외모가 화려해서 몇 번인가 모델로 쇼 무대에 서기도 했고, 광고도 많이 찍어서인지 채윤은 메이크업을 받는 일에도 어색해하지 않았다. 하지만 아무리 그래도 결혼식은 떨릴 법도 한데. 사실 셋 중 떨고 있는 사람은 민서 혼자였다.

"신혼여행 다녀오고 하면 2주 뒤에나 양평 집 볼 수 있겠다."

나현이 속상한 목소리로 말했다. 아무래도 임신 초기인지라 두 사람은 제주도 별장으로 가서 그냥 편히 지내기로 했다.

그런데 채윤이 지금 아니면 언제 쉬어 보겠냐고 여행 기간을 10박이나 잡은 것이다. 결국 나현에게 혼이 났다.

"너도 좀 푹 쉬다 와. 데뷔한 이후로 못 쉰 지 오래됐잖아."

나현은 글을 쓰며 스트레스를 푼다고 했다. 그럼에도 불구하고 역시 일에서 오는 스트레스는 또 다른 문제인지 한 번씩 아무것도 하지 않고 쉬고 싶다고 했다.

"하긴, 어쩌면 지금이 푹 쉴 기회인 것 같기도 하고. 애 낳고 나면 쉬지도 못한다잖아."

"그러게 누가 사고 먼저 치래?"

"얘, 조카 듣거든?"

언젠 애도 강하게 커야 한다면서 별말을 다 해 놓고 지금은 또 애 핑계를 대고 있다. 그런 나현의 얼굴이 무척이나 행복해 보여 민서역시 마음이 편해졌다.

"진하 씨도 온대?"

"응. 호텔로 바로 올 거야."

"이상하단 말이야."

"뭐가?"

"내가 볼 때 절대 그냥 친구는 아닌데."

그녀도 한 번씩 착각을 하곤 했었다. 하지만 같이 지내다 보니 진하는 그저 욕구를 풀고, 질척이지 않는 여자가 필요했던 것뿐이었다.

"친구 맞아."

"친구는 무슨. 친…….."

나현이 말을 하려다 입을 다물었다. 메이크업을 하는 직원 앞에서 편히 할 이야기는 아니었다.

"아무튼 우리 민서 눈에서 눈물 나게 하면 선하그룹이고 뭐고 다 엎을 거야."

"본인 스스로가 싫어하더라구."

"뭐, 유명하긴 하더라. 스스로 일어선 사업가라고. 그런데 아무래도 세간의 눈은 그게 아니지."

그 점이 진하도 많이 신경이 쓰이는 모양이었다. 본인 스스로 작게 무역업을 시작했다가 돈이 모이자 사업이 커진 케이스였다. 그런데 항간엔 아버지의 힘을 받았다는 말들이 많이 도는 모양이었다.

하지만 선하그룹은 철강을 중심으로만 운영하는 회사였다. 여러 사업을 걸치지 않고 있지만 철강 하나로만 보자면 우리나라에서 가장 규모가 큰 곳이기도 했다. 그래서 아무래도 아버지의 힘이 들어가지 않았겠느냐, 하는 안티들의 말도 있었다. 그런 말들이 그가 세운 '카페 빈스'가 성공했다는 반증이기도 했다.

민서는 진하가 잘해 나가고 있다고 믿었다. 진하 역시 본인의 사업에 대해 자부심을 갖고 열심히 일하고 있었다.

"진하 씨네 커피가 맛있긴 맛있어."

"나도 처음 먹어 봤는데 맛있더라."

"참, 나 카드 받은 거 모르지?"

"카드?"

윤서에게 준 카드를 나현에게도 준 모양이었다.

"미안해서 어디 먹겠니? 그렇게 많이 들었을 줄은 생각도 못 했어."

"그런 거엔 인색하지 않더라."

"얘, 그 외모를 봐. 인색이 어디 어울리기나 하니?"

가만 보면 나현은 외모지상주의를 온몸으로 외쳤다. 스스로도 채윤이 잘생겨서 좋아했다고 말하지 않았던가.

"잠깐 눈 좀 위로 떠 주시겠어요?"

"네."

역시 전문가의 손길은 달랐다. 그렇게 얼굴에 많은 것을 바른 것 같지도 않은데 피부가 화사해지고, 눈가가 정돈되었다. 딱히 색조 화장을 하지 않았음에도 불구하고 눈이 그윽해 보였다. 민서 역시 거울 속의 자신이 낯설어서 몇 번이나 봐야 했다.

"와, 너 진짜 그 화장 찰떡이다."

나현이 휴대폰까지 꺼내 들더니 민서의 사진을 찍기 시작했다. 이럴 때면 정말 팔불출이 따로 없다.

"워낙 미인이셔서 간단히만 손대도 분위기가 확 달라지시네요."

"그죠? 제가 우리 민서 미스코리아 내보내려다가 말았다니까요."

그저 립 서비스인데도 나현은 진지하게 받아들였다. 그런 나현이 귀여워 민서는 웃음을 참지 못했다.

"커피 사 왔습니다. 다들 한 잔씩 드시면서 하세요."

다시 숍 안이 시끄러워지기 시작했다.

생각보다 길이 막혀 호텔에 도착한 시간은 11시가 조금 넘은 시간이었다. 나현은 워낙 친구가 많은 탓에 벌써부터 신부 대기실을 찾는 사람이 많았다. 두 사람은 대학을 빼고는 모두 같은 학교를 나와 아는 얼굴이 겹쳤다. 다들 나현에게 인사를 하면서 민서에게 축의금 봉투를 건넸다.

민서는 축의금 봉투를 나현의 가방에 차곡차곡 잘 챙겨 넣었다. 나현의 부모님들은 축의금 없이 진행하자고 했지만 나현이 반대했다. 그동안 뿌린 게 얼만데 다 받아야 한다면서 말이다. 그러면서도 축의금을 받으면 동물연대에 기부를 하겠다면서 들떠 있었다.

"민서야, 빨리 와. 사진 찍게."

가족들과 함께 찍는 시간이라 민서는 뒤쪽으로 빠져 있었다. 하지만 민서를 챙긴 건 김 원장과 박 여사였다. 두 분은 정말 민서를 딸로 생각하고 있었다. 왠지 울컥 눈물이 흘러나올 것 같았지만 눈가에 겨우 힘을 주어 참아 내었다.

아침에 일어날 땐 조금 피곤해했지만 나현은 지금은 그 어느 때보다 반짝반짝 빛나 보였다. 결혼식이라는 건 그런 힘을 주는 모양이었다.

"결혼 축하한다."

그때 안으로 들어오는 지혁이 크게 인사를 건넸다. 나현이 고맙다고 웃으며 순간 민서를 슬쩍 보았다.

"오빠 오늘 무슨 멋을 그렇게 내고 왔어. 누가 보면 새신랑인 줄 알겠어."

"축의는 채윤이한테 했다."

"당연하지."

"민서 씨, 오랜만입니다."

지혁이 자신을 보지 못했을 거라고 생각했다. 민서가 어정쩡하게 서 있다 지혁을 향해 고개를 숙였다. 딱히 어색할 것도 없었다. 어차피 깔끔하게 끝을 맺었고 앞으로도 한두 번 정도는 부딪칠 수밖에 없는 사이였다.

"잘 지내셨어요?"

"그럼요. 채윤이 녀석이 장가간다고 놀려서 많이 열받기는 했지만."

민서가 슬쩍 손목의 시계를 보았다. 40분에 가까워져 가는 시간이었다. 저도 모르게 출입문을 살짝 보았다.

그때 거짓말처럼 짙은 남색 슈트를 입고 들어서는 진하가 보였다.

"축하드립니다, 나현 씨."

"어머, 저는 무슨 모델이 걸어 들어오나 했어요. 감사합니다."

"오늘 정말 멋있으시네요."

"그럼 저번엔 안 멋있었다는 소리예요? 사실 제가 턱시도 입고 신랑은 드레스 입히려다가 참은 거예요."

"그것도 멋있었을 것 같은데, 아깝네요."

"나중에 그렇게 한번 할 테니 와 주세요."

"초대해 주시면 꼭 참석하겠습니다."

2년 전엔 진하가 저렇게 변죽 좋은 타입인지도 몰랐다. 정말 요즘의 윤진하는 늘 새로움을 선사하고 있었다. 본인은 전혀 느끼지 못하겠지만.

"누가 이렇게 잘 빼입고 오라고 했어요. 우리 채윤이 기죽겠네."

"엄청 빛나던데요?"

"채윤이가 좀 예쁘게 생기긴 했지만, 객관적으로 진하 씨가 너무 잘생겨 주셨으니까."

"칭찬 감사합니다."

"윤진하?"

지혁이 놀란 얼굴로 진하를 불렀다. 진하가 돌아서며 지혁을 향해 가볍게 고개를 끄덕였다.

"형도 왔네."

지혁은 어딘지 얼이 살짝 빠진 얼굴이었다. 이런 자리에서 진하를 만날 거라고 전혀 생각을 하지 못한 모양이었다.

"당연하지. 나 채윤이랑 같은 국가대표잖아. 넌 어떻게 왔어?"

"나 이민서하고 친구잖아."

역시, 욕심을 버리기로 했어도 친구라는 단어는 가슴을 찌른다. 하지만 이제 마음이 조금 단단해진 모양인지 예전처럼 피를 흘리는 느낌은 아니었다. 굳이 비유를 하자면 힘주어 던진 돌에 맞은 정도?

"친구였다며?"

"형이 계기 잘 만들어 줬지. 이민서 차 퍼졌을 때 내가 데리러 가서 다시 보게 됐지."

진하가 그녀의 옆으로 섰다. 어쩐지 지혁은 찜찜한 표정을 감추지 못하고 있었다. 그날 민서가 있는 곳에 진하를 보낸 것을 후회하는 기색이 스쳤다.

"신부님, 준비하실게요."

순간 멈춰 있던 공간에 다시 활력이 생긴 것 같았다. 진하는 자연스럽게 민서의 어깨에 손을 얹고 신부 대기실을 벗어났다. 민서의 자리는 가족석이었고 진하도 자연스레 그녀의 옆자리로 앉았다.

"누나!"

급히 뛰어왔는지 약간 머리카락이 흐트러진 윤서가 숨을 고르며 민서의 왼쪽에 앉았다.

"어? 대표님?"

"안녕하세요."

"어떻게……."

"제가 김나현 작가님 팬입니다."

그러고 보니 진하는 예전에도 나현의 팬이라고 했다. 그런데 나현의 앞에선 단 한 번도 그런 말을 하지 않았다. 게다가 나현에게 언젠가 진하가 팬이라고 말을 전한 적도 있었다.

그래서 나현도 진하가 마음에 든다고 했다. 원래 가지고 있는 게 워낙 많은 사람이라 그런지 자신에게 괜한 아부도 하지 않고, 인간 김나현으로 보는 것 같아 마음에 든다고. 물론, 사귀지도 않고 간만 보고 있다는 것에 분개를 하기는 했지만.

"그러시구나. 어, 신랑 입장한다."

고개를 돌리자 하얀 턱시도를 입은 채윤이 웃음을 숨기지 못하고 있었다. 행복해 보이는 채윤을 보며 민서도 웃었다. 화목한 가정을 만드는 게 꿈이었다는 채윤은 늘 다정다감했다. 처음엔 얼굴만 보고 끌렸던 나현도 어느새 채윤을 믿고 의지하게 되었다.

박수를 치던 민서의 눈에 눈물이 고인 건 나현이 들어서고부터였다. 그런데 나현의 눈에도 눈물이 글썽이는 게 보였다. 사실 나현이 결혼식을 할 때 울 거라곤 생각 못 했다.

나현이 울자 사람들이 웅성거렸다. 김 원장도 눈물을 참지 못해 결국 통곡을 하기 시작했다. 결국 이 예식장에서 울지 않은 건 박 여사 혼자였다. 민서도 결국 퉁퉁 부은 눈을 하고 가족사진을 찍었다.

피로연까지 끝난 뒤 신혼여행을 가는 부부를 마중하기 위해 로비로 나왔다. 커다란 함박눈이 소복소복 내리고 있었다.

언제 울었냐는 듯 모두가 피로연 때부터는 신이 났고 민서도 얼굴을 정돈해서 지금은 울었던 태가 거의 나지 않았다.

"내가 이민서 때문에 울었잖아."

곱게 한복을 차려입은 나현이 괜히 민서 핑계를 댔다.

"들어서자마자 민서가 우는데 내가 눈물이 안 나?"

"푹 쉬고, 충전하다가 와."

나현이 고개를 끄덕이며 민서를 끌어안았다. 식구들과도 모두 인사를 나눈 나현이 차에 올라탔다.

심플하게 꾸민 차가 이내 천천히 멀어지기 시작했다.

"민서야, 이사할 때 엄마한테 말 좀 하지."

"아니에요, 엄마."

"우선 이걸로 필요한 거 좀 사. 나중에 나현이하고 같이 갈게."

박 여사가 됐다는 민서에게 마구잡이로 봉투를 건넸다. 나현의 식구들에겐 받은 게 너무나 많아서 어떻게 갚아야 할지도 막막했다.

"누나, 오늘 저녁 진짜 괜찮지?"

"응."

"그럼 차 가져올게, 여기서 좀 기다릴래?"

"그래."

윤서가 가기 전 진하를 향해 인사를 했다.

"대표님, 그럼 나중에 뵐게요. 참, 카드 아주 잘 쓰고 있습니다."

"나중에 또 말해요."

"에이, 저도 양심이 있지 어떻게 또 말해요."

"원래 얻어먹는 게 학생의 특권 아닌가?"

"아, 정말 대표님 같은 분이 제 매형이 되어야 하는데. 그럼 가 보겠습니다."

윤서가 서둘러 다시 호텔 안으로 뛰어 들어갔다. 혹시 이상한 기류라도 느낀 것일까? 하지만 진하는 별다른 표정을 짓고 있지 않았다. 그냥 으레 하는 말로 이해한 모양이었다. 자꾸 진하와 행동반경이 가까워지는 것 같아 묘하게 불편했다.

"먼저 들어가 봐."

"어디로 가는데?"

"아마, 평창동?"

"끝나면 전화해. 데리러 갈게."

296

"윤서가 바래다준다고 하지 않을까?"

"그냥 택시 탄다고 해."

"왜 남매간의 오붓한 시간을 자꾸 줄어들게 해."

괜히 심통이 흘러나왔다. 그녀도 참 약은 사람이라서 지금은 진하와 있는 시간이 더 소중했다. 하지만 꼭 한 번씩 이렇게 투정을 부리게 된다.

"그냥 내가 방……."

"진하 씨?"

하이 톤의 목소리에 두 사람의 대화가 끊김과 동시에 고개가 돌아갔다.

이시은. 진하가 처음으로 사귄 여자이자, 그녀의 취업 축하 파티에 등장해 대놓고 자신을 경계를 했던 여자이기도 했다. 2년 만에 보는 시은은 그때보다 훨씬 세련됐고, 더 예뻐졌다.

민서는 저도 모르게 고개를 숙여 자신의 옷차림새를 살폈다. 그저 무난한 원피스에 캐시미어 코트를 걸치고 있는 게 다였다.

"어떻게 이런 데서 다 보네?"

어느새 가까이 다가온 시은이 눈을 빛내며 진하를 올려 보았다. 진하의 미간이 살짝 구겨졌다.

민서는 진하의 버릇을 어느 정도는 알고 있었다. 저런 표정을 짓는다는 건 상대에 대해 떠올리고 있다는 소리였다.

"이시은?"

"이제껏 내 이름 생각한 거야? 어떻게 사람이 그렇게 안 변해?"

"오랜만이네."

진하의 목소리가 평소보다 훨씬 더 무뚝뚝했다. 순간 기시감이 느껴졌다. 2년 전의 진하는 늘 저런 말투에 무감한 표정을 짓고 있는 사람이었다.

"여자 친구?"

시은이 돌아섰다. 그리고 민서를 향해 손을 내밀었다.

"저는 한때 진하 씨 약혼녀이자, 거하게 차였던…… 이민서 씨?"

약혼자라는 말에 민서는 잠시 머리가 멍해졌다. 그때 진하는 그저 고백을 받았으니 사귀는 거라고 간단히 말을 하고 넘어갔었다. 약혼 자란 말은커녕 약혼을 했다는 말도 하지 않았다.

"뭐야, 결국은 두 사람 사귀는 거네?"

시은의 목소리가 차가워졌다. 그때도 노골적으로 민서를 경계했었는데 지금은 그보다 뭐라 해야 할까. 허탈하면서도 짜증이 묻어 있는 목소리였다.

"친구라며."

시은이 진하를 마치 찢을 듯 노려보았다. 진하가 슬쩍 민서를 보았다.

"너처럼 질척거리는 여자 아니거든, 이민서는."

"지, 지, 질척?"

"먼저 옷 벗고 덤벼드는 여자 취미 없다고 했잖아."

기시감이 아니다. 분명 2년 전의 진하는 늘 저랬다. 냉정하고, 가차 없는. 그래서 민서 역시 고백을 결국 포기하지 않았던가.

만약 그때 고백을 했다면 정말 친구로도 남지 못했을 것이다. 그렇게 끝이 났다면 다시 만났더라도 진하는 모르는 척 지나쳤을 것이다. 그것도 아니면 지금 시은에게 하는 것처럼 굴었을지도.

시은의 분홍빛 입술이 파르르 떨렸다.

"하, 구실도 제대로 못 하고 겁먹은 거겠지."

그때도 느꼈지만 확실히 시은은 보통이 아니었다.

그런 시은을 보며 진하는 상대하기도 싫다는 얼굴로 픽 웃으며 민서에게로 고개를 돌렸다. 자신이 완전히 무시당하는 것을 알았는지 시은이 민서를 보았다.

"이민서 씨?"

"그만 말하고 갈 길 가지?"

진하는 시은의 목소리조차 듣기 싫은 얼굴을 하고 있었다. 그것도 잔뜩 귀찮다는 듯이.

"얘 진짜 재수 없어요. 얼굴하고 돈 빼면 뭐 볼 게 없거든. 난 미리 경고했어요?"

대놓고 진하의 어깨를 퍽 치고 가는 시은의 뒷모습을 물끄러미 바라보았다. 헤어질 때 정말 구질구질하게 끝이 났던 것일까? 하지만 분명 진하를 불렀을 때 시은은 제법 반가운 얼굴이었다. 진하는 뭐라도 씹은 표정을 하고 있었지만.

민서는 차마 진하에게 물어볼 수가 없었다. 다시 2년 전 모습으로 돌아온 진하에게 상처를 받을까 봐.

왜 약혼을 했었다는 말도 하지 않았는지. 궁금했지만 물을 수 없는 건 역시 그녀가 이 관계에서 을의 입장이기 때문이다. 누군가 그랬다. 짝사랑은 자존감을 갉아먹고 크는 것이라고.

그래서 그저 철저히 즐기는 관계로, 그렇게 끝이 왔을 때 덤덤히 받아들이겠다고 스스로 다짐했지만 역시 사람의 마음이란 게 쉽게 좌지우지되진 않았다. 그저 윤진하라는 남자가 떠나가도 아무렇지 않을 거라고 스스로에게 끊임없이 세뇌를 시키고 있을 뿐이었다.

짝사랑은 환상을 먹고 자란다. 상대에 대한 환상이 커질수록 마음을 앓게 되는 것이다. 결국 그 환상 때문에 짝사랑도 끝이 난다고 하는데, 그녀는 아직 윤진하에 대한 환상이 깨지지 않은 모양이었다.

최근에 보여 주었던 진하의 새로운 모습들이 다시 그녀를 착각에 빠트렸다. 역시 몸만 빠지는 건 불가능했다. 마음이 따라갔다.

"……서."

"응?"

"무슨 생각을 그렇게 해?"

진하가 턱 끝으로 앞을 가리켰다. 거기엔 벌써 윤서의 스포츠카가 와서 서 있었다. 차창을 열고 윤서가 어서 타라는 듯 손짓을 했다.

"끝나기 전에 전화해. 통화하기 곤란하면 메시지 넣고."

"그럴게."

그 대답이 마음에 든 건지 진하가 웃으며 그녀의 흘러내린 머리카락을 슬쩍 쓸어 올려 주었다. 이런 다정한 행동들은 역시 착각하게 만들기 쉬웠다. 고개를 슬쩍 옆으로 빼며 서둘러 윤서의 차에 올라탔다. 그녀가 앉자마자 차창을 올린 윤서가 살짝 휘파람을 불었다.

민서가 안전벨트를 매며 윤서를 보았다.

"왜?"

"아무래도 저 형, 누나 좋아하는 게 분명한 거 같단 말이야."

"잘못 짚었어."

"그런데 그렇게 스킨십이 자연스러워?"

"원래 그런 거 자연스러워."

확실히 진하가 그녀를 향해 손을 내밀 때 딱히 망설임 같은 건 없었다. 그리고 자연스러웠다. 생각해 보면 처음부터 그랬다. 그러니 종교적 신념이 있다는 말을 농담으로 치부한 것이다.

"남자는 남자가 아는데 절대 관심 없는 여자에겐 그런 거 안 해. 뭐, 물론 쓰레기는 하지. 한번 어떻게 해 보려고."

"강윤서."

"알았어. 너무 정색한다."

"정말 그런 거 아니니까 운전에 집중해."

민서는 오늘 시은을 만나고 나서 일말의 희망도 모두 접어서 버렸다. 이제 정말 진하를 깊은 감정 없이, 딱 그때의 기분으로만 대하기로 마음먹었다.

❧

윤서가 왜 그렇게 밝은지 알게 되었다. 가족들 모두가 밝고, 따뜻했다. 심지어 집 안에서 키우는 개까지 말이다. 자신이 낳은 자식이 아닌데도 불구하고 어쩜 저렇게 사랑스럽다는 눈으로 바라볼 수 있는 걸까. 민서는 윤서의 새어머니가 참 좋은 분이라는 것을 느꼈다. 윤서 역시 새어머니를 정말 친어머니처럼 따르고 좋아했다.

윤서의 아버지는 정수기 사업을 학원 사업과 병행하며 물에 대해 연구를 하다 보니 자연스레 민서의 논문도 보게 되었다고 했다. 처음엔 그냥 예의상 하는 말인 줄 알았으나 꽤 깊은 학문적 대화를 나누며 민서도 깊은 감명을 받았다.

"오늘 이렇게 초대해 주셔서 감사합니다."

"그냥 집이다, 생각하고 편히 들러요."

"말씀만이라도 정말 감사합니다."

"진작 이렇게 같이 얼굴도 보고 그랬어야 했는데. 미안해요."

"아닙니다."

"그럼 조만간 또 한 번 봐요."

"네."

윤서의 아버지는 중후한 사람이었다. 연희에게 상처를 받진 않았

301

을까, 저도 모르게 자신의 아버지와 비교를 하게 되었다. 사랑의 상처를 이겨 내는 것도 사람마다 다른 모양이었다.

"누나, 내가 바래다줄게."

"아냐, 친구가 오기로 했어. 이미 와 있을 거야."

"그럼 앞까지만."

"아냐, 추운데 뭐하러. 그럼 이만 가 보겠습니다. 나중에 전화할게."

혹시라도 윤서가 쫓아 나와서 진하의 차를 볼까 봐 민서는 부리나케 그곳을 빠져나왔다. 넓고 큰 정원을 지나 열린 대문으로 나와 아래로 걸었다. 약간의 공간이 있는 곳에 진하의 차가 세워져 있었다. 점심까지만 해도 포근했던 날씨였는데 갑자기 온도가 훅 내려가 쌀쌀했다.

그때 문이 열리며 진하가 차에서 내렸다. 그녀가 잠시 멈춰 서서 차만 바라보고 있자 내린 모양이었다. 큰 보폭으로 어느새 가까이 다가온 진하가 그녀의 손을 잡아 왔다.

"왜 보고만 있어?"

"부러워서."

"누가?"

"강윤서가."

사실 정말 부러워서 눈물이 날 뻔했다. 부모님의 자리라는 건 아이가 커 갈 때 인격 형성에 참 많은 걸 차지하는 것 같았다. 그녀도 저런 집에서 태어났다면 이렇게 늘 눌려 살아가진 않았을 것이다. 무슨 말을 하든, 어떤 행동을 하든 자신감 넘치는 윤서가 어쩌면 부러웠는지도 모르겠다.

왠지 오늘은 무척이나 피곤한 하루라 이대로 쓰러지면 그대로 잠이 들 수도 있을 것 같았다. 고개를 힘없이 진하의 어깨에 기대었다. 진하는 잡고 있던 손을 놓고 그녀의 어깨를 감싸 안아 자신에게 편하게 기대게 만들어 주었다.

이거면 됐다. 지금은 체온을 빌릴 수 있고, 기댈 수 있어서. 이것만으로도 만족스러웠다.

❖

배가 아픈 건 어쩔 수 없었다. 이번엔 웬일로 생리가 늦어진다고 생각했다. 그렇다고 해서 불안한 것은 없었다. 그녀는 꽤 배란 주기가 들쑥날쑥했고, 피임 역시 완벽했다. 진하가 늘 피임을 했지만 민서는 자신의 주기를 맞추기 위해 피임약을 복용했다. 이번엔 멈추지 않고 계속 복용하는 바람에 늦춰진 것이었지만.

원래 주기가 정확하지 않다는 말에 진하는 고개를 끄덕였지만 쉽게 납득되지 않는다는 얼굴을 하고 있었다. 그러면서도 그녀가 아프다고 하니 세상 다시없을 다정한 사람이 되었다. 덕분에 그녀는 일요일 내내 침대에 누워 있을 수 있었다.

진하를 만나고 나서 이렇게 여유롭게 주말을 보낸 건 처음이었다. 때론 혼자만의 시간도 중요했다. 하지만 그건 같은 공간에 진하기 있기 때문에 드는 생각이었다. 아마 또 진하가 그녀의 인생에서 빠지게 된다면 외롭지 않을까.

하지만 하루 종일 침대에 누워 있는 것도 좀이 쑤셨다. 자리에서 일어난 민서가 카디건을 걸치고 방에서 나와 계단을 내려갔다. 진하는 아무래도 따뜻한 음식이 좋겠다며 부엌으로 갔다.

그 후 시간이 꽤 흐른 것 같았다. 부엌 쪽을 살펴보니 진하는 싱크대 앞에 기대어 서서 휴대폰을 계속 훑고 있었다.

아무래도 이곳은 서울보다는 배달 음식을 시키는 것에 한계가 있었다. 그래서 진하가 직접 요리를 하겠다고 나선 것인데, 만들려는 음식이 생각보다 어려운 모양이었다. 그녀보다는 진하가 더 요리는 잘하는 것 같았지만 어차피 두 사람의 실력은 별 차이가 없었다.

그에게 가까이 다가가려던 그때 진하의 휴대폰이 울렸다. 발신자를 확인한 진하가 한숨을 뱉더니 전화를 받았다.

"네, 윤진하입니다."

– 어디냐.

스피커 모드로 전화를 받은 모양인지 낮은 남자의 목소리가 들렸다. 그녀는 2층에 있을 테니 통화 내용도 들을 수 없다고 판단한 모양이었다.

"웬일이세요."

머리카락을 거칠게 쓸어 올린 진하가 입술을 살짝 깨물었다.

– 말버릇하고는.

"비서 통해서 말씀하시든가요."

– 하나뿐인 아들놈이라는 게 이 모양 이 꼴이니.

"용건만 간단히 말씀하십시오."

분명 통화 상대는 진하의 아버지였다. 그런데 진하는 귀찮다 못해 마지못해 전화를 받는 듯 굴었다.

– 이 의원에게 전화 왔었다. 그러게 왜 그런 식으로 파혼을 해!

"제 의사로 진행된 약혼도 아니었습니다. 그리고 1년도 넘은 이야기를 이제 와 꺼내시는 이유가 뭡니까?"

– 그 사생활 난잡한 딴따라 여식하고 선을 봐?

민서를 말하고 있다. 순간 가슴이 철렁 내려앉는 것 같았다.

"외삼촌 부탁이었습니다."

- 차기 의장 자리 노리는 집안이야. 아직 그쪽은 너한테 마음이 있는 것 같으니 참고 만나 봐.

"절 아버지, 어머니처럼 살게 하실 생각입니까?"

- 결혼 그거 별거 아니다.

"그래서, 이득만 취하고 섹스는 다른 여자와 해라?"

진하가 픽 웃었다.

"그것도 나쁘진 않네요."

- 윤진하.

"윤 회장님 덕분에 전 제가 제대로 된 구실도 못 하는 놈인 줄 알 았거든요."

민서의 미간이 좁혀졌다. 아무래도 자리를 피해야 할 것 같았다.

- 네 회사, 바로 문 닫게 할 수도 있다. 결혼 다시 진행해.

선하그룹이다. 아무리 정상 궤도에 올랐다고는 하지만 중소기업 수준의 회사 하나쯤 누르는 건 일도 아닐 것이다. 그것을 진하 역시 잘 알고 있는 듯했다.

- 이 결혼만 진행하면 네가 어떤 여자를 만나고 다니든 상관하지 않으마.

다시 계단을 올라가야 했다. 머리는 명령을 하고 있었지만 다리는 말을 듣지 않았다.

"그러죠."

11. 신기루

크리스마스가 며칠 남지 않았다. 사무실에도 작지만 트리가 세워졌고 사람들은 들뜬 얼굴을 하고 있었다. 크리스마스가 주는 즐거움은 그런 것인 모양이었다.

진하는 그런 통화를 해 놓고도 별다른 변화가 없었다. 출장이 아니면 양평에서 서울 사무실로 출퇴근을 했고, 주말엔 그녀 곁에서 떨어지지 않았다.

진하가 결혼을 하게 된다면 민서는 그의 곁을 떠나야 할 것이다. 만일 진하가 정부로 남아 달라고 한다면 그걸 받아들일 수 있을까?

민서는 고개를 저었다. 말도 안 되는 소리다. 그런 그림자로 살아갈 자신도 없었고, 곁에서 그의 가족을 지켜보며 견딜 자신도 없었다. 어차피 안 될 인연이면 그대로 정리하는 게 나았다.

"선배님."

"어, 태주 씨."

"퇴근 안 하세요?"

시계를 보니 벌써 6시가 지나 있었다. 사무실 사람들은 진작 퇴근한 모양이었지만 그녀는 생각에 빠져 그것도 알아차리지 못했다.

"아, 해야지."

"선배님."

"응?"

"괜찮으시면 식사 같이하실래요?"

같이 1년을 일했으면서 아직까지 둘이서만 식사를 해 본 적이 없었다. 이왕 말이 나온 김에 밥이라도 한 끼 사야겠다고 생각했다.

"나가요, 내가 밥 살게."

짐을 정리하고 일어나며 가야 할 식당을 떠올렸다. 거의 점심만 사무실 근처에서 사 먹었던지라 뭘 먹어야 할지 쉽게 떠오르지 않았다.

"뭐 좋아해요, 태주 씨?"

"아무거나 잘 먹습니다."

"근처에 뭘 잘하지."

"제 차로 이동하실래요?"

"그래요."

내일은 30분 정도 일찍 나와 걸어도 되었다. 어차피 진하는 출장 중이라 빠르면 오늘 밤이나 새벽에 서울에 도착한다고 했으니 양평엔 내일 올 것이다. 집에 가서 뭘 먹어야 하나 고민을 했는데 쉽게 해결이 되었다.

태주의 차에 올라타자 SUV 특유의 묵직함이 느껴졌다. 그리고 보니 태주와는 일을 할 때 이외에는 거의 말을 섞어 본 적이 없어 민서는 차창 밖 풍경만 보았다. 우스운 건 이미 해가 져서 풍경이 잘 보이지도 않는다는 점이었다.

자신의 행동이 우스워 저도 모르게 소리 내어 웃고 말았다.

"아, 음악 같은 것도 안 들어?"

"그냥 운전만 하는 것 같아요."

"그렇구나. 나도 거의 안 틀어서 뭐."

"라디오라도 켤까요?"

"식당까지 오래 걸려요?"

"아뇨, 앞으로 한 5분쯤?"

"그럼 그냥 가요."

오늘 가는 식당 음식이 맛있으면 주말에 진하와 함께 가야겠다고 생각했다. 요즘 많이 바쁜 모양인지 진하는 빠진 살이 다시 찌지 않았다. 그렇다고 해서 더 빠지지도 않았지만. 밖에서 잘 챙겨 먹는다고는 하지만 역시 한계가 있을 것이다. 가방 속에 있는 휴대폰에서 진동이 울리기 시작했다. 전화를 받아 음량을 최대로 줄였다.

"여보세요?"

– 퇴근?

"하고 있어."

– 밥 먹어야지.

진하가 월요일부터 집을 비워서인지 냉장고는 거의 텅텅 비어 있었다. 그러잖아도 내일 퇴근하면서 마트에 들러야겠다고 생각했다.

"지금 먹으러 가."

– 혼자?

"아니."

– 그럼?

진하도 태주를 알고 있었다. 하지만 본능적으로 피했다.

"후배하고."

- 맛있게 먹고 와.

"일은 다 끝났어?"

- 거의.

"알았어."

통화를 끝내고 다시 휴대폰을 가방 안에 넣었다. 아마 옆에 직장
동료가 있는 것을 알고 진하도 간단히 대화를 끝냈을 것이다. 이럴
때 보면 또 사업하는 사람답게 눈치가 빨랐다.

고개를 막 들어 올려 왼쪽을 보는데 태주와 눈이 마주쳤다. 민서가
어색함을 숨기려 살짝 웃었다.

어색하게 따라 웃은 태주가 곧 돌로 만들어진 집으로 들어섰다. 바
로 앞엔 저수지가 있었고 그녀도 몇 번인가 이곳을 지나친 적이 있었
다. 카페인 줄 알았는데 식당인 모양이었다.

"식당이었네요? 카펜 줄 알았는데."

"직접 만든 두부 파는 곳이에요."

"몰랐는데. 고마워. 태주 씨 덕분에 좋은 데 알게 되네."

"들어가시죠."

식사 시간인지라 몇몇 테이블은 차 있었다. 두 사람은 마침 자리가
난 창가 쪽으로 앉게 되었다. 공간이 넓고, 테이블마다 간격도 많이
떨어져 있어 손님이 차도 시끄러울 것 같지 않았다. 조용한 식당을
선호하는 그녀나 진하에게도 잘 맞을 듯했다. 밤이라 저수지가 잘 보
이지는 않지만 낮에 오면 또 분위기도 좋을 듯했다.

"여기 되게 좋네."

"한 번씩 들러요."

"그럼 알아서 시켜 줘요."

태주가 고개를 끄덕이고 곧 직원에게 주문을 했다.

태주는 자연스럽게 물을 따라 그녀의 앞으로 컵을 놓아 주었다.

"메밀 삶은 물이래요."

"아, 그래서 구수한 냄새가 나는구나."

가까운 곳에 이런 곳이 있는 것도 모르고 지나쳤다. 정말 그동안 얼마나 주변에 무심했는지 다시 한 번 깨닫게 되었다.

"요즘 일 많아서 힘드시죠."

"연말이 다 그렇지 뭐. 태주 씨가 그래도 잘 도와줘서 나야 수월하지. 내년에 후배들이 또 잘 들어와야 태주 씨도 편할 텐데."

"제가 더 도움 많이 받죠, 선배님께."

"참, 아침마다 꿀물 마시고 있어. 고마워, 태주 씨."

사실 그녀보다 대부분 진하가 먹고 있었다. 그녀가 몇 번인가 꿀물을 타 주었는데 진하의 입맛에 맞는 모양이었는지 아침에 알아서 두 잔을 타서 그녀에게 건네주곤 했다.

"그럼 태주 씨도 양봉할 줄 알아?"

"어릴 때부터 곧잘 돕곤 해서요."

"아, 그래서 혹시 생물학 전공한 거야?"

"아예 관련이 없다고는 못 해요."

역시 사람은 주변 환경에 많이 따라가게 된다.

"선배님은요?"

"난 그냥 성적 맞춰 왔어. 재미없지?"

"그럼 힘들지 않으셨어요?"

"힘들진 않았던 것 같아."

힘들지 않았다. 그땐 그냥 진하를 만날 수 있다는 희망이 있어서 학부 시절을 수월하게 보냈다. 그러다 정신을 차려 보니 또 대학원으로 진학을 했고 교수들은 그녀에게 유학도 권유했다.

"학교 생활 좋으셨나 보네요."

"태주 씨는?"

"똑같았죠. 그냥 학교 다니고, 군대도 다녀오고."

"인기 많았을 것 같은데?"

"아니에요."

당황했는지 태주의 얼굴이 붉어졌다. 지금도 태주는 미혼인 직원들에게 인기가 많았다. 얼마 전에도 고백받은 걸 알고 있는데 그녀가 모르는 줄 아는 모양이었다.

"고백도 최근에 받았잖아."

"네?"

정말 놀란 모양이었다. 물을 먹던 태주가 사레가 걸린 듯 컥컥댔다.

"괜찮아, 태주 씨?"

"네."

몇 번인가 헛기침을 한 태주가 등을 편하게 등받이에 기댔다. 곧 밑반찬들이 나오기 시작했다. 두부 탕수육과 두부 강정을 비롯해 김치 같은 반찬들도 모두 맛깔스럽게 보였다. 그리고 가운데에 손바닥만 한 크기의 두꺼운 두부전도 있었다.

"뜨거울 때 드셔야 맛있어요."

태주는 자연스럽게 커다란 두부전을 들어 그녀의 앞접시에 놓아주었다.

"진짜 맛있겠다. 잘 먹을게, 태주 씨."

민서가 조각을 내어 입으로 가져갔다. 손두부라는 건 약간은 단단한 식감이었지만 훨씬 고소하고 물기가 적어서 맛있었다.

"정말 맛있다."

"입맛에 맞으셔서 다행이네요."

곧이어 다른 메뉴가 나왔다. 메밀 들깨 수제비와 하얀 순두부탕도 있었다. 순두부도 직접 만든 것이라 시중에 파는 것과는 맛도, 식감도 전혀 다르다.

"나도 나중에 친구하고 같이 와야겠다."

"네. 그분도 좋아하셨으면 좋겠네요."

잠시 먹던 것을 멈칫했다. 그녀가 데리고 올 사람이 누구인지 마치 아는 것처럼 말하고 있었다. 설마 태주가 진하를 떠올리는 것일까? 사실 그녀는 동거를 한다는 게 알려져도 상관없었다. 하지만 진하에게 피해가 갈까 봐 최대한 조심하는 중이었다.

생각보다 진하는 인터넷상에서 꽤 유명한 모양이었다. 사업에 성공한 대표가 인터뷰를 하거나, 광고매체에 나오는 경우는 흔한 일인데 진하 같은 경우는 외모 덕에 더 주목을 받는 듯했다.

"주말엔 뭐 하세요?"

"이번 주는 서울 가 봐야지. 친구가 신혼여행에서 돌아오거든."

"아, 친구분 결혼하셨다고 했지."

"응."

"선배님은 결혼 생각 없으세요?"

민서가 웃으며 고개를 끄덕였다. 그녀는 결혼에 대한 환상을 단 한 번도 가져 본 적이 없었다.

지금은 진하와 동거를 하고 있고, 현실을 잊으면 행복했다. 아니, 어쩌면 스스로 행복하다고 세뇌를 시키고 있는 것일지도 모른다. 때론 살얼음판을 걷는 느낌이기도 했으니까.

아마 진하의 그 통화를 듣지 않았더라면 조금 더 마음 놓고 행복해했을지도 모르겠다. 물론 동거와 결혼 생활이 다르다는 것도 알고 있다. 그리고 이 관계의 끝도 결국 보인다는 것을.

인간은 왜 욕심이 생기는 것일까. 진하와 함께하는 시간이 좋고, 행복할수록 이 시간이 더 길게 갔으면 했다. 그럴 수가 없다는 것을 알면서도. 왠지 모르게 눈물이 고이는 것 같아 물을 삼켰다.

"태주 씨는?"

"저야, 때가 되면 하고 싶죠."

태주는 이미 자리를 잡았고, 연봉도 적지 않을 것이다.

"넉넉하진 않아도 부모님은 늘 행복하셨거든요. 저도 그 모습을 보고 자라서인지 그런 결혼 생활을 하고 싶다고 생각했어요."

상상만으로도 좋은 것인지 태주의 얼굴에 자연스러운 미소가 걸렸다. 예전엔 이런 가정환경을 가진 사람들이 무작정 부러웠다. 그녀는 가지고 싶어도 영원히 가질 수 없는 것이었으니 말이다.

"태주 씨와 결혼할 여자는 좋겠다."

"네?"

"자상하고, 또 잘해 줄 것 같아. 무뚝뚝한 것 같은데, 주변 사람도 잘 챙기고. 태주 씨 평판 정말 좋거든."

쑥스러운 듯 태주의 얼굴이 다시 살짝 붉어졌다. 태주의 이런 면 때문에 그의 동기인 희경이 그렇게 짝사랑을 앓고 있는지도 몰랐다.

"선배님은요?"

"응?"

"저 같은 사람 어떻게 생각하세요?"

순간 말문이 막혀서 입에 넣었던 음식을 씹는 것도 잊었다. 태주도 그렇게 물어 놓고 별다른 답을 기대하는 건 아닌지 밥을 입안으로 밀어 넣었다.

"아, 당연히 태주 씨 좋다고 생각하지. 여자 친구에겐 되게 다정한 스타일일 것 같은데?"

"무뚝뚝하다고 늘 차였는데요."

"태주 씨 진가를 몰라봤나 보다. 태주 씨 잘 알아보는 사람이 가까이 있던데."

희경은 그나마 태주가 민서를 잘 따른다고 했다. 그래서 언제 기회가 나면 은근슬쩍 물어봐 달라고 했는데 오늘이 그 기회인 듯했다.

"태주 씬 지금 사귀는 사람 있어?"

"아뇨."

태주가 재빨리 음식을 삼키며 말했다.

꼭 저런 타입이 티를 내지 않고 오래 사귄 여자 친구가 있을 것 같다면서 희경도 고백을 못 하고 있었다. 아마 이 사실을 희경에게 알려 주면 좋아할 것이다.

"선배님은요?"

"없지."

진하는 남자 친구가 아니다. 그저 서로 욕구를 풀기 위해 함께 있는 존재일 뿐. 진하에겐 그러했다.

"좋아하는 분도 없으세요?"

"음……. 있어."

태주에게라도 말을 해야 그나마 답답한 속이 풀릴 것 같았다. 나현에게도 솔직한 마음을 비치지 못했다.

"아……. 오래되셨어요?"

"잊었다고 생각했는데 다시 만나니까 여전하더라. 나도 놀랐어, 사실."

2년간 진하를 보지 않으며 사실 그 마음을 많이 정리했다고 생각했는데. 어떻게 다시 본 순간 말짱 도루묵이 되어 버렸는지.

결국엔 마음을 좀먹을 뿐인 동거 생활이 시작되었다. 행복하면서도 늘 불안한 기분을 느껴야 했다. 그럼에도 불구하고 이 시간을 잃고 싶지 않아 그 불안함을 묵살하고 있었다.

"얼마나 좋아하셨는데요?"

"6년?"

태주는 많이 놀란 것 같았다. 하긴 그녀도 주변의 다른 사람이 누군가를 6년간 좋아했단 말을 듣는다면 놀랄 것 같았다. 스스로가 생각해도 놀랄 때가 많았는데.

"평생 살면서 그렇게 좋아할 수 있는 사람 만날 수 있을까, 불안하기도 하네요. 저는."

"좋은 건 아닌 것 같아."

"왜요?"

"음, 그냥 짝사랑이니까. 내가 보고 싶을 때 볼 수도 없고, 환상만 어쩐지 커져 가는 것 같고."

"그래서 짝사랑이 잘 이루어지지 않는대요."

민서가 젓가락질을 멈추고 태주를 보았다. 태주는 고개를 돌려 창밖을 보고 있었다.

"짝사랑이 길어지면 그 사람을 이미지에 가둬서 생각하면서 환상이 커진대요. 그래서 막상 사귀면 자기가 생각한 이미지와 달라서 실망한다고 하더라구요."

그랬으면 얼마나 좋았을까. 아마 대체적으로는 태주의 말처럼 될지도 몰랐다. 그런데 같이 있으면 있을수록 진하가 좋아진다. 진하의 말처럼 끝이 왔을 때 정말 질척이지 않을 수 있을까? 요즘은 스스로에게 자신이 없어지고 있었다.

"고백은 해 보셨어요?"

"아니. 평생 안 할 생각인데?"

태주는 계속 그녀의 말에 놀라고 있었다.

"아깝지 않으세요?"

"뭐가?"

"6년을 좋아했는데, 고백이라도 한번 해 볼 수 있는 거잖아요."

"다신 못 보게 될까 봐. 용기가 잘 안 났어."

그 용기는 지금도 나지 않는다. 언제쯤 용기를 내어 말할 수 있을까? 끝이 날 때쯤? 아마 그때쯤은 할 수 있을지도 모르겠다.

"후회할 겁니다."

"응?"

"고백하지 않으면요. 아마 평생 생각날 거예요."

태주의 목소리가 워낙에 커서 순간 시선이 집중되었다. 태주는 늘 말을 해도 조곤조곤하고 목소리도 나긋했다. 짝사랑에 힘들어 본 적이 있었던 걸까?

"짝사랑 때문에 상처받은 적 있나 봐, 태주 씨는?"

"네."

곧바로 대답이 나올 줄은 몰랐다. 민서가 저도 모르게 아, 소리를 내며 고개를 끄덕였다.

"2년쯤 짝사랑을 했는데. 계속 눈치만 봤거든요."

"고백 못 했어?"

"네."

"왜?"

"하늘나라로 가서요."

순간 말문이 막혔다. 민서는 어떻게 위로해야 할지 몰라 잠시 망설였다.

"오늘이 기일이거든요."

"그런데 이러고 있어도 돼?"

"올해부턴 그 친구 부모님이 저 보고 싶지 않다고 하셔서요."

어딘지 서글퍼 보이는 얼굴이었다. 좋아하던 사람을 잃는 기분은 어떤 것일까? 문득 동원이 생각났다. 연희는 동원의 병을 알고 생각을 많이 했던 것일까? 그러니 그렇게 보여 주지 않으려고 했던 동원을 만나 보라고 했던 것일까? 그래도 한때 연희도 동원을 사랑했을 것이다. 비록 지금은 다른 남자와 사랑을 속삭이고 있지만.

"아마 그 부모님들도 태주 씨 보면 자식이 더 생각나서 그러실 거야."

"그렇겠죠."

잔뜩 풀이 죽은 태주를 보니 민서도 마음이 좋지 않았다. 그래서였나 보다. 오늘 태주가 저녁 식사를 같이하자고 한 건. 유난히 혼자 있기 싫은 날이 있었다.

식사를 마치고 바로 옆에 있는 카페에서 따뜻한 차도 한 잔 마셨다. 두 사람 모두 말이 없었다. 하지만 태주는 그냥 곁에 민서가 있어 주는 것만으로도 위로가 되는 모양이었다.

괜찮다는데도 태주는 민서의 출근을 걱정해 굳이 사무실 앞까지 운전해 왔다.

"선배님, 차 못 나가겠는데요."

내리려던 민서가 밖을 살피던 태주의 말에 앞을 보자, 경비실에 자리를 비운다는 팻말이 붙어 있었다. 문은 이미 굳게 닫혀 있어서 아마 경비 아저씨가 되돌아오려면 최소 2시간쯤은 걸릴 것 같았다.

"집까지 모셔다 드릴게요."

"고마워."

"내일도 제가 모시러 올게요."

"괜찮아. 간만에 걷고도 싶고. 30분만 일찍 나오면 되는데 뭘."

태주에게 단지 주소를 알려 주고 다시 안전벨트를 맸다. 고개를 끄덕인 태주가 다시 핸들을 돌렸다. 차를 타면 참 가깝게 느껴지는데 걷다 보면 은근히 거리가 있었다. 아무래도 가는 길이 직진이라 차를 타면 더 가깝게 느껴지는 것일지도 몰랐다.

"아, 그냥 여기 정문에서 세워 줘."

"안까지 모셔다 드릴게요."

"아냐, 여기 통제가 은근히 까다롭거든."

태주가 차를 세우자 민서가 내렸다. 태주도 그녀를 따라 차에서 같이 내렸다.

"안 내려도 되는데."

"아니에요. 저 때문에 내일도 걸어오셔야 하는데 죄송해서요."

"정말 괜찮아. 나도 운동 좀 해야 되는데. 내가 오히려 고맙지, 뭐. 참, 내일 점심은 내가 살게. 오늘 저녁도 내가 사려고 했는데."

"아니에요. 그럼 들어가 보세요."

"태주 씨 먼저 가. 가는 거 보고 갈게."

잠시 망설이던 태주가 이내 웃고는 고개를 한 번 숙였다.

"태주 씨."

"네?"

"힘내. 또 좋은 사람 만나게 될 거야."

태주가 희미하게 웃고는 고개를 끄덕였다. 점점 멀어지는 태주의 차를 물끄러미 바라보던 민서가 몸을 돌렸다.

탁, 소리가 들려 고개를 들자 차에서 내리는 진하가 보였다.

"어? 내일 오는 거 아니었어?"

"후배가 양태주 씨였어?"

"응."

"왜 말 안 했는데."

"무슨 소리야. 후배와 밥 먹는다고 했잖아."

"의도적으로 피한 건 아니고?"

이상했다. 진하의 목소리가 날카로웠다. 질투를 하는 건 아닐 것이다. 진하가 태주에게 전혀 질투를 할 일은 없었으니까. 다만 섹스를 하는 여자를 다른 남자와 공유하고 싶지 않다는 뜻인 걸까?

"뭘 또 의도적으로 피했다고 그래."

"일단 타."

진하가 차 문을 열고 그녀가 다가오기를 기다렸다. 민서는 잠시 진하를 물끄러미 바라보았다. 이런 반응을 보이는 진하를 어떻게 해석해야 할까. 처음엔 적어도 이런 동거 기간이 1년 정도는 지속될 수 있지 않을까, 하는 생각이 들었다. 하지만 지금은 모르겠다.

어쩌면 생각보다 진하의 약혼이나 결혼이 빠르게 진행될 수도 있다. 그녀는 아마 진하의 결혼 소식을 기사를 통해서 알게 될 확률이 더 높았다. 진하가 먼저 말을 해 주진 않을 것이다. 약혼을 했던 것도, 파혼을 했던 것도 말해 주지 않았으니까. 짝사랑은 비참한 거라고 하더니 자신이 그 모든 것을 맞고 있는 듯했다.

"안 타?"

결국 민서가 차에 올라탔다. 문을 탁 소리가 나게 닫은 진하가 보닛을 돌아와 운전석으로 와 앉았다.

"어디 가는 거야?"

차는 집으로 가지 않고 도로로 빠졌다. 하지만 진하는 그녀의 말에 답을 하지 않을 작정인 듯했다. 출장 갔던 일이 잘 풀리지 않은 것인지, 아니면 그녀가 태주와 저녁 식사를 한다는 말을 하지 않아서 그런 것인지. 민서도 더 이상 말을 하기를 포기했다. 그때 진동이 울렸다.

"여보세요."

– 우리 사랑스런 민서, 뭐 하고 있어?

"나현아. 어디야?"

– 어디긴. 아직 제주도지. 주말에 서울 오는 거지?

"응. 빨리 보고 싶다."

– 내가 우리 민서 놔두고 왜 시집을 왔나 싶다.

나현의 말에 옆에서 채윤이 뭐라 잔소리를 하는 듯했다. 보기만 해도 웃음이 나는 커플이었다.

"몸은?"

– 좋아. 진짜 내가 먹성이 이렇게 터질 줄은 몰랐다. 벌써 3kg이나 올랐어.

"가려 먹고 있는 거지? 날것은 정말 되도록 먹지 마."

– 흑돼지만 지금 닷새 연속이야. 어때? 동거 생활은?

슬쩍 고개를 돌려 진하를 보았다. 운전에 집중하고 있는 진하는 그녀가 통화를 하고 있는 것도 신경 쓰지 않고 있는 듯했다.

"그냥……."

– 왜? 옆에 설마 진하 씨 있어?

들리기라도 할까 봐 나현이 소곤소곤 말했다.

"응."

– 내가 타이밍 잘못 잡았네. 그럼 일요일에 봐.

"그래. 잘 가려 먹고."

– 가만 보면 우리 엄마보다 잔소리가 더해. 끊을게.

옆에서 채윤이 전화를 바꿔 달라는 소리가 나는 것과 동시에 통화가 뚝 끊겼다. 아무래도 진하와 함께 있다는 말에 나현이 배려한 것임이 틀림없었다.

진하가 차는 어느새 멈춰 있었다. 이곳이 어딘지 주변을 보는데 깜깜해서 아무것도 보이지 않았다. 시동을 끄는 진하를 황당한 얼굴로 바라보았다. 그때 그녀의 턱이 잡히고 뜨거운 입술이 부딪쳤다.

어쩐지 신경질적인 키스였다. 진하와 관계를 갖기 시작했을 때, 처음부터 이렇게 불쾌한 기분을 느낀 적이 한 번도 없었다.

그런데 오늘은 아니었다. 아무리 시골이라고는 하지만 이렇게 사람들의 눈을 피해 급히 일을 치러야 하는 마치 꼭 부적절한 관계처럼 느껴졌다. 그것도 서로의 기분이 좋지 않은 상태에서 하는 관계는 역시 한없이 기분을 추락하게 만든다.

흐트러진 옷을 정리하다 스타킹이 너덜너덜해진 것을 발견했다. 뜯어 발기듯 스타킹을 벗어 대충 차 바닥으로 던져 버렸다.

대충 옷을 추스르던 진하가 그 모습을 보고도 아무 말을 하지 않고 차를 출발시켰다.

이미 기분은 엉망이 되었다. 내일이 토요일이었다면 그녀는 미련 없이 차를 끌고 서울로 갔을 것이다. 집 앞에 도착해 시동을 끄기도 전에 민서가 차에서 내렸다. 비참한 기분을 뭐라 형언하기 어려웠다.

태주와 이야기를 하면서 기분이 많이 풀리고 즐거웠는데. 어떻게 윤진하라는 남자는 이토록 사람을 한도 끝도 없이 추락하게 만드는 것일까. 계단을 올라서기 전 손이 잡히고 몸이 돌려세워졌다.

"이민서."

눈물이 왈칵 쏟아졌다. 입술을 꾹 깨문 채 참아 보려고 했지만 이미 흘러내린 눈물은 참아지지 않았다. 턱 끝으로 모인 눈물이 뚝뚝 떨어지고 있었다.

"난……."

"아무리 너와 내가 이런 사이가 됐다고 하지만 창녀 취급을 바란 건 아니었어."

한번 터진 말은 필터를 거치지 않고 흘러나왔다.

그녀의 말에 진하도 충격을 받은 얼굴이었다. 하지만 오늘 그녀가 받은 충격보다 더할까?

"아무리 우리가 즐기는 사이라고 하더라도 예의는 지켜 줬으면 좋겠어."

"이민서, 내가……."

"이런 식으로 욕구 풀고 싶으면 다른 여자 찾아. 불편하면 내가 나갈게."

그녀의 화가 바로 풀리지 않을 것을 직감한 것인지 진하가 손을 놓고 뒤로 물러섰다.

"내가 서울로 가 있을게."

진하가 그녀를 놓고 차에 올라탔다. RPM 올라가는 소리가 거칠었다. 기가 막혀 민서가 한숨을 크게 뱉었다. 지금 화를 내야 할 사람은 진하가 아닌 자신이다. 그러지 않아도 비참한 기분을 가눌 수가 없는데. 손끝이 부르르 떨렸다. 가까스로 지문을 찍고 집 안으로 들어간 민서가 그대로 주저앉아 눈물을 쏟아 내기 시작했다.

아주 이른 시간에 출근을 해서 종일 연구실에 박혀 있었다. 하지만 오늘 점심엔 송년회 겸 회식이 있어 어쩔 수 없이 나가야만 했다.

얼굴이 퉁퉁 붓고, 쌍꺼풀도 제대로 돌아오지 않았다. 아무리 화장품을 덧발라 봐도 소용이 없어 결국 포기하고 사무실로 돌아왔다.

"점심에 삼겹살 다들 괜찮지?"

얼굴을 숙인 채 사람들 틈에 섞여 밖으로 나왔다. 어제까지만 해도 그렇게 춥지 않았는데 오늘은 날이 꽤 추웠다. 코트를 목 위까지 여미고 목도리를 눈 밑까지 칭칭 둘렀다.

"선배님, 괜찮으세요?"

가까이 다가온 태주가 걱정스러운 목소리로 물었다.

"응, 태주 씨. 감기가 조금 왔나 봐."

"아침에 모시러 갈 걸 그랬네요."

"아냐. 사실 며칠 전부터 감기 기운이 조금 있었어."

목도리를 조금 더 위로 올리는데 희경이 다가와 호들갑을 떨기 시작했다. 울어서 그렇다는 말을 할 수도 없어서 난감했다.

"선배, 어떡해요. 많이 아파요? 차라리 조퇴하시는 게 나을 것 같은데."

"그러네. 얼굴 보니 보통 감기가 아니네. 내가 처리할게. 그냥 퇴근해."

"그래도 송년회고 그런데……."

"몸이 먼저지 이 사람아. 푹 쉬고, 월요일에 좋은 얼굴로 보자고. 이번 감기 독해서 난리야. 우리 집사람도 지금 며칠째 앓고 있는데."

배려가 능숙한 사람들 틈에서 그녀도 참 많은 것을 배웠다. 여기서 괜찮다고 또 고집을 부리면 사람들이 더 불편해할 것도 알고 있었다. 그래서 민서는 사람들 틈에서 조용히 빠져나와 다시 사무실로 올라왔다. 답답한 목도리를 풀고 의자에 털썩 주저앉았다. 두 눈을 감고 거의 누울 듯이 의자에 기댔는데 차가운 무엇인가가 눈 위에 놓였다. 놀란 민서가 그것을 손으로 잡고 눈에서 떼어 냈다. 태주가 가지 않고 따라 들어와 얼음팩을 놓아 준 모양이었다.

"아, 태주 씨. 안 갔어?"

"정말 괜찮으세요? 운전하기 힘드시면 제가 운전해서 모셔다 드릴 게요."

"진짜 괜찮아. 5분만 앉아 있다가 갈게. 배고프겠다, 빨리 가서 밥 먹어."

"아, 그럼 이거 한 잔 드시고 가세요."

태주가 자신의 자리로 가더니 홍삼 음료를 내려놓았다.

"이거 희경 씨가 선물로 준 거 아니야?"

"많이 있어서요."

"고마워. 잘 마실게."

"그럼 다음 주에 뵐게요."

태주가 꾸벅 인사를 하고 사무실을 빠져나갔다. 좋아할 거면 저런 다정한 남자를 좋아할 것을. 왜 하필 사람들이 모두 어려워하는 남자를 좋아하게 된 것일까.

게다가 지금 진하에게선 전화 한 통, 메시지 하나 없었다. 화가 풀린 건 아니었지만 그래도 메시지 하나라도 남겨 놨더라면 아주 조금은 마음이 좋아졌을 것이다.

어제 왜 그랬던 건지 이유라도 들을 것을. 어차피 자신이 을인 입장이다. 그런데 무슨 자존심을 또 세웠던 것일까.

자리에서 일어난 민서는 태주가 놓고 간 음료수를 한 번에 마시고 쓰레기통에 버렸다. 어제 태주와 헤어진 이후에 아무것도 먹지 못했던 위장이 갑자기 요동을 치기 시작했다. 그것을 무시하고 사무실을 나와 차에 올라탔다. 어차피 잠실 나현의 집에 그녀의 옷들이 꽤 남아 있어서 바로 서울로 출발했다. 뒷좌석에 놓인 서류 봉투가 여전히 눈에 띄었다. 결국 민서는 행선지를 성북동으로 바꾸었다.

참 우스운 건 연희는 성북동 집 비밀번호를 바꾸지 않았다. 자신의 집인데도 불구하고. 초인종을 누를까 하다 어차피 아무도 없을 거라 생각하고 비밀번호를 눌렀다. 철컥, 소리와 함께 거대한 문이 열렸다. 원래 외할아버지와 외할머니가 살던 집이었다. 그리고 그녀 역시도 이곳에서 자랐다.

사람을 쓰는 모양인지 정원은 변한 게 하나도 없었다. 두 분이 돌아가시고 이 집을 연희가 물려받은 뒤로는 한 번도 오지 않았다. 오면 그 두 분이 생각나서 올 수가 없었다.

대리석 계단을 올라서 지문을 찍자 문이 열렸다. 현관문을 열고 안으로 들어섰을 땐 훈훈한 공기가 느껴졌다.

"왔니?"

흠칫 놀란 건 엉망진창으로 머리를 긁으며 담배를 물고 있는 연희 때문이었다. 물병을 들고 부엌에서 나온 연희가 소파로 가서 앉았다. 노트북과 종이들로 어지러운 거대한 마호가니 테이블 위는 뭐 하나 놔둘 자리가 없었다.

"얼굴은 또 왜 그래?"

물을 마시고 물병을 내려놓은 연희가 말을 던졌다. 시나리오를 구상 중인 것인지 여러 책들도 널브러져 있었다. 소파 앞으로 걸어가던 민서가 발에 밟히는 종이를 허리를 숙여 주워 들었다.

「가제 - 신기루
그건 현실이었을까, 환상이었을까.」

사람들은 연희의 영화에 열광했다. 그녀는 딱 한 번, 연희의 영화를 영화관에서 진하와 보았다. 그날은 제 어깨 위에 기대어 잠든 진하 때문에 내용을 하나도 파악하지 못했었지만.

그 후로 연희의 영화는 단 한 번도 보지 않았다. 그래서 사람들이 왜 연희의 영화를 좋아하는지도 알지 못했다.

누군가는 너무 현실적이라고 했고, 누군가는 너무 공상이 심하다고 했다. 결국 그 판타지와 현실을 잘 섞고 빚어서 영화로 만드는 사람이었다. 종이를 테이블에 내려 두자 연희가 그것을 슬쩍 보았다.

"아, 그게 떨어져 있었네."

"담배 좀 줄여요."

그녀는 늘 꾸민 연희의 모습만 보았다. 그래서 마녀처럼 늙지도 않는다고 생각했다. 하지만 그녀도 이제 쉰을 바라보는 나이가 되었다. 관리를 받겠지만 세월의 흔적에 의해 생기는 주름은 어쩔 수 없는지 이마와 눈가에 자리 잡고 있었다.

"줄일 수 있었다면 진작 줄였지."

연희가 담배 연기를 후, 하고 민서의 얼굴로 뱉었다. 소파 사이의 거리 때문에 직접적으로 맞진 않았지만 독한 향이 훅 끼쳐 왔다.

"왜 만나 보라고 한 거예요?"

"내 심경에 변화라도 생겼었나 보지."

"무슨 신경의 변화요? 결혼을 앞둬서요?"

"너 내 신경 긁으러 왔니?"

"내 집도 되는데 못 올 이유가 있어요?"

연희가 인상을 찌푸리며 다시 담배를 빨았다. 새빨갛게 타들어 가는 담배 끝이 왠지 참 허망하게 느껴졌다.

"왜 날 임신했을 때 이혼했어요?"

"사랑이 끝나서."

"그쪽은 사랑이 참 가볍나 봐요."

"무거울 건 또 뭐니?"

차라리 저런 무감함을 닮았으면 나았으려나.

어이가 없어 이젠 웃음이 다 나올 지경이었다.

"그래서 지금 사랑은 얼마나 갈 것 같은데요?"

"길면 5년쯤?"

언제나 끝을 정해 놓고 만나는 건 아닐까? 어떻게 저렇게 단정 지을 수 있을까. 5년 뒤쯤이라니. 그 남자는 이 여자가 그런 생각을 하고 있는 걸 알기나 하는 걸까?

"표정이 왜 그러니?"

"괜히 앞길 창창한 남자 망치지 말고 놓아주는 게 어때요?"

"내가 좋다고 했니? 걔가 좋다고 했지."

정말 끝까지 자기중심적인 사고방식이다.

"부럽네요."

"사람 놀리니?"

"닮으려면 차라리 그쪽을 닮았어야 했는데."

"난 닮게 낳아 줬어. 너 혼자 지지리 궁상떨면서 자란 거지."

"차라리 지우지 그랬어요."

"못 하는 말이 없다."

입에 물고 있던 담배를 손가락으로 집어 재떨이에 비벼 끈 연희가 다시 물을 마셨다.

"안 그래도 머리 복잡한데 신경 긁을 거면 그냥 방으로 올라갈래? 아니다, 내가 장소를 잘못 골랐어. 여기 오는 게 아닌데."

"아직도 그쪽 못 잊나 봐요."

그 말에 연희가 혀를 한 번 찼다. 지독한 여자. 왼손에 들고 있던 서류 봉투를 테이블 위로 올려놓았다.

"버리든 읽든 마음대로 해요."

자리에서 일어나는데 이상하게 위가 뒤틀릴 듯이 아팠다.

"민서야, 어머! 얘, 이민서!"

마치 전기가 끊긴 것처럼 암흑 속으로 빨려 들어갔다.

누군가가 머리를 쓰다듬고 있다. 눈을 뜨고 싶은데 그게 쉽지 않았다. 가슴께는 계속 뻐근하고. 아니, 그보다 아픈 건가? 정신을 차려야 한다고 생각하지만 그게 쉽지 않았다. 이젠 몸에 닿는 모든 게 귀찮아졌다. 팔을 휘두르려고 했지만 꿈인 모양인지 움직이지도 않는다. 몇 번이나 한숨을 내뱉고 나서야 눈을 떴다.

수만 개의 잔가시들이 눈꺼풀에 모두 박혀 있는 느낌이었다. 뻑뻑한 눈꺼풀을 가까스로 들어 올렸을 때 소파에 앉아 프린트물을 보고 있는 연희가 보였다. 참 우스운 광경이다.

그녀가 어릴 때 잔병치레를 꽤 많이 했었다. 아파서 한창 앓고 눈을 뜨면 곁에 있는 사람은 연희가 아니라 외할아버지, 외할머니 혹은 김 원장이나 박 여사였다. 그것도 아니면 나현이었지, 연희가 있는 건 처음이었다.

팔꿈치로 매트리스를 짚고 몸을 일으키자 연희가 보던 것을 멈추고 고개를 들었다.

"얘, 괜찮니?"

소파에서 일어난 연희가 가까이 다가왔다. 그리고 이마를 향해 손을 뻗었다. 꿈결에 그녀의 머리카락을 쓰다듬어 준 사람은 당연히 진하일 것이라고 생각했다. 같이 잠이 들 때면 그는 꼭 잠이 들기 전까지 그녀의 머리카락을 만지곤 했었다.

"위경련이 뭐니? 밥은 제대로 먹고 다니는 거야?"

"아……."

어쩐지 며칠 전부터 위가 따끔거린다고는 생각했다. 평소 스트레스성 위염을 가지고 있었고 그게 이번에는 좀 심한 편이라 생각했다. 이럴 줄 알았으면 미리 약을 좀 먹어 두는 건데. 연희의 앞에서 이렇게 쓰러질 줄은 몰랐다.

"평소 스트레스도 심한 모양이던데. 좀 발산하고 살아."

"성격 탓인가 보죠."

"쯧."

연희가 혀를 차며 그녀의 링거 줄을 확인했다. 수액은 아주 천천히 떨어지고 있었다. 영양제도 따로 맞추는 모양인지 병 두 개가 더 걸려 있었다.

"윤진하가 누구니?"

눈을 크게 뜬 민서가 연희를 보았다.

"사귀는 남자 친구?"

그럼 그렇지. 신세 진 사람의 부탁이라며 선을 보라고 해 놓고서는 선 상대의 이름도 모르고 있었다. 정말 연희에게 있어 관심사는 오로지 그녀가 찍어야 할 영화뿐인 듯했다.

"아니야."

"전화 오는데 다짜고짜 어디냐고 물어서 대답했어."

"언제?"

"한 30분 됐나?"

고개를 창밖으로 돌렸다. 깜깜한 걸 보니 꽤 시간이 흐른 모양이었다.

"지금 10시 40분 좀 넘었어."

그녀가 시계를 찾는 걸 알았는지 연희가 오른쪽 손목에 찬 시계를 확인하고 말해 주었다. 별생각 없이 고개를 끄덕이고 시선을 돌렸다. 하지만 민서의 시선이 다시 연희에게로 돌아갔다.

저 시계는 아주 익숙하다. 민서의 시선이 꽂힌 걸 알았는지 연희가 헛기침을 하며 왼손으로 손목을 가렸다.

"영양제가 다 됐네, 간호사 좀 불러야겠다."

"그 시계……."

"왜? 내가 차면 안 되니?"

대학을 들어가고 과외를 했던 때가 있었다. 학생이 다행히 잘 따라 와 주어 좋은 성적을 냈고 보수도 그럭저럭 괜찮게 받았다. 태어나 처음으로 번 돈으로 그녀가 고른 건 외할아버지의 넥타이, 외할머니의 스카프였다. 저 시계는 당시는 물론 지금도 그녀의 월급 3분의 1 이상을 할애해야 하는 고가의 것이었다.

당시 연희의 선물을 살까, 말까 굉장히 고민을 했었다. 가격이 문제가 아니라 그 당시에도 연희는 그녀가 산 저 시계보다 몇 배는 비싼 것들을 차고 다녔었다. 그녀가 선물을 해 봤자 받지 않을 것이라고 생각했다.

아마도 그때가 어버이날쯤 되었을 것이다. 연희는 적어도 어버이 날에는 성북동에 꼭 들렀었다. 그래서 그녀가 갖든 말든 상관 않겠단 생각으로 그냥 연희 방 침대 옆에 놓아두었었다. 그게 처음이자 마지막으로 연희의 방에 들어가게 된 일이었다.

다음 날, 역시 연희는 그 시계를 차지 않았다. 그래서 그럼 그렇지 하는 생각을 했지, 그 뒤로는 잊고 있었다.

"내 선물 아니었어?"

"그건 맞지만……."

"편해. 그래서 계속 찬 거야."

꼭 새침한 아가씨처럼 말하는 연희를 보고 웃고 말았다. 그러다 곧 가슴께가 다시 뻐근해서 인상을 찌푸리고 말았다. 그때 노크와 함께 문이 열렸다. 간호사는 영양제 병을 갈아 주고 민서의 혈압을 쟀다.

"혈압이 조금 낮으시네요. 아픈 건 좀 어떠세요?"

"많이 괜찮아졌어요."

"그럼 내일 아침 선생님 회진 도시면 그때 경과 보고 퇴원 여부 결정하실게요."

"이거 다 맞으면 그냥 퇴원해도 되는데."

"내일 아침까지 맞을 수 있는 건 다 맞고 가도 충분해. 수고하셨어요."

간호사가 고개를 살짝 숙이고 병실에서 나갔다. 잠자리가 바뀌는 것에 크게 구애를 받는 건 아니었지만 행여 오늘 연희가 병실에 있을까 걱정이 됐다. 연희는 침대 옆의 간이 의자에 털썩 앉았다.

"주말인데 뭐 급한 일 있니? 그냥 좋다는 건 다 맞고 가면 되지."

"알았어요."

"아님 내가 불편해서 그래?"

"그럼 편하겠어요?"

민서의 눈빛에 연희가 헛기침을 뱉으며 다리를 꼰 채 팔짱을 꼈다. 발목을 일부러 까딱이는 것을 보니 현재 분위기가 마음에 들지 않는 듯했다. 어쨌거나 두 사람은 모녀였지만 친하지 않은 사이였다. 오히려 타인에 가깝지 않았나 싶을 정도로.

"현서 이 병원에 있더라."

그러고 보니 현서는 의대에 진학했었다. 어려서부터 워낙 똑똑했던지라 사람들이 현서에게 거는 기대는 크다고 들었었다.

사람들은 외할아버지나 외할머니에게 그래도 자식들이 모두 채 감

332

독을 닮아 영민하다며 칭찬을 했었다. 아버지가 다 다른 아이 셋을 낳은 것도 남사스러운데 그나마 똑똑하기라도 해서 다행이라는 것을 돌려 말한 것이었다.

외할아버지나 외할머니는 연희의 의견을 존중하는 편이었다. 커서 생각했을 때 그런 부모님을 만난 연희도 참 복이 많다는 생각이 들었다. 보통의 가정이었다면 아마 연희는 연을 끊게 되지 않았을까?

"무슨 과래요?"

"정형?"

이제야 연희답다고 생각됐다. 자식이 무슨 일을 하는지 알고나 있는 걸까? 의사야 특수한 경우였으니 현서의 직업은 알 수밖에 없었다. 물론 저 정형외과를 전공한다는 말엔 확신이 없었다.

"11시에 끝난다고 들른대."

현서는 윤서보다 훨씬 어색했다. 태어나 만나 본 게 세 번이나 될까? 어릴 땐 외할머니가 말도 안 되는 걱정을 했었다. 이러다 둘이 남맨 줄도 모르고 밖에서 만나 사귀기라도 하면 어쩔 거냐고.

그때 외할머니는 모임에서 술을 마시고 돌아오셔서 꽤나 취한 상태였는데 저렇게 말하며 '내가 그 웬수 같은 딸을 낳는 게 아니었는데.'를 몇 번이나 반복하며 울었다.

물론 저런 말을 들어도 민서는 걱정할 필요가 없다고 생각했다. 그녀는 연희로 인해 제대로 된 감정을 익히지 못해서 누군가를 사랑하는 일은 불가능할 거라고 믿었기 때문이다.

"말도 없는 애라 내 속으로 낳았어도 무섭다니까."

"채 감독님도 무서운 게 다 있나 봐요?"

"너도 무서워."

연희가 혀를 또 찼다. 대체 뭐가 무섭다는 걸까.

"감정 표현을 하길 하니, 말이 많길 하니? 무슨 말만 걸면 톡 쏴 대기나 하고."

"그럼 제대로 부모 노릇 좀 해 보지 그랬어요."

"그땐 성공이 급급했어."

역시 사람의 본질은 변하지 않는 법이다. 어쨌거나 연희의 인생에서 제일 소중한 건 아마도 자신이 아닐까. 어떻게 저런 사람이 애를 셋이나 낳은 것일까. 자신의 커리어에 치명적인 결함이 되었을지도 모르는데.

"그런데 왜 셋이나 낳았어요?"

민서의 물음에 연희의 눈이 커졌다. 확실히 이목구비가 뚜렷하고 표정이 배우처럼 풍부해서 그런지 꼭 스크린 속의 인물을 보는 느낌이었다. 사람들은 연희를 보고 혼혈이 아니냐는 말도 많이 했었다. 그도 그럴 게 워낙 뚜렷한 이목구비에 머리카락 색은 옅었고, 유난히 밝은 눈동자 색을 갖고 있었기 때문이다. 피부도 굉장히 흰 편이었으며 키도 컸다.

"생겼는데 어떡해. 그럼 안 낳니?"

"피임법 좀 공부하지 그랬어요, 그렇게 똑똑한 사람이."

"얘, 나도 확신이 있으니까 낳은 거야."

"난 낳기도 전에 헤어졌다면서요."

"그건……. 자존심 싸움이기도 했어. 너무 어리고 유치하게도."

거짓말처럼 연희의 얼굴이 살짝 붉어졌다.

이동원이라는 사람은 연희에게 어떤 존재였던 걸까.

연희에게 그냥 스쳐 지나간 남편 중 하나였을 뿐이라고 생각했다.

"그 사람에게 사귀던 여자가 있었거든."

설마 그녀가 제일 듣기 싫어하는 말을 하려는 걸까. 여자가 있는 남자를 빼앗았다는 소리?

민서의 눈에 경멸이 어린 모양이었다. 연희가 '허' 소리를 냈다.

"얘, 그런 거 아니거든? 집안 반대로 인해서 헤어진 거야."

"누가 뭐랬어요?"

"네 눈빛이 기분 나빠."

"계속 말해 봐요."

말투는 쏘지만 목소리는 여느 성우처럼 듣기 좋았다. 꿈인 줄 알았는데 아주 낮게 들린 허밍은 연희였던 모양이다. 정말 외적으로 타고날 수 있는 건 모두 타고난 여자였다.

"나는 첫눈에 반했었는데."

민서의 눈이 놀라움으로 물들었다. 연희가 누군가에게 첫눈에 반한다는 말을 쓰다니. 믿기지가 않을 정도였다.

"첫눈에 반한다는 인연은 악연이라는 말이 맞다니까."

왠지 씁쓸하다. 첫눈에 반한다는 게 전생의 악연을 완전히 떨치지 못해 만나게 되어 거의 좋지 않게 끝이 난다는 말을 아주 어렸을 때 들었다.

"이미 헤어진 지 몇 년이 된 여자, 충분히 이길 수 있다고 생각했지. 그래서 결혼을 감행했고. 그런데 어느 날 울더라고. 우연히 스치듯 만나게 됐었나 봐. 그때 감정이 식는다는 게 뭔지 깨달았거든."

"그렇게 사랑이 끝났어요?"

"감정이 식는 건 순간이야."

연희의 목소리에 씁쓸함이 배었다.

12. 다른 깊이

　민서는 사랑이든 이별이든 순간이라는 연희의 말을 이해할 수 없었지만, 그 마음의 상처는 느낄 수 있었다.

　그래서 두 사람의 사랑이나 이별에 대해 더는 묻지 않았다. 연희도 더는 말하고 싶은 마음이 없는 듯했다.

　그녀가 아는 연희는 늘 현실에 충실한 여자였다. 뒤도 돌아보지 않고, 앞도 생각하지 않는다. 인간의 삶은 한 치도 예측할 수 없으니 현실에 충실해야 한다는 자신의 말처럼 살고 있는 사람이었다.

　어쩐지 오늘 밤은 연희에 대해 조금은 이해할 수 있을 것도 같았다. 아마 앞으로 평생을 보통의 모녀처럼은 될 수 없을 것이다. 하지만 친구는 될 수도 있을 것 같다는 생각이 들었다.

　똑똑.

　저도 모르게 긴장을 했다.

　연희는 진하에게 병원을 알려 주었다고 했다. 하지만 문을 열고 들어서는 사람은 가벼운 차림을 하고 있는 현서였다.

안경을 끼고 있는 현서의 첫인상은 어딘지 날카로워서 차게 보인다. 키는 큰 데다 모델처럼 삐쩍 말랐다. 정형외과라면 힘을 많이 써야 한다는데 저 몸매로 버틸 수나 있을까 싶었다.

"깨어 있었네."

"일 벌써 끝났니?"

"간만의 오프인데 뭐, 매일 부르면 불려 오는 게 레지던트라."

대충 연희에게 답을 한 현서가 침대로 가까이 다가왔다. 그리고 혀를 차더니 침대 옆의 버튼을 눌렀다. 매트리스의 허리 위쪽이 들리며 편하게 기댈 수 있게 되었다.

"이거 아무도 안 알려 줬어?"

"아까 간호사가 설명해 주고 갔는데 내가 건성으로 들어서."

연희가 이마를 긁적이며 현서의 시선을 피했다. 현서는 그런 연희를 보며 혀를 또 한 번 차고 고개를 돌렸다.

"화장실 좀 다녀올게."

"여기도 있잖아."

"담배도 한 대 피고 오려고 한다. 왜?"

연희가 코트를 챙겨 들더니 밖으로 나갔다. 그런 연희가 마음에 들지 않는지 현서는 또다시 혀를 찬다. 마치 그게 버릇인 것처럼.

"속은 좀 어때?"

현서를 언제 보고 안 봤더라. 고등학생 때? 그런데 너무도 자연스레 말을 놓는다. 그저 말할 타이밍을 놓친 건데 현서가 이마를 긁적였다.

"아, 몸은 어때요?"

"편하게 말해."

"혈색은 아직 그저 그렇네."

바로 말을 놓은 현서가 고개를 삐딱하게 기울이며 그녀의 얼굴을 위아래로 훑었다. 그리고 자연스레 현서의 커다란 손이 그녀의 이마로 다가오다 멈췄다. 이유는 노크 소리 때문이었다.

공중에서 어색하게 손이 떠 있는 상태로 누군가가 들어왔다. 현서의 손에 가려 들어온 사람의 얼굴이 보이지 않았지만 누군지 직감으로 느낄 수 있었다.

딱 떨어지는 슈트 팬츠를 입고 있는 남자는 다름 아닌 진하였다.

"누구십니까?"

현서의 목소리가 딱딱하게 나왔다. 그리고 이내 커다란 손이 그녀의 이마를 덮었다. 워낙 큰 손이라 그녀의 눈까지 가렸다.

"아직 열이 좀 있네. 어지러운 건?"

"없어."

다행히 목소리가 떨려 나오지 않았다. 어쩐지 진하를 보면 울컥 눈물이 솟을 것만 같았는데 생각보다는 덤덤했다.

"윤진합니다."

"네?"

"거기 있는 이민서 친구입니다."

뚜벅 소리와 함께 진하가 가까워졌다. 현서의 서늘한 손이 이마에서 떨어져 나갔다.

그리고 병원 편의점에서 샀을 게 분명한 과일 바구니를 어색하게 들고 서 있는 진하가 보였다. 얼굴은 더 거칠해졌지만 특유의 깔끔함은 그대로였다.

"아, 그거 이리 주십시오."

진하가 말을 하지 않고 현서를 경계의 눈빛으로 보았다.

"그 바구니, 선물로 가져온 거 아닙니까?"

현서가 턱 끝으로 진하의 손에 있는 바구니를 가리켰다. 진하는 잠시 머뭇거리더니 현서에게로 바구니를 넘겼다. 현서는 그것을 창틀에 올려 두고 링거 팩을 확인했다.

"약이 너무 빨리 들어가네. 안 아파?"

약이 들어가는 속도를 줄인 현서가 그녀의 손을 잡았다. 손등에 꽂힌 바늘을 보기 위해 몇 번이나 주변을 아프지 않게 눌렀다.

"괜찮은 것 같아. 안 아파."

"잠깐 나갔다 올게."

고개를 끄덕였다. 말을 하지 않아도 현서가 자리를 비켜 주려는 것임을 알았다.

현서마저 병실을 나가자 무거운 공기가 턱, 내려앉았다. 진하는 입도 열지 못하고 그저 민서를 내려 보고 있었다.

"앉아."

"몸은?"

"괜찮아졌어."

"내가 너무 거칠게 대해서……."

"아냐, 스트레스성 위경련 정도야."

여전히 자리에 앉지 못한 채 진하가 고개만 반사적으로 끄덕였다. 잔뜩 걱정이 어려 있는 표정을 보자 마음이 조금 풀어지려고 했다. 어떻게 윤진하에게는 이렇게도 약할 수 있을까.

"진짜 괜찮아. 안 앉아? 목 아픈데."

"아."

자신의 키가 크다는 걸 상기한 모양인지 진하가 조금 전 연희가 앉았던 의자에 앉았다.

그러고 보니 급하게 뛰어오기라도 한 것인지 늘 단정했던 머리카락이 조금 흐트러져 있다. 이마엔 약간의 땀이 보이는 것도 같고.

"뛰어왔어?"

"조금."

"정말 괜찮은데 뭐하러 와."

"이민서. 너는."

진하가 차마 말을 하지 못하고 입을 다물었다. 아무래도 어젯밤 일이 계속 마음에 걸리는 모양이었다.

"어젠 미안했어."

어쩐지 놀라웠다. 진하의 입에서 미안하다는 말이 나올 거라는 건 전혀 예상하지 못했기 때문이다.

"아냐, 나도 말이 심했지 뭐."

어제 감정이 격해져서 막말을 했던 건 그녀였다. 자신의 상처만 돌아보기 급급한 나머지 진하가 받을 건 생각하지 못했다.

결국 좋아하는 쪽이 을이 되는 것이다. 그건 연애 관계뿐만이 아니라 인간관계에서도 마찬가지였다. 모두의 마음이 같을 수는 없다는 것을 아주 오래전부터 알고 있었다.

진하의 손이 다가왔다. 이마에 닿은 손이 뜨거웠다. 진하의 손은 늘 이렇게 뜨거울 정도로 따뜻하다.

"열이 있어."

"위염도 있으니까. 염증이 있으면 아무래도 어쩔 수 없지."

"스트레스의 원인이 난가?"

"아냐, 요즘 논문도 잘 안 써지고 연구가 막혀서 스트레스 좀 받았어."

"평소 그런 말 좀 하고 풀어."

평생을 누군가에게 감정을 풀어 본 적이 없어 그건 민서에게 무척이나 어려운 일이었다. 나현도 그녀를 보고 화가 나면 화를 내라고 했다. 그런데 애초에 화를 낸다는 게 뭔지 몰랐던 그녀에게 그것은 너무도 어려웠다.

"퇴원은 언제쯤 할 수 있대?"

"이것만 맞고 가고 싶은데 내일 하는 게 좋겠다고 하더라고."

"얼굴 창백해. 푹 쉬어."

고개를 끄덕였다. 모두가 그녀를 보고 쉬라는 말만 한다. 그러니 이럴 땐 쉬어 주는 게 맞았다.

"방금 전 그 남자는 뭐야? 의사?"

"응."

"아는 사람이야? 무슨 사람 대하는 태도가 그래?"

확실히 아주 잠깐이었지만 현서는 날이 선 목소리로 진하를 대했다.

"동생이야."

"동생?"

"둘째."

"안 닮았네."

별로 마음에 들지 않는 투로 말하는 진하를 보니 첫인상이 서로에게 좋지 않은 모양이었다. 두 사람에게서 풍겨져 나오는 서늘한 분위기가 어쩐지 닮은 것 같기도 했다.

사람들 대부분이 동족 혐오증을 가지고 있다더니. 대체적으로 사람들은 자신과 비슷한 느낌을 풍기는 사람에게 호감을 가지거나, 그 반대의 경우가 많았다. 진하와 현서는 후자인 모양이었다.

"아버지가 다르니까."

"참 할 말 없게 만든다."

"냉장고 열어 볼래? 뭐 마실 거라도 있을지 모르는데."

"이민서."

진하의 목소리가 낮아졌다.

"말해."

"우리 풀어진 거……."

"맞아."

민서가 웃었다. 진하가 이런 저자세로 나오는 것도 나쁘지 않았다. 그동안은 그녀가 늘 저자세였다. 그렇다고 해서 진하가 고압적인 것도 아니었는데 그냥 스스로가 위축되었다.

"어쨌거나 그 양태주가 별로 마음에 안 들어."

"윤진하 마음에 드는 사람이 있기나 해?"

"왜 없어. 여기 있는데."

고개를 까딱이며 그녀를 가리키는 모습에 결국 또 웃었다. 이런 모습만 보면 진하에 대한 마음이 작아질까 싶을 정도였다. 그때 문이 열리며 연희와 현서가 들어왔다. 반사적으로 자리에서 일어난 진하가 고개를 숙였다.

"아까 전화하신 분?"

"윤진하입니다."

"반가워요, 채연희라고 해요."

연희는 자연스럽게 진하를 향해 손을 뻗었다. 진하 역시 사업을 하는 사람이라 그런 인사에 익숙했다.

악수를 하고 주머니에서 명함을 꺼내 연희에게로 건네주었다. 연희가 재빨리 명함을 훑었다.

"어쩌죠, 난 명함이 없는데."

"대한민국에 채연희 감독님 모르는 사람 없을 겁니다."

"그래요? 설마 내 팬?"

"네."

간결히 답하는 진하가 마음에 든 모양인지 연희가 웃으며 셔츠 주머니에 명함을 넣었다. 그리고 민서를 슬쩍 보더니 다시 진하를 보았다.

"잘생겼네. 난 배우인 줄 알았는데 사업가라서 놀랐어요."

"칭찬 감사합니다."

"진짠데. 그런 말 많이 안 들어요? 괜찮으면 캐스팅해 보고 싶기도 한데."

"것보다 촬영 장소를 저희 카페로 해 주시면 감사할 것 같은데요."

"마침 이번에 찍을 영화가 카페가 주된 장소이긴 해요. 협조해 주면 고맙고. 김나현 작가라고 아나? 민서 친구이기도 한데."

"네, 몇 번 본 적 있습니다."

"제작사와 이야기를 해 보긴 해야겠지만 카페 빈스 정도면 아주 좋지. 브랜드 평판도 좋고, 인테리어도 고급스럽고. 나도 거기 커피 좋아하거든."

"다시 뵙게 되면 이용권 드리겠습니다."

"지금은 없다는 말?"

"급히 오느라요."

"아쉽네."

아쉽지도 않으면서 연희는 잘도 저런 말을 한다. 확실히 진하는 사업가가 맞다. 이럴 때마저 기회를 놓치지 않는 것을 보니.

"참, 민서 친구?"

"네."

"아깝네. 남자 친구인 줄 알았는데."

344

"이민서가 눈이 높아서요."

여전히 저런 말에 마음이 떨리는 건 역시 중증이다.

캐스팅에 문제가 생겼다는 말에 연희가 급히 자리를 비웠다. 아주 잠시 망설이는 것 같기는 했다. 정말 괜찮다는 민서의 말에 물건들을 챙기며 현서에게 부탁한다는 말을 남기고 병실을 빠져나갔다.

벌써 자정에 가까워지는 시간이었다. 현서는 잠시 시계를 보더니 진하를 바라보았다.

"시간이 늦었는데."

"먼저 들어가시죠."

분명 현서의 말은 진하에게 자리를 비워 달라는 의도에서 한 것이었다. 하지만 진하가 적반하장으로 나오자 어이가 없는 모양이었다.

"그냥 친구시라면서요."

"네."

"그쪽이 가 주셔야 이쪽도 쉬죠."

"동생분도 바쁘시다던데, 간만의 오프고. 들어가서 쉬시면 될 것 같습니다. 이민서 중증 환자도 아니고."

지금 그녀를 불편하게 만드는 건 두 사람 모두였다.

"맞아. 당장 죽을병 아니니까 둘 다 가면 돼."

오랜만에 혼자 있는 시간이 필요해졌다. 그리고 이제 위도 많이 안정이 됐고, 열도 거의 다 내렸다. 현서는 현서대로 진하가 있는 게 불만인 듯한 얼굴이었다.

그런데 정말 민서 역시 두 사람 모두 편한 게 아니었다. 아무리 동생이라지만 현서는 손에 꼽을 정도로 만남이 적었고, 그런 현서와 진하가 함께 있는 게 자꾸 신경전을 하는 것 같아 불편했다.

"전 어차피 여기 숙직실에서 자서요."

진하가 결국 고개를 끄덕이며 민서의 앞으로 걸어왔다.

"잠실에 있을 거지? 일요일에 데리러 갈게."

"차 가지고 왔어. 장소 알려 주면 내가 거기로 갈게."

"컨디션 괜찮겠어?"

지금 오지 말라는 소린가. 하긴, 진하의 직장 사람들도 모두 오는 결혼식임이 분명할 텐데 가지 않는 게 나을 것 같았다.

"하긴, 나도 위경련은 처음이라 좀 경과 보긴 해야겠네."

"그래, 전화할게. 쉬어."

"조심히 들어가."

진하의 손이 멈칫하는 게 보였다. 아마 현서가 없었더라면 늘 그렇듯 그녀의 머리를 쓰다듬거나, 가볍게 귓가에 입을 맞추었을지도 모른다.

진하가 결국 아무것도 하지 않고 돌아섰다. 현서를 무시하지는 못해 형식에 가까운 인사를 하고서는 병실을 나갔다. 현서는 진하가 나간 문을 바라보다 몸을 돌렸다.

"저 자식 뭐야?"

현서는 진하가 마음에 들지 않는다는 표정을 노골적으로 짓고 있었다.

"저 남자, 누나 좋아해?"

"친구야."

"아님 누나가 좋아하는 거?"

"예전에, 좋아했었어."

"저런 인간을?"

더 마음에 들지 않는다는 듯 현서가 얼굴이 구겨졌다.

"얼굴 보고?"

346

"그것도 이유가 될걸."

민서는 부정하지 않았다. 그런데 참 이상하다. 얼굴을 본 건 손에 꼽을 정도로 적지만 역시 혈육이라서 그런 건지, 저런 투정 같은 말도 귀엽게 보였다.

"허우대는 멀쩡하잖아."

"그건 뭐……."

딱히 부정을 하지 않고 현서도 말끝을 흐렸다.

"넌?"

"내가 뭘."

"여자 친구 있어?"

"좋아하는 여자는 있어."

"누군데?"

"선배."

현서 역시 좋아하는 사람을 딱히 숨길 생각은 없는 모양이었다.

"요즘 친구 녀석이랑 좀 그렇고 그런 사이인 것 같기는 하지만."

"뭐?"

"친구가 예전부터 좋아했다고 하더라고."

"넌?"

"난 그렇게 오랜 안 됐어."

"그 두 사람 사귀는 거야?"

"아마도 그렇지 않을까?"

어떻게 된 남매가 똑같이 짝사랑을 하고 있는 것일까.

민서는 저도 모르게 현서를 측은한 눈으로 보고 말았다.

"왜 그런 눈으로 봐."

"아냐. 피곤할 텐데 가서 쉬어."

"누나."

"응?"

"미안."

"뭐가?"

"어릴 때 절대 내 누나 아니라고 떼썼던 거. 언젠가 한 번은 사과하고 싶었어."

그게 무척이나 부끄러웠던 모양인지 현서의 얼굴이 살짝 붉어졌다. 그녀는 전혀 기억도 하지 못하고 있던 과거였다.

"아, 누나는 기억도 못 하는 모양이네."

"그랬던 적이 있어?"

"괜히 말했어."

투덜거리며 말하는 현서를 보며 민서가 웃었다. 그녀 역시 얼마 전까지만 해도 현서와 윤서를 정말 피가 섞인 동생이라고 생각하지 못했었다. 세상엔 늘 혼자만 있다고 말이다.

"누난, 엄마가 이해돼?"

"아주 조금은."

"난 아마 죽을 때까지 이해하기 힘들지도 모르겠어. 그런데 그냥 엄마라서 좋은 것뿐이야."

현서와 윤서는 어쩌면 그녀보다 훨씬 크고 넓은 그릇을 가졌을지도 모르겠다. 그녀는 연희를 조금씩 이해하기 시작했지만 아직 좋아진 것은 아니었다. 그래서 그저 고개를 끄덕였다.

❖

컨디션은 좋았다. 다행히 나현도 민서를 보고 아팠던 것을 전혀 눈

348

치채지 못했다. 제주도에서 뭘 그리 많이 사 왔는지 결국 캐리어 하나 가득 선물을 채워 그녀의 손에 들려 주었다. 게다가 다음 주엔 꼭 양평에 가겠다며 거하게 차려 놓을 것을 명령했다.

하룻밤만 자고 시댁으로 가야 한다며 아침 일찍 나현이 떠났다. 나현을 배웅하고 잠실 집으로 돌아왔을 때 진하에게 전화가 걸려 왔다. 그녀는 정장을 꺼내 입고 진하가 도착할 시간에 맞추어 아파트 정문 앞으로 걸어 나갔다. 걸은 지 1분도 채 되지 않아 진하의 차가 비상등을 켜며 섰다.

"추운데 왜 나와 있어?"

"오늘은 그래도 따뜻한데?"

"여기서 잤어?"

"아니, 나현이 집에서."

"신혼여행은 잘 다녀왔대?"

고개를 끄덕이며 안전벨트를 매자 진하가 조심히 차를 출발시켰다. 서초에 있는 예식장이라 얼마 걸리지 않아 도착했고 차에서 내리기 전 다시 한 번 거울을 보았다.

화장을 한다고 했는데 얼굴이 많이 거칠었다. 앞으론 위 건강에도 신경을 써야겠다고 생각했다. 너무 아파서 정신을 잃을 정도였다니, 혼자 있을 때 그런 일을 당하는 건 상상도 하고 싶지 않았다.

"그런 거 안 해도 예쁘니까 그냥 내려."

어느새 차에서 내려 조수석 문을 연 진하가 그녀가 허벅지 위에 올려 둔 가방을 들었다. 차에서 내려 손을 내미는데 진하는 가방을 주지 않았다. 가방을 오른손으로 들고 왼팔을 내밀었다. 팔짱을 끼라는 제스처였는데 저도 모르게 주변을 둘러보았다.

"왜 눈치를 봐?"

"여기 직원들 다 오는 거 아니야?"

"퇴치해 준다며."

"얼마 안 가서 발각될걸."

"되든 말든 일단 껴."

결국 우물쭈물하는 민서의 팔을 스스로 잡아 제 팔에 끼우고 걷기 시작했다. 구두를 신고 있긴 했지만 워낙 진하의 키가 큰 편이라 겨우 그의 코끝에 정수리가 닿을 정도였다. 총총거리며 걷는 것 같아 잡고 있는 진하의 팔을 힘주어 잡았다.

"이 구두 오늘 처음 신어서 발 아파."

진하가 고개를 숙여 민서의 구두를 보았다.

"왜 이렇게 높은 걸 신었어."

"네 키가 너무 크니까."

"너도 크잖아."

"네가 너무 큰 거야. 그리고 가방 이리 줘."

"무거우니까 그냥 내가 들게."

오히려 그녀의 가방을 어깨에 걸치기까지 하는 모습을 보고 웃고 말았다. 로비로 들어서자 화환들이 쭉 늘어서 있었고 진하가 웃으며 손님들을 맞이하고 있는 신랑 앞으로 가서 섰다.

"형, 축하해."

"일찍…… 어?"

"이쪽은 우리 총괄이사 장원준 씨."

"안녕하세요. 장원준이라고 합니다. 진하와 15년 지기예요."

"안녕하세요, 이민서라고 해요."

원준이 눈을 크게 뜨고 그녀를 보다 도무지 믿을 수 없다는 얼굴로 진하를 보았다. 진하가 그런 원준의 어깨를 툭 쳤다.

"왜? 난 여자 친구 데리고 오면 안 돼?"

"여자 친구? 아, 민서 씨. 죄송합니다. 이 녀석이 여자 친구를 보여 준 건 처음이라서요."

원준은 진하를 보고 15년 지기라고 했다. 게다가 진하는 원준을 아주 편안하게 대한다. 진하가 누군가에게 저렇게 편하게 대하는 모습은 처음 보았다. 그렇다면 그저 그런 친구가 아니라는 소리였다.

그런데 저런 친구에게 시은을 보여 주지 않았다? 그녀의 취업 파티에는 데리고 왔었으면서. 도무지 이해가 되지 않아 민서 역시 놀란 눈으로 진하를 보았다.

"누가 윤진하 여자 친구가 되나 궁금했는데. 민서 씨 보니 그럴 만하네요. 우리 진하 앞으로 잘 부탁드립니다. 약간 건방져서 그렇지, 좋은 녀석이거든요."

원준이 너털웃음을 지으며 진하의 어깨를 툭툭 쳤다. 확실히 격의 없어 보이는 두 사람은 그 관계가 무척이나 견고한 듯했다. 그리고 민서 역시 진하의 친구를 처음 보았다. 그래서 오늘 이 자리에 온 게 즐거워졌다.

"잠깐, 가서 신부님 얼굴 좀 보고 올게. 있을 수 있지?"

진하가 그렇게 말하며 민서에게 가방을 건네주었다. 고개를 끄덕인 민서가 가방을 받아 들었다.

"참, 결혼 축하드려요."

"고맙습니다. 그런데 진하하고 어떻게……."

"대학 동기예요."

"경영이요?"

"아뇨, 생명과학부요."

"아, 처음 들어갔던 과. 앞으로 자주 봬요."

"네. 그럼 저 잠시만……."

사람들이 다시 물밀 듯 몰려드는데 계속 원준과 이야기를 할 수는 없었다. 뒤로 빠진 민서가 화장실을 찾아 들어왔다. 맨 구석의 자리로 가서 변기 위에 앉으며 다시 가방에서 팩트를 꺼내 들었다.

역시 화장이 들떴다. 평소 화장을 잘 하고 다니지도 않아서 그런지 일단 실력이 부족했다. 나현의 결혼식 때 받았던 메이크업을 떠올리며 최대한 두드려 보았지만 소용이 없었다.

결국 입술만 한 번 더 덧바르고 자리에서 일어서는데 진하에게 전화가 걸려 왔다.

서둘러 화장실을 벗어나자 그럴 줄 알았다는 듯 진하가 그 앞에 서 있었다. 많은 사람들을 피해 진하가 그녀의 어깨를 감싸 안았다.

"어딜 가면 간다고 말 좀 하지?"

"잠깐 화장실 다녀오는 건데, 뭘."

"우선 들어가서 앉자. 발 아파 보여."

그냥 빨리 걷는 게 불편하다고 한 것뿐이었는데 신경이 쓰이는 모양이었다. 어깨동무를 하는 것보다 손을 잡는 게 낫다고 판단이 된 건지 깍지를 끼어 왔다. 그리고 다시 자연스레 그녀의 가방을 빼앗아 들고 가는 진하를 보면서 웃었다.

"윤진하."

뒤에서 누군가가 진하를 불렀다. 자연스레 두 사람의 몸이 뒤로 돌려세워졌다. 그 자리엔 누가 보더라도 그와 닮았음이 분명한 중년 남성이 서 있었다. 진하가 나이가 든다면 저런 모습이 되지 않을까 하는 사람이었다.

진하가 마치 피하기라도 하듯 잡고 있던 그녀의 손을 놓았다.

"아버지."

놓아 버린 손이 서늘하다. 저도 모르게 고개를 숙여 텅 비어 버린 손을 보았다. 역시 속으로 되뇌며 스스로의 감정을 속이려 들어도 이런 상처는 어쩔 수 없다.

하지만 온기를 잃어버린 손보다도 더 차가운 건 그녀를 상품이라도 되는 듯 위에서 아래로 차근차근 훑는 윤 회장의 시선이었다. 할 수 있다면 도망을 가고 싶었다. 아니, 이 땅에서 꺼져 버렸음 좋겠다. 태어나 한 번도 이런 불쾌한 시선을 받아 보지 못했다.

결국 민서가 뒤로 물러났다. 뭔가 이 자리에 더는 있으면 안 될 것 같은 느낌에 도망치듯 예식장을 벗어나 택시에 올라탔다.

숨이 가쁘고 눈물이 왈칵 흘러나올 것 같지만 참았다. 이런 걸 늘 예상하고 있지 않던가. 어차피 진하에게 그녀는 파트너 그 이상도, 이하도 아니었다. 한 번씩 보여 주는 다정함에 그러지 않아야 한다는 것을 알면서도 기대를 하고 있었던 것이다.

윤 회장은 얼마 전 진하에게 다시 시은을 만나 결혼해라 종용했고 그는 알겠다고 답했다. 어차피 다가올 끝이 더 일찍 온 건지도 모른다.

벨소리가 울리기 시작했다. 손까지 떨려 가방에서 핸드폰을 빼낼 수도 없었다. 룸미러로 그녀를 이상하게 보는 기사의 시선이 느껴졌다. 결국 핸드폰을 꺼내 전원을 꺼 버리고 숨을 뱉었다.

낚싯대에 걸려 파닥이다 상품 가치가 없다 판단되어 버려진 물고기가 된 느낌이었다.

택시에서 내리자마자 지하 주차장으로 향했다. 차라리 먼저 이별을 고하는 게 나았다. 아니, 이것도 이별이 될 수 있던가. 그냥 끝을 내는 것뿐이다.

다시 서울에서 출퇴근을 한다 해도 나쁘지 않다. 그것도 아니면 회사를 옮겨도 상관은 없었다. 어디든 그녀가 일할 곳이 없을까.

예전부터 복잡한 이곳을 벗어나 밑으로 내려가고 싶다는 말도 자주 했었다. 그러니 괜찮다. 연말이니 조용히 사직서를 내도 괜찮을 것이다.

온갖 생각들이 머릿속을 부유했다. 어떤 정신으로 양평까지 내려온 것인지도 모를 정도였다.

"후."

집 안으로 들어서자 익숙한 향이 훅 끼쳤다. 분명히 그녀가 남아 있던 시간이 더 많던 공간이었는데 어떻게 진하의 체취만 강하게 남아 있을 수 있을까. 이상하게 눈물이 나오지 않았다. 늘 스스로 언제든 올 수 있는 헤어짐이라 여겨서인지도 모른다. 제법 덤덤한 얼굴로 짐들을 챙겨 차 안을 채우기 시작했다.

진하가 사 주었던 차는 사람을 시켜 따로 보낼 것이다. 그리고 당분간은 나현의 차를 빌려 쓸 생각이었다. 어차피 나현은 그녀에게 편하게 쓰라며 차를 두고 갔다. 이런 친구가 있는 건 정말 그녀에게 남은 가장 큰 복이었다.

자질구레한 물건을 챙기고 두 번째 상자를 가지고 나오는데 누군가가 다가와 상자를 손에서 가져갔다. 놀라서 바라보니 산책이라도 나온 듯 트레이닝복 차림의 태주가 서 있었다.

"태주 씨?"

"강아지 산책시키다 선배님이 보여서요."

태주가 시선을 돌려 뒤를 보았다. 거기엔 커다란 셰퍼드가 얌전히 앉아서 두 사람을 보고 있었다.

"아…… 태주 씨 개야?"

"네. 정확히는 저희 부모님이요. 그런데 짐은 왜 옮기세요?"

"사정이 생겨서 다시 서울로 가야 할 것 같아."

"안에 짐 많이 남으셨어요? 좀 도와 드릴까요?"

잠시 고민했다.

"그래, 좀 도와줄래?"

"잠시만요."

언제 진하가 올지 모르는 상황이었다. 그녀의 짐을 모두 최대한 빨리 옮겨 벗어나는 게 좋았다.

물론 진하가 오지 않을지도 모른다. 하지만 되도록 얼굴을 보고 싶지 않았다. 이 마음이 조금이라도 더 단단해지면 그땐 얼굴을 마주하고 그만하자고 할 수 있지 않을까? 아마 그럴 수 있을 것이다.

태주는 개의 목줄을 담벼락에 걸어 두고 실례하겠습니다, 하며 안으로 들어왔다. 2층으로 태주를 안내했다.

"선배님, 무거운 건 그냥 두세요. 그건 제가 옮길게요."

"고마워, 태주 씨."

"뭘요."

"참, 이 단지에 살아?"

"어머님이 이제 좀 쉬고 싶다고 하셔서 이쪽으로 모셨어요. 은퇴하실 때도 됐죠."

고개를 끄덕였다. 이곳엔 부모님들과 함께 사는 사람들도 종종 보였다. 태주도 그런 사람들 중 하나인 모양이었다.

사실 무거워서 어떻게 들고 가야 하나 했던 짐들이었다. 태주가 있으니 생각보다 훨씬 빨리 해결이 됐다.

"고마워, 태주 씨. 내가 지금은 좀 급히 올라가 봐야 해서. 월요일에 내가 밥 살게."

"이 정도로 밥은 무슨요."

"내가 고마워서 그래."

"그럼 운전 조심히 하세요."

"응, 월요일에 봐."

"선배님."

막 운전석으로 돌아가려는 때 태주가 그녀를 불러 세웠다.

"어디 몸 안 좋으세요?"

"어?"

"얼굴색 안 좋아 보이시는데. 좀 얼굴이 부으신 것 같기도 하고."

"위염 때문에. 약 먹어서 괜찮아."

"운전하실 수 있겠어요?"

사실 다시 속이 지끈거려 왔다. 이대로라면 가다가 몇 번이나 갓길에 차를 세워야 할지도 모른다.

"제가 그럼 모셔다 드릴게요."

"어?"

"5분만 기다려 주시겠어요? 감감이만 묶어 놓고 올게요."

그녀의 대답을 기다리지도 않고 태주가 셰퍼드의 줄을 잡고 뛰었다. 주인과 뛰는 게 그저 즐거운지 셰퍼드는 신이 나게 뛰어가고 있었다.

때론 사랑이 눈에 보일 때가 있다고 한다. 아이러니하게도 민서는 그것을 감감이라는 개에게서 보았다. 개들은 모두 다 생긴 것도, 표정도 다 똑같다고 생각했는데 말이다.

혼자 생각에 빠져 있을 때 태주가 패딩을 걸치고 뛰어왔다. 오후가 되면서 기온이 떨어져 꽤 추운 날씨였는데 급히 뛰어와서 그런지 얼굴로 열이 올라 있었다.

"그런데 제가 운전을 해도 될까요?"

"괜찮아. 보험 다 되어 있거든. 좀 부탁해도 될까?"

356

"네, 타세요."

이럴 줄 알았으면 병원에서 주었던 약을 챙겨 올 걸 그랬다. 컨디션이 정말 정상이 돼 괜찮을 줄 알았다. 하지만 다시 스트레스를 받자 속부터 뒤틀렸다.

안전벨트를 매자 태주가 조심히 차를 출발시켰다. 회사에서 워낙 이런저런 차들을 운전하다 보니 태주는 처음으로 운전을 하는데도 불구하고 금세 적응을 했다.

"고마워, 태주 씨."

"얼굴이 너무 파리해 보이셔서요. 좀 쉬세요."

서울로 가면 택시비를 들려 주어야겠다고 생각했다. 그리고 한숨을 쉬며 고개를 돌렸다.

❖

무언가 망설이는 손끝이 느껴졌다. 뭔가 싶어 천천히 눈을 떴을 때 차창 밖의 풍경이 멈춰 있는 것을 발견했다.

"어? 도착했네?"

"너무 곤히 주무셔서요."

"언제 도착했어?"

"한 20분 됐어요."

"미안, 너무 정신없이 잤네."

"주차는 어디다 할까요?"

"차고에 넣어야 돼. 그냥 내가 할게. 일단 여기다 둬도 돼. 참, 태주 씨 밥은 먹었어?"

"네."

"근처에 카페가……."

"아니에요. 그냥 가 봐도 됩니다."

"여기까지 왔는데 어떻게 그냥 보내. 일단 들어가서 차라도 한 잔
마셔."

성북동은 연희의 집이기도 했지만 그녀의 집이기도 했다. 그리고
연희가 거의 오지 않을 때도 2주에 한 번씩 사람을 보내 식자재를 채
운다는 것 정도는 알고 있었다. 아예 먹을 게 없지는 않을 것이다.

"빈손인데……."

"괜찮아. 이렇게 도와준 게 어딘데. 들어와."

차에서 내려 비밀번호를 누르자 육중한 문이 징, 울리며 열렸다.
태주가 잠시 망설이다 트렁크에서 상자를 꺼내 들어 민서의 뒤를 따
랐다.

"하나라도 가지고 들어가는 게 낫잖아요."

태주는 늘 저런 성격이었다. 민서가 웃으며 고개를 끄덕이고 자잘
한 짐을 챙겨 들었다. 집 안은 훈훈했다. 보일러를 틀지 않아도 남향
특성상 겨울엔 해가 깊이 들어 온기가 잘 유지됐다. 서둘러 보일러
온도를 올리고 부엌으로 들어갔다.

"대충 놔둬도 돼. 참, 태주 씨. 커피가 좋아? 차가 좋아?"

"아무거나 상관없습니다."

서랍을 열어 잎차가 있는 것을 발견했다. 커피는 평소에 사무실에
서 너무 많이 마셔 차라리 이게 낫다고 판단했다. 딸기도 꺼내 씻어
꼭지를 정리해 식탁 위에 놓았다. 아무래도 소파에 앉으면 테이블이
너무 낮아 불편했다.

"이쪽으로 와서 앉아, 태주 씨. 소파에라도 앉아 있지."

"죄송해요. 저도 모르게 구경해서."

"아냐."

"그런데 채연희 감독님 사진하고 상이…… 혹시 언니, 아, 성이 다르시네요."

연희는 또래보다 훨씬 어린 얼굴을 하고 있다. 그리고 아주 어린 나이에 그녀를 임신하고 낳은 것도 맞았다. 자매 사이로 볼 수도 있을 것 같았다.

"우리 엄마야."

태주가 놀라서 눈도 껌뻑이지 못한 채 민서를 보았다. 예전 같았다면 그냥 웃고 넘겼겠지만 이젠 그럴 필요도 느끼지 못했다. 언제까지 사춘기 어린애처럼 살 수도 없었다.

"아, 그러셨구나. 몰랐어요."

"모르는 게 당연하지. 마셔."

"네. 그러고 보니까 닮으…… 어?"

"괜찮아?"

서둘러 티슈를 뜯어 건네주며 민서가 자리에서 일어났다. 정말 놀라긴 한 모양인지 태주가 찻잔을 엎고 말았다.

"괜찮아요. 안 다쳤는데. 죄송합니다."

"손 봐 봐, 괜찮아?"

"네."

"태주 씨, 바지 젖었어."

가랑이에 차가 흘러 젖었지만 그래도 떠 있는 부분이라 괜찮은 듯했다. 혹시 몰라 얼음주머니를 태주에게 건네주고 수건을 꺼내 왔다.

"괜찮아?"

"네, 정말 괜찮아요."

다른 잔을 꺼내 와 잘 우려낸 차를 따랐다. 진한 빛깔의 찻물이 하얀 잔을 채웠다.

"감사합니다."

"참, 태주 씨."

"네."

"친구가 상주에 있다고 했었지?"

차를 한 모금 마시며 내려놓은 태주가 고개를 끄덕였다.

"네, 낙동강 연구소요."

"거기 얼마 전에 연구원 뽑는다고 하지 않았어?"

"아직 사람이 안 구해진 모양이던데. 왜 그러세요? 소개시켜 주고 싶은 분이라도 계세요?"

"거기, 내가 지원하면 안 될까?"

❖

사표를 올렸을 때 연구소장은 무척이나 당황스러워했다. 그간 사람들과 사이도 좋았고, 연구에 열심히 매진하던 직원이 이러저러한 갈등도 없이 관둔다고 하자 당혹스러운 모양이었다.

그저 쉬고 싶었다고 말하는 민서를 보고 이내 고개를 끄덕인 건 그녀의 얼굴이 무척이나 까칠해 보였기 때문일 것이다. 사람들이 이유를 물어보자 눈치를 주기도 했다.

결국 사람들은 그녀에게 이 기회에 푹 쉬라는 말만 하고 더는 사직서에 대한 이야긴 입밖으로 꺼내지 않았다.

문득 태주가 고마웠다. 태주는 그녀가 옮기고 싶다고 했을 때 잠시 생각을 하는 듯하더니 갑자기 핸드폰을 꺼내 들었다. 친구에게 이야기를 꺼냈고 그쪽에선 그런 인재라면 당연히 감사하다며 최대한 빨리 면접 날짜를 잡고 싶다고 했다.

태주는 왜 그만두는지, 왜 옮기고 싶어 하는지 이유도 묻지 않았다. 그저 그녀의 부탁에 묵묵히 이야기를 들어 주었을 뿐이었다.

"태주 씨, 나가자. 점심 내가 산댔잖아."

"네, 선배님."

샘플실에서 돌아온 태주가 가운을 벗고 코트를 걸쳐 입었다. 오늘은 정말 뺨이 베일 정도로 바람이 매서워서 그녀도 롱패딩을 입고 나와 목도리까지 둘둘 둘러맸다.

"코트는 춥지 않겠어?"

"아……."

차로 바로 이동한다면 괜찮겠지만 근처의 초밥집은 주차장도 없어서 걸어서 이동하는 게 제일 좋았다. 목에 둘렀던 목도리를 태주에게 건네주었다.

"전 괜찮습니다."

"목 두르면 그래도 따뜻해. 난 패딩 끝까지 올리면 되거든."

"네."

잠시 머뭇거리며 태주가 목도리를 잡았다. 목도리를 두르는데 태주의 모습이 이상하게 어설펐다. 그러고 보니 평소에 태주가 목도리를 하는 것을 본 적이 없었다.

"내가 해 줄까?"

"아, 괜찮습니다."

대충 목에 목도리를 두른 태주가 빠르게 복도를 걸어 나갔다. 그때 연구실에서 나오던 희경이 빠르게 태주의 곁을 지나갔다.

태주에게 여자 친구가 없다는 말을 희경에게 해 주었다. 희경은 드디어 기회가 왔다며 태주에게 고백을 한다고 했는데 아무래도 잘 되지 않은 모양이었다. 저렇게 눈에 띌 정도로 피하는 것을 보니.

밖으로 나오자 코가 떨어져 나갈 것처럼 차가운 바람이 마구잡이로 불어왔다. 패딩에 달린 모자까지 뒤집어썼지만 역시 매서운 바람은 살을 벨 것처럼 느껴졌다.

"정말 춥네요."

"좀 빨리 걸으면 열이 나서 괜찮을 것 같아."

서둘러 발걸음을 옮기며 가까스로 초밥집에 도착했다. 예약된 방으로 안내를 받아 앉자마자 음식들이 나오기 시작했다.

"미리 예약해 놨었어."

"그러실 필요까지는 없는데."

"아냐, 내가 태주 씨에게 고마워서 그러지. 면접도 다음 주로 잡았어. 봐서 괜찮으면 내년부터 출근하려고."

"너무 이른 거 아닙니까?"

어차피 그녀가 맡고 있던 연구는 거의 막바지라 이번 주 내로는 마무리가 될 터였다. 새로운 프로젝트가 들어가기 전에 그만두는 게 훨씬 나았다.

"빠를수록 좋지 뭘. 이미 말까지 다 나왔는데."

태주는 말없이 젓가락 끝을 매만지고 있었다.

"먹어, 배고프다."

죽을 떠서 입으로 가져갔다. 입안이 꺼끌했지만 최대한 먹어 두는 게 좋았다. 태주가 연어를 좋아했던 것을 기억하고 연어회를 시켰다. 그리고 그녀는 따로 전복죽을 시켰는데 태주는 그녀가 위염이라고 했던 것을 기억했던 것인지 회를 따로 권하지 않았다.

"그냥 죽 같은 것만 먹으러 가도 됐는데."

"에이, 내가 태주 씨한테 맛있는 거 사 주고 싶어서 그랬지."

"아예 연락 끊으실 거 아니죠?"

"왜? 연락 끊었으면 좋겠어? 좀 냉정하네, 태주 씨."

태주는 말주변이 좋은 편은 아니었다. 그래서 멋쩍은 듯 이마를 긁적였다.

"서울 사시다가 상주 가시는 거면 불편하실 수도 있어요."

"사람 사는 데 다 비슷하지, 불편할 게 뭐가 있어. 괜찮아."

"지역도 달라서 힘드실 수도 있고."

"그래도 말 통하는 우리나라잖아."

앞으로의 걱정까지 하고 싶지 않았다. 그래서 일부러 밝은 투로 말을 꺼냈다. 태주도 알아들은 모양인지 말을 멈추고 먹는 것에 집중했다.

"선배님."

"응?"

"희경 씨 좀 챙겨 주세요."

"어?"

"가시는 날까지만 좀 부탁드릴게요."

"차 놓고 미안하구나?"

말없이 연어만 입으로 집어넣는 걸 보니 민서의 말이 맞는 듯했다. 태주는 참 좋은 사람이다. 지난 1년간 보아 왔지만 요즘 이런 남자도 흔치 않을 거라고 생각했다.

"희경 씨도 좋은 사람인데."

"제가 그 친구를 잊을 자신이 없어요."

웃고 있었지만 태주의 미소가 씁쓸했다. 어떻게 표정에서 슬픔이 읽힐 수가 있을까. 태주의 눈가에 살짝 눈물이 어렸다. 스스로도 당황했는지 손등으로 눈가를 대충 비벼 냈다.

"사람 마음이 어떻게 마음대로 되겠어."

"이해해 주셔서 감사합니다."

"이해는 무슨."

그녀도 스스로의 마음이 마음대로 통제가 되지 않아 계속 상처받고 쓰러지고를 반복하는 중이었다. 감정이라는 것을 칼 같은 걸로 단번에 잘라 내 버릴 수 있다면 얼마나 좋을까.

"오래 사귀었던 거야?"

"아뇨, 친구였어요. 그 친구가 죽고 나서 깨달았어요. 좋아한다는걸."

이루어지지 못하는 마음은 더 아픈 것이다. 아주 조금은 태주의 마음을 이해할 수도 있을 것 같았다. 사랑한다 말도 해 보지 못하고 떠나보냈을 마음은 얼마나 허망할까.

"어쩔 수 없잖아요. 이미 그 친구는 바다에 잠겼는데. 어떤 말도 전할 수 없는 거죠. 그 친구가 호감을 보였을 때 스스로의 마음을 알아차리지 못한 것을 많이 후회했지만. 결국은 후회해도 어쩔 수 없는 거죠."

시간이 흐른다고 해서 감정이 모두 옅어지는 것은 아니다. 더 깊어지는 사람도 있는 것이다. 태주 역시 후자인 사람이었다. 그녀처럼.

"처음 사무실에서 선배님 보고 정말 놀랐어요. 너무 닮아서."

"나와 닮았어?"

"그 친구가 살아서 머리카락만 기르고 있는 줄 알았거든요."

처음 너무 눈에 띄게 민서만 대하면 딱딱해지는 태주를 보고 사람들이 그녀를 놀려 댔다. 후배에게 무섭게 대하지 말라면서. 지금 생각하니 그건 놀라서 굳은 것이었다.

태주가 지갑을 펼쳐 그녀에게 건네주었다. 민서는 증명사진 속의 환하게 웃고 있는 얼굴을 보고 태주를 이해하게 되었다. 그리고 왜 희경을 거절할 수밖에 없었는지도.

사랑은 참 여러 가지 형태가 존재한다. 민서의 사랑이 그랬고, 태주의 사랑이 그랬으며 연희의 사랑이 그랬다. 가질 수 없는 것에 더는 욕심을 부리지 않는 게 맞았다.

오후 시간은 빠르게 지나갔다. 그녀는 이미 일을 관두기로 했고, 정리해야 할 일은 산더미였다. 8시 전에는 일이 끝날 것 같지 않았다. 자료를 정리하는데 희경이 그녀의 어깨를 살짝 두드렸다.

"어, 희경 씨."

"선배님, 어떤 분이 찾아오셔서요."

"날?"

순간 심장이 철렁했다. 설마 진하가 온 건가 싶어서. 서둘러 자리에서 일어나 돌아보는데 순간 다리에 힘이 풀리는 게 느껴졌다. 복도 끝에 서서 사무실 창을 통해 그녀를 바라보고 있는 사람은 다름 아닌 윤 회장이었다.

건물 내에는 비즈니스룸이 따로 마련되어 있었다. 바깥과 완벽히 차단이 되었고 문을 닫으면 유리벽이 불투명하게 바뀌었다. 먼저 윤 회장을 앉히고 그녀는 커피를 두 잔 내려 가져왔다. 문을 닫고 나서 트레이를 내려놓았다.

"아메리카노밖에 없습니다."

윤 회장은 말없이 그녀가 내미는 잔을 바라보았다. 이런 싸구려 커피에는 관심도 없다는 표정이었다.

"이민서입니다. 진하와는 대학에서 만났습니다."

"깊은 사인가?"

뭐라고 말을 해야 할까.

그녀는 깊은 사이라고 생각한다. 물론 진하에게는 아닐 것이다. 혼자만의 감정이 깊었다.

"아마도 아닐 것 같습니다."

"채연희 딸이라고."

윤 회장은 이미 그녀에 관한 모든 자료 조사를 마친 듯했다. 그러고 보니 연희가 이렇게 누군가에게 무시를 당하는 말투로 불리는 건 처음 들었다.

"게다가 진하와 동거까지 한다고? 그런데 깊은 사이가 아니다?"

"사귀는 사이가 아닙니다."

아마 윤 회장은 그녀의 행실에 대해 말을 하고 싶을 것이다. 그래서 연희의 이름을 꺼낸 것일 것이고. 하지만 입으로 꺼내어 말을 하지는 않았다.

"그 녀석한테 무슨 힘을 줄 수 있나?"

"힘이요?"

"결국엔 진하도 내 일을 물려받게 될 거야. 그러면 처가 힘도 필요하겠지."

대한민국에서 정재계 관계란 뻔하고 뻔한 것이었다. 그녀도 진하가 저렇게 거부하고 있다 하더라도 언젠간 지고 들어가게 될 것이라고 생각했다. 당장 진하 회사의 목을 눌러 버리는 것도 윤 회장에게는 무척이나 쉬운 일일 테니까.

"채 감독에겐 별다른 불만 없네."

설마 했다.

"남의 일 훼방 놓고 살아온 사람은 아니야. 하지만 자식 문제가 걸리면 달라지지."

어쨌거나 윤 회장이 진하에게 걸고 있는 기대라는 것은 무척이나 큰 모양이었다. 지금 대놓고 채 감독을 다시 영화판으로 들이지 않을 것이라고 협박하는 것과 다름없었다.

"진하와 이야기하겠습니다."

"내가 그 녀석 고집 잘 알아. 절대 자네와 정리하는 일 없을 걸세."

"그럼 제가 어떻게 해 주시길 바랍니까?"

"머리가 안 돌아가나?"

윤 회장이 그녀를 다시 한 번 위아래로 훑어보며 혀를 찼다. 상대하기도 싫다는 표정이었다.

"천천히 정리하려고 했습니다."

"그 천천히가 몇 년인가?"

"네?"

"진하와 친밀한 관계를 꽤나 오래 유지했더군. 사진만 봐도 알지."

윤 회장은 사업으로 잔뼈가 굵은 사람이었다. 사진에서 그녀의 표정을 보고서도 감정을 읽어 냈다는 뜻이었다.

윤 회장이 주머니에서 봉투를 꺼내 건네주었다. 막장 드라마에서나 보던 상황을 직접 당하니 기분이 이상했다.

"제가 놓겠습니다."

13. 버려야 한다는 것

위가 따끔거렸다. 저도 모르게 민서가 손바닥으로 가슴을 꾹 눌렀다. 또다시 약한 위경련이 오는 것도 같았다.

"하아……."

이상하다. 왜 이렇게 따끔거리지. 여기서 나가면 병원에 다시 가 봐야겠다고 막연하게 민서가 생각했다. 거실에 앉아서 허리를 펴지도 못한 채 눈앞의 테이블에 있는 하얀색 봉투를 바라봤다.

안에 얼마가 들어 있을까. 옛날 TV 드라마에서 이런 장면을 볼 때마다 그 안의 액수가 궁금했는데 막상 자신이 당해 보니 그런 생각이 전혀 들지 않아 이상하고 우스웠다.

"살다 살다 내가 봉투도 받아 보네."

그 잘난 윤진하 덕분에. 민서가 입술을 비틀며 웃었다. 위의 통증 때문에 웃음이 비틀려서 나오는 건지, 아니면 웃음이 나올 타이밍이 아닌 건지 모르겠다.

시선이 멍하게 바깥을 향했다. 이곳에서 진하와 함께 지냈으면서 그동안 거실 바깥의 마당이 이토록 황량했는지 미처 알지 못했다. 노랗게 색이 바랜 잔디는 겨울이라서 죽어 버렸는지도 모른다. 올해 겨울은 유독 추웠으니까.

"남은 짐 챙겨야 하는데……."

손가락 하나 까딱하기 싫었다. 천천히 민서가 눈을 감았다. 차가운 공기가 점점 몸을 차갑게 식혔다. 난방이 돌아가지 않고 있는 것일까. 매일 돌아갔던 것 같은데, 원래 이 집이 이렇게 추웠나 싶어 일어나서 보일러를 확인해 보려다 이내 관뒀다.

"나갈 집인데, 뭐."

아무것도 하지 않아도 된다. 어차피 아무것도 바라지 않고 시작한 관계이지 않은가.

쿵. 현관문이 열고 닫히는 묵직한 소리가 들렸다. 진하가 돌아왔음을 깨달았지만 고개를 까딱할 힘도 없었다. 오늘처럼 피곤한 날이 없었다. 온몸의 진이 전부 빠진 기분 때문에 들어왔냐고 말이라도 해줘야 하는데 그 흔한 인사말도 끝내 나오지 않았다.

"집이 왜 이렇게 추워? 자?"

안으로 들어와 머플러를 아무렇게나 벗어 소파에 걸쳐 두며 진하가 물었다. 그녀가 나간 집에 다시 들어왔는데 아무 일도 없었다는 듯 구는 게 이상했다. 마치 그녀가 올 걸 알고 있었다는 듯.

"아니. 안 자."

목소리가 잠겼는지 갈라져 나왔다. 눈을 뜨자 걱정스러운 얼굴을 한 진하의 모습이 보였다.

"그럼? 어디 아파? 위가 혹시 또 아파?"

어떻게 저렇게 아무렇지 않게 굴 수 있는 것인지, 생소한 얼굴로 민서가 그를 바라봤다.

"아프면?"

"병원에 가야지."

"그건 내가 알아서 할게."

"이민서."

"알아. 우리 그냥 즐기는 사이잖아."

말이 자신도 모르게 날카롭게 나온 것 같아 한 손으로 피곤한 얼굴 위를 쓸었다. 하지만 지금 어떻게 말을 꺼내야 할지 몰라서 입 안쪽에서 뱅뱅 도는 말의 앞머리를 끄집어내지 못하고 있을 때였다.

"그날은……."

"걱정하지 말라니까?"

그는 2층을 들르지 않은 채 온 모양이었다. 이미 그녀의 짐은 거의 다 빠졌는데. 그리고 보니 수염도 제대로 깎지 않은 것인지 거칠어 보인다. 하지만 아무 일도 없었다는 듯 구는 게 그녀의 마음을 때린다.

"이건 뭐야?"

테이블 위에 놓인 봉투를 먼저 발견한 건 진하였다. 다행이다. 그가 먼저 봉투의 존재를 알아채서 다행이라는 생각에 민서가 눈을 깊게 한 번 깜박였다. 위를 쥐어짜는 것 같은 통증에 어금니를 한 번 꽉 깨물었다.

"열어 봐."

진하가 앉아 있는 민서를 내려다봤다. 까만 동공이 깊게 가라앉아 있었다. 손을 뻗어 봉투를 집어 들어 열자 수표 한 장이 보였다.

"웬 수표야?"

"수표야? 어쩐지 얇더라."

희미하게 웃으면서 민서가 말했다. 입술은 웃고 있지만 눈은 전혀 웃고 있지 않았다. 그가 바라보는데도 시선을 피하며 그녀가 창문 밖을 바라봤다.

"잔디가 다 죽었어."

"봄에 다시 깔면 되지. 이게 무슨 돈이야?"

오늘의 민서는 조금 이상했다. 역시 원준의 결혼식 날 윤 회장을 마주친 게 잘못이었다. 진하의 눈이 가늘어졌다. 어디가 이상한지 찾기 위해 천천히 그녀를 머리끝부터 발끝까지 훑어봤다. 창문 바깥을 보는 시선은 결코 진하를 향하지 않는다.

"이게 무슨 돈이냐고 했잖아. 1억?"

"1억이나 돼?"

갑자기 재미있는 이야기라도 들은 것처럼 민서가 작게 웃음을 터트렸다. 점점 기분이 더러워진다. 자신이 모르는 이야기를 그녀가 혼자 알고 있다는 게 마음에 들지 않았다. 진하가 다시 한 번 다그쳐 물으려 했을 때 민서가 말했다.

"그거 윤 회장님이 주셨어."

"아버지가? 왜?"

"진하야. 우린 여기까진 것 같아. 아마, 내 위자료 같은데 이런 거 괜찮다고 네가 말씀드려."

목소리에 아무런 감정이 없었다. 마치 준비된 대사 같은 말을 하며 그제야 민서가 시선을 돌려 진하를 올려다봤다.

"이건 내가 돌려줄게. 넌 신경 쓰지 마. 젠장, 집이 왜 이렇게 추워? 넌 위경련도 있었던 애가 왜 난방을 꺼 놔?"

괜히 짜증을 내면서 난방을 다시 켜기 위해 진하가 소파를 돌아 보일러 온도를 올리러 걸음을 옮겼을 때였다.

"진하야."

네 뒷모습이 이렇게 낯설게 느껴질 때도 오는구나. 늘 보던 뒷모습이라 익숙한 줄 알았는데. 진하의 뒷모습을 보면서 그 말은 차마 내뱉지 못한 채 민서가 크게 숨을 들이켰다.

"말해."

보일러 온도를 최대로 맞추면서 진하는 뒤를 돌아보지 않고 대꾸했다.

"이제 그만하자. 여기까지면 된 것 같아."

바닥의 바닥이었다. 어쩌면 괜찮을 거라고 여겼는지도 모른다. 하지만 윤 회장의 봉투를 본 순간 민서는 자신이 바닥까지 떨어진 기분이었다. 그 봉투를 감히 열어 볼 마음도 들지 않을 정도로.

"……그게 무슨 소리야?"

잠시 굳어 있던 진하가 고개를 돌려 소파에 앉아 있는 민서를 보며 물었다.

"너 결혼 이야기 나오는 거 알아."

"그래서?"

"아무래도 이쪽, 그러니까 나를 정리하는 게 맞는 것 같아서. 네 아버지도 같은 생각이시고, 내 생각도 같아."

누군가 안에 손을 집어넣어 위를 꽉 쥐어 비트는 것 같다. 고통에 갑자기 비명이 튀어나올 것 같아서 민서가 숨을 작게 헐떡였다.

"결혼은 걔랑 해도 섹스는 너랑 해."

아픈데 진하가 자꾸 자신을 웃게 해서 민서가 결국 일그러진 웃음을 지었다.

"재밌는 말이네."

"넌 지금 내 말이 웃겨?"

"그럼 안 웃겨? 그게 말이 된다고 생각해? 나랑 섹스? 그게 그렇게 좋았니? 내가 명기라도 돼? 그래서 결혼까지 하는 윤진하가 계속 여기 드나든다고? 나랑 섹스하려고?"

거기까지 말을 한 민서가 돌연 입을 꾹 다물었다. 왜 자신이 진하에게 이런 이야기를 하는 건지, 그냥 깔끔하게 끝내도 모자랄 판에. 왜 이런 말을 입에 올려 스스로 칼을 들어 저를 찌르는 기분을 느끼고 있는 걸까.

"너 지금 흥분했어."

"알아. 네가 그렇게 만들었잖아. 저 돈 봉투 주신 네 아버지가 나를 네 첩으로 여겼잖아. 그리고 네가 지금 이렇게 확인 사살한 거고."

결혼 후 섹스라니. 윤 회장처럼 윤진하도 자신을 첩으로 여겼다. 자신이 어떤 위치에 있는지 두 사람이나 이렇게 확인시켜 주는데 제정신일 리 없었다.

"그런 말 아니야. 첩은 누가……."

"그럼? 여기서 결혼한 너를 기다리는 나를 누구라고 어떻게 소개할 건데? 설마, 우리가 애인 관계라느니, 그런 소리를 할 건 아니잖아. 개소리 그만하고 여기까지 해. 윤진하, 결혼해서 잘 살아. 첩이나 애인 같은 거 만들지 말고."

천천히 몸을 움직였다. 할 말을 잃은 채 자신을 노려보는 진하를 지나쳐 방으로 들어가 남은 짐을 챙기려 했을 때였다. 그가 그녀의 손목을 붙잡았다.

"난 납득 못 해. 헤어지자고? 네가, 나를 떠난다고? 지금 너랑 결혼이라도 해 달라고 떼쓰는 거야?"

"아파, 이거 놔."

"너랑 결혼하면 돼? 그럼……."

"그럴 수 있어? 나는 아무 도움도 안 되는 사람이잖아. 나랑 결혼하면 윤 회장님 너한테 아무것도 안 물려줄 깃처럼 굴던데. 네가 갖고 있는 거 다 포기하고 나만 볼 수 있어?"

진하는 대답하지 못했다. 대답을 바라고 그에게 물어본 것도 아닌 민서가 한숨처럼 웃음을 지었다.

"진하야, 나는 너 결혼하고도 못 만나. 네가 결혼하고 나랑 만날 생각을 한 건 나를 너무 우습게 만든 거야. 내 가치를 이미 네가 정했는데, 내가 널 어떻게 만나."

민서가 그를 설득하듯 천천히 말했다. 더 이상 화를 낼 기력이 없었다. 낮고 갈라진 목소리로 그에게 자신의 처지를 상기시켰다.

"이민서."

"너한테도…… 그리고 네 아버지에게도 이런 취급 받은 내가 좀 불쌍하잖아, 진하야."

목소리가 정처 없이 떨렸다. 민서의 눈에 보이는 상처를 보고 진하가 흠칫 놀라 손을 놓았다. 그가 잡았던 손목을 다른 손으로 감싸며 그녀는 들리듯 말 듯 한 목소리로 말했다.

"그리고 우리, 처음부터 그냥 즐기기만 하자던 사이였어. 그러니까 그냥 여기까지 해. 나한테 미안하면, 여기까지 해."

진하가 뭔가 말하고 싶은 것처럼 입술을 떼었지만 차마 말을 하지 못하는 게 보였다. 더 이상 말하지 말라는 의미로 민서가 천천히 고개를 저었다. 그를 뒤로하고 2층의 제 방으로 올라왔다.

탁.

등 뒤로 문을 닫았다. 진하가 쫓아 들어올 것 같아 문에 등을 기댔다. 이미 짐을 대부분 빼놓아 가지고 갈 건 많이 남아 있지 않았다. 작은 쇼핑백 하나면 충분할 것 같았다.

"위가 왜 이렇게 아프지."

손바닥으로 아릿아릿한 위를 계속 둥글게 문질렀다. 진하가 따라 올라오는 소리가 없자 크게 심호흡을 한 민서가 재빨리 남은 짐을 쇼핑백 하나에 욱여넣었다. 보일러가 돌아가는지 딛고 선 방바닥에 따끈한 온기가 올라온다. 입술을 꾹 깨물고 짐을 대충 넣은 쇼핑백을 들고 방 밖으로 나왔다. 진하는 여전히 자신의 손목을 붙잡았던 계단 앞, 그 자리에 서 있었다.

"이왕 하는 결혼, 행복했으면 좋겠다."

작별의 말로 내뱉을 수 있는 게 고작 결혼 축하한다는 말이라니. 아무 말이나 뱉었더니 정말 우스운 말이 튀어나와 버렸다. 도망치듯 민서가 현관에서 제 운동화를 구겨 신었다. 윤진하와 함께 살던 익숙했던 집 안에 다시 온기가 돈다면 견딜 수 없을 것 같았다. 서둘러 겨울의 스산함이 가득한 바깥으로 나왔다.

자신이 걸음을 옮기는 곳이 어딘지, 어느 쪽으로 가야 하는지 아무 것도 생각하지 않은 채 무작정 집과 가장 빨리 멀어질 수 있는 곳으로 도망치듯 걸음을 옮겼다.

❖

진하의 신경이 날카로웠다. 그래서 요즘 사무실 직원들은 살얼음판 위를 걷는 기분이었다. 탁, 소리가 나게 서류를 테이블 위로 내려치는 손끝이 날카롭다.

갑작스레 매출이 준 것도 아니다. 여전히 사업은 순항 중이었다. 하지만 바로 옆으로 거대한 커피 전문점들이 들어서고 있는 게 아예 위협되지 않는 건 아니다.

커피 자체에 자부심이 있는 바리스타들도 지금 세 군데나 대형 프렌차이즈 카페가 바로 옆에 생기자 불안한 모양이었다. 이미 오픈을 한 매장은 두 군데였고 아직까진 매출이 줄지 않았다.

애초에 믿을 수 있는 커피를 판매하는 곳인지라 충성 고객들이 많은 덕이었다. 하지만 이것도 어디까지나 잠시다. 안주했다간 순식간에 전세가 역전될 것이다.

"윤 대표."

"아버지 짓이야."

민서가 두고 간 수표를 당장 선하그룹 본사로 달려가 윤 회장의 면전에 던졌다. 그따위 결혼은 없을 거라고 소리치고 나온 뒤부터 친하게 지내던 부동산 대표가 그에게 연락을 해 왔다. 방식이 너무나 치졸해서 기가 막히다 못해 웃음이 나올 지경이었다.

그날 왜 민서에게 그런 식으로밖에 말을 뱉지 못했을까. 사실 시은과 다시 만날 일도, 결혼할 일도 없었으면서. 그때 윤 회장과 했던 통화는 그저 시간을 조금 더 벌기 위해 거짓을 말했던 것뿐이었는데.

거짓말처럼 민서가 사라졌다. 사무실로 찾아가도 그런 사람은 없다고 말했다. 결국 태주를 불러냈다. 태주는 진하에게 민서가 어디로 갔는지 모른다고 말했다.

그 말이 거짓인 것을 알면서도 더 다그칠 수 없어 진하는 돌아설 수밖에 없었다. 나현도 마찬가지였고, 연희 역시 냉담했다. 어떻게 이렇게 연결고리가 없었을까. 두 달 가까이 같이 있으면서 편안함을 느낀 건 자신뿐이었던 것일까. 진하의 미간이 구겨졌다. 민서는 그의 인생에 있어 어쩌면 유일하게 편안하게 느꼈던 이성이었다.

진하는 어릴 때 보게 된 윤 회장의 외도에 충격을 받았다. 최악은 외도 상대를 집까지 불러들여 침대에서 뒹구는 모습을 떡하니 자식인 저한테까지 보여 주었다는 것이다. 그것도 진하의 방에서.

그때 진하의 나이는 겨우 일곱 살이었고 어머니인 차 여사는 유학이라는 명목으로 그를 데리고 떠났다. 언젠가부터 습관적으로 차 여사에게 물었던 것 같다. 왜 이혼을 하지 않냐고. 그때마다 차 여사는 '네 아버지를 사랑한다'는 말만 했다.

그렇다고 순진하게 그 말을 믿은 건 아니었다. 차 여사는 누구보다도 남의 이목에 신경을 썼고 무너지는 것을 참지 못했다. 그리고 자신의 위치와 윤 회장의 돈을 포기하지 못했다. 지금은 한집에 살긴 하나, 건물도 따로 쓰고 있다. 말 그대로 명목상의 부부일 뿐이었다. 그러면서 대외적으로는 행복한 잉꼬부부 행세를 하는 게 역겹다.

한국에서 대학 생활을 할 생각은 없었다. 반년 정도 시간이 남아 일단은 차 여사의 권유로 원서를 넣었다. 별생각 없이 학부를 적어 냈는데 합격을 하자 윤 회장은 역정을 냈다. 경영학부를 쓰지 않고 무슨 짓을 한 거냐고. 그때 윤 회장과 차 여사는 거의 7년 만에 사적인 대화를 했다. 결과는 싸움이 됐고, 차 여사는 눈물을 쏟아 냈다.

아마 면접을 보던 날 민서를 만나지 않았더라면 그는 미련 없이 영국으로 떠났을지도 모르겠다. 또 한 번쯤은 윤 회장에게 반항을 해도 좋겠다는 생각이 들었다. 그래서 그는 그대로 입학을 감행했다.

윤 회장은 그에게 들어가는 모든 돈줄을 끊겠다 난리를 쳤지만 뜻대로 이루어지지는 않았다. 그의 할아버지가 밖으로만 도는 아들 때문에 눈물을 쏟아 내는 며느리인 차 여사에게도 자신의 지분의 절반을 상속했기 때문이었다. 결국 윤 회장도 필요에 의해 차 여사를 내치지 못했고, 진하는 보란 듯 윤 회장의 돈을 거침없이 썼다.

윤 회장은 차 여사를 몇 번이나 설득하고 회유했다. 회사 지분만 넘긴다면 자신의 현금 절반을 내어 주겠다면서. 하나 그것을 막아선 것은 진하였다. 뱀 같은 윤 회장의 속내를 모르는 게 아니었다. 회사

지분을 모두 삼키고 나면 언제 그랬냐는 듯 최소한의 위자료만 쥐여 주고 차 여사를 내쫓을 게 분명했다.

딱히 경영을 전공하고 싶은 마음은 없었지만 그런 윤 회장을 견제하기 위해 전공을 바꾸었다. 윤 회장은 그런 진하의 속내도 모르고 그래도 경영자로서의 준비는 되어 있다며 흡족해했다. 아마 윤 회장이 다른 여자에게서 자식을 보았더라면 진하가 이렇게까지 멋대로 생활하지는 못했을 것이다. 아이러니하게도 윤 회장은 핏줄에 대한 집착이 강했다.

두 사람의 결혼 생활에 제일 큰 피해를 본 사람은 진하였는데 두 사람 모두 인정을 하지 않았다. 그나마 밥벌이를 하는 어른으로 자란 걸 고마워해야 할 텐데 말이다.

그나마 숨통이 트인 건 민서를 만났을 때였다. 말이 없고, 그저 묵묵히 들어 주던 여자. 늘 제게서 무엇인가를 얻어 내기 위해 다가오던 사람들만 봐 왔던 진하에게 민서는 조금 특이한 타입이긴 했다. 첫인상은 버려진 병아리 같은 모습이었는데 지금 생각하면 또 딱히 그렇지도 않았다. 의외로 강단 있었고, 대범한 모습도 있었다.

그도 그냥 충동적이었다, 그날은. 여자가 안고 싶다고 생각한 것도 처음이었고, 그 대상이 이민서란 사실에도 당황했다. 그리고 6년 봐 왔던 이민서가 질척대지 않을 거라는 건 본능적으로 캐치한 것이다.

그런데 참 우습게도 같이할수록 민서에게 다정해지는 자신의 모습이 낯설었다. 함께 있는 시간이 좋았다. 그리고 함께 살게 되자 더 좋아졌다. 어쩌면 누군가를 좋아하게 된다는 감정이 이런 것인가 느끼게도 되었다. 다만 그 감정을 인정하는 게 힘들었다. 인정하고 싶지 않고, 집착하고 싶지도 않았다.

스스로 괜찮다고 생각했지만 역시 어린아이의 눈으로 본 윤 회장의 정사 장면은 그에게 꽤 큰 충격이었던 것이다.

그런 더러운 인간이 회사를 빌미로 협박을 해 대고 민서를 만나 봉투를 건네다니. 그것도 그런 푼돈을.

"윤 대표."

"형."

"그래."

"도무지 못 찾겠다."

"민서 씨? 내가 사람이라도 어떻게 고용해서……."

"그럼 날 더 원망할걸."

진작 이 감정을 알 수 있었다면 좋았을 텐데. 그냥 남들과 조금은 다른 여자에게 느끼는 호기심인 줄로 알았다. 스스로의 감정을 속이면서 남들이 하는 연애질은 다 하려고 했다.

'결혼을 해도, 섹스는 너와 해.'

그 이야기를 들은 민서의 표정이 지워지지 않는다. 그렇게 떠나 버린 게 더는 자신을 보고 싶지 않다는 뜻이라는 것을 알고 있다.

"2년간 소식이 끊겼을 땐 간간이 생각났는데, 지금은 고작 한 달밖에 안 됐는데 죽을 것 같네."

"야, 윤진하."

"날 좋아하는 걸 알고 있었는데. 누가 봐도 알 수 있을 정도였는데. 내가 못된 놈이라, 받으려고만 했어."

가슴이 아리다. 태어나 한 번도 느껴 본 적 없는 감정에 스스로도 당혹스러웠다.

"형, 나도 조용히 2년쯤 기다리면 좀 용서받을 수 있으려나."

"그날, 너 민서 씨 바라보는 얼굴을 스스로 봐야 했는데."

"미친놈처럼 굴었구나, 나."

"누가 봐도 사랑에 빠진 얼굴."

결국 혼자만 몰랐던 것이다. 아니, 알고 있었음에도 부정했다. 여자에게 깊이 빠져드는 게 싫어서.

똑똑. 노크 소리와 함께 문이 열렸다.

한정판이라며 기어이 진하를 불러내어 산 코트를 입고 들어선 차 여사를 보고 원준이 고개를 숙여 인사했다.

"우리 총괄이사님 날이 갈수록 멋있어지시네. 신혼의 힘인가?"

차 여사가 소파에 앉아 진하를 보았다.

"뭐 해? 엄마 왔는데 커피 한 잔도 안 주니? 명색이 커피 장사 한다는 녀석이."

진하가 자리에서 일어나 커피 머신 앞으로 걸어갔다. 능숙하게 커피를 갈아 템핑을 하고 에스프레소를 뽑아내었다. 뜨거운 걸 싫어하는 걸 알고 있어 미지근한 물에 에스프레소를 섞어 트레이에 받쳐 차 여사의 앞으로 걸어가 내려놓았다.

그러고 보니 명색이 커피 장사를 한다면서도 민서를 위해 한 번도 커피를 내려 준 적이 없었다. 커피를 달고 살 정도로 좋아하는데.

"눈은 왜 그렇게 빨개? 잠 못 잤니?"

대체 윤 회장과 차 여사는 왜 결혼을 했을까? 흔히 말하는 정략결혼도 아니라고 했다.

어쩌면 그래서 진하에게 결혼에 대한 인식이 최악이 되었을지도 모른다. 아무리 사랑해서 한 결혼이라 하더라도 그 사랑이 끝나면 너무나 구질구질하다. 그럼에도 불구하고 민서가 없는 시간을 견딜 수가 없다.

술에 취해 잠이 드는 것도 한 달이 넘어간다. 출근을 하면 술 냄새 때문에 원준이 먼저 인상을 찌푸렸다.

"얘, 어제 술 마셨니?"

유난히 후각이 예민한 차 여사가 인상을 찌푸리며 커피를 한 모금 마셨다.

맛이 좋은지 이내 얼굴이 풀어졌지만 다시 진하의 얼굴을 보고 인상을 찌푸렸다. 주름이 생긴다며 어떠한 경우에도 크게 웃지도, 화를 내지도 않는 차 여사가.

"대체 얼마나 마셨길래 지금 이 시간까지 술 냄새가 진동을 해."

"웬일이세요."

"참."

차 여사가 잔을 내려 두고 백을 뒤졌다. 저건 자신의 생일날 스스로에게 선물한다며 원준과 함께 백화점에 가 산 콜롬보 악어백이었다. 그날 출장으로 진하가 자리를 비우자 기어이 봐 달라며 원준을 끌고 간 모양이었다. 차 여사가 흰 봉투를 꺼내 들었다. 그리고 진하의 앞으로 내밀었다.

"내가 가지고 있는 모든 계좌와 주식."

"이걸 왜 주세요?"

"나도 내 새끼 눈에서 눈물 나는 거 싫다?"

차 여사는 죽을 때에도 가져갈 거라며 그 누구에게도 내놓는 일이 없을 거라고 했던 전 재산을 꺼내 놓았다.

"걔지?"

봉투로 막 손을 뻗던 진하의 팔이 그대로 멈췄다.

"베르사체."

❖

2월에 들어서자 맹추위도 수그러들었다. 혹독한 겨울이 지나간 것만 같다. 현서는 무려 귀하신 레지던트 휴가를 내어 그녀의 새 집을 같이 봐 주겠다며 윤서와 함께 내려왔다.

출근은 3월부터 하게 되었지만 미리 준비해야 하는 게 많았다. 아예 살던 터전을 송두리째 바꾼다는 것은 참 어려운 일이었다.

그녀의 방 두 개짜리 작은 아파트를 채우는 건 윤서의 몫이었다. 돈은 이럴 때 쓰지 언제 쓰겠냐며 신이 나서 카드를 긁었다. 어떻게 서른이 다 되어서 가까워진 남매들이 있을 수 있을까. 그게 참 신기하면서도 든든했다.

외할아버지와 외할머니를 동시에 잃었을 때 세상에 혼자 남겨진 것만 같았다. 주변에서 아무리 위로해도 결국 혼자 이겨 내야 했다.

요즘 살이 너무 빠진 것 같다며 현서와 윤서는 그녀에게 꼼짝도 하지 말라고 했고, 결국 그녀는 앉아서 두 사람이 정리하는 것을 지켜볼 수밖에 없었다.

다행히 연희의 영화에 윤 회장의 압박은 들어가지 않은 모양이었다. 원작이 있는 영화를 찍는 것도 처음이지만 꼭 첫 영화를 만들 때처럼 설레는 기분이 든다며 연희는 행복에 취해 있었다.

최근 들어 이렇게 마음이 편했던 적이 없었다. 최악의 크리스마스를, 연말을, 연초를 보냈다. 많이 앓았고, 많이 힘들어했다. 제대로 먹지도 못하고 누워만 있는 그녀에게 나현은 아무 말도 하지 않았다. 윤서와 채윤이 길길이 날뛰었지만 아픔은 어쩔 수 없는 것이라면서.

그러던 어느 날, 더 이상 이렇게 시간을 보내선 안 된다는 생각에 자리를 털고 일어났다. 상처라는 건 원래 흉이 남는 법이다. 때론 그

흥을 보고 그때의 아픔이 떠오를 수는 있지만 결국엔 아물게 되는 것이었다. 그녀는 호된 첫사랑을 앓았고, 시간이 흘러 추억이 되길 빌고 있는 사람이었다.

"아, 형. 그림은 이쪽으로 걸어야 된다니까."

"내가 산 거거든."

"그렇게 말하면 내가 또 할 말이 없고."

두 사람은 누가 봐도 형제였다. 그냥 투닥거림이 자연스러운 형제.

"누난 왜 고래가 좋아?"

"자유로워 보여서."

인사동 길을 걷다 발견한 그림이었다. 드넓은 바다에서 혹등고래가 떠오르고 있는. 그 그림에서 한참이나 눈을 떼지 못하자 현서가 집들이 선물이라며 사 주었다. 생각보다 비싼 가격에 민서가 말렸지만 현서는 막무가내였다. 앞으로 주목받을 작가임이 분명하다며 화랑 주인도 추천을 해 주었다. 색감 자체가 내는 색이 새파란 바다임에도 참 따뜻해서 처음부터 눈길을 끌었다.

"누나 그거 알았어?"

"뭘?"

"저 멀리 한 마리가 더 있어."

현서가 그림을 걸고 뒤로 물러서며 말했다. 친구에게로 향하고 있었구나……. 저도 모르게 눈물이 고였다.

"누나, 울어?"

윤서가 놀란 얼굴로 입을 막았다.

"감성적이야, 감성적. 역시 엄마를 닮았어."

그녀는 스스로도 참 눈물이 없는 사람이라고 생각했었다. 그런데 어느 순간부터 눈물이 많아졌다. 그게 언제부터였는지도 모르겠다.

"감동받아서 그런 거야."

"난 그림 아무리 봐도 감동을 못 느끼겠던데. 이게 다 삭막한 경영자 아버지 닮아서 그래."

아니다. 윤 회장에 비하면 윤서의 아버지는 정말 인간적이었다. 따뜻했고, 옆집 아저씨처럼 포근했다. 또 위가 지끈거리는 느낌이다. 역시 아직은 진하에 관한 것을 떠올리는 건 힘들었다.

"더 필요한 건 없나."

정말 괜찮다는데도 현서는 더 사야 할 것이 없는지를 찾고 있었다. 그러고 보니 오늘 일어나서 아무것도 먹지 못한 것을 떠올렸다.

"오히려 너무 넘쳐. 나가자. 한턱낼게."

"당연하지. 나하고 형이 얼마나 고생을 했는데."

"하여간 생색은 내고 싶어서."

"형, 내 카드 긁었거든?"

"아버지 카드겠지."

"그건 그래."

세 사람이 아파트 단지를 벗어났다. 건너편에 바로 먹자골목이 있다는 말에 도로를 건너 문 연 집을 찾았다. 대부분이 술집이라 아직 열기 이른 시간인 듯했다. 다행히 갈빗집이 장사를 하고 있었다.

"갈비 어때?"

"없어서 못 먹지."

"현서 너는?"

"병원 좀비가 먹을 거 가리는 거 봤어?"

입맛이 까다로울 것 같은데 현서가 먼저 앞장서서 갈빗집으로 들어갔다. 메뉴판을 받아 든 윤서가 생갈비 4인분과 맥주, 소주를 시켰다. 그리고 민서를 배려해 음료수도 시켜 주었다.

"누나, 밥은?"

"고기 먹고, 냉면 먹으면 돼."

"누나도 고기 먹을 때 밥 안 먹는구나? 역시 고기 먹으러 와서는 고기만 먹어야 돼."

하지만 현서는 공깃밥을 먼저 시켰다. 의사 특성상 먹을 수 있을 때 많이 먹어 둬야 한다면서. 장정 둘이랑 먹다 보니 생갈비는 굽는 족족 사라졌다. 순식간에 비워진 접시를 보고 윤서가 서둘러 불판을 갈아 달라 말하며 양념갈비 4인분을 더 주문했다.

"누난 왜 안 먹어?"

상추쌈을 입에 크게 넣은 채 우물거리며 윤서가 그녀의 입으로 구워진 고기를 넣어 주었다. 아무 생각 없이 고기를 씹는데 이상하게 비린 냄새가 났다. 고기가 좀 덜 익었나 생각하며 대충 삼켜 넘겼다. 둘 다 정신없이 먹는 것을 보니 이상은 없음이 분명했다. 게다가 맛집인지 이 시간대에도 사람들로 홀은 거의 꽉 차 있었다. 양념갈비는 조금 덜하겠지 싶었다. 아무래도 윤서는 대학을 가서 고기 굽는 일을 하기라도 한 것인지 부지런히 구우면서도 잘도 먹었다.

"누나, 왜 그렇게 못 먹어?"

"아, 위가 좀 아직 그런가 봐."

그 말에 막 갈빗대를 뜯던 현서가 그것을 내려놓았다.

"많이 안 좋아?"

"아니, 그냥 물냉면 시켜야겠다. 식초 좀 많이 넣어서 먹으면 상큼하니 괜찮을 것 같아."

"형은?"

"난 비빔냉면 사리 추가."

"여기요!"

마른 몸에 어떻게 저 많은 음식이 들어가나 싶었다. 그런데 거기서 그치지 않고 윤서는 냉면과 고기 2인분을 더 주문했다.

"냉면은 또 고기하고 싸 먹어야 제맛이거든."

"더 시켜."

"누나, 나도 인간이거든? 물론 이 앞에 앉은 인간은 소처럼 먹긴 하네."

그 말을 듣고도 현서는 묵묵히 먹고만 있었다. 정말 먹을 수 있을 때 최대한 먹어 둔다는 게 사실인 듯했다. 냉면이 나오자 민서는 식초와 겨자를 과하다 싶을 정도로 넣었다. 거의 맑던 냉면 육수가 노란 물이 되었다.

윤서가 경악한 얼굴로 입을 가리고 민서를 보았다. 그래도 오늘은 평상시보다 겨자를 덜 풀었다. 코끝이 찡해서 눈물이 고일 정도로 겨자를 먹는 것을 좋아했다.

"이러니 위가 나가지."

현서가 혀를 차며 말했다. 그러면서도 냉면을 비비는 손은 바빴다. 그리고 빈 접시에 냉면을 덜어 그녀의 앞으로 내밀었다. 말은 거칠어도 보여 주는 행동이 다정해서 여자들에게 인기가 많을 법했다. 그런데 하필이면 지독한 짝사랑을 하고 있다니.

"누나 나 한 모금만 마셔 봐도 돼?"

윤서가 육수 맛이 궁금한 모양이었다. 민서가 고개를 끄덕이자 숟가락으로 조심히 육수를 떠 입으로 가져가더니 이내 기침을 해 대기 시작했다.

"겨자국이네."

매운지 콜록거리며 눈물까지 흘리는 윤서를 보며 민서는 언제 입맛이 없었냐는 듯 맛있게 먹기 시작했다. 육수까지 순식간에 마시는 민서를 보고 윤서는 박수까지 쳤다.

이제야 조금은 막혀 있던 속이 내려간 것 같았다.

괜찮다는데도 불구하고 밥값을 현서가 계산했다. 옆에 있는 커피 전문점에 들러 세 사람은 따뜻한 유자차를 들고 밖으로 나왔다. 날이 더 어두워지기 전에 두 사람은 서울로 가야 했다.

"누나 혼자 잘 수 있겠어? 내가 하루 더 있다가 갈까?"

"내일 오전 수업이잖아, 너. 오늘도 수업 빼먹은 주제에."

현서가 혀를 차며 말했다.

"수업 좀 잘 들어가라."

"어차피 꼰대가 유학 보내려고 하는데 뭐."

"좋겠다."

"그럼 누나도 같이 갈래?"

"새로 옮긴 직장에 출근도 아직 안 했어."

윤서가 바람 빠진 풍선처럼 입술로 푸드득 소리를 냈다. 이럴 때 보면 확실히 막내 같은 티가 났다.

"누나, 현관 단속 잘 하고."

"응, 조심히 올라가. 도착해서 연락하고."

윤서가 더 있고 싶다는 얼굴로 운전석으로 돌아가 앉았다. 현서는 철도 안 든다며 또 혀를 찼다.

"누나, 갈게."

"응. 조심히 올라가."

"이 자식 운전 실력을 믿을 수 있어야 말이지."

"뭐라고?"

창문을 열고 윤서가 크게 소리쳤다. 그런 윤서를 보며 두 사람이 웃었다.

"밥 잘 챙겨 먹고. 시간 나면 한 번씩 들를게."

"바쁠 텐데 너무 신경 쓰지 마."

"피곤할 텐데 올라가 쉬어. 약 있으면 챙겨 먹고. 그래도 안 좋으면 병원 가고."

고개를 끄덕였다. 현서가 올라타자 윤서의 스포츠카가 묵직한 배기음을 울리며 사라졌다. 속이 또 좋지 않았다.

가까스로 참고 올라오자마자 먹었던 모든 것을 게워 내고 말았다. 단단히 체하기라도 한 것일까? 귀로 손을 가져갔다. 차갑긴 했지만 이게 바깥 기온이 낮아서 그런 것인지, 체해서인지 알 수가 없었다. 자리에서 일어나는데 뭔지 모를 현기증까지 느껴졌다.

거실로 나와 소파에 앉아 몸을 기대는데 무엇인가가 머리를 스쳐 지나갔다. 설마 하는 마음에 시계를 보았다. 아직 5시가 되지 않은 시간, 민서는 서둘러 집을 나섰다.

집에서 멀지 않은 곳에 있는 병원으로 들어간 민서가 검사를 마치고 심호흡을 했다.

"이민서 님?"

"네."

"들어오세요."

자리에서 일어난 민서가 안으로 들어가자 인자하게 생긴 의사가 그녀를 반겼다. 의사는 연희의 나이 또래쯤으로 보였다.

"이민서 님?"

"네."

"축하드려요, 임신 7주네요."

의사와는 상담 비슷한 걸 하게 되었다. 임신한 줄 모르고 계속 위장약을 먹었으며, 아까도 먹었다고. 게다가 결혼도 하지 않은 상황이라고 하니 의사는 잠시 당황한 듯했다. 그리고 여러 문제를 들었지만 처음보다 많이 진정이 되었다.

원장실에서 나와 간호사가 건네주는 것들을 받고 밖으로 나왔다. 집으로 돌아가며 약국에 들러 설명해 주었던 것들을 샀다.

신호등을 기다리다 고개를 숙여 납작한 배를 보았다. 아이는 이제 겨우 1cm 남짓하다고 했다. 그런데 심장 소리가 참으로 우렁찼다. 보통 7주차에 입덧이 시작되는데 힘들면 꼭 병원에 들러 수액을 맞고 가라는 의사는 엄마처럼 그녀를 걱정해 주었다. 아무래도 아이 아빠도 없고, 혼자 계속 멍한 얼굴이라 그랬을지도 모르겠다.

아랫배가 콕콕 쑤시는 건 곧 생리가 있어서 그럴 거라 생각했다. 잠이 많이 왔던 것도 그냥 도피하고 싶어서 그런 거라 생각했고, 두통은 생각이 너무 깊어 오는 것이라 생각했다.

둔하기도 하지, 어쩜 이렇게 늦게 알아챈 것일까. 손가락 끝이 파르르 떨리는 게 육안으로도 보였다. 배꼽 밑으로 손을 얹었다. 평소와 크게 다름이 없어 그저 납작했다. 그리고 우울해졌다.

아이의 아빠는 진하였다. 알려야 한다고 생각을 하면서도 또 다른 생각이 충돌했다. 그냥 연락을 하지 않고 혼자 낳아 기른다면? 자신에게 이 아이에게서 아빠란 존재를 지워 버릴 권리가 있을까?

또다시 속이 울렁거리기 시작했다. 사람의 몸은 참 간사하다. 임신이라는 것을 알게 되자마자 아무것도 삼킬 수 없을 정도로 속이 울렁거리기 시작했다.

늘 맡았던 매연 냄새나, 엘리베이터 속의 냄새 역시 그러했다. 저도 모르게 인상을 찌푸리며 집 문을 열자마자 화장실로 들어와 또다시 모두 게워 내고 말았다.

잠시 망설이던 민서가 핸드폰을 주워 들었다. 신호가 아직 울리지도 않은 것 같은데 나현의 목소리가 들렸다.

－ 침대 잘 도착했어?

"응. 고마워."

－ 고맙긴. 거긴 어때?

"좋아."

－ 나 몸도 많이 안정됐어. 채윤이하고 같이 놀러 갈게.

"내일 올라가려고."

－ 그래, 어차피 출근 전까지 할 일도 없는데 올라와. 설도 5일 뒤잖아.

"응."

입이 떨어지지 않았다.

－ 이민서.

"응?"

－ 할 말 있어?

"얼굴 보고 하는 게 좋을 것 같아."

－ 그래, 그럼 내일 일찍 출발해. 보고 싶어.

늘 붙어 있었기에 떨어져 사는 게 오히려 어색했다. 나현은 결혼식 준비 때문에, 민서는 진하와의 일로 복잡해서 느끼지 못했었다.

"일찍 출발할게."

－ 참, 차 뽑지 말고 그냥 그 차 써. 이사하느라 여유도 없을 텐데. 나 새 차 나왔어.

"고마워, 나현아. 너 없었으면 나 정말 힘들었을 거야."

－ 고마운데 그리 멀리 갔냐, 웬수야.

"네가 만들어 주는 떡볶이 먹고 싶다."

－ 내일 만들어 줄게. 나 이제 입덧도 다 끝나서 괜찮아.

391

나현은 처음부터 입덧이 심하지 않다고 했다. 그래서 혹시라도 애가 몸이 약한 건 아닐까 걱정을 많이 했다. 하지만 그건 사람마다 타고난 게 다르다고 말했다. 보통 엄마를 따라가는 사람이 많다고.

문득 연희가 생각났다. 연희는 그녀를 가졌을 때 입덧이 심했을까? 힘들진 않았을까?

참 우스웠다. 연희 때문에 인생이 불행하다 생각했고, 원망만 했었다. 그런데 아이를 가졌다는 이유 하나만으로 이해심이 생기다니. 잠시 고민을 하던 민서가 연희에게 전화를 걸었다.

– 이 시간에 웬일이니?

"바빠요?"

– 아니, 이사는 다 끝났고?

연희는 아파트를 사 주겠다면서 막무가내로 나섰다. 하지만 민서가 한사코 거절했다. 혼자 모아 둔 돈과 대출이면 된다고. 연희는 벌써부터 빚을 지는 건 좋지 않다며 결국 모자란 돈을 보태 주었다.

"애들도 갔어요. 덕분에 수월하게 이사했고."

– 그거 보고하려고 전화한 거야?

왠지 모르게 어색했다. 그러고 보니 그녀가 먼저 전화를 걸었던 적은 한 번도 없었다. 늘 자신의 용건만 전달하기 위해 연희가 전화를 걸어왔다.

– 윤진하 대표.

심장이 철렁 내려앉았다. 이름만으로도 긴장이 되어 조금씩 울렁거리던 속도 지금은 진정이 됐다.

– 매일 찾아온다.

저도 모르게 한숨을 뱉었다. 진하가 찾아오는 건 왜일까. 이미 두 사람은 깔끔하게 끝이 났다. 무슨 할 말이라도 남은 것일까?

- 너 많이 좋아하는 것 같던데.

"그럴 리 없어요."

- 그럴 리 없는 사람이 얼굴이 반쪽이 되어서 매일 찾아와?

누군가가 심장을 꽉 쥐고 있는 것만 같았다. 명치가 저릿거려서 아플 정도였다.

"나 가졌을 때 힘들지 않았어요?"

- 힘들었지. 입덧은 심하지, 배앓이는 얼마나 심한지. 정말 너 낳기 전까지 입덧하느라 살도 안 쪘어. 오히려 빠졌지.

왠지 미안하다. 그녀는 혼자 세상에 태어난 줄 알았다. 연희가 해준 게 무엇이냐며 원망만 했었다.

- 갑자기 철이라도 들었니?

"그렇게 느껴져요?"

- 뭐, 나도 좋은 엄마는 애초에 아니었는데 뭘. 그땐 너무 어렸고, 그래서 어려웠어.

민서가 웃었다. 충분히 어렸을 나이다. 겨우 스무 살의 나이에 임신을 하고 아이를 낳았으니 얼마나 힘들었을까.

- 너 미운 건 나야. 어쩜 내가 안기만 해도 울어? 젖도 안 먹지. 그런데 엄마한테만 안기면 울지도 않고, 분유도 잘 먹고.

"외할머니 보고 싶을 때 없어?"

- 왜 없어. 매일이 보고 싶지. 평생 속만 썩였는데.

이럴 때 보면 연희도 그녀와 별다르지 않다. 둘 다 제대로 성장하지 못했던 것뿐이다.

- 집에만 가면 넌 날 보고 울지. 어휴, 말을 말자.

그때만 생각해도 치가 떨리는지 연희가 부르르 떨며 말했다.

- 민서야.

다정한 목소리다. 나이가 들어서인지, 서로를 이해하게 되어서 그런지 예전처럼 날이 선 느낌은 거의 사라지고 없었다. 그건 민서 역시 마찬가지였다.

"듣고 있어요."

– 그래, 인정해. 난 좋은 엄마가 되어 주지 못했고. 오히려 없었으면 하는 엄마였겠지.

"지금 고해성사 시간이었어요?"

핸드폰 너머로 낮은 웃음소리가 들렸다.

– 그래도, 다음에도 내 딸로 태어나 줬으면 좋겠다는 생각은 해.

"너무 이기적인 것 같단 생각은 안 해요?"

– 인간은 원래 이기적이야.

그럼 그렇지. 그 분위기가 뭐 얼마나 오래가나 했다.

– 매일 찾아오는 통에 영화 찍는 것도 힘들어. 싸운 거면 빨리 화해해.

"싸운 게 아니라, 끝이 난 거예요."

– 친구라면서?

"내가 많이 좋아했었어요."

– 지금은 아니라는 소리니?

"이젠 잘 모르겠어요."

– 자기가 많이 잘못해서 꼭 찾아야겠다고 하더라.

잘못이라. 결혼은 저와 하지 않아도 섹스는 한다고 했던 말? 그땐 창녀 취급을 받은 것 같아 말에 필터도 거치지 않았다. 그녀의 말에 진하 역시 상처를 받았을까? 하지만 진하를 만난다고 해도 다신 그 손을 잡고 싶지 않았다.

"내일 올라갈 거예요."

– 성북동?

394

"아마도 그럴 듯해요."

– 뭐 좋아하는 거라도 있니?

연희의 목소리에 조심스러움이 묻어 있었다.

"양상추 가득 들어간 샌드위치. 예전에 맛있게 먹었던 기억이 있는데 할머니가 그랬어요. 그거…… 엄마가 만든 거라고."

아마도 태어나 처음으로 연희에게 엄마라고 불러 본 것 같았다. 막 말을 배우기 시작할 때는 외할아버지와 외할머니를 향해 아빠, 엄마라고 했다. 연희가 아무리 자신이 엄마라고 고쳐 줘도 그녀는 고집을 꺾지 않았다고 했다. 핸드폰 너머로 웅성거리는 소리가 들렸다. 몇 번이나 연희가 목을 가다듬는 소리도 났다.

– 그래. 그거 만들어 놓을게.

잔뜩 목이 멘 목소리에 민서 역시 눈물을 흘릴 것 같았다.

"그럼 내일 갈게요."

먼저 전화를 끊었다. 소파에 앉아 무릎을 세워 끌어안고 옆에 내려놓은 핸드폰을 보았다. 진하의 핸드폰 번호는 외우고 있다. 그녀는 꿈에서도 부를 수 있을 정도로 익숙한 숫자들이었다. 진하에 관한 건 어떻게 이렇게 기억이 선명할까. 전화를 해야 함을 알고 있다. 아이에 대한 권리는 그녀에게만 있는 게 아니었으니.

애초 진하는 결혼이라는 게 싫다고 했다. 하지만 욕구는 풀 수 있는 것이라고 했고 그녀도 그걸 받아들였다. 하지만 원망이 드는 것도 사실이다. 임신을 하게 된 전적인 원인은 진하에게 있었다. 그것도 최악의 상황에서 나누었던 섹스로 임신이 되었다.

그때 그녀는 생리 주기를 맞추기 위해 잠시 피임약을 끊었었고, 진하도 콘돔을 착용하지 않았다. 결국 그런 절묘한 상황에 아이가 생기고 말았다. 불안함은 점점 더 커져 갔다.

아이는 크고 있고, 그녀는 약을 많이 먹었다. 엄마가 임신을 모르고 약을 먹었을 땐 아이에게 영향이 가지 않는다는 말도 있었지만 역시 무서운 건 어쩔 수 없었다. 기형 검사를 하려면 아직도 몇 주나 기다려야 했다. 의사는 별일 없을 거라고 했지만 모든 게 불안으로 점철된 상황에선 크게 도움이 되지 않았다.

혼자 결정할 수는 없다. 결국 민서가 핸드폰을 들었다. 익숙한 번호를 누르고 통화가 연결되기를 기다렸다. 하지만 단번에 통화가 이어지지 않았다. 가까스로 용기를 내어 건 전화였는데. 모르는 번호라 받지 않았을지도 모르겠다.

핸드폰을 다시 내려 두고 무릎에 고개를 묻으려는데 진동이 울리기 시작했다. 익숙한 번호. 하지만 망설이는 사이 전화가 끊겼다. 하는 수 없이 민서가 다시 전화를 걸었다.

– 네, 윤진합니다.

목소리를 듣는 것만으로도 턱 끝이 부르르 떨리는 것만 같았다.

– 여보세……. 이민서?

"내일 잠깐 볼 수 있을까?"

민서가 두 눈을 감고 말했다.

14. 시선

서울에 도착해서 제일 먼저 향한 곳은 진하의 사무실이 있는 곳이었다. 사무실 건물 1층에 카페 본점이 있었다.

안으로 들어가 따뜻한 레몬차를 두 잔 주문했다.

"캐리어에 담아 드릴까요?"

"아뇨, 그냥 들고 갈게요."

"많이 뜨겁거든요."

"아, 그럼 담아 주세요. 좀 이따 다시 가져다 드릴게요."

"네."

"감사합니다."

캐리어를 들고 복도 쪽으로 난 문을 열고 나왔다.

진하에겐 그냥 오늘 보자고 했지, 딱히 시간이나 장소를 정한 건 아니었다. 문득 진하와 함께할 때는 그의 사무실을 한 번도 오지 않은 것이 떠올랐다. 아무래도 두 사람이 조용히 대화를 할 수 있는 곳이 낫겠다는 생각이 들었다.

엘리베이터에서 내리자 커다란 유리벽 너머로 사람들이 바쁘게 일하고 있는 모습들이 보였다. 안으로 들어오자 지나가던 직원이 그녀를 발견했다.

"어떻게 오셨어요?"

"윤진하 대표 만나러 왔는데요."

"대표님이요? 약속하셨어요?"

직원의 눈이 순간 경계심으로 바뀌었다.

"이민서라고 하면 아실 거예요."

"잠시만 기다려 주세요."

직원은 다시 한 번 민서를 위아래로 훑으며 왼쪽으로 걸어갔다. 민서의 시선도 자연히 왼쪽으로 향했다. 사무실 자체가 직원들 간에는 파티션이 쳐져 있지만 대표실은 유리벽으로 되어 있어 사실상 오픈된 공간이나 다름없었다.

책상 앞에 앉아 무엇인가에 집중하고 있는 진하의 모습이 보였다. 연희의 말대로 한 달이 조금 넘어 보는 진하의 모습은 조금은 낯설었다. 잔뜩 야위었다는 게 꽤 먼 거리에서도 보일 정도였다.

고개도 들지 않고 비서의 말에 대답을 하는 듯하더니 진하가 벌떡 자리에서 일어났다. 그리고 시선이 마주쳤다. 민서가 진하를 보고 희미하게 웃었다.

직원을 제치고 대표실에서 나온 진하가 그녀에게로 다가왔다. 진하의 다리 길이로 보자면 채 스무 걸음도 되지 않을 것이다. 하지만 그가 다가오는 데 한참의 시간이 흘렀다.

진하는 반사적으로 그녀의 손에 들려 있던 캐리어를 빼앗아 들고 갔다. 그리고 잠시 머뭇거렸다.

"일단 들어가서 이야기하자."

수염도 제대로 깎지 않았는지 얼굴도 엉망진창이었다. 마음이 왜 또 아릿거리는 걸까. 예전의 모습 그대로였다면 마음이 덜 아팠을 텐데. 넥타이는 없고, 셔츠의 단추는 멋대로 풀려 있다.

결국 민서가 먼저 걸음을 옮겼다. 진하는 그녀의 뒤에서 앞서가는 주인을 따라가는 개처럼 따르고 있었다.

사무실로 들어오자 민서가 먼저 소파로 앉았다. 진하는 캐리어를 탁자 위에 내려 두고 바로 버튼을 눌러 블라인드를 내렸다. 순식간에 블라인드가 내려가며 이곳은 바깥 사무실과 완벽히 차단이 되었다.

"안 앉아?"

여전히 멍한 얼굴로 서 있던 진하가 고개를 끄덕이며 그녀의 앞으로 앉았다. 반쯤 정신이 나간 얼굴이다. 제대로 잠을 자기는 하는 건지 눈이 퀭하다.

진하를 알아 오면서 이렇게 망가진 모습은 한 번도 보지 못했다. 심지어 자고 일어나도 완벽한 모습이었는데. 그녀의 부재가 그를 힘들게 했던 것일까. 그것도 아니면 사업이 잘 풀리지 않는 것일까.

"궁금한 게 있는데 하나 물어도 돼?"

"궁금한 거?"

"왜 내게 끝까지 명함 안 줬어? 다른 사람들에겐 쉽게 줬잖아."

진하가 잠시 망설였다. 말을 하고 싶어 하는 것도 같았고, 하고 싶어 하지 않는 것 같기도 했다.

"그 말 하나 해 주는 게 어려워?"

"나는 이민서에게서 버림받은 전적이 있잖아. 또 버려질까 봐서. 내 명함이 꼭 나 같았거든. 별거 아닌 이유야."

진하가 낮게 한숨을 뱉었다. 그에게선 약한 술 냄새가 나는 것도 같았다. 하지만 지금의 민서에게는 세상의 모든 냄새들이 조각조각 모여서 모두 맡아지는 것만 같았다.

손을 뻗어 컵 하나를 빼 들고 뚜껑을 열었다. 레몬 특유의 상큼한 향이 훅 올라오자 위도 울렁거림을 멈췄다.

"윤진하에게도 그런 소심한 구석이 있는지 몰랐네."

"이민서가 의외로 대범하지."

진하의 말이 맞을지도 모른다는 생각을 했다.

민서는 옆에 내려 둔 가방에서 사진 하나를 꺼내 앞으로 내밀었다. 하지만 진하의 시선은 여전히 민서의 얼굴에 박혀 있었다.

결국 다시 사진을 집어 들고 진하의 앞으로 내밀었다. 진하는 손만 뻗어 그것을 받아 들었지만 볼 생각은 없는 듯했다.

민서가 아무 말도 하지 않고 있자 그제야 고개를 숙였다. 이게 무엇인지 쉽게 이해하기 힘들어하는 표정이었다. 미간에 주름이 팼고 더 자세히 보기 위해서인지 눈가를 찌푸렸다.

"이게 뭔데?"

"임신했고, 네 아이가 맞아."

진하의 팔이 툭 떨어졌다. 지금 듣고 있는 이야기가 무엇인지 정확히 인식이 되지 않는 듯 했다.

"난 낳을 거야."

진하는 귀가 멍멍하다는 것을 처음으로 느꼈다. 민서에게 전화가 걸려 와 만나기로 했지만 약속 장소와 시간을 정하지도 않은 것을 깨닫고 이내 후회했다. 하지만 다시 전화를 했다간 민서가 약속을 취소할 것 같아 차마 다시 걸지도 못했다. 그런데 민서가 이렇게 직접 사무실로 찾아올 줄이야, 상상도 하지 못한 일이었다.

임신? 낳겠다고?

그 간단한 단어들이 머릿속에서 제대로 해석이 되지 않는다.

"넌 그냥 알고만 있으면 돼. 낳더라도 너에게 책임 같은 건 묻지 않을 거야. 이 애는 내 애니까."

심장이 폭주하듯 미친 듯 뛰기 시작했다. 진하는 멍한 얼굴로 그저 그녀를 보고 있었다. 시선이 그녀의 얼굴에서 배로 향했다. 민서도 자연히 고개를 숙였다. 그녀의 배에 자리 잡고 있었지만 아이는 이제 겨우 1cm 남짓해서 육안으로는 태가 나지 않았다. 진하의 시선은 여전히 그녀의 배로 고정이 되어 있다.

"이민서."

"너에게 줄 생각도 없고……."

"……한 번만 만져 봐도 돼?"

진하는 스스로의 목소리가 떨리고 있다는 것을 알고 있었다. 하지만 그럼에도 불구하고 멈출 수가 없었다. 그가 두 달 내내 만지고, 입을 맞추고, 빨던 몸이다. 그런데 지금은 바로 앞에 있는데도 불구하고 손을 뻗지 못하고 있었다.

"아니."

민서의 목소리가 차가웠다.

"나는 이제 윤진하가 좋아질 것 같지가 않아."

누군가가 그의 뇌를 끄집어내서 밟아 버린 것은 아닐까?

뭔가 생각을 해야겠다고 스스로를 설득시키지만 뇌가 없는 사람처럼 아무것도 떠오르지 않는다. 지금 민서를 잡아야 한다는 것도, 마음을 건네야 한다는 것도.

다만 민서의 얼굴이 좋아 보여서. 그와 있을 때면 어딘가 불안한 얼굴을 하고 있었는데 지금은 너무도 편안해 보인다. 임신을 해서인지 조금 거칠어진 것 같기도 하지만 볼살은 조금 더 붙은 것도 같고.

"난 이 아이와 둘이면 행복할 것 같거든. 이만 일어설게."

민서가 일어나자 진하도 반사적으로 움직였다. 하지만 그녀를 잡지 못했다. 여전히 그의 시선은 그녀의 납작한 배로 향해 있었다.

"비켜 줄래?"

진하가 서 있는 곳은 문 바로 앞이었다. 진하의 붉은 입술이 피로 물들었다. 이로 짓이기고 있는 것을 스스로도 모르는 모양이었다.

"네 행복이 그거라면……."

진하가 옆으로 비켜섰다.

"지켜만 볼게."

"싫어. 그러지 마. 넌 그냥 너대로 행복해."

대표실에서 나오자 사무실 사람들의 시선이 모두 그녀를 향해 있었다. 예전 같았으면 이런 상황이 민망했겠지만 지금은 아무렇지도 않았다.

엘리베이터를 타고 지하 주차장에서 내리는 순간 숨을 멈췄다. 최대한 빨리 차에 올라타 숨을 뱉어 주차장을 벗어났다. 매연 냄새는 정말 받아들이기가 힘들었다. 울렁거리는 속이 진정되지 않았다. 레몬차라도 들고 오는 건데. 민서는 옆에 있는 생수를 보았다. 물에서도 비릿한 맛이 느껴져 마시기 힘들었다.

하늘이 약간 흐렸다. 창문을 살짝 열자 특유의 겨울 냄새가 코끝으로 훅 몰려들었다. 차체에서 나는 냄새보다는 그게 더 나아 그대로 주행했다.

분당으로 가는 길은 서울을 벗어나자마자 한산했다. 영화 촬영을 하고 있는 연희에게 전화를 걸었을 때 나현도 함께 있다는 말에 다음 장소를 그곳으로 정했다. 분당의 한 공원에 도착하자 사람들이 많이 모여 있는 곳이 보였다. 차에서 내려 가까이 다가갔다.

연희가 감독을 하는 모습은 처음 보았다. 그렇게 가볍고, 독선적이던 사람이 맞는 걸까? 배우들이 연기하는 모습을 보며 자연스레 미소를 짓고 있는 모습을 보며 연희가 저 일을 얼마나 사랑하는지 알게 되었다.

"잠시 쉬었다 가죠."

주변이 갑자기 시끄러워지기 시작했다. 사람들 틈에 서서 영화를 찍고 있는 것을 저도 모르게 넋 놓고 보고 있었던 모양이다. 시선을 돌리니 연희가 어느새 가까이 다가와 있었다. 군중 속에서 그녀를 발견한 모양이었다.

"이민서!"

더운 것인지 코트를 열고, 살짝 부푼 배를 문지르며 다가오는 나현이 보였다. 이제 5개월인 나현의 배는 생각보다 꽤 많이 나와 있었다.

"배가 많이 나왔네?"

"하루하루가 달라. 자궁 커지는 소리도 들리는 것 같다니까."

"일단 좀 앉아서 이야기하자."

세 사람은 커다란 밴으로 다가갔다. 밴 안은 테이블까지 있어 간단한 회의 정도는 할 수 있을 정도로 넓었다.

"오늘 첫 촬영이라고 해서 나도 나왔거든."

연희가 자연스레 나현의 앞으로 유자차를 놓아 주고 민서에게는 커피를 내밀었다. 커피를 보자 마시고 싶은 마음이 굴뚝같았다. 하지만 그러지 않아도 불안한 상태에서 아이에게 해가 될 만한 것은 최대한 배제하고 싶었다.

"저도 유자차 좀 주세요."

"유자차 좋아하니?"

민서는 그냥 웃었다. 연희는 귀찮아하지 않고 다시 자리에서 일어나 커다란 보온병에서 유자차를 따라 그녀의 앞에 놓아 주었다. 향긋한 유자 향이 코끝을 자극했다. 모락모락 김이 나는 잔을 들어 손을 녹이며 한 모금 마셨다. 느끼지 못했는데 바깥 날씨가 꽤 쌀쌀했던 모양이었다. 따뜻한 온기가 온몸으로 퍼졌다.

"얼굴이 좀 좋아 보이네?"

"그러네. 피부가 좀 거칠어 보이기는 하지만 볼살도 다시 좀 돌아왔고."

민서가 웃으며 볼을 한 번 쓸어내렸다. 나현이 유자 과육을 씹으며 배를 문질렀다. 민서도 문득 나현의 배를 만져 보고 싶다는 생각이 들었다. 진하도 그랬던 것일까? 민서는 저도 모르게 자신의 배를 쓰다듬었다. 그러자 나현이 그녀의 손목을 잡고 자신의 배로 가져갔다.

"아무것도 없는 배 만져서 뭐하니? 내 거 만져."

"나 임신했어."

그냥 혼자 낳아 기르고 싶다는 말을 했다. 예상과 다르게 나현은 차분했고 연희는 흥분했다.

"나는 사랑을 주면서 키우고 싶어."

"우리 둘처럼 같이 크면 되겠다."

글을 쓰는 사람이라 공감 능력이 뛰어난 걸까. 아니, 나현은 타고나길 그렇게 타고난 사람이었다.

민서는 그저 나현을 향해 고마움을 담아 웃었다. 연희는 차마 말을 하지 못하고 네 선택을 존중한다면서도 화를 참지 못했다. 막상 자식이 이런 일을 겪게 되니 마음으로는 받아들여지지 않는 모양이었다.

"나현아, 잠깐 자리 좀 비켜 주면 안 될까?"

나현이 고개를 끄덕이며 대기실에 가 있겠다고 말한 뒤 차에서 내렸다. 연희는 담배를 들었지만 차마 피우진 못하고 불안한 듯 손을 떨다 결국 입에만 물고 있었다.

"안 피워. 그냥 물고만 있을게."

"내 생일날, 그 일이 생기기 전까진 그래도 엄마를 정말 미워한 건 아니었어요."

남자와 뒹굴었던 게 분명한 연희의 잔뜩 취한 모습을 보고서도 화가 나지 않았다.

"그런데 엄마와 뒹굴었을 게 분명한 그 남자에게 강간을 당할 뻔했거든요."

"알아."

한때 주목받던 조감독이라는 것을 알고 있었다. 그래서 어쩌면 그 뒤로 영상매체와 더 멀어졌을지도 모르겠다. 연희가 모르고 있다고 생각했다. 그런데 알고 있었다?

"아마 동남아 어딘가에서 죽은 듯이 살고 있을 거야. 1년에 한 번씩은 예의 주시하고 있으니 입 닥치고 살라고 하고 있거든."

"청부업자라도 불렀어요?"

"전에 말했잖니. 도움 준 분이 있다고."

"어떻게 알았어요?"

"어떻게 알긴. 그 새끼가 술 취해서 주둥이 나불거렸으니 알았지. 난 내가 사람 안 죽인 게 용하다고 생각해. 너도 살인 저질러서 감옥 들어간 내 뒷바라지하고 싶진 않을 거 아냐."

일부러 연희가 저렇게 말한다는 것을 알고 있다. 더 이상 민서의 상처를 들쑤시고 싶지 않았다. 그 일은 영원히 잊을 수 없을 거라고 생각했다. 그런데 연희와 가까워지고, 동생들과도 가까워지면서 정말 거짓말처럼 옅어졌다. 게다가 아직도 연희가 그렇게 복수를 감행하고 있는 줄은 몰랐다.

"고마워요."

"당연한 걸 또 뭘 고맙대."

고맙다는 말을 듣는 것도 쑥스러운 걸 알고 있다. 담배 필터를 잘 근잘근 씹는 연희를 보며 민서가 바닥으로 떨어져 있는 동원의 봉투를 보고 다시 올려놓았다.

"설마 혼인신고서 이런 건 아니지?"

"내가 결혼해서 평범하게 살았으면 좋겠어요?"

"한국에서 결혼하는 건 반대야. 여자만 좀먹는 삶이거든."

치가 떨린다는 듯 말하며 연희가 봉투를 집어 들었다. 암묵적으로 그녀가 미혼모로 살아도 지원을 해 주겠다는 뜻이었다.

"그날 제가 주고 갔던 봉투잖아요."

잠시 망설이던 연희가 손을 뻗었다. 봉투를 열어 내용물을 확인하자마자 연희의 손끝이 떨리기 시작했다.

"내게 주는 건지, 엄마에게 주는 건지 몰라서 열어 봤어요. 첫 장을 보자마자 닫긴 했지만. 온통 엄마를 위해서 쓰여 있는 글이었거든요."

시인을 꿈꾸던 남자의 말로는 초라했다. 어쩌면 연희는 자신이 그렇게 만들었을지도 모른다는 생각에 평생을 후회해 왔을지도 모르겠다는 생각이 들었다. 연희에게 혼자 있을 시간이 필요하다고 생각했다.

조용히 차에서 내려 대기실로 향했다. 이제 밥도 거르지 않고 영양제도 챙겨 먹어야겠다고 생각했다. 건강한 몸을 유지해 아이에게 행복을 주고 싶었다.

❖

신문이 떠들썩했다. 연희가 연인과 헤어졌다는 기사와, 배우이자 버림받은 약혼자가 영화 촬영을 모두 고사했다는 것들로 한동안 시끄러웠다. 연희가 동원을 찾아갔다는 것 정도는 알 수 있었다. 그래서 민서는 가만히 지켜보기로 했다.

"이상하네."

"왜요?"

"심장 소리가 좀 약한 것 같긴 한데."

의사가 말끝을 흐렸다. 확실히 처음 들었을 때보다 소리가 약한 것 같았다.

"좀 푹 쉬고, 다음 검사 때까지 좀 지켜보는 게 좋겠어요."

"이런 경우가 많나요?"

"흔치 않지만 이럴 때가 있기도 해요."

최대한 부정적인 말을 하지 않으려고 한다는 것을 직감으로 알았다. 혼자 아이를 낳고 살 거라는 말을 했을 때 의사는 어려운 결심을 했다며 그녀의 등을 두드려 주었다. 그리고 딸 같아 신경이 쓰인다며 따로 비타민제도 선물해 주었다.

아직 큰 변화가 없는 배를 천천히 문질렀다.

임신 사실을 알았을 때 당황한 건 아주 잠깐이었다. 이렇게 와 준 것에 감사하며 행복해지리라 마음먹었다. 나쁜 생각을 하면 안 된다. 마음을 다잡았다.

병원에서 나와 천천히 길을 걸었다. 날이 확실히 따뜻해졌다. 봄이 다가오고 있는 것을 알려 주기라도 하듯 화원 앞은 꽃다발로 가득했다. 그리고 보니 졸업 시즌이라는 것을 다시 깨닫게 되었다.

예전엔 꽃향기를 그렇게 좋아하지 않았는데 지금은 일주일에 한 번 꽃을 사서 병을 갈았다.

"이 꽃다발 하나 주시겠어요?"

"선물?"

"아뇨, 집에 꽂아 두려구요."

"그럼 싸게 해 줄게요."

카드를 내미는 민서를 보며 주인이 웃었다. 계산을 마치고 꽃다발을 안고 향을 맡았다. 특유의 은은한 향이 코끝을 간지럽혔다. 빨리 집으로 돌아가 꽃병에 꽂고 싶었다.

그때 주머니에 넣어 둔 핸드폰이 울렸다.

서울? 이상하게 번호가 낯설지가 않았다. 생각을 떠올려 보니 학교 과사무실이었다.

"여보세요?"

— 이민서 선배님 되시나요?

"네, 전데요."

— 여기 생명과학부 과사무실인데, 혹시 지금 시간 괜찮으세요?

소속만 밝혔는데 목소리에 초조함이 느껴졌다.

"무슨 일이시죠?"

— 이윤형 교수님이 오늘 새벽에 떠나셨거든요.

"네? 떠나시다뇨?"

— 암이셨거든요.

머리가 어지럽다.

— 선배님께 편지 남기셨다고…….

손에 들고 있던 꽃다발이 바닥으로 툭 떨어졌다. 윤형은 그녀가 대학에 입학하자마자 마음을 다잡을 수 있게 끌어 준 담당 교수였다.

그녀에게 강력하게 유학을 권하고 그것을 거절하자 대학원을 권유했다. 아마 윤형이 아니었더라면 그녀는 그렇게 학문에 깊이 빠지지도 못했을 것이다.

상주로 내려오기 전에 교수실에 들렀을 때도 전혀 생각하지 못했다. 살이 빠졌다며 걱정을 하자 윤형은 나이 들면 다 그런다며 웃고 넘겼다. 이번 설엔 좋은 서류 가방을 선물할 생각이었다. 손잡이가 다 해진 가방을 보았기 때문이다.

별안간 날아든 소식에 핸드폰마저 떨어뜨렸을 때, 다가온 누군가가 허리를 숙였다. 떨어뜨린 핸드폰과 꽃다발을 주워 드는 사람이 누군지 알 수 있었다. 실제론 눈앞이 흐려져 겨우 윤곽만 구분할 수 있었다. 배가 뭉치듯 아프고 머리는 깨질 것만 같았다.

"이민서."

반사적이었다. 배 위로 손이 간 건.

"이민서!"

진하의 손이 다가옴과 동시에 고개를 숙였을 때 허벅지 사이로 흐르던 따뜻한 게 피라는 걸 알 수 있었다. 발목 밑으로 뚝뚝 떨어지는 피를 보던 민서가 정신을 잃었다.

눈을 떴을 때 보인 건 새하얀 창이었다.

저번 위경련으로 쓰러졌을 때도 이런 풍경을 보았던 것 같은데.

고개를 돌리자 소파 위에 앉아 있는 사람이 연희가 아닌 진하인 것만이 달랐다. 두 손을 모아 이마를 기대고 있는 진하는 미동이 없었다. 배 위로 손을 가져갔다. 변함이 없이 납작하다.

바스락거리는 소리에 진하가 눈을 떴다. 손을 배에 대고 있는 민서를 보자 차마 자리에서 일어날 엄두가 나지 않았다.

어떻게 설명을 해야 할까.

"하."

낮게 한숨을 뱉는 소리에 진하의 어깨가 움찔거렸다. 천천히 자리에서 일어나자 고개를 돌린 민서와 눈이 마주쳤다. 결국 진하가 움직이지 못하고 그대로 멈춰 섰다.

"어떻게 알았어?"

거친 민서의 목소리가 귓가를 때린다. 목소리가 잘 나오지 않는지 몇 번이나 기침을 하면서 배가 아픈지 인상을 찌푸렸다. 진하가 대답을 하지 않자 민서는 다시 한 번 물었다.

"나 상주에 있는 거 어떻게 알았어?"

"그날."

목이 잠겨 소리를 내는 게 힘들었다. 진하가 몇 번인가 헛기침을 하고 입술을 깨물었다. 찢겼던 입술이 다시 찢어지며 피 맛이 진득하게 느껴져 저도 모르게 인상을 찌푸렸다.

"사무실에 왔던 날, 무작정 네 뒤를 쫓아다녔어."

간혹 느껴지던 시선이 진하인 모양이었다. 대체 왜? 민서의 눈에 의문이 떠올랐다.

"물어봤으면 말해 줬을 거야."

"내가 어떻게 물어."

먹먹한 목소리였다. 진하는 뭘 후회하고 있는 걸까? 문득 궁금해졌다. 하지만 민서는 묻지 못했다. 이제 더 상처를 받을 것도 없다고 생각했는데, 또 진하의 말에 상처를 받을까 봐 물을 수가 없었다.

"용서받을 수 없다는 것도 알아."

"넌 말을 너무 함부로 했고, 나 역시 그랬어."

더는 진하의 탓을 하고 싶지 않다. 그냥 처음부터 진하에게 고백을 하고 차였어야 했다. 그럼 이렇게까지 힘들지도, 아프지도 않았을 것이다. 그땐 어리석게도 친구로라도 남고 싶었다. 그래서 그냥 지켜보는 것만으로도 좋을 거라고 생각했다.

"기다릴게."

이제 와 너무 늦었다.

"평생 돌아갈 일 없을 거야."

"그래도 괜찮아."

"왜 이제 와 그래?"

이젠 더 이상 흘릴 눈물도 없을 거라고 생각했는데 다시 눈앞이 흐려졌다.

"사랑해."

한 번도 기대해 보지 않았던 말이다. 가슴이 아직 아릿거리는 건 그녀의 마음이 그대로여서인 걸까? 하지만 진하를 믿을 수가 없다.

"미안하지만, 이제 난 아니야."

거짓말은 또 다른 거짓말을 낳는다. 하지만 또 곁에서 상처를 받을 바에야 모질게 헤어지는 게 나았다. 진하가 테이블 위에 올려놓았던 보온병을 가져와 침대 위에 놓았다.

"명색이 커피를 다룬다고 하면서 너에겐 한 번도 내려 준 적이 없었어. 디카페인으로 최대한 약하게 내려 보았는데 매일 내리고, 버리고를 반복하다 보니 이젠 맛에도 자신이 없어졌어."

그 말뜻은 그녀의 뒤를 쫓아다닌 뒤로 매일 이 병을 들고 다녔다는 뜻이었다. 진하가 그대로 병실에서 나갔다.

멍하니 앉아 있던 민서가 보온병을 열었다. 은은한 커피 향이 느껴졌다. 하지만 더 이상 속이 미식거리지 않는다.

두 손에 얼굴을 묻었다.

❖

시간은 빠르게 흘러갔다. 그녀는 새 직장에서도 적응을 잘해 좋은 성과를 바라보고 있었고, 사람들도 유연했다. 사무실엔 경북 예천 사람들이 많았는데 대부분 정이 많았다. 오지랖 같은 정이 아니라 사람과 사람 사이에 쌓이는 것들이었다. 사실 처음으로 오는 지역이라 두려운 마음도 있었는데 그건 괜한 기우였다.

"민서 씨, 오늘 서울 올라간다면서요."

사람들은 사투리 억양이 너무 강하면 민서가 알아듣기 힘들어할까봐 많은 신경을 써 주었다.

"네. 친구가 내일 출산 예정일이거든요."

"그 김나현 작가예?"

지숙은 나현의 오랜 팬이었다. 그래서 한번은 나현이 상주에 내려왔을 때 식당에서 마주친 적이 있었는데 흥분을 감추지 못했다. 그래서인지 지금도 늘 조심한다고 하더니 바로 숨길 수 없는 사투리가 나온 모양이었다.

"네."

"옴마야, 날도 더운데."

"그러니까 말이에요."

"제가 선물 하나 해도 될까요?"

"마음만으로도 충분하다 할 거예요. 제가 말씀 잘 전해 드릴게요."

"애기도 예쁘겠어요. 엄마, 아빠가 워낙 미인들이라서."

"네, 그럴 것 같아요. 그럼 휴가가 끝나고 뵐게요."

사무실 사람들에게 인사를 하고 바로 차로 걸어갔다. 그늘에 차를 대 놓긴 했지만 여름의 열기는 역시 무척이나 뜨거워서 시동을 걸어 가장 강하게 에어컨을 틀어도 쉽게 시원해지지 않았다. 어차피 차가 달려야 빨리 시원해진다는 것을 알아 민서는 바로 페달을 밟았다.

막 고속도로에 들어섰을 때 전화가 울렸다. 민서가 웃으며 통화 버튼을 눌렀다.

– 오고 있어?

"지금 고속도로 탔어."

– 나 지금 너밖에 없는 거 알지?

채윤은 현재 월드컵 때문에 한국에 없었고, 민서는 바로 나현의 출산 예정일에 맞춰 휴가를 잡았다. 처음 나현은 아이의 3D 사진을 보여 주기도 싫어했었다. 아이를 잃은 민서에게 상처가 될 거라고 생각한 모양이었다. 그것을 모르고 채윤이 자랑하듯 사진을 보여 주자 그때 처음으로 나현은 채윤에게 화를 냈다. 오히려 민서가 놀랄 정도로. 채윤이 민서를 향해 생각이 짧았다며 미안하다고 계속 말을 하는데도 다그치는 나현을 진정시키느라 꽤 애를 먹어야 했다.

어떻게 마음이 아프지 않을 수 있겠는가. 하지만 드문드문 떠오르는 기억이고 만나지 말았어야 할 인연이라고 생각했다. 아직 한 번씩 생각이 떠오를 때면 숨죽여 올 때도 있었다. 하지만 그것도 아주 잠시였다.

나현은 진하를 찾아가 화를 냈고 심지어 뺨까지 때렸다는 말을 채윤에게 전해 들었다. 하지만 아이가 유산이 된 건 진하의 탓이 아니었다. 계류유산이라는 건 흔히 있는 일이었고 그 케이스에 그녀도 포함된 것뿐이었다.

한 달에 한 번씩 진하는 무명으로 선물을 보내왔다. 과일이 되기도 했고, 물건이 되기도 했다. 처음엔 기가 막혀서 그냥 썩도록 방치해 두었었다. 기다린다는 말이 모습만 비추지 않는다는 소린가 싶어 어이가 없기도 했다.

어느 날 인정하게 되었다. 두 사람 모두 어렸다. 그래서 서로의 감정을 우선시했고, 자존심만 세웠다. 그래서 이런 결과가 나온 것이다. 이번 달 진하의 선물은 봉투였다. 아마도 출산을 하는 나현에게 좋은 것을 선물하라는 의미인 듯했다. 그녀가 돈 봉투에는 질색을 할 걸 알았던지 백화점 상품권을 보냈다.

나현의 출산은 생각보다 훨씬 늦어졌다. 의사도 종종 만 10개월을 꽉 채워 태어나는 애가 있다고 해서 별다른 걱정은 하지 않았다. 생각보다 아이가 작아서 제왕절개보다는 자연분만 쪽으로 나현이 결심을 했다. 채윤은 제발 안 될 것 같으면 바로 제왕절개를 하자며 미리 수술 동의서에 사인까지 하고 출국을 했다. 지금도 아마 걱정에 잠을 이루지 못하고 있을 수도 있었다.

"바로 병원으로 갈게."

- 천천히 와. 운전 조심하고.

"응, 끊어."

채윤도 없자 나현이 불안한 모양이었다. 고속도로는 금요일이었지만 아직 이른 시간이라 그런지 차량 통행이 그렇게 많지 않았다. 하지만 경기권에 들어서는 순간 밀리기 시작했다.

마음이 급했다. 평소 2시간 30분 정도면 도착했는데 오늘은 벌써 3시간 30분을 넘어서고 있었다. 게다가 서울에 들어오니 퇴근 시간에 걸려 꽉 막히고 말았다. 1분에 10m나 전진할 수 있을까 싶을 정도였는데 어느새 병원이 보였다.

사실 김 원장의 병원에서 나현이 아이를 낳을 줄 알았다. 하지만 김 원장이 도저히 그건 못 보겠다며 동기가 원장으로 있는 병원으로 소개를 해 주었다. 평소 딸 사랑으로 소문이 자자한 김 원장다운 결정이었다.

주차를 하자마자 매점에 들러 커다란 과일 바구니를 사서 입원실로 향했다. 나현은 아직도 아이를 잃은 민서를 신경 쓰고 있었다. 그래서 병원으로 부르는 데도 몇 번을 망설였다. 민서는 그럴 필요 없다며 먼저 있어 주겠노라고 약속했다. 입원실로 들어서자 침대에 반쯤 누워 있던 나현이 눈물을 글썽였다.

"민서야."

태어나 저렇게 약해 보이는 나현은 처음이었다. 뭉클한 마음에 민서의 눈에도 눈물이 고였다. 아이를 낳는다는 게 얼마나 힘든지 알고 있다. 그래서 나현이 더욱 안쓰러워 보였다. 벌써부터 얼굴이 퉁퉁 부어 있는 나현을 보자 저도 모르게 눈물이 주르륵 흘렀다.

"아이고, 둘이 잘한다."

박 여사가 두 사람을 보며 혀를 찼다. 이렇게 울 때가 아닌데 눈물이 나온 게 민망해 민서가 웃고 말았다.

"저 왔어요, 엄마."

"너 언제 오냐고 아주 그냥 엄마 잡아먹겠더라."

"오, 민서 왔니?"

"아빠도 계속 계셨어요?"

"일이 손에 잡혀야 말이지. 덕분에 계속 휴가지 뭐."

김 원장이 살짝 벗겨진 이마에서 땀이 흐르자 손등으로 훑어 내렸다. 벌써부터 수염이 돋아나고 얼굴이 파리한 것을 보니 나현보다 훨씬 긴장을 하고 있는 사람은 김 원장인 모양이었다.

"엄마, 저러다 아빠 쓰러지시겠어. 그냥 들어가 계셔. 언제 애가 나올지도 모르는데. 나 그냥 민서랑 있을게."

"그러시는 게 좋겠어요. 얼굴색 너무 안 좋아 보이시는데."

"그래, 너희 아빠 밥이라도 먹이고 와야겠어. 민서야, 조금만 수고해 줘. 저 엄살쟁이 때문에 내가 살이 다 내리겠어."

김 원장이 가지 않겠다고 버텼지만 결국 박 여사가 끌고 나갔다. 민서가 의자에 앉으며 나현의 손을 잡았다. 퉁퉁 부은 손을 마사지해 주듯 슬슬 눌러 주자 시원한 모양인지 나현이 웃었다.

"기분 좋다."

"무섭지?"

"조금? 사실은 좀 많이?"

"우리 엄마도 올라오신대."

연희는 영화를 다 찍고 나자마자 영월로 갔다. 그리고 지금은 동원과 함께 지내고 있었다. 동원은 싫다며 연희를 몇 번이나 밀어냈지만 연희는 말없이 묵묵히 동원의 곁을 지켰다. 그게 동원을 향한 사랑인지, 동정인지 모르겠지만 그렇게 해야 마음이 편하다고 말하는 연희를 보며 결국 동원은 더 밀어내지 못했다.

다행히 동원은 더 좋아지지도 않았지만 더 나빠지지도 않았다. 음식도 못하는 연희가 이것저것 준비를 했을 때 음식 맛을 봤다가 민서는 저도 모르게 뱉을 뻔했다. 간이 하나도 되지 않아서 말 그대로 본연 재료의 맛 그대로를 느끼는 것 같았다. 음식은 아마 샌드위치 하나 정도 괜찮게 만드는 모양이었다. 그리고 어디서 뭘 듣고 온 건지 양파를 꼭 하루에 한 알을 먹게 했다.

동원은 연희에 대한 사랑을 표현한 시만을 가득 적었다. 그리고 그걸 우연히 나현이 일하고 있는 출판사에서 알게 되어 읽고 출판 계약을 맺었다.

다음 달이면 이동원의 첫 시집이 세상에 발간되는 날이었다. 연희
는 그날만 기다리고 있었다. 그리고 민서 역시 마찬가지였다.

"그 아줌마가 웬일로 움직이네."

"아저씨 병원에 오면서 겸사겸사."

"그럼 그렇지. 어때?"

"뭐가?"

"너도 거기 일주일에 한 번씩 가잖아."

두 사람이 작은 주택을 빌려 생활하고 있었다. 동원의 삶이 그리
오래 남지 않았다는 것을 민서 역시 알고 있었다.

해서 지금이라도 얼굴을 조금 더 자주 보면 나을까 해서 주말이면
영월을 찾았다. 그리고 그녀보다 영월을 더 자주 오는 사람은 윤서와
그의 새어머니인 양 여사였다.

윤서는 유학을 가기 싫다고 가출까지 했다. 그런 윤서를 찾으러 온
사람은 윤서의 아버지도 아닌 새어머니였다. 그날 연희를 붙잡고 양
여사는 얼마나 울었는지 모른다. 결국 윤서는 연희의 설득에 내년에
유학을 가기로 결정을 했다.

사람은 겪지 않고는 모른다. 그리고 각자의 삶이 다 다른 법이었
다. 연희도 한 번씩 찾아오는 양 여사가 신기한 듯하면서도 지금은
친구처럼 잘 지내고 있었다.

"늘 똑같지 뭐. 엄마의 음식 솜씨는 형편없고."

"아저씨가 음식 그렇게 잘하신다며."

"응."

"은근히 너한테서 아버지 소리 나오길 기다리시는 모양이더라. 우
리 아빠한텐 그렇게 아빠, 아빠 잘하면서."

"이상하게 말을 하려고 하면 목에 뭔가가 걸리는 느낌이야."

몇 번인가 용기를 내 보려고 했다. 하지만 동원은 아무 말도 하지 않고 그저 그녀를 기다려 주었다. 굳이 그 말을 듣지 않아도 좋다고 하면서. 그냥 이렇게 얼굴을 볼 수 있는 것만으로 행복하다고. 그럴 때마다 민서는 혼자 조용히 울음을 삼켜야 했다.

올해는 참 많은 일들이 일어났고, 변화가 많아 아직도 적응이 힘들었다. 이제 나현의 아이가 태어나면 더 그럴 것이다. 하지만 즐거울 것을 알고 있었다.

"참, 이거."

민서가 가방에서 봉투를 꺼내 나현에게 주었다.

"야, 내가 돈 훨씬 많이 벌거든?"

"내가 주는 거 아니야."

"그럼? 설마…… 아이고, 됐다 그래. 나한테 더 맞고 싶은가 보다?"

나현도 진하가 그녀에게 선물을 보내는 걸 알고 있었다. 매달 정해진 일자에 꼬박꼬박 들어오는 선물은 대중없었다. 선물들이 너무 중구난방이라 벌써 박스 하나에는 가득 찼다.

"있을 때나 잘하지. 넌, 괜찮아?"

"더 아물어야 할 것 같아."

민서가 웃었다.

"그런데, 미친 듯이 보고 싶을 때도 있어."

나현의 진통은 20시간 이상 계속되었다. 그냥 수술하자는 김 원장의 말에 아직 산모의 의지가 강하고, 문제가 없다고 말하며 담당의가 진정시켰다.

베테랑 의사인 김 원장을 스스로 설득시키면서도 현실감각이 돌아

418

오는 모양인지 담당의는 몇 번이나 웃음을 삼키려고 애를 썼다. 그런 담당의의 모습을 보며 민서나 박 여사는 웃음을 터트리고 말았다.

그리고 꼬박 22시간의 진통 끝에 나현과 채윤의 딸이 태어났다. 아이가 안겨 나오는데 세 사람 모두 외친 말은 똑같았다. 아이는 눈에 보이지도 않고 나현의 이름부터 외쳤기 때문이었다.

나현이 다시 입원실로 옮겨지고 나서야 모두가 안심을 했다. 아이를 품에 안아 보는 나현이 눈물을 흘렸다. 민서도 조용히 방에서 나와 복도에서 연희에게 전화를 걸었다.

― 그래, 어떻게 됐어?

"잘 태어났어요."

― 다행이다. 보고 오고 싶었는데.

"사진 보내 드릴게요."

― 그래.

"오늘 경과 좋아서 다행이에요."

― 그러게. 한시름 놓았. 너도 고생했어. 좀 쉬어. 나도 쉬어야겠다.

"주말쯤에 한번 들를게요."

― 올 때 괜찮으면 M호텔 치즈 케이크 좀 사 와. 그거 좋아하니까.

"알겠어요."

핸드폰을 끊고 다시 입원실에 들어왔다. 아이를 신생아실로 데려가기 위해 간호사가 기다리고 있었다.

"튼튼아, 여기 예쁜 이모야."

나현이 아이의 볼을 살짝 간지럽히며 말했다. 민서가 고개를 숙이고 아이를 바라보았다. 뽀얀 분홍빛 볼은 아직 퉁퉁 부어 있었지만 그 모습도 사랑스러웠다.

"이렇게 와 주어서 고마워."

그 말에 나현이 울음을 터트렸다. 그러자 아이도 덩달아 울기 시작했다. 민서는 이 모습이 영원히 잊히지 않을 것 같았다.

❖

시간은 순식간에 흘러갔다. 누군가가 그랬다. 눈을 뜨고 나면 죽음을 앞에 두고 있을 거라고. 후회하지 않은 사람은 죽음을 두려워하지 않을 거라고. 과연 그 나이가 되었을 때 자신은 후회하지 않을 수 있을까? 아니, 죽음이 두려울 것이다.

동원은 가을이 오는 것을 보지 못했다. 단풍이 든 모습이 아름다워 가을을 제일 좋아하는 계절이라고 했다. 동원의 시에도 가을이 많이 나왔다. 동원이 세상을 떠난 것은 시집이 나오기 이틀 전이었다.

연희는 예상외로 덤덤했다. 동원은 평생을 묵묵히 일만 했다. 모았던 돈은 모두 민서의 앞으로 남겨 주고 떠났다. 생각보다 큰 액수에 민서는 그것을 시인 이동원의 이름으로 기부하기로 결정했고, 연희는 동의해 주었다.

동원은 발이 넓은 사람은 아니었다. 그래서 그의 손님은 많이 오지 않았지만 대신 그녀의 식구들이 사흘을 꼬박 장례식장을 지켰다. 그리고 조의금을 정리할 때 진하가 왔다 갔었다는 걸 알게 되었다.

"그래도 대표라고 섭섭지는 않게 했네."

연희가 툴툴거리며 말했다. 동원의 앞으로 들어온 조의금과 민서에게 남겨 준 유산을 모두 기부를 하고서야 완전히 동원이 떠났다는 것을 깨달았다. 그녀가 졸 때 종종 시선이 느껴져 일어나면 동원이 그녀를 바라보고 있었다. 그 눈빛이 참 따뜻해서 민서는 몇 번이나 눈물이 차오르는 것을 삼켜야 했다.

제일 후회가 되는 건 동원이 숨을 거둘 때까지 한 번도 '아버지'라는 말을 뱉지 못했다는 것이다. 지금 역시 그러했다. 그 '아버지'라는 말이 나오지 않는다. 그래서 혼자 잠을 자기 전에 몇 번이나 시트에 얼굴을 묻어야만 했다. 아버지라는 단어가 주는 무게가 너무 무거워서 계속 그녀의 마음을 짓눌렀다.

태주는 장례식장에서 이틀이나 밤을 새워 주고, 그 후 상주에도 그녀를 보러 왔다. 유학 준비 중이라는 그의 말에 민서가 놀랐다.

"부모님이 섭섭해하시겠다."

"그래서 유기견 한 마리를 입양했어요."

"감감이와 잘 지내?"

"감감이는 잘 받아 줘서 걱정 없어요. 샘샘이가 새침해서 그렇지."

일어서면 그녀의 키만큼 커지던 감감이가 생각났다. 반면 샘샘이는 치와와라고 했는데 사진을 보니 감감이의 발바닥 크기 정도밖에 되지 않는 것 같았다.

"어제 운호를 뿌린 바다에 다녀왔어요."

태주의 목소리가 덤덤했다.

"운호의 동생을 만났는데, 정말 똑같이 생겨서 당황했어요. 그런데 또 선배님하고는 닮지 않았더라고요."

"운호 씨 이야기 많이 나눴어?"

"네. 그 녀석은 어릴 때도 워낙 똑같이 생겨서 거의 그대로였는데 운호가 가지고 있던 사진 속에 제 모습이 있어서 놀랐어요."

"태주 씨 모습?"

"운호의 뒤에 아주 작게 제가 배경으로 찍혀 있었는데. 녀석이 그걸 계속 간직하고 있었던 모양이에요."

그전에 운호에 대한 이야기를 할 때 태주는 금방이라도 울 것 같은 표정이었다. 그런데 지금은 어딘지 후련하기도 하고, 그리워하는 얼굴이기도 하고 그랬다. 이제 커다랬던 상처가 점점 아물어 간다는 뜻이기도 했다.

"선배님은 요즘 어떠세요?"

"그럭저럭."

"윤진하 씨와 자주 마주쳐요, 동네에서."

진하가 아직 그 동네에 있을 거라고 생각을 하지 못했다. 진하는 한 번씩 더치커피를 내려 원액을 보내기도 하고, 회사에서 새로 개발한 인스턴트커피를 보내기도 했다.

"거기서 꼬박꼬박 출퇴근하는 모양이에요. 정원에 꽃도 많이 심어 놨던데요? 나무도 많고."

낮은 울타리가 있고, 두 사람이 살던 집 앞엔 약 30평 정도 되는 잔디밭이 있었다. 겨울이기도 했었고, 딱히 뭘 길러 본 적이 없어 민서는 그곳에 뭘 심는다는 것을 상상하지 못했었다.

"선배님."

"응?"

"결국 모든 건 타이밍이에요. 정말 후회하기 전에 잡아야 한다고 봐요."

민서는 그저 태주를 물끄러미 바라보았다.

"주제넘은 말 해서 죄송해요."

"아냐, 언젠가는…… 봐야지 생각했어."

아직도 그날 병원에서 진하가 숨죽여 울던 걸 기억한다. 그녀 앞에서는 우는 모습을 보이지 않으려 무던히 애를 썼던 것도 알고 있다.

"마음이 조금 더 단단해지면."

나현의 아이 이름은 서우였다.

하필 서우의 백일 때부터 국내뿐 아니라 외국에서 열리는 세미나까지 몰려 있는 바람에 참석하지 못했다. 그래서 면세점에서 산 선물을 바리바리 싸 들고 서울로 향하는 중이었다.

벌써 찬바람이 부는 겨울이 되었다. 올겨울은 따뜻하다고 하더니 수능 날이 가까워지자 거짓말처럼 기온이 뚝뚝 떨어지기 시작했다. 그리고 수능 날엔 영하의 날씨를 보였다.

생각보다 겨울이 훨씬 빨리 오고 있었다. 하늘이 약간은 흐렸다. 하지만 아직 눈이 내리기엔 일렀다.

나현의 집에 도착하자마자 품에 안긴 서우가 깍깍거리며 좋아했다. 채윤은 어떻게 아빠보다 이모를 좋아할 수 있냐며 섭섭함을 숨기지 않았다. 민서는 당연히 서우가 낯을 가리지 않을 거라고 생각했다. 그런데 가족이 아닌 사람에겐 전혀 안기지 않는다며 나현 역시 놀라워했다.

"내가 임신했을 때 네 사진만 봐서 그런가 보다. 내가 우리 서우 민서 이모만 닮게 해 주세요, 얼마나 기도했는데."

그런데 정말 신기하게도 민서는 서우를 볼 때면 자신과 닮았다고 느꼈다. 특히 눈 부위가 비슷했다.

"근데 정말 닮았어. 채윤아, 그치?"

"이상하게 클수록 민서 누나를 닮아서 나도 신기하다니까."

모두가 미스터리한 일이 일어났다며 신기해했다.

정말 한창 예쁠 때였다. 자고 있는 모습만 보고 있어도 시간이 훅훅 지나갔다.

"겨울이 너무 빨리 와."

"그러니까."

"참, 현서 걔 왜 그래?"

"현서가 왜?"

"백일 때 왔잖아. 내 친구가 현서 보고 완전히 반한 것 같더라고. 그래서 한 번만 소개받으라고 해도 그렇게 말을 안 듣는다."

현서의 짝사랑도 끝났다고 알고 있다. 결국 좋아하던 선배와 자신의 동기가 결혼을 했다고 했고 현서도 그 뒤로 깔끔히 미련을 접었다고.

"아직 마음이 정리 안 돼서 그럴 거야."

"누가 남매 아니랄까 봐. 독한 마음도 똑같애."

"누나는 또 무슨 말을 그렇게 하냐? 민서 누나가 뭐가 독해."

딸기를 씻어 내오며 채윤이 나현을 타박했다. 이럴 때 보면 민서는 채윤이 자신의 편이 된 것 같아 든든했다.

"내가 뭐 틀린 말 했어?"

"근데 민서 누나. 제가 알기로 그 소개해 달라는 누나도 스펙이 장난 아니거든요? 현서 형도 한번 만나 보면 생각 확 바뀔 거 같은데."

"말은 해 볼게."

"아 근데, 아까운 것 같기도 하고. 현서 형이 좀 까칠해요?"

채윤의 말에 반박을 할 수 없었다. 확실히 현서는 좀 까칠하고 날카로운 구석이 강했다. 그래서 아직도 진하를 싫어하는 중이었다. 원래 혐오 중에서도 동족 혐오가 제일 오래가는 것이라면서.

"나 서점에 좀 들렀다 올게."

"채윤아, 너 서우 좀 보고 있어."

"누나, 밖에 추워."

세 사람이 바깥을 보았다. 확실히 먹구름이 가득 차서 평소보다 훨씬 추워 보인다.

자주 다니던 서점 앞에서 택시를 세워 내렸다. 그때 거짓말처럼 눈이 떨어지기 시작했다. 사람들이 즐거워하며 좋아했다.

고개를 올리자 하늘에서 새하얀 눈이 펑펑 쏟아지고 있었다. 나풀나풀거리던 눈이 이마 위에 떨어졌다.

민서는 천천히 걷기 시작했다. 저도 모르게 멈춰 선 곳은 그녀가 넘어져 어쩔 줄 몰라 했던 그 자리였다.

그해, 첫눈이 내렸고 여기에서 진하를 만났었다. 왠지 모르게 웃음이 나올 것 같았다. 정신을 차리지도 못한 상태로 걸어온 곳이 캠퍼스였다니.

이 자연대 건물 앞을 학부 시절에 몇 번이나 걸어 다녔는지 모른다. 혹시라도 진하를 마주칠까 봐. 그땐, 정말 어리고 순수했다.

웃으며 몸을 돌리던 민서가 바로 앞에 서 있는 사람 때문에 고개를 숙이며 왼쪽으로 움직였다. 그런데 남자의 발도 오른쪽으로 움직인다.

익숙한 향이다. 고개를 들어 올렸을 때 그녀를 보며 웃고 있는 남자의 얼굴에 눈물이 왈칵 쏟아지고 말았다.

15. 그럼에도 불구하고

앞에 있는 얼굴을 찬찬히 뜯어보았다. 하얗고 갸름한 얼굴, 쌍꺼풀이 진 큰 눈, 붉은 입술, 예쁘고 높은 콧대.

민서가 주는 전체적인 느낌은 깔끔한 이목구비의 미인이었다. 입술을 꾹 다물고 있으면 턱뼈가 도드라져 보인다. 진하는 그런 민서의 얼굴을 좋아했던 것 같다. 도서관을 자주 찾던 이유도 그 때문이다. 책을 볼 때면 민서는 늘 그런 표정을 지었다.

짙고, 긴 속눈썹이 눈가에 그림자를 만들어 낸다. 언젠가 한번 눈썹을 만져 보고 싶었다. 그래서 옆에서 잠이 든 그녀의 얼굴을 물끄러미 바라볼 때가 많았다. 하지만 만지지 못했다. 자고 있는 민서가 깰까 봐 결국 몇 번이나 들었던 손을 놓을 수밖에.

원체 두 사람 다 말이 많은 편은 아니었다. 지금은 앞에 놓인 차가 모두 식을 때까지 말이 없었다. 그럼에도 불구하고 진하는 지금 이 시간이 천천히 흘러가길 바라고 있었다. 저를 떠난 뒤 민서는 편안해

427

보인다. 전보다 조금 살이 붙은 것도 같고, 표정 역시 편안해 보였다. 방금 전, 자연대 앞에서 만났을 때 울던 모습은 어디에도 없었다.

진하가 손을 들어 올려 자신의 왼쪽 가슴을 만졌다. 혹여 앞에 앉아 있는 민서가 환상이라도 될까 봐 두려웠던 탓이다. 손가락 끝으로 느껴지는 축축한 느낌은 앞에 있는 이민서가 진짜라는 증거였다.

"다 식었네."

"다시 가져올게."

됐다고 말을 하기도 전 진하가 빠르게 움직였다. 진하는 마지막으로 보았을 때만큼 말랐다. 지금 막 패션쇼에 서고 난 모델들처럼. 바 안쪽으로 들어간 진하가 에스프레소를 내리는 모습이 보였다. 그가 직접 만들었다며 보내 준 커피 원액을 그녀도 먹어 보았다.

그땐 아무런 생각이 없었는데 저렇게 직접 커피를 만지고, 에스프레소를 뽑는 모습을 보니 조금은 신기하기도 했다. 따지고 보면 진하는 요리도 그녀보다 잘하는 편이었다.

진하가 다시 돌아와 앉았다. 그리고 그녀의 앞에 잔을 놓았다. 김이 올라오는 커피 잔을 손으로 쥐자 차가웠던 손바닥에 온기가 돌아오는 것 같다. 진하가 직접 내려 주는 커피를 맛보는 건 오랜만이었다. 그날, 병원에서 진하가 두고 간 다음 처음으로 마셔 보는 거였다.

이상하게 그날 이후로 커피를 잘 마시지 못했다. 아침에 커피를 마시지 않으면 정신을 차리지도 못하면서. 아마 진하의 커피가 계속 떠올랐기 때문일 것이다.

그녀가 커피를 한 모금 마시고 내려놓자 마치 평가를 기대하는 사람처럼 자신을 보는 진하를 보니 왠지 웃음이 흘러나왔다. 진하는 그녀의 웃음을 이해 못 한 듯 마치 강아지처럼 고개를 갸웃거렸다.

"맛있어."

그제야 안심을 한 듯 좁혔던 어깨를 펴고 의자에 똑바로 앉았다. 진하는 늘 그랬다. 그 반듯한 자세를 배우고 싶었다. 자세 좋은 표본처럼 걷고, 행동했다.

"진작 내려 줘야 했었는데."

"지금이라도 마시잖아."

진하가 무슨 말을 하려다가 멈칫했다. 왠지 진하가 하고 싶은 말이 무엇인지 알 것 같았다. 하지만 민서는 내색을 하지 않고 다시 커피를 한 모금 마셨다. 그리고 창밖으로 시선을 던졌다. 첫눈인데도 불구하고 벌써 세상을 하얗게 물들이기 시작한다. 함박눈은 왠지 그녀도 참 오랜만에 보는 느낌이었다.

"무슨 생각 해?"

진하의 목소리에 조심스러움이 잔뜩 묻어 있다. 민서는 시선을 돌리지 않고 말했다.

"아무 생각도 안 해."

그냥 눈이 내리고 있구나, 생각했을 뿐이었다. 그리고 고개를 돌렸다.

"참, 고마워."

"뭐가?"

"우리 아버지 장례식장 와 줬잖아."

"아…….."

진하는 봉투에 이름을 적지 않았다. 하지만 그게 진하의 것이라는 것을 민서나 연희도 알고 있었다.

"엄마가 대표이사면서 더 쓰지 그랬냐고 하시더라."

"얼마나 넣어야 할지 모르겠어서…….."

진하의 얼굴이 당혹으로 물들었다.

이제 그녀는 진하를 보면서 이런 장난도 칠 수 있을 정도로 많이 안정이 되었다. 하지만 진하는 예전과 확연히 달라졌다. 그녀를 대하는 모든 것이 조심스럽다. 마치 그녀가 당장이라도 일어설까 봐 모든 촉각을 곤두세우고 있는 사람처럼 굴고 있었다.

"윤진하."

"말해. 듣고 있어."

"나 어디 안 가."

"어?"

"그러니까 그렇게 안절부절못하고 있을 필요 없다고."

윤진하를 저렇게 만든 사람이 자신이라는 게 실감이 나질 않는다. 진하에게 그 '사랑'이라는 감정은 그대로인 걸까? 아니면 미안함과 죄책감에 저러는 것일까. 아직도 그녀를 기다리고 있는 게 맞을까?

"배고파."

"뭐라도……. 아니, 일어나자. 맛있는 거 먹으러 가자."

허둥대며 진하가 자리에서 일어나 코트를 집어 들었다. 사실 배가 고프지 않다. 나현의 집에 도착하자마자 채윤이 만들어 놓은 찜닭을 가득 먹었고, 과일도 먹었다. 다만 앞에 있는 진하가 많이 먹어야 할 것 같았다.

"점심은 뭐 먹었어?"

진하가 잠시 망설였다.

"거짓말하지 말고."

"못 먹었어."

코트를 쥐고 있는 진하의 손마디가 하얗게 변하는 것이 보였다. 진하는 힘을 그렇게 주며 무엇을 참고 있는 것일까.

"삼시 세끼 다 잘 챙겨 먹었잖아."

"못 먹겠어."

고개를 숙이고 있어 진하의 눈이 보이지 않았다. 하지만 눈가에서 후드득 눈물이 떨어져 내렸다. 당황한 듯 진하가 손을 들어 올려 얼굴을 쓸어내렸다. 새빨갛게 충혈된 눈이 얼마나 눈물을 참고 있었는지를 대변해 준다.

민서는 못 본 척 자리에서 일어서며 점퍼의 지퍼를 턱 끝까지 올렸다. 주머니에 손을 넣은 채로 카페에서 빠져나왔다.

서둘러 나오던 진하가 무릎을 문에 부딪쳤다. 제가 뭐라고 저렇게 허둥대며 실수를 하는 걸까. 그런데 또 왠지 인간적인 모습을 보는 것 같아 웃음이 나왔다.

요즘 그녀는 형식적으로 웃고 있는 때가 많았다. 웃고 있는 것도 아닌 그냥 미소를 짓는 애매한. 그런데 진하를 보니 왜 웃음이 이렇게 나오는 걸까. 역시, 보지 못하는 동안 그리웠다.

"뭐 먹으러 갈 건데?"

괜찮냐고 묻지도 않고 계단을 내려섰다. 하지만 순식간에 다가온 진하의 손이 그녀의 팔을 잡았다.

"미끄러워. 손 집어넣고 걷는 것도 위험하고."

하지만 곧바로 그녀의 팔에서 손을 놓았다. 말은 그렇게 해 놓고 자신의 손은 또 코트 속으로 넣는다.

"너도 손 빼."

민서는 지금 이 상황이 꼭 영화 덤앤더머의 한 장면처럼 느껴졌다. 진하도 아, 소리를 짧게 내며 주머니에 넣었던 손을 뺐다. 지방이라고는 하나도 보이지 않는 손이 순식간에 붉게 변하는 게 보였다.

"장갑 없어?"

진하가 난데없는 질문이라고 느낀 건지 조금은 멍한 눈으로 민서

431

를 보았다. 민서는 주머니에서 벙어리장갑을 꺼냈다. 나현이 귀엽다며 서우의 것을 주문하면서 커플로 끼자고 같이 샀다면서 그녀에게 준 것이었다. 손등엔 병아리가 수놓여 있었다.

싫다고 하면 어쩔 수 없다고 생각했다. 그런데 진하는 말없이 그녀의 앞으로 두 손을 내밀었다.

그녀에겐 무척이나 헐렁했던 장갑이 진하의 손엔 타이트하게 맞았다. 확실히 남자 손이 크긴 큰 모양이었다.

샛노란 벙어리장갑을 끼고 있는 모습이 우습기는 했다. 카페 안으로 들어가던 커플이 두 사람의 모습을 보며 웃고 지나갔다. 그녀 역시 웃음이 나오는데 다른 사람이라고 우습지 않을 리가 없었다. 하지만 진하 혼자 진지한 얼굴이었다.

"뭐 먹으러 갈 거냐니까?"

민서가 주변을 둘러보았다. 대학가 근처라 사방이 먹을 것들 천지였다. 일단은 몸보신을 하는 게 좋다고 생각했다. 하지만 대학가 근처에서 쉽게 그런 음식을 파는 곳을 찾을 수 없었다.

하는 수 없이 진하를 끌고 들어온 곳은 찜닭 전문점이었다. 이곳에서 삼계탕을 맛있게 먹었던 기억이 있었다. 민서는 진하에게 선택권도 주지 않고 삼계탕 두 개를 시켰다.

어중간한 시간이라 그런지 손님들이 많이 없었다. 곧 밑반찬과 함께 뚝배기에 부글부글 끓고 있는 삼계탕이 나왔다. 진하는 숟가락을 들 생각도 하지 않고 있었다. 민서가 자신의 닭다리를 뜯어 진하의 앞접시에 놓아 주었다.

"내 경험상 기력 살리는 데는 이게 최고더라고."

진하는 그저 고개만 끄덕였다.

"안 먹어?"

"먹어."

잔뜩 목이 멘 듯 가까스로 대답을 한 진하가 고개를 숙여 음식을 먹기 시작했다. 그녀가 끼워 주었던 장갑을 옆자리에 얌전히 내려놓았다. 진하의 근처에 저런 물건이 있는 게 참 어색하면서도 웃겨서 절로 웃음이 나오려는 것을 입술을 꾹 닫고 참아 냈다.

입에 맞는 것인지 그때부터 진하가 속도를 내어 먹기 시작했다. 민서는 살을 잘 발라 진하의 그릇으로 옮겨 주었다.

"난 괜찮은데."

볼을 빵빵하게 해서 음식을 씹는 사람이 할 말은 아닌 것 같았다. 민서는 묵묵히 살을 발라 주고 찹쌀을 잘 푼 죽도 그릇에 덜어 진하의 앞으로 내밀었다.

양이 적은 편었던지라 진하는 두 그릇을 빠른 속도로 먹어 치웠다. 국까지 다 마시고 나서야 진하가 정신을 차린 듯했다.

"일어나자."

먼저 자리에서 일어난 민서가 계산을 하자 서둘러 자리에서 일어난 진하가 장갑을 둔 것을 보고 다시 돌아갔다.

진하는 식당을 나와서도 자꾸 안절부절못했다. 밥을 먹기 전 차를 마셨으니 또 차를 마시러 가자는 핑계를 댈 수도 없었다. 당장이라도 민서가 갈게, 라고 말을 할까 봐 차마 말을 걸지도 못하는 상태였다.

"주스 한 잔 마실까?"

어린아이처럼 고개만 크게 끄덕이는 진하를 보며 민서가 다시 웃었다. 그저 저런 모습을 보는 것만으로도 좋아서 웃음이 나오다니. 이건 중증이었다. 바로 옆에 있는 주스 전문점으로 들어온 민서가 메뉴판을 보고 섰다.

"키위 주스 하나, 토마토 주스 하나요."

진하가 서둘러 지갑을 꺼내 들었지만 손에 계속 카드를 쥐고 있던 민서가 더 빨랐다.

"왜 자꾸……."

"오늘은 내가 너 먹이고 싶어서 그래."

밥을 먹이고 나니 그제야 진하의 얼굴에 혈색이 돌아왔다. 어떻게 저런 몸으로 일을 하고 있나 모를 정도였다.

"날 먹여?"

"사람들이 뭐라고 안 해?"

진하가 손을 들어 올려 자신의 얼굴을 쓸어내렸다. 살이 많이 빠졌다는 것 정도는 인지하고 있었다. 그도 그럴 게 죽지 않을 만큼만 먹었다. 먹으려 해도 먹히지가 않아서. 자신을 걱정해 주는 민서를 보니 기분이 좋았다. 속상해하는 건 마음이 아팠지만. 희망의 끈이 자꾸만 그 두께를 더해 가는 것 같았다.

주스 전문점은 학생들로 자리가 거의 차 있었다. 가격이 싸기도 하거니와 맛도 좋았기 때문이다. 겨우 구석에 자리를 잡고 앉아 민서가 주스를 반 정도 비울 때까지도 진하는 그저 그녀를 바라보고 있었다.

"민망하게 왜 계속 보고만 있어."

"사라질까 봐."

순간 주변의 웅성거림이 멎었다는 건 착각인 것일까? 옆에 있던 대학생들이 두 사람을 보며 자기들끼리 눈빛을 교환했다.

예전엔 이런 주목을 받으면 창피해서 어떻게든 자리를 피하고 싶었다. 그런데 민서의 눈에도 지금은 진하밖에 보이지 않았다. 살이 많이 빠진 건 사실이었으나 날카로움만 가중시켰을 뿐 진하는 여전히 한눈에 반할 정도로 잘생긴 모습은 그대로였다.

"상주엔 얼마나 자주 왔었어?"

"어?"

"우리 집에 놓고 가는 것들. 직접 와서 놓고 간 거 다 알아."

알면서도 모른 척했다. 스스로의 아픔을 먼저 돌아보는 데 급급해서 진하는 생각하지 않으려고 했다.

"자주."

"그러니까 얼마나 자주."

"주중엔 거의."

생각보다 훨씬 잦은 날들이었다. 주말이야 그녀가 상주에 없었으니 그도 있을 필요가 없었을 것이다.

"일은?"

"거의 전화로. 덕분에 원준 형이 고생 많이 하고 있지. 너무 급하면 빨리 서울로 갔고."

"오늘은 어떻게 알았어?"

진하가 말하기를 망설였다. 진하의 어떤 모습에 두 사람이 넘어간 건지 신기했다.

"엄마야, 나현이야?"

뜨끔한 얼굴을 하고 있는 진하를 보며 민서가 웃었다.

"나현 씨가 너 서점 갈 거라고 해서. 너 서점은 여기로 오잖아."

"나현이한테 뭐 거한 거라도 줬어?"

"그냥, 매일 찾아가서 괴롭히는 정도?"

긴장이 조금은 풀린 것인지 예전의 진하의 모습이 조금씩 보였다. 이미 분위기로 그녀의 마음이 많이 풀린 것을 알아차린 듯했다. 옅게 미소를 짓는 진하의 모습은 여전했다.

"뭐 때문에 우리 이렇게 돌아온 거니?"

진하가 다시 침묵을 지켰다.

그는 자신이 했던 가시 돋친 말들을 여전히 기억하고 있었다. 그저 아프게만 해서 스스로 붙잡을 수도 없었다.

"나 때문이야."

진하의 말에 민서의 눈이 커졌다.

"내가 어리석고, 늦되고, 마음을 먼저 인정하지 못해서."

울음기가 묻어 있는 목소리였다. 하지만 진하는 울지 않았다. 그저 지금이라도 자신의 마음을 전할 수 있어 다행이라는 얼굴이었다. 왠지 모르게 처연한 미소에 민서의 눈가에 힘이 들어갔다.

"울리고 싶지 않아, 더는."

입술을 꾹 깨문 채 고개를 한 번 끄덕였다.

"다시 와, 내 옆으로."

민서가 흐려지는 시선으로 진하를 보았다. 자세히 보고 싶은데 눈물 때문에 진하의 모습이 일렁거렸다.

"결혼하자, 우리."

연애를 하면 자신들이 세상의 주인공인 것처럼 군다더니. 두 사람이 딱 그 짝이었다. 사람들의 웅성거리는 소리에 민서가 서둘러 자리에서 일어나려고 하는데 진하가 그녀의 손목을 잡아 세웠다.

그래서 결국 민서는 알겠다고 답을 할 수밖에 없었다. 진하는 원하는 답을 듣지 않으면 일어나지 않을 게 분명했기 때문이다.

많은 이야기를 하진 않았다. 그저 같이 보는 것으로 대신했다. 그리고 마음이 아팠던 이야기는 일부러 꺼내지 않았다.

그녀의 차를 진하가 운전했고, 성북동 집에 도착한 후에도 시동을 끄지 않은 채 정면을 보고 있었다.

"그날 내 눈앞에서 양태주 씨랑 여기로 들어가는데 가슴이 철렁하더라."

놀란 민서가 고개를 돌려 진하를 보았다. 진하의 시선은 굳게 닫힌 철문으로 향해 있었다.

"그런 거 아니었어."

"알아. 그냥 그땐 질투로 눈이 뒤집히고 나한테 화가 났던 것뿐이야."

진하는 이제 감정을 굳이 숨기지 않을 생각인 모양이었다. 진하의 입에서 질투라는 단어가 나오는 게 생소했다. 왠지 신기하기도 했고.

"마음 같아선 우리 집으로 데리고 가고 싶은데, 참을게."

진하가 시동을 끄며 먼저 차에서 내렸다. 그게 굳은 결심이라는 것을 민서도 알고 있었다. 보닛을 돌아온 진하가 차 문을 열었다. 그리고 아직 안전벨트를 풀지도 못한 민서를 보며 웃었다.

벨트를 풀고 허벅지 위에 있는 민서의 가방을 들었다. 민서가 차에서 내리자 손을 잡았다.

차가운 손이 왜 이렇게 뜨겁게 느껴지는 것일까. 다시 이렇게 손을 잡기까지 참 오랜 시간이 걸렸다. 대문으로 들어가는 세 개의 얕은 계단 위로 올라섰다. 그러자 진하와 눈높이가 비슷해졌다.

"이민서, 다시 와 줘서 고마워."

민서는 말없이 웃기만 했다.

"이렇게 일찍 와 준 것도 고맙고."

"정말 평생 오지 않으면 어쩔 생각이었어?"

"기다리다 죽었겠지."

진하가 고민도 없이 바로 답했다. 농담이 아니라 이게 진하의 진심이라는 걸 알고 있다. 그래서 고마웠다.

"그 아이가 태어났었어도?"

"그랬어도."

"내가 그 아이를 데리고 다른 사람을 만나도?"

"응. 그랬더라도."

조금의 고민도 없이 진하가 답했다. 어떻게 저런 생각을 할 수 있는 걸까. 만약 그녀가 반대의 상황이 되었으면 진하처럼 행동할 수 없을 거라고 생각했다.

"왜 또 울려고 그래."

진하가 그녀의 볼을 만지려다가 자신의 손이 차가운 것을 깨닫고 머리를 한 번 쓰다듬었다. 자신의 마음을 숨기는 데 급급하지 않았더라면 진작 이런 진하의 눈을 알아챌 수 있었을 것이다. 그때나 지금이나 진하의 눈빛은 같다.

"미안."

"자꾸 미안하다고 하지 마."

그녀의 볼에 가볍게 입을 맞춘 진하가 뒤로 물러섰다. 그저 조금 떨어진 것뿐인데 차가운 공기가 훅 치고 들어온 것만 같았다.

"내일 데리러 올게."

"응."

고개를 끄덕이고 진하가 먼저 가기를 기다렸다. 그런데 진하는 가지 않고 코트로 손을 넣더니 잠시 망설이고 있었다. 그러더니 이내 주머니에서 무엇인가를 꺼내 들었다.

다이아몬드 목걸이가 그의 손바닥 위에서 반짝이고 있었다.

"이럴 줄 알았으면 반지로 하는 건데."

"언제부터 들고 다녔던 거야?"

"우리가 같이 살던 날."

정말 눈물이 다 말랐다고 생각했는데 어디서 자꾸만 이렇게 흘러나오려고 하는 것일까.

"채워 줄까?"

말없이 고개를 숙였다. 목걸이를 채우는 진하의 손이 덜덜 떨리는 게 고스란히 느껴졌다. 목걸이를 채운 진하가 다시 멀어졌다.

"내일."

"응."

"괜찮으면 우리 어머니 좀 뵐 수 있어?"

진하가 무척이나 고심하며 꺼낸 말이라는 것을 알 수 있었다.

"어머니?"

"널 만나야지만 마지막 비밀번호를 알려 주시겠다는 분이야. 아버질 끌어내리려면 그 번호가 꼭 필요한데."

"아버질…… 끌어내려?"

"이혼 소송 중이야. 이미 이사진들도 우리 편으로 돌아섰고. 경영은 전문 경영인에게 맡기는 게 맞다고 판단한 거지. 나는 그쪽 사업엔 관심이 없거든."

"그래도 후회하지 않겠어?"

진하의 얼굴이 단호했다.

"그 사람 때문에 난 많은 걸 잃었고, 너 또한 잃을 뻔했어. 다신 잃고 싶지 않아."

그의 얼굴에 후회나 망설임이 없었다.

"만날게, 어머니."

진하가 다시 한 번 그녀를 끌어안았다.

❖

단정한 옷이 없었다. 당연히 편히 쉴 거라고만 생각했지, 진하의 어머니를 만나게 될 거라는 건 상상도 하지 못했다. 아마 일어났을 때 목에 진하가 걸어 준 목걸이가 없었다면 어제의 일을 꿈이라고 생각했을지도 모른다. 그건 진하 역시 마찬가지인 모양이었다.

7시가 되자마자 진하에게 전화가 왔다. 아직 그녀가 자고 있을지도 몰라 조심스럽게 걸었다는 게 느껴질 정도였다. 다정하게 전화를 받는 민서의 목소리에 진하에게서 안도의 숨이 흘러나왔다.

그녀가 입을 옷을 고민하자 연희가 자신의 옷을 빌려주었다. 체형이 비슷한 연희가 있었는데 왜 고민을 했나 싶을 정도였다. 하지만 연희가 주는 옷은 왠지 부담스러웠다.

"너 나중에 자세히 들을 거야. 윤 대표 아, 끈질겨. 사람이."

연희가 치를 떨며 드레스룸에서 나갔다. 진하가 오기로 한 시간이 이제 5분밖에 남지 않아 시간이 없었다. 하는 수 없이 연희가 준 옷으로 갈아입고 대충 어울릴 만한 코트를 들고 집을 나섰다.

정원은 언제 눈이 왔냐는 듯 흔적도 찾을 수 없을 정도였다. 그리고 날이 따뜻했다. 대문을 열었을 때 이미 진하가 와서 차 밖에 서 있었다.

"왜 이렇게 일찍 왔어?"

"기다리는 시간도 즐거워서."

마치 아무 일도 없던 커플처럼 자연스러웠다. 진하는 어제보다 훨씬 혈색이 좋아져 있었다. 다행이라고 생각하며 진하가 문을 열어 준 차에 올라탔다. 약속 장소로 향하면서 몇 번이나 거울로 얼굴을 확인했다. 요즘 통 화장을 하지 않아 어색했다.

"뭘 자꾸 보고 그래."

"화장 이상하지 않아?"

"예뻐."

"성의 없어."

"정말이야. 뭘 하든 나는 이민서가 예뻐."

표현을 하는 데에 있어 거침이 없어진 진하가 더 좋아졌다. 약속 장소는 그녀의 집에서 멀지 않은 일식집이었다. 진하의 손을 잡고 예약된 방으로 들어가니 이미 중년 여성이 와서 앉아 있었다. 서둘러 진하에게서 손을 뺀 민서가 고개를 숙였다.

"안녕하세요. 이민⋯⋯."

"어머, 베르사체 맞구나?"

민서가 그 말에 어색하게 웃었다. 그녀가 넘어졌을 때 다가온 진하가 덮어 준 코트. 그게 바로 베르사체였다. 게다가 한정판이라고 나현이 한동안 시끄럽게 떠들어 댔었다.

"세상에, 내가 한정판으로 어제 온 거야, 하고 자랑하는데 바로 들고 튀어 나가지 뭐니?"

"아⋯⋯."

"하여간 쟤 내가 아끼는 것엔 꼭 못된 심보를 부린다니까."

차 여사는 진하와는 느낌이 정말 달랐다. 주변 사람들 중 비슷한 사람을 찾으라면 그나마 박 여사와 비슷하다고 해야 할까? 차 여사의 수다는 끊이지 않았고 민서는 그저 웃으며 맞장구를 쳤다.

"나는 그때 쟤가 왜⋯⋯ 어머, 세상에. 진하야. 너 그럼 민서에게 한눈에 반했었구나?"

차 여사가 어머머를 외치며 박수를 치기 시작했다. 민서 역시 놀라서 눈을 크게 뜨고 고개를 돌려 진하를 보았다. 진하는 그 말에도 별로 관심이 없는 듯 두툼한 회를 집어 민서의 앞으로 놓아 주었다.

어느 순간 그녀가 좋아졌을 거라고 믿고 있었다. 그래서 진하에게 언제부터 자신을 좋아하게 되었는지 묻질 않았다. 너무 놀라서 이젠 웃음조차 나오지 않을 지경이었는데 진하는 밥을 다 먹을 때까지 너무도 태연했다.

"오늘 덕분에 너무 맛있게 먹었어. 조만간 채 감독님 꼭 뵙고 싶다. 내가 팬이라고 꼭 전해 줘."

"네."

"어머니, 약속 시간 늦었어요."

"어머, 내 정신 좀 봐. 오늘 이혼 도장 찍으러 가는 날이거든. 민서씨, 그럼 우리 나중에 봐."

차 여사가 손을 흔들며 먼저 차에 올라탔다. 두 사람도 차에 올라타 민서의 집으로 향했다.

"미안, 정신없었지."

"어머니 성격이 좋으시네."

"해맑으시지. 세상 고생은 한 번도 안 해 보셔서."

진하는 차마 어머니를 욕할 수 없어 돌려 말했다. 민서가 진하의 팔을 툭 쳤다.

"상주까지 데려다주고 싶은데 회사 들어가 봐야 돼. 앞으로 일주일간은 정신없을 거야."

"응, 힘내."

그녀는 회사 돌아가는 사정에 대해서 잘 알지 못한다. 마지막 일이 남아 있다는 진하의 말에 그저 힘내라는 말밖에 할 수 없었다. 집까지 가는 길은 무척이나 가까웠다. 하지만 진하는 그녀의 손을 잡고 놓아주지 않았다. 집에 도착할 때까지 손을 잡고 있었다.

"그냥, 보내기가 참 힘드네."

시동까지 끈 진하가 그녀의 머리카락을 귓바퀴 뒤로 넘겨 주었다. 자연스러운 스킨십에 민서가 웃었다.

"원래 이민서가 이렇게 웃음이 많았던가."

"그동안 떨어져 지냈다는 게 거짓말 같아서."

"난 지금이 거짓말 같아."

진하의 눈에 여전히 아픈 상처가 보였다. 어떻게 사람의 눈은 저런 다채로운 감정을 나타낼 수 있는 것일까? 진하의 눈동자는 유난히 그윽하게 보였다. 특유의 깊은 눈매 때문일지도 모르겠다.

"다음 주에 나현이 아이 보러 갈래?"

"그러자."

"그럼 운전 조심해."

나가려는데 진하가 그녀를 붙잡았다. 다가오는 진하를 보며 눈을 스르륵 감았다. 하지만 무엇인가가 창문에 턱 붙어 소리를 지르고 말았다. 진하 역시 놀란 듯 그대로 멈춰 창문을 보았다. 거기엔 손바닥으로 창문을 내려친 연희가 서 있었다.

결국 두 사람은 같이 차에서 내려 집으로 들어갈 수밖에 없었다. 그녀가 나가 있을 동안 대청소라도 한 것인지 집이 한결 깨끗해져 있었다. 연희는 주스를 내와 두 사람의 앞으로 앉았다.

"남의 집 앞에서, 애정 행각이 진하네?"

"죄송합니다."

"죄송하긴. 지난 1년 내내 나 쫓아다니면서 힘겹게 군 것보단 낫지."

진하가 헛기침을 하며 살짝 고개를 숙였다. 뭘 그렇게 잘못한 건지 두 무릎까지 꿇고서 말이다.

"진하야, 소파로 앉아."

그러자 연희가 쯧, 소리를 냈다.

"그래서, 연애라도 시작했다는 건가 봐?"

"아닙니다."

그 말에 당황한 건 연희였다. 지금 집 앞에서 그런 애정 행각을 보여 준 사람이 누군데. 연애가 아니라고?

"무슨 소리야? 1년 내내 쫓아다녔어? 엄마를?"

"그래. 차라리 무슨 말이라도 하면 좋잖아. 그런데 아무것도 안 해. 어느 날은 꽃다발을 들고 오고, 어느 날은 가방을 들고 오질 않나."

민서가 놀란 표정을 숨기지 못하고 두 사람을 번갈아 보았다.

"나현이한테도 그랬잖니. 나현이 방 하나는 아주 그냥 윤진하 씨가 사 가지고 온 물건들로 가득이라더라. 웬만하면 나현이 좋아하는 걸로 좀 사 가지, 눈치도 없이 애기 물건만 잔뜩. 사람이 어쩜 그리 눈치가 없어."

진하가 당황한 듯 헛기침을 했다.

진하가 그랬을 거라고 생각도 하지 못했다. 그리고 두 사람 누구도 그런 눈치를 주지 않았다. 아마 그녀가 진하의 이야기를 듣기 싫어했기 때문에 언질도 하지 않았을 것이다. 왠지 가슴이 징, 울리는 것만 같았다.

"결혼하려고 합니다."

"누구 맘대로?"

"민서도 이미 받아들였습니다."

매서운 연희의 눈이 민서에게로 돌아왔다. 민서는 괜히 머리카락을 쓸어 올리며 연희의 시선을 피했다.

"그쪽 아버지 이길 자신은 있고?"

"곧 회장직에서 물러나실 겁니다."

"뭐?"

"아마 사흘 내로."

❖

선하그룹에 대한 이슈는 꽤 컸다. 진하가 어떻게 압박을 했는지는 모르겠지만 윤 회장은 경영자의 자리에서 내려와 다시 한 개인으로 돌아가 공부를 하겠다고 했다.

당연히 상속 회사로 운영될 줄 알았던 선하그룹에서 전문 경영인을 내세우자 한동안 주식이 요동쳤다. 게다가 진하의 대한 평가가 올라갔다. 카페 빈스의 윤진하가 사실상 선하그룹의 후계자 자리를 박차고 나왔다는 이야기에 언론의 관심이 한꺼번에 몰렸다.

벌써 석 달이 넘게 진하에 대한 이야기가 뉴스, 신문 등 온갖 매스컴에 오르내렸다. 그를 인터뷰했던 회사에선 그의 최근 사진을 썼고 그러지 못한 회사에서는 대학 시절의 증명사진을 가져다 썼다.

그리고 회사 사람들은 금요일이 되면 꼭 그녀를 데리러 오는 남자가 그 윤진하라는 것을 알게 되었다. 오늘도 계속되는 질문을 물리치고서 겨우 퇴근을 할 수 있었다.

회사 일이 정리가 되는 건 쉬웠다. 어차피 진하는 모든 걸 변호인들과 전문 경영인들에게 맡겼기 때문에 물러나 보고만 받으면 끝인 이야기였다. 윤 회장은 이혼을 하고 쓸쓸히 미국으로 떠났다고 들었다. 그럼에도 불구하고 진하는 전혀 후회하지 않는 듯했다.

남 말 하는 것을 좋아하는 사람들은 진하를 보고 패륜아라고 손가락질을 하기도 했다. 하지만 뒤늦게 윤 회장의 수없는 외도로 이혼을 하게 되었다는 차 여사의 인터뷰가 퍼지자 그 말도 언제 나왔냐는 듯

쏙 들어갔다.

여기저기서 카페 빈스에 투자를 하겠다는 사람들도 나타나는 모양이었다. 하지만 진하는 더 이상 매장을 늘리고 싶지도, 과한 확장을 하고 싶지 않다고 말하며 정중하게 거절했다. 사람들은 어떻게 재벌가에서 저런 사람이 나오게 된 것이냐며 신기해했다.

"배고프지 않아?"

안전벨트를 매는 민서를 보며 진하가 물었다. 딱히 배가 고픈 것도 아니었다. 회사에서는 3시쯤이 되면 15분 정도 간식 타임을 가지곤 했다. 오늘 받은 마카롱을 꺼내 진하의 입으로 하나 넣어 주었다.

"대구에서 오는 거야?"

대구 카페의 일을 마치고 그녀를 데리러 오는 게 진하의 일과가 되었다. 덕분에 원준은 한 번씩 그녀에게 죽는소리를 하곤 했다.

"아무래도 원준 씨에게 밥이라도 한번 거하게 대접해야겠어."

"그러지 않아도 말라 간다고 혜진 씨가 뭐라고 하던데."

"직원 더 뽑아야 하는 거 아니야?"

"뽑고 있어."

두 사람은 결혼 준비로 정신이 없었다. 누군가는 결혼이 끝이 아니라고도 했고, 누군가는 사랑의 완성적 형태가 결혼이라고 했다. 그리고 꼭 결혼이라는 것이 중요하지 않다고도 했다. 하지만 두 사람은 결혼을 추진했다.

요즘 두 사람 사이의 문제는 신혼집이었다. 진하는 양평의 집을 처분하지 않았다. 하지만 그녀는 회사를 다시 옮길 생각이 없었고 양평의 집은 필요가 없다는 결정을 내렸다. 그런데 자꾸 미적대고 있는 건 진하였다.

"언젠가 우리가 거기로 들어가 다시 살고 싶어."

"그럼 전세로라도 내놓자."

"그것도 싫어."

"대체 왜?"

"우리가 처음으로 시작한 곳이니까."

이제야 진하가 그 집을 팔기 싫어하는 이유를 알게 되었다. 그렇다고 해서 두 사람 모두 그곳을 주거지로 쓸 수는 없었다.

"결혼식 이제 겨우 두 달 남았어. 오늘은 집 정해."

진하가 강하게 나왔다.

"결혼하고도 집 구하는 사람들이 얼마나 많은데. 어차피 우리 주말 부부잖아. 그러니 굳이 집 구할 필요가 없을 것도 같아."

그녀의 집은 전세였고 계약 기간이 아직 1년이나 더 남아 있었다. 그리고 진하는 원래 살던 집에서 계속 살고 있었다.

"집 이야기는 나중에 이어서 하고, 일단 휴게소 들어가서 뭐라도 먹고 올라가자."

진하가 도로 한쪽의 위치한 휴게소로 들어갔다. 민서가 좋아하는 분식을 사 와 테이블 위에 올려놓고 보리차를 사 오는 것도 잊지 않았다. 위가 약한 그녀를 위해 진하는 습관적으로 보리차를 준비하거나 사 오곤 했다. 그리고 매일같이 커피를 줄이라는 잔소리도 잊지 않았다.

"천천히 먹어."

두꺼운 떡볶이 떡 하나를 입으로 넣는 민서를 보며 진하가 보리차 뚜껑을 열어 옆으로 내려놓았다. 민서가 바로 들어 한 번에 절반쯤 비우고 내려놓았다. 민서는 진하의 입으로도 떡 하나를 넣어 주었다.

진하는 지난 석 달간 거의 예전의 몸을 회복했다. 다시 살을 찌우기 위해 많이 먹고, 규칙적인 운동도 잊지 않았다. 애초에 잠이 많지 않은 것인지 진하는 잠을 적게 자는데도 피곤한 기색 한 번 없었다.

"언제까지 주말부부 하고 싶은데?"

"음, 내가 은퇴를 할 때까지?"

"앞으로 30년이라는 소리네."

진하가 어이없다는 듯 말하며 웃었다. 말을 해 놓고도 미안해서 민서도 진하를 따라 웃었다.

"일 재밌어."

"알아, 재미있어 하는 거."

"관두고 싶지 않아."

"나도 이민서가 하고 싶어 하는 일 하면서 즐거워하는 걸 보는 게 좋아."

그녀가 정말 다시 양평으로 가는 수밖에 없었다. 하지만 다시 양평 연구소에 재입사가 될지 그것도 문제였다.

"뭘 그렇게 생각해?"

"재입사가 될지, 걱정이라서."

문제가 심각해졌다. 그녀도 계속 주말부부를 하면 서로가 지칠 것이라는 것을 알고 있었다. 그러니 다른 방법을 강구해야 했다. 거기다 진하는 계속 같이 있고 싶어 했다.

"서울 집은 팔았어."

"뭐? 그럼 출퇴근은 어떻게 해?"

"대표직에서 내려올 생각이야."

진하가 폭탄을 터트렸다.

처음 진하가 대표직을 내려놓겠다고 했을 때 모두 그가 농담을 하는 것으로 알았다. 하지만 진하의 성격을 잘 아는 민서와 원준은 진하의 결정을 쉽게 받아들였다. 그리고 원준은 절대 대표직을 맡지 못한다며 거부를 했다. 하지만 진하는 자신이 커피를 이렇게 좋아하게 된 이유가 모두 원준 때문이라고 말했다.

원준이 대학을 가서 처음으로 아르바이트를 하게 된 곳이 커피 전문점이었는데 늘 진하에게 일하면서 알게 된 커피에 대해서 설명했다고 했다.

그냥 대충 들어 주던 진하는 문득 이탈리아에 살 때 마시던 커피를 생각해 내고 수입을 해 보자 마음을 먹었다. 그리고 그렇게 점점 사업은 커졌고, 두 사람이 만든 카페 빈스는 빠른 시간 내로 성공을 이루었다.

원준이 받는 게 아니라면 결국 회사를 폐업시킬 수밖에 없다는 강수를 두었다. 결국 원준은 울며 겨자 먹기로 대표직을 물려받았다.

"그래서 진하 형은 이제 뭘 한대요?"

"기둥서방?"

그렇게 말하고 채윤과 나현은 좋다며 서로 짝짝 소리가 나게 맞장구를 치고 웃어 댔다. 저러니 연애할 때부터 한 번도 싸우지 않고 잘 사귀고, 결혼을 해서도 아직도 꿀이 떨어지는 모양이었다.

오늘은 나현의 원작 소설이 영화화되어 시사회를 하는 날이었다. 그래서 네 사람은 시사회를 가기 전 밥을 먹고 차를 마시는 중이었다.

"외조?"

진하가 뻔뻔스런 얼굴로 말하자 나현은 거의 뒤집어질 듯이 웃기 시작했다. 그나마 카페 내의 비즈니스석이라 파티션이 쳐져 있어 사람의 이목을 덜 집중시킬 수 있었다.

"윤진하가 외조요?"

"전 외조하면 안 됩니까?"

"아무리 봐도 기둥서방 이미진데."

나현이 눈을 가늘게 뜨며 진하를 위아래로 훑었다. 요즘 나현은 그동안 자신을 무척이나 괴롭혀 댔던 진하를 놀리는 데 여념이 없었다. 물론 진하는 그런 나현을 전혀 신경 쓰지 않았다. 대학 시절부터 보아 왔던 그 윤진하다웠다.

"맞아, 처음에 진하 형 봤을 때 우리 모델인 줄 알았지."

"아니, 바람둥이 배우."

또 둘이서 즐기며 웃고 있다. 민서가 고개를 저으며 자리에서 일어났다. 서서히 시사회에 갈 시간이었다. 진하가 자연스레 트레이를 정리하려는 움직임을 보이자 나현이 막아 세웠다.

"엄연히 장유유서가 존재하는데, 어떻게 제가 형을 시켜요."

바로 채윤이 재빠르게 테이블을 정리했다. 나현은 잘했다며 채윤의 엉덩이를 톡톡 두드려 주었다. 그런 두 사람을 보고 진하도 픽 웃었다.

"서우는?"

"아빠 따라가겠다고 난리 치는 걸 두고 오는 게 얼마나 힘들었는데요."

월드컵 때 옆에 있어 주지 못했다는 죄로 채윤은 거의 모든 양육을 맡고 있었다. 그건 정말 일 때문에 어쩔 수 없는 상황이었는데도 불구하고 나현은 아직도 서운함이 풀리지 않는 모양이었다. 어쨌든 민서는 저 두 사람만큼만 살았으면 좋겠다 생각했다.

시사회엔 유명한 배우들이 많이 보였다. 그만큼 나현의 원작에 대해 관심이 많은 것이기도 했고, 연희의 인기를 반증하는 것이기도 했다. 진하는 고개를 숙이고 있었다. 이유는 몇몇 끈질기게 부딪쳤던

450

기자들을 마주했기 때문이었다. 진하 역시 기자들의 틈에서 벗어나지 못하고 있었다. 이미 상영관 안으로 들어와 앉아 있는데 여기저기서 질문까지 쏟아졌다.

"주식에 대해 말이 많은데 한 말씀 해 주시죠."

"언제든 마음 바꿔 회사로 다시 들어갈 수 있다는 소리 아닙니까?"

어떻게 해서든 특종을 잡고 싶어 하는 기자들의 마음을 이해한다. 하지만 점점 도가 지나치고 있었다.

"윤 회장님 외도 상대들도 굉장했다고 알고 있는데, 본가로 불러들여 난교파티도 벌이셨다죠?"

"윤진하 대표님도 예전부터 그 사실 알고 계셨습니까?"

진하가 자리에서 일어섰다. 순간 여기저기서 터져 대던 플래시도, 질문을 하던 기자들도 이내 잠잠해졌다. 하지만 여전히 웅성거리는 소리는 컸다. 뒤로 줄줄이 앉은 배우들의 시선들까지 고스란히 느껴졌다.

진하는 웬만한 모델들과 비슷한 키에 주목받는 외모를 가졌다. 그래서인지 여기저기서 웅성거림이 더 커지기 시작했다. 언제 사진을 찍는 것을 멈췄냐는 듯 기자들도 신나게 플래시를 터트렸다.

"죄송하지만 이 자리는 저도 초대되어 온 자립니다. 질문은 삼가 주십시오. 예절이나 도덕 좋아하시는 분들인 줄 알았는데, 아닌 모양입니다?"

기자들이 자기들끼리 다시 웅성거리기 시작했다. 아직도 그를 향한 플래시는 멈추지 않고 있었다.

"아니면 일반인에겐 도덕적 기준을 엄격히 잣대 삼으면서 본인들은 무슨 짓을 해도 되는 우위에 있다고 생각하시는 겁니까?"

진하가 정곡을 찌르자 모두가 눈을 굴리며 눈치를 보기 시작했다.

겨우 주변이 조용해지기 시작했다. 진하가 슈트를 정리하며 다시 자리에 앉았다. 그런 진하를 보며 나현이 엄지를 들어 추켜세워 주었다. 진하의 기분을 풀어 주고 싶은 게 틀림없었다. 진하가 그런 나현을 보고 다시 웃음을 터트렸다.

"진하 씨. 신경 쓰지 마세요. 원래 하이에나 떼들은 저러다가 제풀에 나가떨어져요. 저도 얘랑 연애하는 거 들켰을 때 어찌나 악의적 기사가 쏟아지는지. 죄다 고소하려다가 인생이 불쌍해서 참았거든요."

나현은 사람의 마음을 쉽게 풀어 주는 재주를 가졌다. 그게 문과 감성을 가져서인지, 아니면 타고난 특별한 능력인지 몰랐다. 그리고 나현의 위로는 진하를 그녀의 남자 친구로 인정해 주고 있다는 뜻이기도 했다.

진하에게 벽을 세우지 않고 받아들여 주는 나현이 고마워 손을 꼭 잡았다. 나현이 민서의 어깨에 툭 기대자 진하가 나현의 머리를 밀어 냈다.

"아, 진짜. 원래 그쪽 만나기 전엔 우리 민서 내 거였거든요?"

"지금은 제 겁니다."

두 사람의 투닥거림 사이에서 민서가 조용히 웃었다.

시사회 시작 전 원작자와 감독, 배우들의 만남이 먼저 시작되었다. 나현도 자리에서 일어나 무대 위로 올라갔다. 사람들의 박수 소리가 끊이지 않았다.

"그럼 우리 감독님 이야기부터 들어 볼까요?"

연희가 마이크를 이어 받았다.

"안녕하세요. 감독을 맡은 채연희입니다. 오늘 소중한 분들이 많이 와 주셔서 일단 기분이 좋네요. 시사회 끝나고 평이 어떻게 나가든?"

연희가 민서를 지그시 바라보며 눈을 맞췄다. 연희를 보는 민서의 얼굴에서 웃음이 피었다.

"처음으로 원작이 있는 글을 영상화하면서 정말 원작자님과 연애를 할 때보다 더 열렬히 대화하고, 통화했는데. 사실 여기 김나현 작가님이 제 딸 가장 친한 친구거든요. 정말 한 대 확 쥐어박고 싶을 때도 많았지만 잘 참아서 여기까지 오게 됐다고 생각하고, 재미있게 봐주세요. 참, 한마디만 더. 장소를 아무 대가 없이 빌려준 제 사위, 전 카페 빈스 윤진하 대표에게도 감사를 전합니다."

다시 카메라 플래시가 터지기 시작했다. 민서는 놀란 듯한 얼굴로 연희를 바라보고 있었다. 연희가 말한 '사위'라는 단어 때문이었다. 공식적으로 연희가 진하를 인정한다는 뜻이었다. 따뜻한 온기가 느껴졌다. 진하가 민서의 손을 잡아 왔다.

"안녕하세요. 〈커피집의 소풍〉 원작자 김나현입니다. 아줌마와 꼬마의 우정 이야기를 참 많이 사랑해 주시고, 이렇게 영화까지 만들어져서 얼마나 행복한지 모릅니다. 그리고 제가 이 소설을 완성하는 내내 힘이 되어 주고 사랑을 준 민서에게 제 사랑을 전합니다. 감사합니다."

한참 들뜬 얼굴로 박수를 치던 채윤이 힘 빠진 풍선처럼 팔을 툭 떨어뜨렸다. 민서가 웃으며 나현을 향해 박수를 보냈다.

❖

상주 시내의 영화관 바로 옆으로 리모델링을 하고 있는 것은 진하의 직장이 될 카페였다. 진하는 직접 로스팅을 하고, 핸드드립 커피를 전문으로 하는 카페를 준비했다. 사실 민서는 진하가 당분간 쉴 거라고 생각했다. 하지만 그는 쉴 생각이 없는 듯했다.

"자주 와서 커피 드셔 주세요, 사장님."

"사장님?"

"우리 공동 사장이야."

물론 이 카페는 카페 빈스를 전신으로 한 핸드드립 전문점이었다. 특히 원준이 핸드드립을 정말 잘 내렸는데 진하는 그 기술을 모두 배워 왔다며 자신감이 컸다.

누군가는 진하에게 해 왔던 것들이 아깝다고 했고, 겨우 그 정도 일로 만족할 수 있겠냐고 물었다. 진하는 그런 질문을 받을 때마다 행복을 찾기 위해 최선을 다하는 게 뭐가 나쁜 거냐 물었고 모두가 대답을 하지 못했다.

나현과 연희의 영화는 승승장구 중이었다. 해외 유명 영화제에 초대도 되고 수상까지 기대해도 될 것 같다는 이야기도 돌았다. 주변 사람들 모두가 점점 자리를 잡아 가는 듯해 민서도 마음이 놓였다.

결국 신혼집은 이 전셋집의 계약이 만료될 때까지 보류하기로 결정했다. 24평의 아파트 부엌에 서 있는 진하 때문에 유달리 공간이 작아 보였다. 함께 저녁을 먹고, 차를 마시고 잠자리에 들기까지 참 많은 일들이 있었다.

결혼식까지 단 사흘이 남았고, 진하는 늘 민서의 기분을 신경 썼다. 마음을 깨닫자 세심하고 자상한 남자가 되었다며 민서가 한 번씩 놀리고는 했다.

"이민서."

"응?"

"조금 더 붙어."

"피곤해."

"내가 무슨 짓 한다고 했어?"

꼭 이런 식으로 사람을 괜히 밝히는 것처럼 만들고는 했다. 그럼에도 불구하고 민서가 가까이 붙지 않자 진하가 힘으로 그녀를 끌어안아 허리를 감싸 안았다.

"참, 오늘 피곤했어?"

"아니."

"윤진하가 낮잠을 자서 별일이네, 했지."

진하는 정말 잠이 없는 타입이었다. 그는 실제로 하루 4시간 정도만 자면 충분하다고 했고 더 자는 것을 못 견뎌 했다. 그런 진하가 낮잠을 자는 것을 민서도 처음 보았다.

"그러고 보니 꿈을 꿨는데."

"무슨 꿈. 참, 좋은 꿈이었나 봐? 웃더라."

진하가 고개를 숙여 민서의 정수리에 입을 맞추었다.

넓은 잔디밭에 누워 있는 민서와 진하의 옆으로 파란 눈을 가진 새하얀 호랑이 두 마리가 다가와 앉았다. 참 따뜻하고 행복한 꿈이라 진하는 저도 모르게 자면서 웃었다.

"응, 행복한 꿈."

"좋았겠다."

"같이 행복하자, 우리."

진하는 조금 더 힘을 주어 민서를 끌어안았다.

아팠던 것들을 모두 물리치고 다시 돌아와 준 민서에게 사랑을 담은 입맞춤을 하며 진하도 천천히 눈을 감았다.

외전. 윤진하의 경우

윤 회장은 굳이 한국에서 학벌을 만들 필요가 없다는 입장이었다. 본인이 굳이 한국대를 나오지 않았음에도 불구하고 성공을 해서인지도 몰랐다. 하지만 한국대를 졸업한 차 여사는 자신의 모교에 진하가 입학 정도는 해 주기를 원했다.

사실 진하는 굳이 한국대에 입학을 할 생각은 없었다. 그리고 윤 회장은 뭐하러 그런 개고생을 하냐는 입장이었다. 반년간 자유롭게 여행도 다녀 보고 경험을 해 보는 게 더 좋다고 하면서 말이다.

게다가 굳이 경영학이 아닌 다른 학부를 지원한 것이 제일 마음에 들지 않았다. 그래서 진하에게 불같이 화를 냈다.

정말 오랜만이었던 것 같다. 윤 회장과 차 여사가 직접적으로 대면을 한 것은. 결국 차 여사는 눈물을 쏟고 말았지만 진하는 입을 다물고 면접장으로 향했다.

"후."

대기를 하면서도 한숨이 난 건 어린애처럼 쇼핑을 해야겠다며 쫓아 나온 차 여사 때문이었다. 앞에 들어간 학생들의 면접 시간이 길어지는 것인지 시간이 생각보다 꽤 지체되었다.

"괜찮으면 이거 드실래요?"

옆에서 들리는 말에 고개를 돌렸다. 팔짱을 낀 채 다리를 꼬고 있는 진하의 앞으로 내밀어진 건 캔 커피였다.

"방금 뽑은 거라서 따뜻한데. 마시면 긴장 좀 풀리실 거예요."

딱 봐도 긴장을 한 사람은 저면서 지금 누굴 걱정한단 말인가. 캔 커피를 들고 있는 손이 조금씩 떨리는 게 육안으로도 보일 정도였다.

단정하게 교복을 입고 있다. 흐트러진 데 하나도 없이. 이렇게 추운 날 겉옷 하나 걸치지 않고 교복만 입고 온 모양이었다. 이 커피를 받지 않으면 더 긴장을 할 것 같아 진하는 대충 고개만 끄덕인 뒤 캔을 받아 들었다.

생각보다 훨씬 뜨거운 캔은 손바닥을 데울 정도였다. 분명 캔을 뽑고 들고 왔을 텐데도 불구하고 방금 스친 손이 무척이나 차가웠다. 얼마나 긴장을 하고 있는 것인지 알 수 있을 정도로.

"윤진하 학생."

진하가 자리에서 일어났다. 순서는 바로 그의 뒤에서 끊겼다. 두 명씩 들어가는 면접이었는데 커피를 건네준 여학생은 그 뒤인 모양이었다. 뜨거운 캔 커피를 손에 쥐고 진하가 자리에서 일어났다.

"성적도 그만하면 됐고, 바로 영국으로 가면 됐지. 뭐하러 한국에 남아서 다니려고 그래?"

면접까지 보고 온 와중에 차 여사는 계속해서 잔소리를 쏟아 냈다. 그래서 혼자 면접을 보러 가도 된다고 말을 했건만, 같이 쇼핑을 해야 한다며 따라와선 무려 3시간이나 기다렸다고 계속 투정을 부리는 중이었다.

아마 윤 회장과 싸워서 자신의 결정을 후회하고 있는 중인 모양이었다. 그로 인해 진하의 영국 유학이 결정되고 말았으니까.

진하는 그저 묵묵히 차 여사의 투정을 들어 주었다. 이렇게 하지 않으면 아마 차 여사는 정말 우울증에 걸릴지도 모른다.

한 번씩은 이 모든 것의 원흉인 윤 회장에게 화를 쏟고 싶었지만 아직 채 스물도 되지 않은 자신이 할 수 있는 일은 아무것도 없었다.

게다가 그가 면접을 보고 올 동안 근처의 백화점으로 가 사 온 게 분명한 쇼핑백들이 늘어서 있었다. 트렁크까지 가득 채웠는지 여기에도 커다란 쇼핑백이 몇 개나 보였다.

윤 회장의 계속되는 외도에도 차 여사는 화를 내거나, 불만을 내보이지 않았다. 그저 스트레스가 쌓이면 쇼핑을 하는 것으로 대신했다.

그 '회장 부인'의 자리를 잃기 싫어서인지, 진하의 앞가림을 하기 싫어서인지. 차 여사는 어느 분명한 말을 하지 않았지만 진하는 아마 전자일 것이라고 생각했다.

"장 기사님은요."

"너 나오면 배고플까 봐 간단한 샌드위치하고 커피 좀 사다 달라고 부탁했어."

피곤해서 그냥 이대로 집으로 들어가 쉬고 싶었다. 어차피 입안이 까끌해서 뭔가를 먹고 싶지도 않았다.

"얘, 이거 봐. 전에 주문해 놨던 거야."

상자에서 코트를 꺼낸 차 여사가 제법 마음에 드는지 몸 앞으로 대며 진하를 향해 보여 주고 있었다. 아마 차 여사에게는 아들보다 딸이 더 필요했을지도 모른다.

"세상에, 이거 한정판으로 어제 온 거야. 조금 전에 가져가서 찾아 왔어. 어떠니?"

진하는 고개만 끄덕이고 고개를 돌렸다. 어제 꽤 많은 비가 내리더니 갑자기 날이 추워졌다. 그리고 군데군데 웅덩이가 빙판이 된 모양이었다.

누군가가 넘어졌는데도 불구하고 사람들은 옆에 서서 보기만 할 뿐 다가갈 생각도 없는 모양이었다.

진하의 눈가가 가늘어졌다. 그리고 바로 차 여사가 자랑하고 있는 코트를 거의 빼앗듯 빼내 들었다.

"어머, 애! 100% 울이라서 조심히 다뤄야 돼. 진하야, 어디 가니?"

차에서 내린 진하가 앞으로 뚜벅뚜벅 걸어갔다. 넘어진 여자는 교복 치마가 뒤집어져 거의 허벅지 반을 드러내고 있었다.

지나가던 남자들은 음흉한 시선으로 보고 있었다. 진하는 이곳이 공대 건물이라는 것을 그제야 기억해 냈다. 서둘러 들고 온 코트로 다리를 가려 주고 손을 뻗었다.

창피했던 건지 혼자 일어서려고 하다 다시 넘어질 뻔했던 여자가 결국 진하의 손을 잡았다. 면접에 들어가기 전 그에게 덜덜 떨며 커피를 주었던 그 여자였다.

진하의 시선이 자연스레 교복 재킷 왼쪽 가슴으로 향했다.

이민서.

하얗고 갸름한 얼굴에 단정한 이목구비였다. 아니, 정정해야 한다. 수수한 단발머리에 교복 차림이라 그렇지 화려한 이목구비였다. 누가 봐도 한눈에 눈길을 끄는 외모였다.

"감사합니다."

창피했던 것인지, 추웠던 것인지 볼과 코끝, 귀까지 새빨개진 민서가 감사의 인사를 건넸다.

"여기 코트……."

"입고 가요."

"네?"

"추운데."

"아, 괜찮은데……."

"스타킹 다 나갔는데."

진하가 픽 웃었다. 새까만 스타킹 올이 잔뜩 나가서 새하얀 피부가 드러난 채였다. 민서의 얼굴이 더더욱 붉게 변했다.

"주소 주시면 제가 세탁이라도 해서 보내 드릴게요."

"가져요."

돌아선 진하가 주머니 속으로 손을 넣었다. 아직 그의 코트 안에 들어 있는 캔 커피가 미지근했다.

차에 올라타자 어느새 장 기사가 와서 앉아 있었다. 차 여사는 빈 손으로 돌아온 진하를 어처구니가 없다는 얼굴로 보았다.

"설마 주고 온 거야?"

"스타킹이 다 나가서요."

"하여간, 얘는 꼭 내가 마음에 들어 하는 걸 보면 심술을 부린다니까. 다른 코트도 있는데!"

"장 기사님, 백화점으로 부탁드릴게요."

진하의 말에 차 여사의 얼굴이 언제 짜증을 부렸냐는 듯 환해졌다. 잔소리 좀 피하려면 같이 백화점에 가 주는 게 며칠은 편안했다.

누군가에게 딱히 관심을 가져 본 적이 없다. 특히나 여자에게는.

윤 회장의 여성 편력에 너무 질려서인지, 차 여사의 너무 많은 눈물을 봐서인지. 그저 지긋지긋하다고 느꼈다.

그가 마시지도 않은 캔 커피를 내밀어 준 마음이 고마워서? 넘어졌을 때 코트로 가려 준 것으로 갚았다고 생각했는데 환히 인사를 해 오는 모습을 보고 저도 모르게 다시 눈길이 갔다.

사실 이 학교를 다니기로 결정한 것의 가장 큰 이유는 윤 회장 때문이었다. 그런데 이렇게 다시 이민서를 만나게 되자 꽤 재미있을 것 같다는 생각이 들었다.

"그땐 정말 감사했어요."

벌써 그날 이후로 2개월 가까이 흘렀다. 턱선까지 떨어지던 단발머리는 어느덧 어깨에 닿을 듯 길었고, 옅은 화장을 해서 그런지 훨씬 성숙해 보였다.

"이민서?"

반사적으로 이름이 튀어나왔다. 민서는 놀란 듯 그러지 않아도 커다란 눈을 몇 번이나 끔뻑였다.

"어떻게 제 이름을……."

진하가 턱으로 목에 걸고 있는 이름표를 가리켰다. 학부와 이름이 적힌 이름표였다. 물론 면접날 교복에 단 이름표 때문에 알게 됐지만.

"아…… 이민서라고 합니다."

"윤진하."

진하가 앞으로 손을 내밀었다. 이제야 알겠다. 왜 처음 민서를 보았을 때 익숙한 얼굴이라고 생각했는지.

스타 감독인 채연희를 많이 닮았다. 영화를 꽤 좋아하는 편인 데다 감독의 인터뷰도 자주 보는 편이었다.

"잘 부탁해."

"네?"

"같은 학부잖아."

"네, 잘 부탁드리겠습니다."

"말 놔."

민서가 큰 눈을 몇 번이나 깜빡였다. 워낙 눈이 커서 그런지 그럴 때마다 찰칵찰칵 소리가 나는 듯했다.

"참, 코트 돌려줘야 하는데…….'

"가져."

"어?"

"돌려받아 봤자 입을 사람 없거든."

차 여사는 한 번 손에서 떠난 물건에는 관심이 없었다. 가져가 봤자 아마 쓰레기통행이거나 다른 누군가의 손에 들어가게 될 것이다.

"하지만 비싼 옷 같은데…….'

"괜찮아. 정 그러면 친구에게 주는 선물이라고 하지, 뭐."

"친……구?"

진하는 스스로 참 어이없다는 생각을 했다. 이제껏 누군가와도 쉽게 친해진 적이 없었다. 집안 사정상 이래저래 알고 지내는 사람 말고 친구라고 부를 수 있는 사람은 딱 한 명이다. 그리고 여자와 친구가 될 거라고는 계속 생각도 하지 못했다.

그런데 이상하게 호감이 간다. 앞에 있는 이민서에게는. 그냥, 마음이 편해지는 느낌이다. 꼭 그날의 그 캔 커피처럼.

"나도 앞으로 잘 부탁해."

민서가 조심스레 손을 내밀었다. 작고, 하얀 손을 마주 잡았다.

"누구 닮았다는 이야기 많이 듣지 않아?"

"누구?"

"채연희 감독. 동생이라고 해도 될 정돈데?"

웃으며 진하가 손을 놓았다. 생각보다 따뜻한 손에 꽤 놀라며.

어쩐지 민서는 살짝 불편한 얼굴을 했다. 그런 이야기를 많이 들어서 그런 건가 싶었다.

"저기, 괜찮으면 비밀로 해 줄 수 있어?"

"비밀?"

"사실 우리 엄마거든."

왜 민서가 비밀로 해 달라고 하는지는 어느 정도 짐작이 되었다. 남성 편력이 화려한 감독이었다. 진하는 감독의 사생활 같은 건 전혀 신경 쓰지 않는데 민서는 그게 신경이 쓰이는 모양이었다.

"앞으로 이민서 나한테 잘해야겠네."

"어?"

"비밀 지켜 달라며."

이상하다. 이민서를 보면 장난기가 자꾸만 튀어나오려고 했다. 스스로에게 놀랄 만큼.

❖

윤 회장에게 아직 반항할 수 있는 용기가 없다는 것도, 힘이 역부족이라는 것도 알고 있다. 거의 반강제적으로 진행된 약혼에 결국 진하는 도살장에 들어서는 돼지처럼 끌려갈 수밖에 없었다.

어차피 재벌가에서는 흔한 이야기라고 하더라도 스스로 이런 정략적인 관계에 들어설 줄은 몰랐다. 그렇다고 해서 이 약혼 생활을 계속 이어 갈 생각도 없었다. 어떻게 해야 이 약혼녀가 떨어지게 될까.

겉으로는 잉꼬부부의 모범을 보여 주는 윤 회장과 차 여사의 자선 파티로 아침부터 불려 나가 잔뜩 피곤이 밀려오는 중이었다. 왜 하필 이시은은 차도 가지고 나오지 않은 것일까.

당연히 모범택시를 불러 주려는 진하를 막아선 건 윤 회장이었다. 그리고 그의 차를 강제로 열게 만들어 조수석으로 시은을 태웠다.

"두 분은 어쩜 그렇게 사이가 좋으신지 모르겠어. 정략으로 만나 쉽지 않으셨을 텐데. 우리도 그렇게 되어야 할 텐데 말이야."

옆에서 좋알대는 시은의 말에도 진하는 별 대꾸가 없었다.

"난 결혼 빨라도 좋은데. 약혼 길어 봤자 쓸모도 없잖아. 아니, 애초에 약혼은 왜 하는 거야? 바로 결혼하면 되는데."

이대로 볼륨을 더 올릴까 싶던 찰나 전화가 걸려 왔다. 그러고 보니 핸드폰을 뒷자리에 두었다. 하는 수 없이 핸들의 버튼을 눌렀다.

"여보세요."

– 오, 웬일로 내 전화를 바로 받냐?

잔뜩 장난기 가득한 목소리에 진하가 픽 웃었다.

"용건은?"

– 짜식, 시간이 그리 지났는데 좀 유해질 때도 됐건만. 오늘 시간 되냐?

"저녁?"

– 그럼 이 시간에 점심 먹자고 해?

힐끗 시간을 보았다. 새벽부터 일어나서 움직였던 통에 꽤 시간이 흐른 줄로 알았다. 이제 6시에 가까워지는 시간이다.

– 우리 이민서가 취업 턱 쏘신단다. 간만에 동기들도 모이고. 이런 자리에 윤진하가 좀 참석해 줘야 하지 않겠어?

어쩐지 자신이 취직이라도 한 것처럼 주민의 목소리가 한껏 들떠 있었다. 예전부터 쭉 생각해 온 건데 이민서와 박주민의 사이는 무척이나 친밀해 보인다. 아주 오래된 연인 같은 느낌이 날 때도 있었다. 그래서 한때 오해를 했던 적도 있다.

"이민서가 취직을 했어?"

– 뭐야, 너한테 말 안 해? 이야, 역시 우리 민서에게는 내가 베스트 프렌드지.

"약속 장소 찍어."

– 그럼 이따 보자.

그라고 해서 민서와 친한 건 아니었다. 아니, 저 혼자 친한 친구라고 생각하고 있을지도 모른다. 빙판에 미끄러져 그대로 하늘을 올려보고 있던 여자애를 보고도 사람들은 아무도 나서지 않았다. 허벅지를 거의 반이나 드러내며 넘어졌는데도 불구하고. 뇌진탕이라도 일으킨 거 아닌가 싶어 아무거나 집히는 것을 들고 차에서 내렸었다.

날이 한창 추워 새하얀 피부에 코끝이 새빨개진 민서를 내려다보았다. 민서는 그때 무슨 생각을 하고 있었을까. 새하얀 눈이 쏟아지는 하늘을 보는 민서는 왠지 밀랍인형 같다는 생각도 들었다. 코끝이 붉지 않았더라면 정말 그냥 마네킹처럼 보였을지도.

코트를 덮어 주고 일어나기 쉽게 손을 내밀었다. 인형처럼 커다란 눈을 끔뻑이는 민서는 상황 파악이 되지 않은 듯했다. 거짓말처럼 새하얗던 얼굴이 붉어졌다. 그리고 혼자 일어나 보려다 도저히 안 되겠던지 결국 그의 손을 잡고 일어섰다.

"이민서가 누군데?"

"친구."

"친해?"

"많이. 백화점 앞에서 내려 줄게, 택시 타고 가."

"나도 따라갈래. 왜? 내가 가면 안 돼? 뭐 전여친이라도 있어?"

별로 입씨름을 하고 싶지도 않다.

"불편할걸."

"내가 왜? 전혀 안 불편해."

"가고 싶음 가든가."

시은은 진하가 전혀 신경을 써 주지 않을 것임을 잘 알고 있으면서도 가겠다고 고집을 부렸다. 시은이 고집을 한 번 부리면 계속된다는 것을 진하 역시 잘 알고 있었다. 기어이 말을 뱉은 건 어떻게 해서든 하고 만다며 시은의 부모님들도 혀를 내두를 정도였다. 그래서 결국 약혼까지 하게 된 것이기도 했다.

"취업 축하 선물 사게?"

백화점에 도착해 내리자마자 직원에게 키를 건네고 건물로 들어섰다. 어차피 많은 걸 볼 생각도 아닌지라 바로 앞에 있는 매장으로 들어가 손가락으로 귀걸이를 가리켰다.

"선물 포장해 드릴까요?"

"네."

카드를 내미는 진하를 보며 시은이 입을 삐죽였다.

"어쩜 나한텐 뭐 골라 보란 소리를 안 해."

진하는 말없이 앉아서 시은이 투덜거리는 것도 참아 주었다. 입을 열었다간 '너 당장 가.'라는 말이 나올 것 같았기 때문이다. 그랬다간 또 윤 회장에게 어떤 말을 듣게 될지 뻔했다. 그러지 않아도 요즘 얼굴을 마주 보는 것도 고역인데 괜한 잔소리까지 듣고 싶지 않았다.

"친한 친구 선물이라니까 내가 참는다."

그에게 자신의 것도 사 달라는 말을 돌려 하고 있는 것을 여기 있는 사람들 모두가 빤히 알고 있었다. 하지만 진하는 포장이 되자마자 자리에서 일어서며 카드를 건네받았다. 직원들이 서둘러 나와 인사를 하고 다른 한 명이 재빠르게 뛰어갔다.

로비에서 나오자마자 조금 전 부리나케 뛰어갔던 직원이 차에서 내리며 그에게 키를 건넸다.

"물건은 뒷자리에 넣어 두었습니다."

"수고하세요."

차에 올라타 문을 닫고 그대로 출발할 뻔했다. 기분이 나쁜 티를 내며 차에 올라탄 시은이 벨트를 매자 바로 페달을 밟았다.

"운전 좀 살살 해."

"너 그냥 가라."

"싫어. 그 친하다는 친구 나도 보고 싶어졌거든."

"약혼이라는 말, 입 밖에 내지도 마."

"촌스럽게. 내가 그 말을 왜 해? 우리 그냥 애인 사이잖아."

시은이 새침하게 말하며 팔짱을 낀 채 고개를 돌렸다. 진하가 고개를 저으며 차창을 열자 가을 특유의 향이 훅 풍겨 오기 시작했다.

언제나 그렇듯 동기 모임은 시끌벅적했다. 그는 경영학과로 갔을 때 거의 독자 생활을 했다. 그나마 동기라는 뜻이 있는 건 처음 그가 멋대로 진로를 정했던 이곳이었다.

"오랜만이다?"

도착해서도 민서와 바로 이야기를 나눌 수 없어 일부러 쫓아 나온 게 하필 화장실 앞이다. 진하가 민서를 향해 선물을 건넸다.

마음에 들지 않는 것인지 붉어진 것 같기도 하고, 아닌 거 같기도 한 민서의 표정을 제대로 읽을 수가 없었다. 이래서 술집의 조명은 마음에 들지 않는다.

언젠가부터 느꼈다. 이민서가 자신을 좋아한다는 걸. 그런데 민서가 다른 이들과 조금 다른 건 그에게 아무것도 바라지 않는다는 점이었다. 연락을 하면 그저 받아 주고, 영화를 보자면 보고. 그러니까 이성적으로 좋아한다는 것보다는 어떻게 보면 동경을 하는가 싶기도 했다. 워낙 말이 없고, 감정을 내뱉지 않아서 그런 모양이다.

어찌 보면 영화관에 가자는 것도 억지였다. 하지만 민서는 말없이 그의 청을 들어주었다.

"다다음 주 수요일쯤 괜찮아?"

그날은 민서의 생일이었다. 본인은 전혀 모르는 것 같지만. 이상하게도 민서의 생일에는 꼭 그가 함께 있었다. 올해도 민서는 자신의 생일은 잊은 모양이다.

괜찮다는 말을 듣고 민서를 보냈을 때까지만 해도 몰랐다. 그녀가 그렇게 연락을 끊어 버릴 줄은.

묘한 배신감, 혹은 섭섭함이 물밀 듯이 밀려왔다. 귀를 뚫지 않았다는 걸 알았다면 처음부터 목걸이를 샀을 텐데.

생일 선물로 주려고 했던 목걸이가 든 상자를 그저 물끄러미 바라보았다. 그리고 결국 그 상자는 그의 서랍 깊숙한 곳으로 들어갔다. 민서의 연락처를 알아내고자 한다면 얼마든 알 수 있겠지만, 이상한 오기가 있는 자존심은 그것을 허락하지 않았다.

"이민서?"

2년 만에 마주하게 된 민서는 어찌 된 일인지 단 하나도 변함이 없어 보인다. 이것은 반가움을 어쩐지 넘어서고 있는 것 같다.

어쩐지 화가 나기도 한다. 그런데 화보다는 오랜만이라는 생각에 설렌 게 더 컸다.

민서는 여전하다. 하얗고 갸름한 얼굴에 유난히 크고 깊어 보이는 눈매. 길었던 머리카락이 지금은 어깨 정도 선에 닿는다. 그것을 제외하고는 예전과 크게 다를 바가 없어 보인다.

"오랜만이야."

저도 모르게 보폭이 커져서 바로 껴안아도 될 정도로 가까이 섰다. 반가움에 이대로 한번 껴안아도 되지 않을까?

그런데 민서는 자신만큼 반갑지 않은 모양이었다. 얼굴이 하얗게 질린 건 기분 탓인 걸까? 그는 당장이라도 반갑다며 안을 수도 있을 것 같은데. 왠지 헛웃음이 흘러나올 것 같았다.

"우리 2년 만이야."

"그게 왜?"

이젠 황당함을 넘어서 어쩐지 화가 나려고까지 했다. 일방적으로 연락을 끊은 건 민서다. 어쩌면 아주 조금이라도 미안한 기색을 보이지 않을까 했다. 어떻게 사람의 마음이 이렇게 반대가 될 수 있는 것일까.

명함을 줘 봤자 쓰레기통으로 직행할 것임이 분명했다. 그래서 자신의 명함 뒤에 번호를 적게 만들었다. 진하는 다시 민서와 연락을 이어 나갈 생각이었다.

그리고 집으로 돌아와 곰곰이 생각했다. 그렇게 싫다는 애를 잡아서 어쩌자고? 어떻게 해서든 이민서의 인생에서 지워지고 싶지 않다. 그게 욕심인가? 싫다는 사람을 붙잡아 두는 것도 이기적인 마음인가? 하지만 민서는 같이 있으면 편하고, 속 이야기를 해도 될 것 같은 유일한 사람이었다.

그저 같이 있는 게 편해서 말을 많이 하지도 않았지만. 맞다. 친구라는 것도 인간관계를 맺는 것과 똑같아 노력을 해야 했는데. 그때의 자신은 윤 회장을 견제하고 사업을 확장하느라 바빠 그저 안식처만 찾았다. 그때 그 안식처가 바로 이민서였다.

같이 있는 것만으로도 마음의 안정을 되찾을 수 있었던 사람이다. 그 은은한 이민서 특유의 비누 향을 맡는 것만으로도 그랬다. 남녀, 가족을 떠나 그런 감정을 갖는 건 무척이나 어려운 일일 것이다.

시계를 보았다. 11시를 넘어 자정이 가까워지는 시간. 하지만 진하의 손가락은 망설임 없이 그 낯선 번호를 눌렀다.

❖

온몸을 자극하는 노골적인 키스에 무아지경으로 빠져든 건 민서만이 아니었다. 그 역시 정신을 못 차리고 민서와 혀를 얽다 귀를 깨물며 속삭였다.

"안고 싶어……."

사람과 사람의 체온이 맞닿는 게 이렇게 기분이 좋은 일이란 것을 처음 알았다.

글쎄, 딱히 섹스라는 것에 대한 거부감보다는 사람과 사람이 들러붙어 짐승처럼 탐하는 것이 싫었다. 결국 그게 그거라는 걸 언젠가 인정하게 되긴 했지만.

어쩌면 이 묘한 혐오감은 윤 회장이 정부를 집 안까지 끌어들여 그것도 자신의 방에서 섹스를 하는 것을 본 후 생긴 것일지도 모른다. 누군가와 체액을 나누고, 몸속에 무엇인가를 집어넣는 행위를 한다?

진하에겐 그게 꽤 불결한 것처럼 느껴졌다.

사람들은 대부분 그에게 여자가 많을 것이라 생각하고 말을 함부로 하기도 했다. 그때마다 그는 꽤나 진지하게 가톨릭이라는 말을 했는데 사람들은 그저 웃어넘겼다. 따지고 보면 진하 자신도 들러붙는 사람들을, 그게 여자가 되었든 남자가 되었든 정중히 거절할 수 있는 방법으로 택한 것이기도 했다.

가톨릭을 선택하게 된 것도 차 여사 때문이었다. 윤 회장의 외도 때문인지는 모르겠지만 차 여사는 무엇인가에 매달릴 만한 것을 찾았다. 그리고 진하와 함께 성당을 다니기 시작했다.

결국 참을성 있게 세례를 받게 된 건 진하였고 차 여사는 진즉에 떨어져 나갔다. 그 뒤로도 차 여사는 스트레스를 푸는 방법의 대부분이 명품 한정판들을 모으는 것으로 집중되었다.

눈에 띄게 어색해하는 민서를 보며 웃지 않아야 한다는 것을 안다. 어쩌면 처음 만났을 때부터 이 여자를 안고 싶었던 것인지도 모르겠다. 그게 아니었다면 그렇게 손에 집히는 대로 들고 나가 넘어진 민서를 도와줄 생각도 하지 않았을지도.

민서가 없던 지난 2년, 진하는 끊임없이 자신에게 질문을 던졌다. 스스로의 딱딱하고 재미없는 성격에 더 이상 친구도 하고 싶어 하지 않았던 건 아닌지.

민서는 왜 2년간 자신의 연락을 피했는지 말해 주지 않았고, 그도 굳이 묻지 않았다. 그리고 연락을 끊기 전, 그가 만나자고 했던 이유도 묻지 않는다.

일어나면 배가 고플 거라고 생각했다. 그는 한숨도 자지 못했다. 그저 옆에 누워 잠이 들어 있는 민서를 바라보기만 했다. 그저 그거 하나뿐이었는데도 시간은 잘도 흘러갔다.

빨리 아침을 만들고 다시 옆자리에 누워 있으려고 했다. 그리고 문을 열었을 땐 바로 앞에 서 있는 민서를 보고 든 생각은 어쩌면 실망일지도 모른다. 같이 옆에 누워서 눈을 뜨는 게 좋았을 텐데.

민서는 그가 혹시 몰라 준비해 둔 커다란 셔츠를 입고 있었다.

"식사하자."

그녀의 손을 잡고 식탁 앞으로 이끌었다. 아침을 원래 잘 먹지 않는 것인지 민서는 음식물에 쉽게 손을 대지 않았다. 우유나 물, 커피를 마시는 것을 보고 샐러드 접시를 보란 듯이 앞으로 이끌었다.

어린아이처럼 입술에 우유를 묻히고 닦지도 않은 채 있는 것을 보고 손을 뻗어 닦아 주자 민서가 화들짝 놀라고 말았다.

"내가 이런 데 익숙해 본 적이 없어서."

저 말뜻을 어떻게 해석해야 할까. 진하가 잠시 고개를 삐딱하게 세우고 민서를 바라보았다.

"설마 내가 처음이야?"

물론 이렇게 묻는 스스로에게 놀랐다. 민서 역시 조금 놀라기도, 혹은 실망스러운 표정이기도 했다. 쩨쩨하게 이런 걸 묻느냔 뜻일까?

"아쉽게도 아니야."

어쩌면 스스로 쩨쩨한 남자일지도 모르겠다. 글쎄, 실망이라기보다는 함께했으면 좋았을 거라는 생각 때문일까? 스스로 생각해도 졸렬한 남자다.

"지난 2년간 만나던 남자가 있었어?"

민서는 그가 알고 지내던 6년간 남자친구가 없었다.

"왜? 없었으면 했어?"

솔직하게 대답하자면 그렇다. 아니라고 한다면 정말 이기적으로 비칠 것이다. 민서에게 그런 남자는 되고 싶지 않았다.

"6년간 누군가를 만나지 않아서 뭐 어떤 의미가 있나 했지."

"의미?"

"종교적 의미라든가."

"아쉽게도 무교야."

무교라. 그렇다면 민서는 다른 의미가 있던 것일까? 하지만 말을 할 생각은 없는 듯 보였다.

"넌?"

"가톨릭."

스스로 말하면서도 웃음이 나왔다. 민서는 정말 놀란 듯 눈을 크게 뜨고 고개를 갸웃거리기까지 했다. 그 모습이 귀여워 저도 모르게 손이 나갈 뻔한 것을 가까스로 참아 냈다.

"거짓말."

"정말이야. 세례명도 있어."

글쎄. 그냥 무의식적으로 다니던 게 습관이 되었고, 그러다 보니 때가 되어 세례를 받았던 것뿐인데 이런 식으로 쓰일 줄은 몰랐다.

아니, 그때는 종교의 힘이 필요하기는 했다. 윤 회장의 그 끔찍한 외도 장면을 목격한 뒤로 그는 한동안 음식물을 제대로 넘기지도 못했으며, 자신의 방으로 들어가지도 못했으니까.

"왜? 예상외야?"

"조금은?"

"그땐 그냥 종교의 힘을 빌려서 날 가라앉히고 싶었거든."

어쨌거나 살아남기 위해 간절했던 것뿐이다.

"그래서 난 처음이라는 소리야."

"뭐가?"

"난 이민서가 첫 키스거든."

이런 식으로 대놓고 말을 한 건 유치하게도 그녀가 자신에 대해 조금이라도 더 신경을 써 주었으면 하는 바람일지도 모른다. 자신의 옹졸함에 왠지 모르게 웃음이 나올 뻔했다.

❖

되도록 민서가 튼튼한 차를 탔으면 했다. 값이 문제가 아니라, 조금이라도 안전한 것을 몰기를 원했던 것이었다. 하지만 민서는 가격이나, 성능을 꼼꼼히 따졌고 결국 절충으로 민서보다는 그가 원했던 모델로 결론이 내려졌다.

그냥 무엇이든 사 주고 싶다. 그냥 그러고 싶었다. 돈이라는 게 중요한 건 아니었으니까. 하지만 민서는 그에게 받는 모든 것을 부담스러워하는 눈치였다.

지난 2년간 그는 무던히도 노력했던 것도 같다. 이민서를 찾지 않기 위한 노력.

차 여사는 사랑이라는 것이 숨 막히는 집착과도 같은 것이라고 했다. 그래서 아직도 윤 회장을 놓지 못하고 있는 건지도 모른다면서.

사실 차 여사가 윤 회장을 놓지 못하는 건 지위나, 돈, 명예 때문인 것으로 생각했다. 자신의 부모에게 과연 사랑이라는 것이 존재했을까, 싶은 게 의문이었지만.

차 여사는 진하 다음 임신했던 아이를 유산한 뒤로 모든 게 뒤틀렸다고 말했다. 하지만 아닐 것이다. 윤 회장의 사랑에 대한 유효기간은 고작 3년인 것뿐이다. 지금도 거의 3년에 한 번꼴로 여자를 갈아치우고 있었다.

"그럼 나도 사게 해 줘."

"뭘?"

"윤진하가 갖고 싶어 하는 거. 나도 하나 사 주고 싶거든."

진하는 잠시 고민을 했다.

언젠가 한번 백화점에서 우연히 민서를 본 적이 있었다. 사람들이 많은 통에 놓쳤지만 그녀가 방금 들어갔던 매장으로 들어가 무엇을 사 갔는지 물어볼 수는 있었다.

학생이 쓰기에는 꽤나 고가의 펜이었는데 과연 민서가 그 펜을 왜 샀을지, 궁금하기도 했었다. 그래서 그때 그는 똑같은 펜을 사려다가 관두었다. 혹시 모를 기대 때문에.

하지만 그건 그냥 실망으로 끝이 났다. 민서는 연락을 끊었고, 그는 졸업식에 참석하지도 않았다.

이 브랜드의 펜과 만년필은 몇 자루 가지고 있었다. 귀찮아서 주로 펜을 썼고, 만년필은 거의 거들떠보지도 않았다. 그래서 진하는 펜들이 진열되어 있는 케이스로 다가갔다.

"이쪽이 신상품입니다."

"아뇨, 이걸로 주세요."

"난 이게 마음에 드는데."

민서가 직원이 말한 신상 중의 하나를 고르며 말했지만 진하는 이 펜을 골랐다. 그날 포장된 종이 가방을 안고 행복해 보이던 민서의 모습이 떠오른다. 누구에게 줄 선물이었기에 그렇게 들떠 보였던 걸까. 그 들뜬 모습은 언젠가 자신도 볼 수 있게 되지 않을까.

"이 제품으로 포장해 드릴까요?"

"네."

이민서에게 이 펜을 받고 싶었다. 어떻게 해서든. 그게 2년이나 걸릴 줄은 몰랐다. 아니, 평생 갖지 못할 줄로 알았다. 그래서 어쩌면 그동안 이 브랜드를 외면했던 것일지도 모른다.

직원은 새 제품을 가져와 이상이 없는지 다시 한 번 확인시켜 주었다. 그가 카드라도 당장 내밀 것 같았는지 민서가 재빨리 계산을 마쳤다.

"이 펜 갖고 싶었어?"

"응."

"사러 왔어도 됐잖아."

"때론 갖고 싶어도 자기가 사기 싫은 물건이 있지."

잘 포장된 물건을 받아 들고 나오며 민서의 손을 잡았다. 하지만 민서는 자꾸만 손을 빼려고 했고 진하는 놓치지 않으려고 했다.

"왜 자꾸 손을 빼려고 해?"

"손잡는 거 좀 불편해."

"그래?"

잡는 게 불편하다면 굳이 잡을 필요는 없었다. 미련 없이 손을 놓고 그녀의 어깨를 감싸 품으로 끌어당겼다. 그로서는 이렇게 몸이 붙으면 더 기분이 좋았으니 나쁠 것도 없었다. 민서는 놀란 듯 가던 길을 멈추었다. 그래서 진하는 다시 민서의 손을 잡았다.

이렇게 손을 잡아도 놀라고, 어깨를 끌어안아도 놀라는데 그가 동거를 제안했을 땐 정말 얼마나 놀랐던 것일까. 물론 아직 민서가 그에게 정확히 '동거를 하겠다.'고 말을 한 건 아니었다. 하지만 그는 밀어붙일 생각이었다.

차에 올라타자마자 진하가 바로 외곽 도로로 빠졌다.

"어디 가는 거야?"

"양평."

"거긴 왜?"

민서는 어쩌면 그가 제안한 '동거'를 농담으로 받아들인 건 아닐까?

"우리 그냥 몸만 나누는 사이야."

그가 파트너 제안을 했을 때도 민서는 무척이나 놀랐을 것이다. 그럼에도 불구하고 받아들였다. 그런데 왜 동거로까지 가는 길은 먼 것일까. 동거라는 개념을 우리나라 사람들이 잘 받아들이지 못한다는 것을 알고 있다. 그런데 무슨 자신감으로 민서가 자신의 제안을 받아들일 것이라 계속 생각한 것일까.

"그러니까 더 같이 있고 싶다는 소리야."

"뭐?"

"요즘 이민서 이름만 들어도 서는 기분이거든."

그건, 진심이었다.

❖

번호를 바꾸었던 건 귀찮은 전화들을 피하기 위함과 약간의 오기가 섞여 있었다. 이민서가 연락을 끊고 싶어 한다면 그 역시 그럴 수 있다고.

그리고 이내 후회를 했던 것도 같다. 재빨리 예전의 번호로 다시 핸드폰을 하나 더 개통하려고 했으나 이미 다른 사람이 쓰고 있다는 안내를 받았다.

다시 민서를 만나게 되었을 땐 이상하게 몸이 먼저 반응했다. 스스로도 자신의 신체 변화에 놀랄 수밖에 없었다.

누군가 그랬다. 남녀 사이에 우정이란 있을 수 없다고. 그것을 진하는 완전히 깨달을 수밖에 없었다.

할 수 있다면 당장이라도 입을 맞추고, 다리를 벌리고 싶은 심정이 었으니까. 섹스라는 건 그냥 이성에게 느끼는 화학작용으로 인해 하는 행위라던데.

무려 6년을 알고 지냈다. 그 6년 동안 이민서와 친구 그 이상의 것을 해 보고 싶었던 적이 있었던가? 그땐 아니었다.

그렇다면 지난 2년간은?

야속하단 생각이 들 정도로 민서는 꿈에서조차도 한 번을 나오지 않았다. 스스로 이런 생각을 한다는 것 자체가 웃겨서 입매가 뒤틀렸다.

"요즘 기분 좋아 보인다?"

원준이 자료들을 정리하며 그를 슥 훑어보았다. 여러 자료들을 살필 때 넓은 테이블이 편하다며 원준은 이렇게 대표실에 들어와 일을 하고는 했다.

진하는 출근을 하고서도, 그리고 오후 내내 제대로 서류나, 화면에도 집중하지 못했다. 혼자 웃기를 반복했던 것도 같다.

"내가?"

"사실 지난 2년간 뭐랄까, 날카로운 느낌 너무 심했잖냐."

대수롭지 않게 말하며 원준이 자료에 체크를 하고 있었다. 날카롭다라. 그 말은 늘 윤진하를 따라다니는 말이기도 했다.

"늘 그랬었지."

"아니, 뭔가 내가 알던 윤진하하고는 좀 달랐지. 굳이 말하자면 실연당한 느낌?"

진하는 갑자기 뒤통수를 맞아 얼얼한 느낌이 들었다. 실연이라. 일방적으로 연락을 끊었던 민서 때문에 제법 신경이 날카로웠던 적이 있었던 것도 같다.

"아무리 생각해도 이시은 씨하고 파혼이 이유는 아닌데."

원준은 진하의 유일한 친구이자, 가장 친한 사람이었다. 그럼에도 불구하고 그조차 민서에 대한 이야기를 하지 않았다는 것을 깨달았다.

진하는 스스로 독점력이 강하다는 것을 인정할 수밖에 없었다. 민서가 누가 되었든 다른 남자와 알고 지내는 것이 싫었다. 어린애의 욕심과도 다를 게 없다.

"그런데 또 이상하단 말이야."

"뭐가?"

"윤진하가 여자를 좋아하는 모습이 상상이 안 된단 말이지."

"나도 형이 혜진 씨 좋아하는 거 지금 봐도 어색해."

혜진이라는 이름이 나오자 원준의 얼굴에 금세 웃음꽃이 피었다. 꽤 오랜 연애를 했음에도 불구하고 전혀 마음이 변하지 않은 걸까?

"여전해?"

"뭐가, 인마."

"혜진 씨에 대한 마음."

이런 것을 진하가 물어볼 줄은 몰랐다는 듯 원준이 눈을 크게 떴다. 8년 넘게 연애를 해 온 원준이 때론 진하의 눈에 신기하게 보일 정도였다.

"더 깊어졌지."

진하가 픽 웃었다.

"인마, 닭살스럽게 들리겠지만 그래. 여전히 떨리고 좋다."

"내 주변에서 그렇게 오래 한 사람을 좋아하고, 떨려 하는 거 형하고 혜진 씨뿐이야."

대부분이 이혼을 하거나, 별거 중이다. 그것도 아니면 서로 몰래 바람을 피우고 있는 이들도 많았다. 윤 회장의 여성 편력이야 워낙 어려서부터 잘 아는 사실이었고 덕분에 진하는 여자와 함께하는 것 자체를 싫어하게 되었다.

"보자마자 섹스하고 싶단 생각 했어?"

순식간에 원준의 얼굴이 새빨갛게 변했다. 말이 나오지 않는지 몇 번이나 헛기침을 하고 괜히 손이 허둥지둥 바빠졌다.

그러고 보면 두 사람 사이에 이런 노골적인 대화가 오가는 건 처음이었다. 워낙 진하가 이성에 관심이 없기도 했고, 원준도 첫사랑이 혜진인 데다 꽤나 깊은 순애보를 간직하고 있었으니까 말이다.

이성에 대해 관심이 많다는 그 사춘기 시절에 만났는데, 이런 이야기를 터놓고 해 보는 것도 처음이었다.

"뭘 그렇게 놀라?"

"아니, 인마. 네 입에서 그런 말이 나올 줄은 몰랐어서 그랬지."

"그게 뭐 어때서. 남자 여자 만나면 당연히 하는 건데."

진하가 심드렁하게 말하며 긴 다리를 책상 위로 올려 교차시키고는 몸을 뒤로 편히 눕혔다. 원준은 확실히 평소와 다른 진하의 분위기를 읽은 모양이었다. 괜히 허둥지둥 잡고 있던 종이뭉치들을 내려두고 진하를 뚫어지게 바라보았다.

"나는 솔직히 너 게이인가 아닌가도 의심했었다."

원준의 말에 진하가 피식 웃었다.

"인마, 농담 아니야. 오죽하면 혜진 씨도 의심했었다니까?"

"아쉽게도 아니야."

"저 외모에, 저 능력에 뭐가 모자라서 여자에게 관심이 없나, 그런 거지. 잠깐, 그러니까 너 지금 그런 감정이 드는 상대가 확실히 여자는 맞는 거지?"

말까지 더듬어 가며 원준이 손가락질을 했다. 진하가 가볍게 고개를 끄덕였다. 어쨌거나 현재 그의 몸이 유일하게 반응을 보이고 있는 사람은 이민서이고 성별은 여자이니까.

"여자 맞으니까 그 손가락 치워."

"그거야 물론. 내가 혜진 씨를 좋아하니까. 그런 감정이 들고, 몸에 변화가 오는 것도 당연하지."

"처음부터?"

"한, 세 번째 만났을 때부터? 그때부턴 시도 때도 없이 이놈이 정신을 못 차려서."

그렇게 말하면서도 쑥스러운지 원준이 몇 번이나 얼굴을 붉히며 머리를 긁적였다. 하긴 현재 자신도 원준과 별다를 바가 없었다.

"6년 동안은 그런 생각 안 해 봤는데."

"6년?"

"6년간 친구였거든."

원준이 고개를 갸웃거렸다. 그러다 이내 생각이 난 듯 손바닥을 마주쳤다.

"그 채연희 감독 딸이라는 사람?"

지나가다 말을 한 적이 있는 모양이었다.

원준의 뛰어난 기억력을 간과했다.

"맞아."

"그동안 왜 실연당한 듯이 구나 했더니. 갑자기 연락 안 된다고 했던 때부터 그랬구나?"

"그때까진 정말 친구였어."

"우정이라고 착각했을 수도 있지."

원준의 말에 진하가 눈을 가늘게 떴다. 우정이라 착각을 했다?

그때까지만 해도 민서를 대하는 게 여느 사람을 대하는 것과 다를 바가 없었다. 조금 다른 게 있다면 먼저 연락을 한 번씩 했던 것 정도?

"누군가를 좋아하는 게 처음이니까. 원래 처음은 누구나 서툴고 실수하는 법이거든."

서툴고 실수를 한다. 확실히 현재 자신은 민서를 과하게 몰아붙이고 있었다. 그렇다고 놓을 생각도 없지만.

"요즘 기분 좋아 보이는 이유가 그거였네."

"그런가."

"윤진하가 누구 좋아하는 게 쉽게 상상이 안 가네."

생각할수록 놀라운지 원준이 몇 번이나 고개를 저었다. 이게 정말 좋아한다는 감정일까? 몸이 그냥 반응을 해서 마구잡이로 몰아붙이는 게 아니고?

민서를 보면 이야기를 해야 한다고 생각한다. 그런데 얼굴을 보면 멋대로 손이 나가고, 입을 맞추고 싶고, 안고 싶다. 대화는 나중에 해도 된다는 생각만 든다.

그만큼 몸이 이민서를 갈구하고 있었다. 허기가 진다. 허덕이고 있고, 군침을 흘린다. 먹고 싶어 정신을 차리지 못하는 발정 난 개처럼 말이다.

"발정 난 개처럼 굴고만 있거든."

원준의 턱이 당장이라도 떨어질 것처럼 벌어졌다. 스스로도 어이가 없어 자꾸만 피식 웃음이 새어 나왔다.

다리를 내린 진하가 의자에서 일어서서 재킷을 걸쳐 입었다.

"먼저 퇴근할게."

"지금?"

퇴근 시간이 되려면 아직 멀었다. 대표이사라 딱히 출퇴근에 구애를 받지 않는다고 하더라도 이제껏 일을 더 했으면 했지, 조기 퇴근을 하는 모습은 없었다.

"어디 가게?"

"첫날인데 선물 하나쯤은 준비해야 할 듯싶어서."

"첫날?"

"나 동거하거든."

원준의 입이 더는 벌어질 수 없을 만큼 크게 벌어졌다. 그리고 기어이 그와 같이 퇴근을 하겠다며 쫓아 나왔다.

"데이트하러 안 가?"

"내가 지금 데이트를 하러 어떻게 가?"

"혜진 씨한테 나만 혼나겠네. 가까운 역 앞에서 내려 줄게."

"아니, 네가 말해 줄 때까진 절대 못 내리지."

결국 원준은 백화점까지 따라왔다. 남자 둘이서 명품 주얼리숍으로 들어오자 직원은 잠시 당황한 눈치였다.

"뭐 사게?"

"목걸이 좀 보여 주세요."

직원이 권유하는 의자에 앉으며 말했다. 다짜고짜 목걸이라는 말에 원준이 더 경악스러운 표정을 하고 있었다.

민서가 귀를 뚫지 않았다는 이야기를 들었을 때 역시 목걸이를 샀어야 했다는 생각을 했다. 그래서 민서의 생일날 만나서 목걸이를 주려고 했었다. 연락이 그렇게 끊길 줄도 모르고.

"기본 제품으로 보여 드릴까요?"

"다이아 제품으로 보여 주십시오."

누군가를 위해 절대 이런 수고를 하지 않는 진하를 누구보다도 잘

484

알고 있는 원준은 허, 소리를 내며 고개를 저었다. 그런 원준의 반응에 진하가 다시 웃었다.

"너 여사님하고 백화점 와도 라운지밖에 안 들어가."

"라운지에 앉아서 고르는 것보단 이게 낫지."

직원이 곧바로 눈을 반짝이며 세팅 준비를 시작했다.

"선물하실 건가요?"

"네."

"여자 친구분?"

진하는 낮게 웃는 것으로 답을 대신했다. 직원이 알겠다는 얼굴로 몇몇 제품을 올려놓았다. 진하의 눈매가 살짝 가늘어졌다.

"여자 친구분은 좋으시겠어요. 이렇게 잘생긴 남자 친구분이 이런 선물을 다 해 주시고. 이쪽 라인들이 선물로 잘나갑니다. 20대 고객분들이 제일 선호하는 제품이기도 합니다."

진하도 많은 다이아 제품들을 보아 왔었다. 당장 차 여사의 드레스룸에만 들어가도 많은 다이아 물건들이 있었다.

"아뇨, 캐럿으로 보고 싶은데요."

민서의 목에서 빛나는 다이아가 영원했으면 좋겠다고, 그리고 그가 계속 보고 싶다고 생각했다.

민서의 가늘고 흰 목이 떠오르자 진하가 괴로운 한숨을 뱉었다.

에필로그

　다시 만남을 시작하면서도 진하는 그녀를 안는 것을 무척이나 어려워했다. 아마도 유산에 대한 아픔이 남아 있는 듯했다.

　신혼여행을 가서도, 돌아오기 전 마지막 밤, 진하는 아주 조심스럽게 그리고 뜨겁게 그녀를 안았다. 예전에 그렇게 그녀를 보기만 하면 안으려 들었던 게 거짓말인 것만 같았다.

　연희는 촬영 때문에 아프리카로 떠나 있어 두 사람은 자연스레 나현의 본가로 향했다. 양 여사는 씨암탉까지 잡아 대령했고, 김 원장은 진하를 위해 아껴 두었던 산삼주를 꺼내 들었다.

　채윤은 광분했다. 어떻게 자신에겐 내주지도 않던 산삼주를 형님이 오니 꺼내 드는 거냐면서.

　때마침 시기가 되어 꺼낸 것뿐이라며 김 원장은 꽤나 많은 식은땀을 흘려야 했다. 결국 꽤 고가의 양주를 선물로 채윤의 품에 안겨 주고서야 산삼주를 마실 수 있었다.

차 여사는 무슨 촌스럽게 시댁에 잠을 자러 오냐며 유럽 쇼핑 여행을 떠나 버렸다. 그리고 연희와 이집트에서 만나기로 했다며 무척이나 신나 했다. 사돈이 저렇게 가까울 수도 있는 거냐며 진하는 피식 웃기까지 했다.

상주로 내려와 밤새 내내 진하에게 안겼다. 그리고 하루 종일 잠을 잤다. 피곤함이 잔뜩 몰려왔기 때문이었다.

너무 오래 침대에 누워 있었던 모양이다. 슬슬 허리가 아파 와 눈을 떴다. 옆으로 팔을 더듬었는데 이미 옆자리의 온기가 차게 식어 있었다.

방이 두 개였고, 두 사람이 가지고 있는 책이 많았다. 그래서 안방을 서재로 쓰기로 했는데 아직 정리가 끝나지 않았다. 안방에서 나는 소리를 들어 보니 진하가 혼자 정리를 하고 있는 게 분명했다.

정리할 게 아직 많이 남······.

"안 돼."

서둘러 침대에서 내려온 민서가 바닥에 떨어진 원피스를 대충 걸쳐 입고 안방으로 뛰어 들어갔다. 책장 맨 위에 놓인 커다란 상자를 꺼내던 진하와 눈이 마주쳤다.

"아냐, 그건 정리 안 해도 돼!"

"이 상자, 서재에 안 어울려."

진하는 무척이나 성정이 꼼꼼한 사람이었다. 그리고 깔끔한 사람이었고.

진작 저 상자를 정리했어야 했는데. 민서가 팔을 뻗기도 전에 진하는 상자를 바닥에 내려 두고 뚜껑을 열었다. 민서가 난감한 얼굴로 뒤로 돌아서려고 했다.

"이민서."

낮은 목소리에 입술을 꾹 다물었다.

"이리 와서 앉지?"

진하가 자신의 옆자리를 툭툭 두드렸다. 무거운 발을 이끌어 겨우 진하의 옆으로 다가갔다. 진하는 가볍게 그녀의 손을 잡으며 바로 옆으로 앉게 만들었다.

"음, 그 울 100%라는 베르사체 코트."

차마 진하의 얼굴을 볼 수가 없었다. 민서는 고개를 푹 숙였다.

"이 티켓, 갖고 있었어?"

진하와 처음 보았던 영화 티켓이었다. 너무 떨려 무슨 내용인지도 몰랐던 그 영화. 언젠가 진하가 그 영화 내용을 꺼낼지 몰라 그 뒤로 몇 번이나 보았다. 하지만 진하는 내용을 단 한 번도 꺼내지 않았었다.

"이 캔 커피는 또 뭐야."

"MT 출발하기 전에 네가 준 거."

"아하. 이럴 줄 알았으면 한 박스로 사 줄걸."

보물 상자라도 발견한 듯 진하가 즐거워했다. 상자에 쌓인 6년분의 추억이 꽤나 많았다. 그래서 상자가 점점 커져 갔던 것이고.

"기억나네, 이 텀블러. 그때 한정으로 나와서 사 줬던 거."

진하가 기억하지 못할 거라고 생각했던 물건들이 꽤 많았다. 그런데 진하는 꽤나 많이 그때의 상황을 기억하고 있었다.

"이 볼펜, 나 주려고 샀던 거야?"

진하가 볼펜 케이스를 꺼내 들며 물었다.

"백화점에 갔을 때 똑같은 거 골라서 엄청 놀랐었어."

"그때 여기서 볼펜 사 들고 나가던 이민서를 봤거든."

"뭐?"

"그렇게 들뜬 얼굴로 가서, 그 상대가 참 부러웠던 기억이 나는데. 나였네."

"어?"

"들어가서 물어봤거든. 방금 나간 아가씨가 사 간 물건이 뭐냐고."

이제야 알았다. 진하가 왜 그때 망설임 없이 이 볼펜을 골랐던 것인지.

"이거 내가 써야겠네."

"똑같은 거 있잖아."

"그건 이민서가 쓰고. 아니, 그것도 이민서가 사 준 거니까 그냥 내가 둘 다 써야겠다."

진하는 그녀가 별 뜻 없이 사 주는 물건에도 꽤나 깊은 애착을 보였다. 정말 그녀로서는 진하에게 사 주고 싶은 것들이 참 많았다. 하지만 진하는 연애를 할 때도 그랬지만 결혼을 하고 나서도 여전히 그녀가 돈을 쓰는 것을 두고 보지 않았다. 그녀는 진하의 카드를 쓰고 있었고, 덕분에 월급은 통장으로 고스란히 쌓이는 중이었다.

"사실 첫 영화 내용 아직도 뭔지 몰라."

티켓을 쓸며 진하가 말했다.

"어?"

"그날, 옆에 앉아서 화면만 뚫어지게 보고 있는 이민서를 구경했거든."

몰랐다. 그녀는 너무 당황했고, 떨려서 차마 진하가 있는 쪽으로 고개를 돌리지도 못했다. 그래서 화면만 뚫어지게 보았는데.

"다시 보려고 해도, 그날의 이민서가 떠올라서 영화에 집중을 못 하겠더라고. 그때 이민서가 1초라도 고개를 돌렸으면 우리 사이가 좀 달라졌을 텐데 말이야."

"달라져?"

"키스하지 않았을까?"

"거짓말."

"차 여사님 말이 맞아. 분명히 내가 이민서에게 첫눈에 반했었어. 그래서 계속 보고 싶었던 거야."

심장이 빨리 뛰기 시작한다. 진하는 표현을 하는 데도 직설적이었다. 갑자기 진하가 드러누워 그녀의 허벅지를 베고 누웠다. 그리고 상자에서 다이어리를 꺼내 들었다.

"내 증명사진?"

이미 비밀 상자까지 들킨 마당에 더는 숨길 것도 없었다. 게다가 그녀가 오랜 시간 짝사랑했었다는 것을 진하도 잘 알고 있지 않던가.

"우연히 주웠었어."

"우연히?"

"네 차에서."

그날도 영화를 보고 난 뒤였다. 주유소는 셀프였고 주유를 하기 위해 진하가 내렸을 때 바닥에 무엇인가가 떨어져 있어 그것을 주워 들었다. 봉투 안에는 진하의 증명사진이 꽤 많이 들어 있었다. 이중 하나만 가져도 괜찮겠다 생각했었다.

"훔친 거네?"

"훔친 거라기보단……."

"그냥 말로 하지. 줬을 텐데."

"들킬까 봐."

"대놓고 좀 들키지 그랬어."

"뭘?"

"나 좋아하는 거."

진하가 픽 웃으며 다시 상자로 손을 뻗었다. 그리고 골드빛의 상자를 꺼내 들었다.

그녀의 취업 파티에 왔을 때 사 온 그 귀걸이였다.

"내가 골랐어."

"이시은 씨가 골랐다며."

"아냐. 내가 골랐어."

민서가 살짝 눈을 굴리자 진하가 팔을 뻗어 코끝을 가볍게 꼬집었다.

"아파."

"진짜야. 언젠가 지나가다 봤는데 이민서에게 참 잘 어울리겠다 싶어서."

민서는 아직도 귀를 뚫지 않았다. 무서워서 아직 뚫지 못하고 있었는데 진하의 말을 들으니 왠지 뚫어도 좋을 것 같다는 생각이 들었다.

"그냥, 무언가 좋은 것을 보면 이민서에게 주고 싶었던 것 같아."

"그러면서 맨날 나한테 핑계 대지."

"핑계?"

"윤진하가 먼저 티 내도 괜찮았잖아."

진하가 픽 웃었다.

"그럼 도망갔을 거잖아."

왠지 정곡을 찔린 것 같아 민서가 조심스레 시선을 피했다. 진하는 민서의 손을 잡고 자신의 가슴 위로 올렸다.

"이민서는 겁이 많아서."

"그런 사람한테 섹스 파트너 운운한 게 누군데."

"그러게. 그렇게 대담한 사람인 줄 알았으면 진작 티 좀 내는 건데."

진하가 농담을 하고 있다는 것을 잘 알고 있다. 스무 살의 이민서
와 지금의 이민서는 정말 달랐으니까.

"겁쟁이들이라 10년이 걸렸네."

그 말에 민서는 웃고 말았다. 정말 뭘 그렇게 겁내했던 것일까.

"하지만 지금이라서, 여기까지 왔다고 생각해."

진하가 고개를 끄덕였다.

"이민서."

"응."

"키스해 줘."

진하가 차분히 눈을 감았다. 그의 가슴 위에 올라간 손바닥으로 심
장 고동이 무척이나 크게 느껴진다.

민서는 웃으며 고개를 숙였다. 지금의 이 시간이 영원하길 바라며
진하의 손을 힘주어 잡았다.

-Fin-

작가 후기

령후입니다.

안녕하세요.

정말 오랜만에 인사를 드리는 것 같습니다. 2015년 이후로 이렇게 종이책으로 인사를 드리게 되었네요.

그동안 참 많이 바빴던 것 같은데 막상 돌이켜 보면 무엇에 그리 바빴는지 남아 있는 흔적이 없는 것 같기도 하네요.

예전엔 건강에, 주변에 등한시했던 것 같아요. 그런데 요즘 건강에 대해, 주변에 대해 다시 한 번 둘러보게 됩니다. 나름대로 철이 들었다고 할 수도, 철이 들고 싶다는 소망일 수도 있겠지만 그저 모두가 평안했으면 합니다.

《아프게 조여 오는》을 쓸 때는 정말 무더운 여름날이었습니다. 그저 그 기억 하나만 남아 있네요. 제 나름대로 감정의 폭이 크지 않은 남자 주인공을 만나고 싶지 않아 시작했던 글인데, 그게 잘 표현이 됐는지 모르겠습니다.

이 글을 쓰고, 수정을 하고 책을 내게 되면서 개인적으로 참 많은 일들이 있었고, 그중 큰일도 있었고. 해서 정말 잊을 수가 없는 책이 될 것 같네요.

제 어리광, 못 하겠다 외치는 절 어르고 달래 이렇게 끝까지 올 수 있게 해 주신 팀장님, 고맙습니다. 마지막 마무리 깔끔하게 봐 주신 주 대리님, 고맙습니다. 이렇게 책으로 나올 수 있게 도움 주신 로코코 출판사 관계자분들 고맙습니다.

늘 응원해 주시는 모든 분들 고맙습니다. 요즘은 정말 소소한 모든 것에 감사하게 되는 것 같습니다. 이 마음이 오래갈 수 있기를 기도해 봅니다.

모두 행복하시고, 저는 더 나은 글로 뵐 수 있기를 바라며 이만 줄이겠습니다.

겨울의 길목에서, 령후 올림